aufbau taschenbuch

ANN ROSMAN ist passionierte Seglerin, ihre Touren haben sie bis zu den Äußeren Hebriden geführt. Sie hat Universitätsabschlüsse in Computertechnologie und Betriebswirtschaft und lebt auf Marstrand.
Als Aufbau Taschenbuch liegen von ihr vor: »Die Tochter des Leuchtturmmeisters« und »Die Tote auf dem Opferstein«. Zeitgleich zu »Die Wächter von Marstrand« erscheint bei Rütten & Loening »Die Gefangene von Göteborg«, der vierte Fall von Karin Adler.
Mehr zur Bestsellerautorin unter: www.annrosman.com

Nichtsahnende Spaziergänger entdecken im Moor von Klöverö eine weibliche Leiche mit einem toten Säugling im Arm. Kommissarin Karin Adler wird hinzugerufen. Für die Gerichtsmedizin ist die Sache klar: Die Moorleichen liegen schon eine halbe Ewigkeit dort. Die Akte wird daraufhin geschlossen. Doch wer sind die unbekannten Toten? Nur wenige Tage später wirft ein weiterer Todesfall neue Fragen auf. Eine Frau auf einem nahe gelegenen Gutshof wird tot aufgefunden. Nur ein Zufall? Oder haben die Toten eine gemeinsame Geschichte? Der Fall lässt Kommissarin Adler nicht mehr los, denn sie vermutet mehr dahinter. Bei ihren Ermittlungen stößt sie bald auf ein tief bewegendes Frauenschicksal – die Spur führt zurück bis ins 18. Jahrhundert, in eine Zeit der Seeräuber, Schmuggler und Mörder im Freihafen von Marstrand.

»Ein gut gebauter Krimi von der schwedischen Westküste: Spannung, Mord und ungelöste Geheimnisse aus längst vergangenen Zeiten. Lesen und genießen!«
ALLAS VECKOTIDNING

Ann Rosman
Die Wächter von Marstrand

KRIMINALROMAN

Aus dem Schwedischen
von Katrin Frey

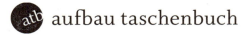 aufbau taschenbuch

Die Originalausgabe mit dem Titel
Porto Francos väktare
erschien 2010 bei Damm Förlag, Malmö.

MIX
Papier aus verantwortungsvollen Quellen
FSC® C083411

ISBN 978-3-7466-3059-5 | Aufbau Taschenbuch ist eine Marke der Aufbau Verlag GmbH & Co. KG | 1. Auflage 2014 | © Aufbau Verlag GmbH & Co. KG, Berlin 2014 | © 2011 Ann Rosman | First published by Damm Förlag, Sweden | Published by arrangement with Nordin Agency, Sweden | Die deutsche Erstausgabe erschien 2013 bei Rütten & Loening, einer Marke der Aufbau Verlag GmbH & Co. KG | Umschlaggestaltung capa design, Anke Fesel | unter Verwendung eines Motivs von Marc Princivalle/getty images und hddigital/istockphoto | Gesetzt aus der Adobe Garamont Pro durch Greiner & Reichel, Köln | Druck und Binden CPI – Clausen & Bosse, Leck | Printed in Germany | www.aufbau-verlag.de

KLEINE DIEBE HÄNGT MAN,
VOR GROSSEN ZIEHT MAN DEN HUT.

1

Astrid Edman manövrierte ihr Pater-Noster-Motorboot rückwärts an den Anlegesteg in der Bremsegårdsvik und ließ die Enthusiasten von der Botanischen Vereinigung Göteborg auf Klöverö an Land. Zuletzt kam Sara von Langer, die kein Mitglied des Vereins war, sondern den Heimatverein von Marstrand vertrat.

»Danke, Astrid. Begleitest du uns?«, fragte Sara.

»Nein, meine Liebe. Ich habe zu tun.« Sie vertäute mit ihren groben Händen das Boot, während ihr Blick auf Sara ruhte.

»Wie schade.« Sara stieg auf den Anleger.

Astrid Edman, auf Klöverö geboren und aufgewachsen, kannte die Insel besser als jeder andere. Auch im Schärengarten fand sie sich nahezu blind zurecht, da sie bis zu ihrem siebzigsten Geburtstag vor drei Jahren Taxiboot gefahren war.

»Ich kann den Wichtigtuer nicht leiden«, sagte Astrid, ohne die Stimme zu senken. Sie deutete mit dem Kinn auf den Vereinsvorsitzenden mit der schwarzen Baskenmütze, der das Schild mit der Wanderkarte studierte.

Sara hatte von der Wanderung im vergangenen Jahr gehört, an der Astrid teilgenommen und so lange von der

Insel erzählt hatte, bis der Mann sich einmischte. Als er die Insel beharrlich Klauverö nannte, anstatt wie die Einheimischen den Namen Klöverö zu verwenden, lief die Diskussion vollends aus dem Ruder. Astrid wendete sich kurzerhand ab und zog sich in ihr Häuschen nach Lilla Bärkulle zurück. Da die Insel über keine Fährverbindung verfügte, hatte sich die Gruppe nach einem anderen Kapitän umsehen müssen, der sie zurück nach Koö brachte, wo bereits der Bus nach Göteborg wartete.

Unter der heißen Julisonne setzte das Grüppchen nun seine Wanderung durch die Talsenken von Klöverö fort. Sara nahm einen Schluck aus ihrer Wasserflasche und stellte fest, dass sie unter den in die Jahre gekommenen Mitgliedern des Marstrander Heimatvereins die einzige war, die einer Wanderung über die hügelige Insel gewachsen gewesen wäre. Der Mann mit der Baskenmütze von der Westküstenstiftung machte erneut Halt, bückte sich und grub in der von Muscheln durchsetzten Erde, bis er das Gesuchte offenbar gefunden hatte. Er hielt den Gegenstand in die Höhe.

»Ein bearbeiteter Feuerstein. Klöverö ist seit der Altsteinzeit besiedelt. Es sind mehrere Siedlungsplätze ausgegraben worden. Offenbar waren die ersten Siedler Experten für Feuersteine und haben daraus Werkzeuge hergestellt, die als Tauschware benutzt wurden. Wahrscheinlich dank der reichen Vorkommen in dieser Gegend gibt es auf der Insel alte Feuersteinwerkstätten.«

Die Dame neben Sara machte sich fleißig Notizen. Die weißen Kniestrümpfe, die sie zu derben Wanderstiefeln trug, waren mit Edelweiß bestickt. Ab und zu zog sie einen abgegriffenen Wälzer aus dem Rucksack und schlug etwas nach. Es handelte sich um eine eingespielte Truppe, die sich geschickt wie eine Herde Bergziegen durch den Laubwald auf den hohen Lindenberg gekämpft hatte und sich nun auf der Südseite der Insel befand. Sie waren bereits vor zwei Stunden angekommen, und Sara freute sich auf die baldige Kaffeepause und ein kühles Bad.

Die Frau hörte auf zu schreiben und blickte hoch.

»Ist die Insel heute noch bewohnt?«

Der Mann mit der Baskenmütze drehte sich zu Sara um.

»Das müsstest du am besten wissen, Sara. Du wohnst schließlich in Marstrand.«

»Auf Klöverö stehen gut fünfzig Häuser, und im Sommer ist hier einiges los. Acht Häuser sind das ganze Jahr über bewohnt, unter anderem von einem Paar, das seine kleine Tochter jeden Tag mit dem Boot in die Vorschule bringt. Einige von den alten Höfen, die heute als Wochenendhäuser dienen, gehören Einwohnern aus Marstrand, deren Vorfahren früher auf Klöverö gewohnt haben.«

»Und welcher der Höfe auf der Insel ist am ältesten?«

»Klöverö Nordgård, den die meisten hier inzwischen Pfarrhof nennen. Er soll zum Marstrander Franziskanerkloster gehört haben, wir sprechen also vom Mittelalter. Später diente der Hof als Witwensitz des Pastorats. Er gilt als das älteste Gebäude. Daneben gibt es noch den Bremsegård, das ist das gelbe Gutshaus, an dem wir gleich zu Beginn vorbeigekommen sind. Man strich die reichsten und größten Gutshöfe gelb an, um ihre Stellung zu betonen. Ich glaube, dieser stammt aus den Neunzigerjahren des sechzehnten Jahrhunderts und wurde von Peder Brems gebaut, der damals Bürgermeister in Marstrand war. Das heutige Gebäude ist allerdings jünger.«

»Danke, Sara. Dann schlage ich vor, dass wir uns zur Korsvike Landzunge begeben. Da wir das Alte Moor überqueren, das mitunter äußerst trügerisch ist, bleibt ihr bitte hinter mir.«

Der Mann schritt vorsichtig voran. Hin und wieder blieb er stehen und steckte seinen Wanderstock in den sumpfigen Untergrund. Auch wenn Sara keine Markierungen entdecken konnte, die signalisiert hätten, dass sie sich auf einem Weg befanden, schien er einer bestimmten Route zu folgen. Hier und dort wuchsen Teichbinsen, an denen sich ablesen ließ, dass reichlich Wasser vorhanden war.

Sara trat hinter der Frau mit den Edelweißstrümpfen auf die Grasbüschel. Teilweise war das Gras grün und üppig, an anderen Stellen wirkte es gelblich und wie abgestorben. Nicht weit von ihnen entfernt war eine Gruppe von Menschen zu erkennen. Sara zählte zwölf Personen.

Der Mann mit der Baskenmütze begrüßte die Frau, die offensichtlich die Truppe anführte. Er räusperte sich.

»Hier habe ich noch eine kleine Überraschung für euch. Darf ich euch eine gute Freundin von mir vorstellen? Sie ist promovierte Biologin am Institut für Umweltwissenschaften an der Uni Göteborg. Sie und ihre Studenten sind gerade dabei, das Moos zu untersuchen. Magst du uns kurz erläutern, was ihr hier macht?«

»Natürlich. Zunächt müsst ihr wissen, dass Torf eigentlich aus totem Torfmoos besteht, auf Lateinisch Sphagnum, das ist eine andere Pflanze als die, in die man die Adventskerzen steckt. Ein Moor ist schließlich einmal ein See gewesen, der allmählich ausgetrocknet ist. Die Studenten hier besuchen ein Aufbauseminar in Pflanzenökologie. Mit Hilfe eines weißrussischen Stechbohrers haben wir eine Bodenprobe genommen, die wir nun analysieren wollen.«

Die Frau hielt ein Werkzeug in die Höhe, das die Form des Buchstaben T hatte. Der Mann mit der Baskenmütze sah ihr bewundernd zu, als sie behutsam den Bohrkern entfernte und fortfuhr.

»Wir drücken das Gerät von Hand in den Untergrund und erhalten so einen anderthalb Meter langen und viereinhalb Zentimeter dicken Bohrkern.«

Sara betrachtete die schlangenförmige Bodenprobe, die vor ihnen auf dem Klapptisch lag. Die Frau erzählte weiter.

»Da das Moor unheimlich langsam wächst, wissen wir, dass Pflanzenpollen in einem Meter Tiefe dort vor etwa tausend Jahren gelandet sind, als der Torf an dieser Stelle noch das frische Torfmoos an der Oberfläche darstellte. Mitunter entdecken wir auch andere interessante Pflanzenpartikel, die eine Untersuchung lohnen.«

»Die Kombination aus Moorboden und Muschelschalen bietet zweifelsohne besondere Voraussetzungen für die hiesige Pflanzen- und Tierwelt«, meldete sich der Mann mit der Baskenmütze zu Wort und machte ein Gesicht, als erhoffte er sich von der Frau ein Lob. Er winkte die anderen näher heran.

»Kommt an den Tisch, damit ihr alles ganz genau seht.«

»Hier haben wir einen Gegenstand.« Die Frau stocherte mit dem Messer. »Mal sehen, was das ist. Oh, mein Gott!« Sie schlug sich die Hand vor den Mund und riss die Augen auf. Als Sara den Blick auf die Platte richtete, verstand sie auch, warum. Vor ihnen lag ein Teil eines menschlichen Ohrs.

Im Alten Moor lag eine Leiche.

Gut Näverkärr Anno 1793

»Wein, Fräulein Agnes?« Das Dienstmädchen hielt eine Kristallkaraffe in der Hand.

Der Vater gab mit einem diskreten Nicken seine Zustimmung. Er hatte sich für den teuren französischen

Wein entschieden, der zuletzt bei Mutters Beerdigung serviert worden war.

»Ja, gerne.«

Der Vater hob sein Glas und trank auf das Wohl der Gäste. Agnes nahm auch einen vorsichtigen Schluck und strich mit der Hand über den zarten hellblauen Stoff ihres Kleides. Es war bereits vor einer Woche fertig geworden, aber die Schneiderin hatte es am Abend vor dem Festmahl erneut enger nähen müssen. Die ohnehin schmal gebaute Agnes war so unruhig, dass sie noch einmal zwei Kilo abgenommen hatte. Doch welches junge Mädchen war vor der eigenen Verlobungsfeier nicht nervös?

Der Tisch war reich gedeckt. Das Küchenpersonal hatte sein Bestes gegeben, und es war nicht zu übersehen, dass Vater mit besonderen Speisen beeindrucken wollte. Mit Pfifferlingen gefüllter Zander aus dem Ofen, französische Pastete, glasierter Schinken mit eingelegten Kirschen, Lammfrikassee mit Austern, gebratene Erdbirnen mit Petersilie. Die Saucen glänzten samtig, und mehrere Teller waren mit roten Krebsen dekoriert. Essen im Überfluss. Unter normalen Umständen hätte sie es sich schmecken lassen.

Sie fühlte sich schön. Ihre Haare hatte sie mit Mutters Perlmuttkämmen hochgesteckt, und Vater hatte die Halskette seiner verstorbenen Frau geholt und sie seiner Tochter schweigend um den Hals gelegt.

Agnes warf einen verstohlenen Blick über den Tisch zu ihrem Zukünftigen. Bryngel Strömstierna. Er trug einen gut sitzenden schwarzen Frack und sah mit seiner aufrechten Haltung sehr stattlich aus. Seit der Begrüßung hatte er noch kein Wort zu ihr gesagt. Er wirkte abwesend. Sie stellte sich so viele Fragen – wer war zum Beispiel der Ansicht gewesen, sie beide könnten ein gutes Paar abgeben? Hatte Bryngel etwas dazu zu sagen gehabt, oder war die Sache auch über seinen Kopf hinweg entschieden worden? War er mit der Wahl zufrieden? Sie hatte nie über ein sonderlich weibliches Aussehen verfügt. Ihre klaren Züge waren erstaunlich androgyn geblieben, obwohl sie die Pubertät hinter sich gelassen hatte und nun erwachsen war. Sie war es von Kindesbeinen an gewohnt, auf Bäume zu klettern, über Hügel zu rennen und über die Äcker zu reiten. Sie schwamm in der Bucht und ruderte oder segelte gemeinsam mit ihrem Bruder Nils. Im Laufe der Jahre hatte sie jedoch einige der Aktivitäten durch andere ersetzen müssen. Auf Bäume zu klettern, schicke sich nicht für eine junge Dame, erklärte ihr Vater an dem Tag, als der Stallknecht das Pferd mit dem silberbeschlagenen Damensattel sattelte.

Nun saß sie jedenfalls da und überlegte, was Bryngel wohl dachte. Sie war zart und schlaksig wie ein Jüngling, und ihr winziger Busen war so gut es ging nach oben gepresst worden, damit er in dem Kleid zur Geltung kam. Agnes trank einen Schluck Wein und spürte, wie sich ihr Körper in dem eng geschnürten Korsett ein wenig entspannte. Die Farbe seiner Augen hatte sie noch nicht erkennen können, Wärme strahlten sie jedenfalls nicht aus. Der Mann zeigte kein Interesse. Weder an ihr, noch an allem, was um ihn herum vor sich ging.

Zo als en zwakke tulpensteel.

»Wie ein schlaffer Tulpenstiel«, hätte Großmutter gesagt, dachte Agnes und richtete ihren Blick stattdessen auf ihren zukünftigen Schwiegervater, der rotwangig mit seinem erhobenen Glas gestikulierte. Dann stellte er es neben den blau-weißen Fayenceteller und wandte sich an Agnes.

»Wie ich gehört habe, kümmert sich das Fräulein um einen Großteil der Buchführung für die Trankocherei.«

»Das ist richtig.«

»Mit solchen Dingen brauchen Sie Ihr süßes kleines Köpfchen nicht mehr zu belasten, wenn Sie die Ehefrau meines Sohnes sind. Buchhaltung ist etwas für Männer. Außerdem haben wir eine ausgezeichnete Haushälterin. Wenn Sie erst Bryngels Frau sind, werden sie keine schweren Arbeiten schultern müssen.«

»Aber ich ...«

»Agnes!«, fiel Vater ihr hastig ins Wort. Agnes senkte den Blick und fixierte das Webmuster der Damasttischdecke. So war es also geplant. Sie würde ihre Stellung verlieren und nur noch Ehefrau sein, die tat, was man ihr sagte. Natürlich war es keine gute Idee, seinem zukünftigen Schwiegervater schon von Anfang an zu widersprechen.

Die mittlere Kerze im Silberleuchter war heruntergebrannt, Wachs tropfte schwer auf die Tischdecke. Als ob die Kerze Tränen vergießen würde. Das Dienstmädchen eilte herbei, um die Kerze zu löschen und durch eine neue auszutauschen.

Vater räusperte sich.

»Sie müssen ihr verzeihen, wir haben die Zügel vielleicht zu locker gelassen, aber die Großmutter des Mädchens bestand darauf, dass wir beiden Kindern gleichermaßen ermöglichten, Lesen, Schreiben und Rechnen zu lernen. Sie stammte aus Holland, und ich nehme an, dass man diese Dinge dort etwas anders sieht. Und Agnes ist wahrlich nicht auf den Kopf gefallen, sie spricht fließend Holländisch.«

»Bildung von Frauenzimmern ist Verschwendung«, sagte ihr Schwiegervater und leerte sein Glas in einem Zug.

»Der Platz einer Frau ist ihr Zuhause.« Vollkommen unerwartet hatte Bryngel den Mund geöffnet.

»Selbstverständlich. Und als Ihre Ehefrau wird sie Gut Vese alle Ehre machen.«

Lieve Oma. Großmutter, liebe gute Großmutter, dachte Agnes. Sie hatte immer ihren eigenen Kopf gehabt und war keineswegs eine Frau gewesen, die sich herumkommandieren ließ. Großmutter war in ihrem Heimatland Holland an Bord eines Schiffes gegangen und in Schweden gelandet, wo sie auf dem Gut Näverkärr nördlich von Lysekil den Rest ihres Lebens verbrachte. Sie hatte den Mut gehabt, zu sagen, dass Jungs es viel leichter hatten, weil man ihnen mehr Freiheiten ließ. Ihr großer Bruder Nils war auf die Landwirtschaftsschule geschickt worden, er sollte Hof und Trankocherei übernehmen.

Lief kind. Liebes Kind, hätte sie gesagt und Agnes über den Kopf gestrichen.

Het komt wel goed. Alles wird gut. Diesmal machte sich Agnes allerdings keine große Hoffnung, dass sich das Problem auf eine Weise lösen ließe, mit der sie zufrieden wäre. Und da Großmutter und Mutter nicht mehr am Leben waren, war sie auf sich allein gestellt.

Die Standuhr in der Diele schlug elf. Die Herren erhoben sich von der Tafel und nickten Agnes zu. Vergeblich versuchte sie, Bryngels Blick aufzufangen, bevor er die befrackten Männer ins Raucherzimmer begleitete. Mit schweren Schritten ging Agnes die Treppe zu ihrer Kammer hinauf.

Agnes stand im Raum und betrachtete die tänzelnden Flammen im grünen Kachelofen. Der Lichtschein erzeugte lange Schatten, die über die Tapete und die Kommode bis zu dem Himmelbett mit dem gemusterten Vorhang huschten. Seufzend wandte sie sich dem mattweißen Lehnstuhl daneben zu. Darauf hatte Großmutter immer gesessen und abends mit ihr geredet, bis es dunkel wurde. Am Ende hatte sie die Kerzen an der Wand angezündet. In deren Lichtschein sah ihr Gesicht wunderschön aus. Geliebte Großmutter. Die alte Frau hätte bestimmt Rat gewusst. Vielleicht hatte Vater recht, wenn er sagte, sie habe zu viel gelesen und zu viele Grillen im Kopf. Aber was war so falsch daran, einen eigenen Willen zu haben? Sie war Vater auf Näverkärr eine große Hilfe gewesen, das hatte er selbst gesagt. Da hatte Mutter allerdings noch gelebt, und alles war anders gewesen. Wie würde es morgen sein? Würde sie wie üblich zur Arbeit gehen, oder würde jetzt, wo sie Bryngel von Hof Vese versprochen worden war, jemand anders die Buchhaltung übernehmen? Würde Nils früher zurückkehren, hatten ihr Vater und ihr Bruder das vielleicht vereinbart, ohne ihr davon zu erzählen?

Agnes setzte sich an den Sekretär und zog die oberste Schublade heraus, in der sie ihr Tagebuch aufbewahrte. Sie überlegte eine Weile, bevor sie mit Feder und Tinte Buchstaben auf dem Papier formte.

Bryngel Strömstierna.

Agnes hatte geglaubt, dass sie etwas empfinden würde, dass es zum Zeichen ihrer Zusammengehörigkeit irgendein unsichtbares Band zwischen ihr und Bryngel geben würde. Wie albern. Das einzige, was er von sich gegeben hatte, war, dass der Platz einer Frau ihr Zuhause sei. Er würde niemals zulassen, dass seine Frau als Buchhalterin arbeitete. Viele Leute in der Gegend hielten ihn für eine gute Partie, zumindest tat das ganz offensichtlich ihr Vater. War er möglicherweise genauso nervös gewesen wie sie? Agnes schloss die Augen und versuchte, sich selbst Arm in Arm mit ihm vor sich zu sehen. Mutter und Vater waren immer liebevoll miteinander umgegangen, sogar Großmutter hatte von Vater einen Gutenachtkuss auf die Wange bekommen. Doch sich von Bryngel Strömstierna küssen zu lassen und ihm zu gestatten, dass er seine Finger über ihre Haut wandern ließ? Undenkbar.

An der Tür war ein zartes Klopfen zu hören.

»Ja?« Agnes streute Sand auf das Tagebuch und klappte es hastig zu, bevor sie sich umdrehte.

Das Hausmädchen öffnete die Tür und hielt die Tranlampe in die Höhe.

»Ich habe noch Licht unter der Tür gesehen und dachte, ihr hättet vielleicht vergessen, die Kerzen auszublasen.«

»Ich habe noch gelesen.« Sie stand auf.

»Braucht ihr etwas, Fräulein Agnes?«

Agnes schüttelte den Kopf, sie bekam keinen Ton heraus.

»Die Herren Strömstierna sind nun gegangen. Ich dachte, das Ihr das wissen wolltet. Euer Vater hat ihnen angeboten, über Nacht zu bleiben, aber sie haben sich trotz der späten Stunde zurück nach Vese begeben.«

Gott sei Dank waren sie nicht geblieben.

»Ach, liebe Josefina, was soll ich denn nur tun?«

»Vielleicht ist es gar nicht so schlimm, wie alle sagen«, erwiderte das Hausmädchen und machte ein erschrockenes Gesicht.

»Was sagen denn alle?«

»Die Leute reden viel.«

Agnes durchbohrte sie mit ihrem Blick.

»Was sagen sie, Josefina? Ist er geisteskrank?« Sie hatte den schmächtigen Mann vor Augen, der so desinteressiert und leblos wirkte.

»Davon weiß ich nichts, aber man spricht über Bryngels verstorbene Frau.«

Josefina verstummte.

»Und? Raus damit!« Agnes' Ton klang schärfer als beabsichtigt.

»Es wird behauptet, sie sei ins Wasser gegangen.«

Agnes konnte unmöglich einschlafen. Immer wieder ging sie den Abend durch. Hatte Bryngels erste Frau sich tatsächlich umgebracht? Sie brauchte Gewissheit. Eine der Mägde hatte früher auf Gut Vese gearbeitet, vielleicht wusste sie etwas über den Tod ihrer Herrin? Die Standuhr in der Diele schlug fünf Uhr. Draußen wurde es hell.

Agnes grübelte noch eine Weile, erhob sich aus dem Bett und schlüpfte in ihr Leibchen und den Rock. Leise tappte sie die Treppe hinunter. Das Gras war taufeucht, und im Stall hörte sie die Kühe muhen, als sie den Hof überquerte. In Kombination mit der Wärme und den Gerüchen wirkte der Klang beruhigend auf sie.

Die Magd saß auf dem dreibeinigen Schemel und zog mit geübten Händen an den Zitzen. In dünnen Strahlen strömte die Milch in den Eimer.

Um ihr keinen Schreck einzujagen, hüstelte Agnes. Die Magd hielt mit dem Melken inne und blickte erstaunt auf. Besorgt betrachtete sie den unerwarteten Gast.

»Tut mir leid, ich bin ein bisschen spät dran ...«

»Keine Angst.« Agnes holte tief Luft. »Du warst doch auf Gut Vese, bevor du bei uns angefangen hast, nicht wahr?«

»Ja, Fräulein.«

»Erzähl mir, wie es dort ist.«

»Es ist ein schöner Hof. Große Ländereien und viele Tiere.«

»Und die Herrschaft?«

Agnes hatte den Eindruck, dass sie zusammenzuckte, aber das konnte auch daran liegen, dass die Kuh sich ein Stück zur Seite bewegt und die Magd gezwungen hatte, ihr samt dem Hocker auszuweichen.

»Ich war Magd im Kuhstall und habe mich um die Tiere gekümmert. Die Dienstboten im Gutshaus kennen die Herrschaft besser.« Die Kuh schüttelte brüllend den Kopf.

»Melk ruhig weiter.« Agnes dachte nach. Die Magd war zu neu, um sie zu kennen. Außerdem gehörte Agnes zur Herrschaft auf dem neuen Hof. Das Mädchen würde es nicht wagen, etwas zu sagen. Sie musste es anders angehen.

»Bryngel Strömstierna und sein Vater waren gestern hier und haben um meine Hand angehalten. Ich möchte gern mehr über Gut Vese erfahren, bevor ich dort die Herrin werde.«

Die Magd sah sie erschrocken an. Diesmal bestand kein Zweifel. Sie hat Angst, dachte Agnes. Die Frage ist nur, warum? Entweder, weil ich einfach zu ihr komme und sie mit meinen Fragen in eine schwierige Situation bringe, oder weil sie befürchtet, dass das, was sie sagt, ihrem früheren Hausherrn zu Ohren kommt.

»Ich weiß nichts, aber ich fühle mich wohl hier und will nicht zurück nach Vese.« Ohne Agnes anzusehen, arbeitete die Magd weiter.

»Was ist mit Bryngels erster Frau passiert? Ist es wahr, dass sie ins Wasser gegangen ist?«

Zu ihrer Verwunderung begann die Magd zu weinen.

»Ich weiß nichts.«

Agnes hockte sich neben sie.

»Ich schwöre, dass ich niemandem davon erzählen werde, aber ich muss es wissen.« Agnes flehentlicher Ton schien nichts auszurichten. Vielleicht hatte sie keine Ahnung. Agnes wartete noch eine Weile und ging dann in Richtung Tür.

Die Magd stand vom Schemel auf und strich der Kuh langsam über den Rücken. Sie sprach leise und zögernd.

»Mein früherer Dienstherr war oft bei ihr.«

»Und?« Agnes drehte sich um.

»In ihrem Schlafzimmer.«

»Aber daran war doch nichts Unrechtes, Bryngel und sie waren schließlich verheiratet.«

»Der *alte* Hausherr, Bryngels Vater. Er war so oft bei der jungen Frau im Zimmer.«

Agnes blieb die Luft weg. Hastig verließ sie den Kuhstall.

2

Als die Polizei kam, war Sara noch immer blass im Gesicht. Sie fröstelte trotz der sommerlichen Hitze und konnte den Blick nicht vom Alten Moor abwenden. Irgendjemand hatte ihr einen Becher mit heißem Kaffee in die Hand gedrückt, aber als die Besatzung des Polizeiboots eintraf, war er längst kalt.

Sara spürte eine Hand auf ihrer Schulter.

»Was gibt es?«

Ein Polizist in Uniform setzte sich neben sie auf die Klippe.

Sie hatte eine trockene Kehle und nahm einen Schluck von dem kalten Kaffee.

»Da liegt jemand im Moor.«

Sara zeigte zitternd auf die Stelle. Ein anderer Polizeibeamter ging nun vorsichtig über die Grasbüschel zum Fundort, der lediglich aus einem Bohrloch im Moos bestand, aber im Torf darunter lag eine Leiche. Eingehend betrachtete der Mann den Untergrund, während ein weiterer Kollege eine Absperrung aufstellte.

»Die Kriminalpolizei ist unterwegs. In der Zwischenzeit werden wir eure Aussagen aufnehmen.« Der Uniformierte wandte sich wieder Sara zu.

»Habt ihr Karin benachrichtigt?«, fragte Sara. »Ich glaube, sie und Johan sind mit dem Boot draußen.«

»Wer?«, fragte der Polizist.

»Karin Adler, sie ist Kriminalkommissarin in Göteborg, aber sie wohnt hier draußen auf ihrem Boot.« Sara überlegte, ob sie Karins Nummer auf ihrem Handy gespeichert hatte. Suchend schob sie die Hand in die Tasche und zog das Telefon heraus. Kein Empfang.

»Mein Kollege hat Alarm ausgelöst. Dafür musste er übrigens zum Bootsanleger gehen, denn auf dieser Seite der Insel scheint es keinen Empfang zu geben. In Kürze werden Rechtsmediziner, Techniker und Kommissare hier sein, um den Ort genauer zu untersuchen.«

»Habt ihr versucht, Karin zu erreichen? Karin Adler?«

»Das weiß ich nicht, aber warte kurz, ich sehe mal nach.« Der Polizist stand auf und ging zu seinem Kollegen hinüber. Sara sah, wie die beiden sich zu ihr umdrehten und sie ansahen.

Beide Beamten kehrten zu Sara zurück.

»Wir haben tatsächlich versucht, sie zu erreichen. Sagtest du, sie sei auf einem Segeltörn?«

»Skagen«, sagte Sara. »Johan und sie wollten übers Wochenende nach Skagen.«

»Danke. Wunderbar. Dann rufe ich die beiden stattdessen über UKW-Funk. Du weißt nicht zufällig das Rufzeichen des Bootes?«

»Das Rufzeichen?«

»Das Kennzeichen im UKW-Funk.«

»Keine Ahnung. Ich weiß nur, dass das Boot *Andante* heißt.«

»Okay. Danke.«

Trankocherei Karlsvik, Härnäs

Früher als gewöhnlich ging Agnes den Weg vom Hof Näverkärr zum Kontor in der Karlsvik hinunter. Der Hof lag in einem schmalen Tal und war auf beiden Seiten von Hügeln und dichtem Wald umgeben. Agnes beugte sich hinunter und hob ein paar Haselnüsse von der Erde auf. Obwohl sie für die Trankocherei ständig Unmengen an Brennholz benötigten, hatte Vater starrsinnig darauf beharrt, die Laubbäume im Storskog zu behalten. Daher mussten sie Torf und anderes Brennmaterial nun über weite Strecken transportieren. Sie öffnete die Pforte und passierte das Erlenmoor, bevor das Wasser in Sichtweite kam. Der Rauch aus den drei Kesseln auf Sladholm stieg in den graublauen Himmel hinauf, und der scharfe Geruch von Fischöl lag schwer über Karlsvik. Zwischen den vielen Gebäuden in der Bucht bewegten sich Menschen hin und her, und während Agnes den Hügel überquerte, legten am großen Holzsteg zwei weitere Boote an, um ihre Ladung zu löschen. Wenn ein kürzlich geleerter Kupferkessel wieder gefüllt werden sollte, hallten zwischen den Klippen von Sladholm laute Rufe wider. Ein Drittel fetter Hering wurde unter Umrühren acht Stunden lang in zwei Dritteln Meerwasser gekocht. Wenn der Hering zerkocht war, trieb der Tran an die Oberfläche, wurde abgeschöpft, umgefüllt und weiterbehandelt. Der restliche Bodensatz, ein übelriechender Brei, wurde in den eigens angelegten Teich geschüttet, damit er das Meer nicht verunreinigte. Dort faulte er stinkend vor sich hin, bis die Bauern ihn zum Düngen ihrer Äcker nutzten. Sowohl in der Bucht als auch auf den landwirtschaftlich genutzten Flächen hatte man, wohin man auch ging, den herben Duft von verfaultem Fisch in der Nase.

Vater war noch nicht im Kontor. Agnes schloss die Tür hinter sich und ging ins obere Stockwerk. Eigentlich wusste sie nicht, was man von ihr erwartete. Würde Vater vielleicht mit sich reden lassen? Sie setzte sich an ihren Schreibtisch und stellte die Zahlen für die nächste Verschiffung zusammen. Siebzehneinhalb Tonnen Hering, ungefähr sechsunddreißig Hektoliter, ergaben einhundertfünfundsechzig Liter Tran, was einem Fass entsprach. Ein Großteil des Tranöls wurde in ferne Länder verkauft, unter anderem nach Frankreich, wo damit die Straßen von Paris beleuchtet wurden. Großmutter hatte einiges über Frankreich erzählt, am meisten jedoch über Holland.

Het komt wel goed.

Agnes war sich jedoch nicht so sicher, ob alles gut werden würde.

So sehr sie sich auch bemühte, an etwas anderes zu denken, ihre Gedanken wanderten immer wieder zu dem gestrigen Abendessen und der bevorstehenden Veränderung in ihrem Leben zurück.

Draußen ertönten erboste Stimmen. Agnes stand auf und sah aus dem Fenster. Zwischen den Besatzungen der beiden Boote, die am Steg lagen, schien ein Streit ausgebrochen zu sein. Ein Mann blutete kräftig aus der Nase. Sie erkannte einige der Männer wieder und wusste, dass sie zwei verschiedenen Kompanien von Fischern angehörten. Mit schnellen Schritten kam ihr Vater anmarschiert. Bis nach oben ins Kontor hörte Agnes die Diskussion und Vaters strenge Stimme, die alle anderen übertönte. Die eine Gruppe hatte einen Heringsschwarm in eine Bucht getrieben und anschließend die Mündung der Bucht mit einem Schleppnetz verschlossen. Das habe mehrere Stunden in Anspruch genommen, betonte einer der Männer. Langsam hatten sie das Netz immer näher an das Ufer gezogen, als plötzlich eine andere Gruppe auftauchte und mir nichts, dir nichts ein Treibnetz von oben auf den Schwarm warf. So konnten sie die Heringe einfach herausfischen. Agnes verstand die

Wut der Männer sehr gut und wunderte sich nicht über die derben Ausdrücke, die durch die Wände an ihr Ohr drangen. Am Ende bewegte Vater die beiden Gruppen offenbar zu einer Einigung, und Agnes kehrte an ihren Schreibtisch zurück.

Als Vater in der Tür stand, warf er ihr einen erstaunten Blick zu.

»Vater.« Agnes zögerte.

»Was machst du denn hier, liebe Agnes? Hast du denn jetzt nicht andere Dinge zu tun?«

»Und was ist mit der Verschiffung nach Marstrand, Vater?«

»Darum kümmere ich mich, meine Liebe. Kümmere du dich um deine Brauttruhe. In Zukunft wirst du dich nicht mehr mit Verschiffungen und Kontorarbeit beschäftigen. Du musst gemeinsam mit Josefina die Hochzeit planen.« Er hielt ihr die Tür auf, und Agnes verließ nachdenklich das Kontor.

Als Agnes zur Kirche in Bro ritt, schien die Vormittagssonne über die Felder. Die weiße Steinkirche strahlte in der Sonne, als hätte ihre äußere Hülle eine besondere Leuchtkraft.

Sie strich mit der Hand über den kalten Stein des Familiengrabs.

»*Ik moet gaan Oma.* Ich muss gehen. Du bist die einzige, die mich verstanden hätte.«

Ein Rotmilan flog aus einer der alten Buchen auf, segelte lautlos ganz nah an ihr vorüber und verschwand in Richtung Bucht. Großmutter hatte ihr etwas aus ihrer Kindheit in Holland über diese Vögel erzählt, die dort *rode wouw* hießen. Sie hatte sich gefreut, dass die Vögel auch hier vorkamen und eine Art Band zwischen Schweden und Holland darstellten. Es erschien Agnes nahezu wie ein Zeichen, dass der Rotmilan an ihr vorbei- und dann auf das Meer hinausgeflogen war. Was willst du mir damit sagen, Großmutter? Soll ich wirklich gehen? Ich weiß, wann die Schiffe kommen, wann sie ablegen und wohin sie fahren, überlegte Agnes. Erst gestern hatte sie einem Angestellten der Trankocherei ein Zeugnis ausgestellt, weil er in Mollösund eine neue Arbeit antreten wollte. Sie hätte auch sich selbst ein Zeugnis schreiben können, doch als Frau brauchte sie eine Begleitung. Alternativ konnte sie als Mann reisen. Würde sie als Mann durchgehen? Vater sagte immer, dass man mit fast allem durchkam, wenn man nur entschieden genug auftrat. Hätte sie Vater dazu bringen können, sie weiter ihre Arbeit machen zu lassen, wäre nichts davon nötig gewesen. Vielleicht war es noch nicht zu spät.

»Fräulein Agnes?« Eine vertraute Stimme riss sie aus ihren Gedanken.

Hastig stand Agnes auf und nickte dem Pastor zu.

»Guten Tag.«

»Sprechen Sie mit Ihrer Großmutter?«

Agnes nickte.

»Wenn der Tag einst kommt, werden Sie jedoch im Innern der Kirche in der Grabkammer der Familie Strömstierna liegen, nicht wahr?« Er deutete auf den rötlichen Stein, unter dem Großmutter ruhte. Agnes wurde es eiskalt. Sie hatten bereits mit dem Pastor gesprochen. Es war zu spät. Wie im Halbschlaf hörte sie sich selbst den Pastor um Hilfe bei einem Zeugnis für einen Angestellten der Trankocherei bitten.

»Wenn Fräulein Agnes kurz warten kann, erledigen wir das sofort.«

»Danke, das ist kein Problem.« Sie würde das Zeugnis gleich ausgehändigt bekommen. Vater brauchte nichts davon zu erfahren.

»Für wen ist das Zeugnis?«

Agnes blickte zum Himmel und hielt die Luft an.

»Agne Sundberg«, sagte sie mit so fester Stimme wie möglich.

»Und welchen Beruf hat Agne Sundberg?«

Agnes überlegte schnell. Oft hießen Fassmacher mit Nachnamen Sundberg.

»Er ist Fassmacher.«

»Und wo möchte er hin?«

Das Schiff, das zur Zeit in Karlsvik beladen wurde und im Morgengrauen in südliche Richtung fahren sollte, hatte Marstrand zum Ziel. Dort würde ein Fassmacher mit Sicherheit Arbeit finden.

»Nach Marstrand.«

»Und wo kommt er her?«

»Aus Mollösund.«

Wenn man schon lügen musste, dann wählte man lieber einen Ort, den man zumindest mit eigenen Augen gesehen hatte.

»Ist Fräulein Agnes der Ansicht, dass er seinen Katechismus beherrscht?«, fragte der Pastor.

»So gut wie ich.« Agnes senkte den Blick. Wer den Pastor anlog, landete bestimmt in der Hölle. Aber sie war ja ohnehin auf dem Weg dorthin.

Mit dem Zeugnis in der Satteltasche ritt sie zur Anlegestelle, um sich zu erkundigen, ob es für den Fassmacher Agne Sundberg einen Platz auf dem Schiff nach Marstrand gab.

Kapitän Wikström strich sich nachdenklich über den Bart.

»Ist er auch kein entlaufener Unhold?«

»Er hat ein Zeugnis vom Pastor aus Bro.«

»Na dann, alles klar. Er muss rechtzeitig hier sein. Sobald das letzte Fass an Bord ist, legen wir ab. Und er muss die Fahrt bezahlen.«

An diesem Abend unternahm Agnes einen letzten Versuch, mit ihrem Vater zu reden. Er hörte zu, aber er verstand sie nicht.

»Es ist am besten so, Agnes. Irgendeinen musst du doch sowieso heiraten.«

»Aber er hat mich nicht einmal angesehen. Sollte man nicht irgendetwas füreinander empfinden, sich gernhaben?«

»Vese ist ein schönes Gut. Große Ländereien, gute Zahlen.«

»Wie war es bei dir und Mutter?«

Zum ersten Mal seit langem lächelte Vater.

»Deine Mutter und ich«, seufzte er und schien in Erinnerungen zu versinken. »Ich muss wirklich sagen, dass wir glücklich zusammen waren.« Er nickte bedächtig. Sein Lächeln verschwand. »Aber Glück kommt mit der Zeit, in erster Linie geht es darum, eine gute Partie zu machen. Ich wünschte, deine Mutter oder wenigstens deine Großmutter wären noch am Leben, Frauenzimmer eignen sich besser für solche Gespräche.«

»Und was ist mit dem Hof und der Heringssalzerei? Wer soll dir in der Trankocherei und bei der Buchhaltung helfen?«

»Agnes, wenn du mein Sohn wärst, hättest du hier weitermachen und auf lange Sicht ganz Näverkärr übernehmen dürfen, aber nun macht das Nils. Du wirst die neue Herrin auf Gut Vese. Du wirst dich dort um den gesamten Haushalt kümmern. Das ist eine große Aufgabe und gar nicht so leicht, das wirst du noch sehen.« Er legte eine kurze Pause ein. »Du weißt, dass es so sein muss.«

Agnes fasste sich ein Herz.

»Es gibt Gerüchte über Bryngel und seinen Vater.«

»Zeig mir denjenigen, über den sie sich nicht das Maul zerreißen.«

»Aber ... es wird behauptet ...«

»Die Leute reden viel, wenn der Tag lang ist, und mischen sich in Dinge ein, die sie nichts angehen. Du wirst es gut haben auf Gut Vese, davon bin ich überzeugt.«

Es war schon nach Mitternacht, aber Agnes war noch wach. Auf Hof Näverkärr war es still und vor ihrem Fenster herrschte Dunkelheit. Im Schein der Tranlampe packte sie sorgfältig Großmutters alten Robbenfellkoffer und setzte sich dann vor den Spiegel. Sie kämmte ihr langes Haar, das ihr ein gutes Stück über die Schultern hing. Dann griff sie zur Schere. Sie nahm eine Strähne in die Hand und schnitt sie ab. Es war kein großer Unterschied zu erkennen. Agnes ließ die Haare auf den Boden fallen und schnitt noch mehr ab. Mit dem Haar fielen Tränen, in Gedanken suchte sie ein letztes Mal einen anderen Ausweg, aber die Antwort war immer dieselbe.

Entsetzt sah sie Agnes verschwinden, während sich auf dem Fußboden die Haare türmten. Am Ende schaute sie eine Person mit kurzen Haaren aus dem Spiegel an. Ein Mädchen mit einer schlecht geschnittenen Frisur. Oder ein Junge? Sie hatte es hinter sich gebracht. Agnes fegte die Haare zusammen und legte sie in die Schublade des Sekretärs. Eigentlich wollte sie das Haar mit zu Großmutter nehmen und es ihr an das Grab legen, aber dafür blieb keine Zeit. Bald würde der Hof erwachen.

Geld. Sie würde Geld brauchen. Vorsichtig öffnete sie die Tür und schritt lautlos über die alten Holzdielen in den Raum neben Vaters Schlafzimmer, wo sich die Truhe mit dem Geld befand. Den Schlüssel würde sie allerdings aus Vaters Zimmer holen müssen. Mit angehaltenem Atem drückte Agnes die Klinke hinunter. Vater schnarchte. Seine Schlüssel hingen neben seinem Bett. Sie klimperten, als Agnes sie vom Haken nahm … Das Schnarchen verstummte. Sie stand regungslos da und atmete erst auf, als ihr Vater sich auf die Seite drehte und weiterschlief. Leise machte sie die Tür hinter sich zu und schloss die mit Blumen verzierte Truhe auf. Neben Kaufverträgen und Vereinbarungen lagen Münzen von ganz unterschiedlichem Wert. Auf einem der Papiere las sie »Mitgift« und staunte über die Höhe der Summe. Dass Vater tatsächlich bereit war, so viel Geld zu bezahlen, um sie loszuwerden. Sie hatte das Gefühl, ihn gar nicht mehr zu kennen. Als ob er ein anderer geworden wäre. Agnes nahm sich etwas von dem Geld und versuchte einzuschätzen, wie viel sie brauchen würde.

Wie soll ich bloß allein zurechtkommen?, dachte sie verzweifelt. Doch in der Erinnerung hörte sie Großmutter sagen:

Met jouw komt het altijd goed mijn kind. Du klarar dig alltid, mitt barn.

Als die Sonne an diesem Morgen aufging und die Mägde auf Gut Näverkärr zum Melken gingen, befand sich Agnes bereits ein Stück südlich von Bohus-Malmö. Sie segelten an den Brandschären, Gäven und Bonden vorbei. Ein frischer Wind trieb das Schiff immer weiter fort von der Halbinsel Härnäs, immer weiter weg von ihrem einstigen Zuhause.

Sie musste eine Weile geschlafen haben, denn als sie erwachte, betrachtete sie verwundert ihre Hose und die Stiefel. Sie hörte das Wasser gluckern und wusste wieder, wo sie war. Wie hatte Vater wohl reagiert? Hatte er begriffen, dass sie wirklich fort war, oder glaubte er vielleicht, dass sie zurückkehren würde, sobald sie Hunger bekam? Mit der Zeit würde ihm klar werden, dass Agne Sundberg und seine Tochter ein und dieselbe Person waren. Und was würde der Pastor sagen? Armer Vater.

Ihr kurzes Haar blitzte unter der Mütze hervor.

Das Schiff legte sich knarrend auf die Seite, aber die gut vertäute Ladung rührte sich nicht von der Stelle.

Agnes nahm Brot und Käse aus ihrer Tasche und begann zu essen.

»Na, Agne Sundberg«, sagte der Kapitän. »Das Fräulein auf Näverkärr hat anscheinend einen Narren an Ihnen gefressen, wenn sie Ihnen schon eine Reise nach Marstrand organisiert, anstatt dass Sie selbst zu mir kommen und fragen.«

»Fräulein Agnes hat ein gutes Herz.« Agnes antwortete mit so tiefer Stimme wie möglich, achtete auf jede Bewegung und wählte ihre Worte mit Bedacht. Sie versuchte, so zu sprechen wie ihr Bruder Nils, und rief sich ins Gedächtnis, wie er gestikuliert und sich bewegt hatte.

»Ich habe noch nie einen Fassmacher mit so mickrigen Händen gesehen.« Der Mann musterte sie von Kopf bis Fuß. »Was ist der Grund eurer Reise? Sie lassen das Fräulein Agnes doch nicht in Schwierigkeiten zurück?«

»Um das Fräulein auf Näverkärr brauchen Sie sich keine Sorgen zu machen. Und der Grund meiner Reise geht nur mich etwas an.«

»Käpt'n!«, schallte es aus dem Ausguck. »Die Strömung treibt uns zu nah an Härmanö heran.«

Agnes blickte auf. Die Klippen stellten keine Gefahr dar, dachte sie. Das offene Boot, das plötzlich mit hoher Geschwindigkeit auftauchte, jedoch schon.

»Die Piraten von Strömstierna.«

Agnes sah ihn verwundert an.

»Was hat Strömstierna mit Piraten zu tun?«, fragte sie.

»Was glauben Sie denn, wo das Geld auf Gut Vese herkommt? Für einen Fassmacher kennen Sie sich mit den Zuständen hier in der Gegend aber schlecht aus.«

Das Boot kam näher. Agnes überlegte fieberhaft. Vater hatte zwar erwähnt, dass sie einige Ladungen verloren hatten, aber Agnes hatte dies immer den schlechten Wetterbedingungen zugeschrieben. Ein einziges Mal war ihr zu Ohren gekommen, dass die Besatzung überfallen und die Ladung geraubt worden war, aber das war doch unten auf der Höhe von England und nicht hier passiert. Oder etwa doch?

»Wir entkommen ihnen nicht.« Der Kapitän gab den Männern an Bord zu verstehen, dass sie sich für den Fall, dass es Probleme gäbe, bereit machen sollten. Agnes berührte ihren Hals, wo normalerweise das Kreuz hing, doch dann fiel ihr wieder ein, dass sie die Kette abgenommen hatte. Sie griff in die Hosentasche und strich mit dem Finger über das silberne Schmuckstück.

»Wissen sie denn, dass wir Waren an Bord haben, die dem Gutsbesitzer von Näverkärr gehören?«, fragte Agnes besorgt.

»Natürlich ist ihnen das bekannt. Deshalb erwarten sie uns ja bereits.«

Die Männer waren gerade dabei, ihre Büchsen zu laden, als der erste Schuss aus dem Boot der Verfolger knapp hinter ihnen vorbeisauste.

»Glauben Sie bloß nicht, dass die ihr Ziel verfehlen. Das war lediglich ein Warnschuss.«

»Haben Sie eine Waffe dabei?«, fragte der Kapitän Agnes.

Stumm schüttelte sie den Kopf und nahm die Pistole entgegen, die ihr gereicht wurde.

Vermutlich würde Bryngel nicht schlecht staunen, wenn seine eigenen Seeräuber seine Zukünftige gefangen nahmen und vielleicht sogar umbrachten. Und Vater, was würde er dazu sagen? Sie dankte Gott, dass Großmutter dies nicht mehr miterleben musste.

Agnes kam eine Idee.

»Sagen Sie ihnen, dass die Ladung dem zukünftigen Schwiegervater von Bryngel Strömstierna gehört.«

Kapitän Wikström fiel die Kinnlade hinunter.

»Dem will der Alte seine Tochter geben? Sind Sie sich da sicher?«

»So wahr mir Gott helfe«, sagte Agnes.

»Wir hissen die weiße Flagge und lassen sie bis in Hörweite herankommen. Hoffen wir, dass sie uns noch einmal davonkommen lassen, wenn sie diese Neuigkeit erfahren.«

Als sich das Schiff näherte, geriet Agnes ins Schwitzen. Neben dem Kapitän zählte sie vierundzwanzig bewaffnete Männer an Bord.

»Unsere Ladung gehört dem Herrn von Näverkärr«, rief Kapitän Wikström.

Der andere Schiffsführer lachte höhnisch. Die Besatzung fiel in sein Lachen ein.

»Das ist uns bekannt. Wenn Sie sie uns freiwillig übergeben, kommt niemand zu Schaden.«

»Dann wissen Sie wahrscheinlich auch, dass Bryngel Strömstierna und der Eigentümer unserer Ladung, der Herr von Näverkärr, demnächst verwandt sein werden. Letzterer wird seine Tochter Agnes mit dem jungen Herrn auf Gut Vese verheiraten. Es könnte allerdings Probleme mit der Hochzeit geben, wenn Sie Güter stehlen, die Bryngels Schwiegervater gehören.« Kapitän Wikström sprach mit lauter und ruhiger Stimme, aber Agnes sah die weißen Knöchel seiner Finger, die sich krampfhaft an das Steuerrad klammerten. Er ging ein hohes Risiko ein.

Die Schiffe lagen nun nebeneinander. Strömstiernas kräftige Männer sahen ihren Befehlshaber erwartungsvoll an. Wäre auch nur ein einziges Fischereigerät an Bord gewesen, hätte man sie für Fischer halten können. Der Mann schien gedanklich den Wahrheitsgehalt der Information zu überprüfen.

»Sind Sie sich Ihrer Sache sicher?«

»Vollkommen.«

»Glauben Sie mir, Kapitän Wikström, wenn Sie mich angelogen haben, werden Sie es bitter bereuen.« Das andere Boot fiel vom Wind ab und war nach wenigen

Minuten hinter einer Insel verschwunden. Der Kapitän wirkte erleichtert.

»Dieses Manöver funktioniert nur einmal, habe ich recht?«

»Wie meinen Sie das?«, fragte Agnes.

»Beim nächsten Mal wissen Strömstiernas Seeräuber, dass sich Bryngels Zukünftige aus dem Staub gemacht hat.«

Agnes riss die Augen auf. Er hatte sie durchschaut.

»Erzählen Sie es bitte nicht weiter.«

»Was denn?« Er lächelte. »Dass ein Fassmacher unser Passagier war?«

Kapitän Wikström zeigte auf die Silhouette, die sich in weiter Ferne vom Himmel abhob.

»Die Festung Carlsten. Wir sind noch vor dem Abend in Marstrand.«

3

In einem alten Männerhemd und mit Kopftuch stand Vendela ganz oben auf der Leiter. Erbarmungslos schabte sie mit einem Spachtel die alte Leinölfarbe vom südlichen Giebel des Bremsegård. Hin und wieder wandte sie sich von der gelbgestrichenen Wand ab und ließ ihren Blick abwechselnd über das Wasser nach Marstrandsö oder die Wiesen von Klöverö und den etwas weiter entfernten Lindenberg schweifen.

Da das Holz in gutem Zustand war, hatten sie erst wenige der Schalbretter erneuern müssen. Die Leinölfarbe hatte Wind und Wetter in erstaunlichem Maß getrotzt.

»Was gibt es zu essen?«

Die Frage kam von Jessica, die in einem Liegestuhl gemütlich im Forbes Magazin blätterte. Ihre Haare waren unter einem breitkrempigen Sonnenhut verborgen und ihr knappes Bikini-Oberteil bedeckte gerade eben die Brustwarzen.

Vendela hinterließ vor Wut eine tiefe Kerbe in der alten Holzverschalung. Bei der Wahl seiner Ehefrau hatte ihr Bruder wirklich keinen guten Fang gemacht. Bei ihrer ersten Begegnung mit Jessica hatte Vendela gedacht oder vielmehr gehofft, es würde sich wie schon so oft nur um eine kurze Affäre handeln. Rickard hatte immer Schwierigkeiten gehabt, seine Begeisterung längerfristig aufrechtzuerhalten, doch entgegen aller Prognosen war es Jessica gelungen, sich festzubeißen.

»Da musst du deinen Mann fragen«, erwiderte Vendela. Obwohl sie Jessica am liebsten aufgefordert hätte, ihren durchtrainierten Hintern zu erheben, Kartoffeln aufzusetzen und sich selbst zu überlegen, was man dazu essen könnte, biss sie sich auf die Zunge. Jessica hatte Ferien, das war nicht zu übersehen. Dass alle anderen ebenfalls frei hatten und trotzdem das alte Haus renovierten, schien ihr entgangen zu sein.

Vendela stieg von der Leiter und ging in den Keller, wo Marmelade, Konserven, Getränkekisten und Kartoffeln aufbewahrt wurden. Sie füllte einen Blecheimer mit Wasser aus dem Gartenschlauch und setzte sich auf die Steintreppe, um die Frühkartoffeln zu waschen. Die Sonne schien, und wenn Jessica nicht so ein Störfaktor in ihrem Blickfeld gewesen wäre, hätte sie die Tätigkeit in vollen Zügen genossen. Der Bremsegård und Klöverö hatten schon immer eine beruhigende Wirkung auf sie gehabt. Hier hatte sie ihre Sommer und alle anderen Ferien verbracht, und hierhin war sie zurückgekehrt, um Kraft zu tanken. Wie damals, als Charlies Vater in die USA fuhr und einen Monat später mitteilte, dass er nicht beabsichtige, zu Vendela und dem gemeinsamen Sohn in Schweden zurückzukehren. Möglicherweise wären die Dinge anders verlaufen, wenn Charlie einen Vater gehabt hätte, an dem er sich orientieren konnte, aber im Grunde bezweifelte sie das. Sie stellte den Eimer ab und ging hinters Haus, um Charlie zu fragen, ob er Durst habe. Das Gerüst, auf dem ihr fünfzehnjähriger Sohn am Morgen gestanden und die Farbe von der Wand geschabt hatte, war jedoch leer. Der Spachtel und seine Kappe lagen auf dem Boden, und das Radio lief noch. Vielleicht hatte er nur eine Pause eingelegt, doch wie immer, wenn er ohne ein Wort verschwand, wurde Vendela unruhig.

Obwohl sie regelmäßig kamen, konnte sie sich einfach nicht an die Anrufe von Lehrern und Schulleitern gewöhnen.

»Hat er sich aus dem Staub gemacht?« Jessica kam um die Ecke. Sie nahm die große Sonnenbrille ab und sah sich um. Der Duft von Sonnencreme mit Kokosnuss umgab sie.

»Ich weiß nicht. Wann hast du ihn denn zuletzt gesehen?«, fragte Vendela.

Jessica zuckte die Achseln.

»Typisch Charlie. Er ist bestimmt zu seinen Jungs nach Göteborg gefahren.« Vendela überlegte kurz, widerstand aber dem Impuls, zur Bremsegårdsvik hinunterzurennen und nachzusehen, ob das Boot noch da war.

Als hinter ihnen die alte Kuhstalltür knarrte, drehten sie sich um. Charlie stand im Türrahmen.

»Gibt es noch Ersatzklingen für den Schaber, Mama? Meiner ist schon ganz stumpf.«

Vendela warf Jessica einen wütenden Blick zu und ging zu ihrem Sohn hinüber.

»Wenn dort keine sind, gibt es vielleicht im Holzschuppen noch welche, aber was hältst du davon, erst mal etwas zu trinken und dann baden zu gehen. Ich muss nur noch die Kartoffeln aufsetzen.«

»Ich bin dabei!«

Vendela machte sich gar nicht erst die Mühe, Jessica zu fragen, ob sie mitkommen wolle. Sie fragte sich, ob Jessica die ganze Zeit gewusst hatte, dass Charlie im Kuhstall war. Gewundert hätte es sie nicht.

Gemeinsam mit ihrem Sohn ging Vendela durch das Gartentor und bog in den Trampelpfad zur Bremsegårdsvik ein. Rickard kam ihnen auf dem grasbewachsenen Weg entgegen.

»Wir gehen baden. Kommst du mit?«

»Ich komme gerade von dort. Es ist ziemlich kalt.« Sein dunkles Haar kringelte sich, und auf sein grünes T-Shirt tropfte Salzwasser.

»Du warst doch schon immer eine Memme, Brüderchen. Aber umso besser, dann kannst du dir überlegen, was wir zu den Kartoffeln essen sollen.«

»Klar. Was haben wir denn?«

»Keine Ahnung. Wirf doch mal einen Blick in den Kühlschrank. Ich glaube, es ist noch ein Stück Kassler da. Ansonsten muss einer von uns mit dem Boot nach Koö hinüberfahren. Wenn wir allerdings noch irgendetwas zum Abendessen finden, können wir auch morgen einkaufen gehen.«

Vendela betrachtete Charlie, der von den Klippen ins Wasser sprang. Er wurde seinem Vater von Tag zu Tag ähnlicher.

»Ist es kalt?«

»Nee. Jetzt komm, Mama!«

Vendela hielt sich die Nase zu und sprang hinein. Salzwasser umfing sie. Als sie wieder auftauchte und Luft holte, fühlte sie sich wie neugeboren. Keine Feuerquallen. Obwohl das Wasser hier sechs Meter tief war, sah man die Algen am Grund wogen. Vendela schwamm ein paar Züge auf Marstrandsö zu. Einmal waren Rickard und sie über den ganzen Sund bis zum Strandverket hinübergeschwommen. Als sie am anderen Ufer angekommen waren, hatten sie keine Kraft mehr zurückzuschwimmen. Sie hatten bereits den Hinweg nur mit Mühe und Not geschafft. Es war das einzige Mal, dass Tante Astrid richtig böse auf sie wurde. Astrid hatte in der letzten Ferienwoche auf der Insel die Verantwortung für sie gehabt. Vendelas und Rickards Eltern, die wieder arbeiten mussten, erfuhren nie von dem Vorfall, der Gott sei Dank gut ausgegangen war.

»Du musst endlich lernen zu tauchen«, sagte Charlie, während er auf die Felsen kletterte. Er legte sich das Handtuch über die Schultern. Vendela stieg aus dem Wasser und setzte sich neben ihren Sohn.

»Dein Vater ist ein guter Taucher.«

»Ich weiß.«

Sie wrang ihr Haar und flocht es zu einem Zopf. In ihrer Jugend war sie im Sommer immer weißblond geworden. »Engelchen« hatte Astrid sie dann immer genannt. Mittlerweile wurden nur noch einzelne Strähnchen heller und erinnerten noch im Herbst an den Sommer auf Klöverö. Ihr Sohn war jedoch schon hellblond und hatte eine gesunde Bräune.

»Geht es dir gut, Charlie?«

»Hör auf, Mama.«

»Nerve ich dich?«

»Ständig, ey.«

Vendela verkniff sich die Bemerkung, dass sie das Wort »ey« verabscheute. Sie wollte so gern, dass er sich auf Klöverö wohlfühlte. Natürlich war es nicht besonders aufregend, mit der Mutter, dem Onkel und dessen Frau hier zu sein, aber vielleicht machte es ihm ja Spaß, bei der Renovierung zu helfen und Verantwortung zu bekommen. Außerdem war es eine Erleichterung, dass man die Insel nicht so einfach verlassen konnte. Hier konnte er sich nicht trollen und mit seinen Freunden herumhängen. Jessica hatte einen wunden Punkt angesprochen, als sie die Vermutung äußerte, Charlie hätte sich auf den Weg nach Göteborg gemacht. Vendela zeigte auf die südliche Hafeneinfahrt und die Badeanstalt beim Strandverket.

»Guck mal, die vielen Leute.« Kurz darauf bereute sie schon, dass sie es gesagt hatte. Was, wenn ihm plötzlich einfiel, dass er sich langweilte, weil er hier so allein war.

»Vielleicht sollten wir langsam zurückgehen. Rickard und Jessica haben bestimmt das Essen fertig.«

»Jessica? Machst du Witze? Als ob die kochen würde.«

»Stimmt, du hast recht. Die Arbeit hat wahrscheinlich mein Bruder übernommen.«

Auf halbem Weg kam ihnen Astrid entgegengeradelt.

»Willst du noch mal baden?«, fragte Charlie erstaunt.

»Nein, nein«, antwortete Astrid und fuhr im selben Atemzug fort: »Im Alten Moor haben sie eine Leiche gefunden.«

»Eine Leiche?« Charlie sah Astrid fasziniert an. Sie nickte. Vendela schlug sich erschrocken die Hand vor den Mund.

»Wissen sie, wer es ist?«, fragte sie.

»Keine Ahnung, aber ich glaube nicht. Ich weiß nur, dass die Botanische Vereinigung Göteborg von der Polizei zurück nach Koö gebracht wird. Also muss ich das nicht machen.«

»Eine Leiche im Alten Moor«, murmelte Vendela. »Ist denn im Laufe des vergangenen Jahres jemand verschwunden?«

»Soweit ich weiß, nicht.«

»Wir waren gerade auf dem Weg nach Hause. Du kannst uns gern begleiten.«

»Tja, ich bin ja vorhin am Hof vorbeigekommen. Die Frau von Rickard, wie heißt sie noch mal?«

»Jessica.«

»Genau. Die ist jedenfalls ganz hysterisch geworden. Die kann überhaupt nichts vertragen. Was will dein Bruder mit der?«

»Das kann ich dir sagen«, meldete sich Charlie zu Wort. »Ich höre die beiden nachts.«

»Hör auf, Charlie«, sagte Vendela. »Hast du ihnen das erzählt?«

»Klar.«

»Wir müssen zurück. Möchtest du mitessen?«

»Danke, meine Liebe, aber ich komme ein andermal.« Astrid strich Vendela über die Wange und klopfte Charlie auf die Schulter. »Mach keinen Unsinn.«

»Du auch nicht«, erwiderte Charlie. Astrid grinste.

Vendela und Charlie hörten die aufgebrachte Jessica schon von Weitem.

»Meine Güte, Rickard! Eine Leiche! Sie haben hier draußen eine Leiche gefunden.«

»Jetzt beruhige dich mal, Jess. Das war auf der anderen Seite der Insel, dahin braucht man zu Fuß eine Stunde. Wäre so etwas zu Hause in London passiert, hättest du gar nicht reagiert.«

»Wir befinden uns aber auf einer Insel. Jemand ist mit dem Boot gekommen und hat vielleicht an unserem Steg angelegt oder ist an unserem Haus vorbeigegangen. Das Opfer hätte genauso gut ich sein können.«

»Eigentlich schade, dass es anders gekommen ist«, sagte Charlie zu seiner Mutter.

»Sei still, Charlie!«, zischte Vendela, konnte sich ein Lächeln jedoch nicht verkneifen.

Rickard stellte gerade die Salatschüssel auf den Tisch, als Vendela und Charlie um die Ecke kamen. Eine gelbe Wachstuchdecke mit Blümchenmuster lag auf dem Gartentisch, der zwischen den knorrigen Birnbäumen gedeckt worden war. Da Astrid immer sagte, sie seien 1769 gepflanzt worden, nahm Vendela an, dass es jemand irgendwo aufgeschrieben hatte.

»Perfektes Timing. Wenn ihr Getränke aus dem Keller geholt habt, könnt ihr euch hinsetzen.« Rickard hastete ins Haus und kehrte zwei Minuten später mit einer dampfenden Auflaufform aus der Küche zurück.

»Aua, verdammt, diese Topflappen sind viel zu dünn. Macht mal schnell Platz auf dem Tisch, damit ich das Ding abstellen kann. So ein Mist!«

Vendela schob die Gläser beiseite, und Rickard stellte die Form ab.

»Wir haben Astrid getroffen. Es ist doch verrückt, dass sie eine Leiche im Alten Moor gefunden haben. Erinnerst du dich noch an das Pärchen, das jeden Sommer mit dem Zelt kam? Du weißt schon, wir fanden die Leute etwas merkwürdig. Stell dir vor, die Tote wäre sie, und er hätte sie im Moor ersäuft!« Vendela lachte gespenstisch.

»Hör auf, Schwesterchen. Wenn sonst keiner anfängt, tu ich es, denn ich brauche jetzt was zu essen. Pellkartoffeln mit überbackenem Kassler. Ich habe diese gelbe Sauce nach Mutters Rezept dazu gemacht, und wer möchte, kann eine Scheibe Ananas aus der Dose dazu haben.«

»Jetzt hast du dich fast so angehört wie Mama, wenn sie gekocht hat.« Vendela nahm sich ein bisschen Sauce.

»Stimmt. Vielleicht hätte ich noch erwähnen sollen, dass dies ihr einziges Rezept war. Eine gelbe Sauce. Stundenlang zerbrach sie sich den Kopf darüber, was man dazu essen könnte.«

»Ich könnte mich nur von Butter und Astrids neuen Kartoffeln ernähren.« Vendela begann mit Appetit zu essen. »Hm, wie lecker!«

»Wie könnt ihr einfach dasitzen und euch übers Essen unterhalten, nachdem so etwas Schreckliches passiert ist?«

»Essen müssen wir trotzdem, Jessica. Möchtest du ein Glas Wein?« Rickard beugte sich nach vorn.

»Ja, das kann ich jetzt gebrauchen.«

Rickard füllte nacheinander die Gläser.

»Das Alte Moor liegt vollkommen abgeschieden. Der perfekte Ort«, sagte Charlie.

»Jetzt hör endlich auf«, rief Jessica.

»Wir können ja mal hinterm Haus nachsehen, wer fehlt. Bei Anderssons sind alle fünf noch da, abgehakt. Edman ist auch da, aber bei Lindströms sind nur drei Personen anwesend ... wo ist die vierte abgeblieben? Hm.«

»Lass das, Charlie«, sagte Jessica.

»Er scherzt doch nur«, wandte Rickard ein.

»Aber ich habe ihn doch gebeten, damit aufzuhören. Ich finde das gar nicht witzig. Begreift ihr denn nicht, dass hier ein Mörder frei herumläuft?«

»Davon hat niemand etwas gesagt. Man hat eine Leiche gefunden. Es könnte sich auch um eine Pilzsammlerin handeln, die im Moor eingesunken ist.« Rickard griff nach dem Salzfass.

»Hör mal, du Städter, um diese Jahreszeit gibt es hier keine Pilze«, bemerkte Vendela.

»Okay. Dann eben eine Beerensammlerin.«

»Das Essen war superlecker, Brüderchen. Verrätst du mir dein Geheimnis?«

»Reifer Käse. Eine dicke Schicht reifer Käse und eine Prise Oregano auf dem Kassler, natürlich vor dem Käse.«

»Aha. Was habt ihr eigentlich für Pläne? Werdet ihr diesen Sommer viel Zeit hier verbringen? Ihr habt noch gar nicht darüber gesprochen.«

»Nein, es ist nämlich so ... ach, nichts.«

»Jetzt komm schon, was wolltest du sagen?«

»Wir wollen vielleicht nach Italien fahren.«

»Und euch den schwedischen Sommer entgehen lassen, seid ihr verrückt? Ist es in Italien um diese Jahreszeit nicht tierisch heiß?« Vendela schüttelte den Kopf.

»Wo in Italien warst du denn schon?«, fragte Jessica.

»Um ehrlich zu sein, nirgendwo.«

»Wie kommst du dann darauf, dass ein Sommer hier auf der Insel besser ist als Urlaub in Italien?«

»Weil es für mich nichts Schöneres gibt als einen Sommer auf dem Bremsegård. Sonne und Salzwasser.«

»In schwedischen Sommern hat man allerdings oft Dauerregen bei neun Grad Celsius«, stellte Jessica nüchtern fest. »Wie aufregend ist es dann hier? Man kann doch überhaupt nichts machen.«

»Dann spielt man eben Spiele, liest oder sieht sich Papas alte Fotoalben aus unseren ersten Sommern hier an. Oder man sitzt mit Astrid am Kachelofen und plaudert. Sie hat mir beigebracht, dem Seufzen und Knacken des Hauses zu lauschen. Und wenn man Hummeln im Hintern hat, macht man einen Spaziergang oder einen Ausflug nach Marstrandsö. Dort gibt es meistens Fotoausstellungen im Rathaus. Oder man besucht eine der Galerien und betrachtet Kunst, die man sich nie im Leben leisten könnte.«

»Hättest du gern genug Geld, um dir Kunst anzuschaffen?«, fragte Jessica.

»Es gibt viele Dinge, für die ich gern genug Geld hätte. Zum Beispiel ein neu gedecktes Dach auf diesem Haus. Keine Ahnung, ob einer von euch auf dem Dachboden war, aber ich habe leider den Eindruck, dass wir diese Investition in Angriff nehmen müssen. Die Dachpappe ist vollkommen hinüber, und es regnet an einigen Stellen durch, vor allem bei Nordwind. Was meint ihr? Sollen wir uns mal nach hiesigen Zimmerleuten umhören, die vielleicht an dem Auftrag interessiert wären? Wenn wir uns alle als Handlanger zur Verfügung stellen, lassen sich die Kosten eventuell senken.«

»Aber da müssen Rickard und ich sagen, dass ...«, begann Jessica, verstummte jedoch, nachdem Rickard sie scharf angesehen hatte.

»Muss das wirklich jetzt gemacht werden?«, fragte Rickard. »Kann das nicht warten?«

»Ich glaube nicht. Wenn wir noch länger warten, könnte das Haus kaputtgehen, denn es dringt bei jedem Regen Feuchtigkeit ein. Am Ende verfault das Haus, und dann wird die Renovierung noch aufwendiger und teurer.«

»Lass uns später darüber reden. Würdest du dich um das Dessert kümmern, während ich Kaffee koche, Jess?«

»Klar. Worauf habt ihr Appetit?«, fragte sie Charlie und Vendela.

»Wahrscheinlich solltest du erst mal nachsehen, was es noch gibt«, sagte Rickard.

Vendela hielt die Schale mit der gelben Sauce hoch.

»Mach es wie unsere Mutter. Fang mit der Sauce an.«

Agne Sundberg kommt in der Handelsstadt Marstrand an

Agnes war gerade am Kai von Marstrand an Land gegangen. Der Boden unter ihren Füßen schien zu schwanken. Sie versuchte vergeblich, das unangenehme Gefühl abzuschütteln, nachdem sie ertappt worden war. Ich muss mir selbst einreden, dass ich ein junger Mann bin, anders geht es nicht, dachte sie. Die Tragweite ihres Betrugs war ihr erst in dem Moment ernsthaft bewusst geworden, als sie in die nördliche Hafeneinfahrt einfuhren, wo ihnen ein Boot nach dem anderen voller Zollbeamter und Soldaten entgegenkam. Sie bewachten die Hafeneinfahrt und riegelten sie fast hermetisch ab, um sicherzugehen, dass alle An- oder Abreisenden einwandfreie Papiere hatten. Die Festung auf dem höchsten Punkt der Insel erinnerte an den Ort, an dem diejenigen landeten, die das Gesetz übertreten hatten. Allerdings galten gerade diese Regeln nur noch in eingeschränktem Maße, seit die Stadt zum Freihafen ernannt worden war. Agnes wurde eskortiert, damit sie sich nicht vor der Anmeldung drückte. Mit schweren Schritten ging sie zu der Stelle, wo sie ihren Namen und den Grund ihres Aufenthalts melden musste. Kapitän Wikström hatte alle Hände voll mit dem Zoll zu tun, nickte ihr jedoch zu, als sie ihm zum Abschied winkte.

Obwohl es draußen bereits dunkel war, waren Leute unterwegs. Ein kleiner Junge, der keine Schuhe trug und viel zu dünn angezogen war, hielt ihr seine Mütze hin. Agnes zog ein Stück Brot aus der Tasche und reichte es ihm.

»Danke, Herr.« Unverzüglich machte sich das Kind über Josefinas frisch gebackenes Brot her.

Auf dem Kai vor ihr lag der mittlere Zoll, ein zweistöckiges rotes Holzhaus. Hinter dem Fenster sah sie einen Mann am Schreibtisch sitzen. Vor der Tür standen drei Personen Schlange. Agnes stellte sich ebenfalls an und wartete, bis sie an der Reihe war.

»Was führt Sie in die Stadt Marstrand?« Der Mann sah Agnes prüfend an und ließ seinen Blick dann zu dem bewaffneten Mann neben ihm schweifen, der jederzeit einsatzbereit war. Die gelbe Hose und die grüne Jacke verrieten, dass er den Bohusläner Dragonern angehörte. Auf der Steinschlossmuskete an seiner Seite steckte ein Bajonett, und seine Gesichtszüge waren wie versteinert. Sie war nicht darauf gefasst gewesen, dass es hier so viele Soldaten geben würde. Ihr Vater hatte ihr erzählt, dass einige der weniger gefährlichen Insassen der Festung außerhalb der Mauern arbeiteten und sich tagsüber frei in der Stadt bewegen durften, weil man der Meinung war, sie hätten ohnehin keine Möglichkeit, die Insel zu verlassen.

Agnes betrachtete das dicke Buch und die Eintragungen über der leeren Zeile, in der der Name von Agne Sundberg stehen sollte. Mehrmals las sie das Wort

»Schulden«, »Zerrüttete finanzielle Verhältnisse« und etwas weiter unten war ein Paar verzeichnet, das gegen den Willen der Eltern heiraten wollte. In ihrem Fall war es umgekehrt.

»Was ist Ihr Anliegen?«, wiederholte der Mann etwas lauter. »Warum sind Sie hergekommen?«

»Ich bin gekommen, um eine Eheschließung zu vermeiden.« Ihr ging durch den Kopf, dass sie auch gestohlen hatte, aber als Dieb würde sie auf der Insel wohl keine Arbeit finden.

»Ah so.«

»Und woher kommen Sie?«

Agnes zögerte. Dann suchte sie in ihrer Tasche nach dem Zeugnis vom Pastor aus Bro.

»Woher kommen Sie?«, fragte der Mann, der zu glauben schien, sie hätte die Frage nicht verstanden.

»Mollösund«, log Agnes und überreichte ihm das Dokument. Sie befürchtete, ihr wäre anzusehen, dass sie nicht die Wahrheit sagte, aber falls der Mann Verdacht geschöpft hatte, kümmerte ihn das anscheinend nicht. Diese plötzliche Einsicht tat weh. Hier kümmerte es niemanden, dass Fräulein Agnes vom Hof Näverkärr verschwunden war, während in Marstrand gerade ein vollkommen unbekannter Agne Sundberg an Land ging.

Mit eleganter Schrift trug der Mann Agne Sundberg aus Mollösund in das Buch ein und notierte ihre Angaben auf einem Freibrief, den er Agnes überreichte. Anschließend verabschiedete er sich mit einem Winken und rief den nächsten Mann aus der Schlange herein. Den nächsten Mann, dachte Agnes. So muss ich denken. Die ganze Zeit. Irgendwann wird es besser. Mit dem Papier in der Hand, das ihre wiedererlangte Freiheit darstellte, trat sie vor die Tür. Irgendwie ließ sich die Abendluft nun leichter atmen. Gleichzeitig fühlte sie sich so einsam wie noch nie. Sie betrachtete die Menschen, die bei der

Gaststätte im Eckhaus ein- uns ausgingen. »Wärdshus« stand auf dem Metallschild, das sich knarrend im Wind bewegte. Nun war sie zumindest hier.

Niemand öffnete das Tor, als Agnes anklopfte. Da die Gasse nur schwach beleuchtet war, sah Agnes sich ängstlich um. Sie klopfte noch einmal, bis ihr einfiel, dass sie ein junger Mann war, und pochte stattdessen mit der ganzen Faust an das Türblatt.

Gleich darauf ging die Luke auf und ein Frauengesicht zeigte sich.

»Ja?«

»Guten Abend. Ich suche eine Bleibe für die Nacht. Kapitän Jacobsson hat mir empfohlen, mich an Sie zu wenden.«

Die Frau musterte sie.

»Nur für den Herrn?« Jedes Mal, wenn jemand »Herr« sagte, zuckte Agnes zusammen und war drauf und dran, sich nach dem Herrn umzusehen, der womöglich gemeint war. Wenn sie als Mann durchgehen wollte, musste sie sich das baldigst abgewöhnen.

»Ja.«

Die Frau schob die Luke wieder zu, öffnete stattdessen die Tür und schloss ab, sobald Agnes eingetreten war.

»Wie lange bleiben Sie?«

Auf diese Frage war Agnes nicht vorbereitet. Sie begann zu stammeln.

Die Frau hob beruhigend die Hand.

»Wir nehmen es so, wie es kommt. Ich habe Platz genug. Kommen Sie mit.« Die Frau griff nach einer Tranlampe.

»Was kostet es?«, fragte Agnes, doch die Frau war bereits ein ganzes Stück die steile Treppe hinaufgestiegen und schien sie nicht zu hören. Irgendwo musste sie schließlich die Nacht verbringen. Die Alternative, mit anderen Zugereisten die Nacht auf dem Fußboden eines Wirtshauses zu verbringen, war vollkommen undenkbar.

Das Zimmer lag im ersten Stock. Es war ein winziges Kabuff mit Dachschräge. Der Gestank darin war so widerwärtig, dass Agnes die Luft anhielt. Irgendjemand hatte sich in dem Raum erbrochen, und trotz eines halbherzigen Versuchs, den Boden aufzuwischen, schien sich das Resultat größtenteils mit dem Schmutz in den Ritzen vermengt zu haben. Als Agnes das feuchte Holz berührte gaben die angegriffenen Balken an der einen Wand nach. Irgendwo regnete es herein. Offensichtlich bestand das Leck schon seit längerer Zeit, ohne dass jemand etwas dagegen unternahm. Wenn die gesamte Wand so morsch war, würde sie das Dach oder das Stockwerk darüber nicht mehr lange tragen.

Ein Fenster ging auf den gepflasterten Hof der Gaststätte Wärdshus hinaus. Auf dem Tisch stand die Tranlampe, die ihr die Frau nicht ohne den Hinweis überlassen hatte, Agne solle das Licht löschen, bevor er ins Bett gehe. Erst in der vorigen Woche war ein ganzes Stadtviertel den Flammen zum Opfer gefallen. Am Fenster stand ein Tisch und an der Längsseite des Zimmers ein Bett. Das war alles.

Bei ihr zu Hause waren die Wände tapeziert, hier waren die gezimmerten Wände mit altem geteerten Garn abgedichtet, und zu der feuchten Wand hin war der Boden beängstigend abschüssig. Der Kachelofen auf seinen Holzfüßen hatte jedoch dieselbe grüne Farbe wie der in Agnes' altem Zimmer, und sogar der Weidenkorb daneben erinnerte an den, in dem Josefina immer das Brennholz brachte. Als die Frau die Tür zugemacht hatte, setzte sich Agnes auf das Bett. Erst jetzt kamen die Tränen. Vor und während der Reise war sie kaum zum Nachdenken gekommen, aber nun? War sie völlig verrückt geworden? Wenn Kapitän Wikström sie verriet, würde sie nicht mehr lange als Mann durchgehen. Sie trocknete ihre Tränen, nahm die Mütze ab, hängte Vaters Rock an einen Haken und legte sich mit den Stiefeln auf das Bett. Zu Hause wäre sie niemals auf die Idee gekommen, sich mit Schuhen an den Füßen hinzulegen, aber hin und wieder hatte sie es bei ihrem Vater gesehen. Die harte Matratze war, genau wie die Decke, aus getrocknetem Seegras. Der Geruch erinnerte sie an die Karlsvik, wenn bei Ebbe der Tang zum Vorschein kam. Oder wenn nach einem Sturm der ganze Strand voller Seegras und Strandgut war.

Aus dem Wirtshaus waren Gebrüll und Gejohle zu hören. Agnes stand auf und trat an das Fenster. Ein leeres Bierfass wurde auf den Hof hinausgerollt und ein volles hereingeholt.

Oben am Himmel begannen die Sterne zu leuchten. Das Haus erwachte zum Leben, die alten Bodenbretter knarrten, und wenn neue Gäste eintrafen, wurden Türen geschlagen. Einige Neuankömmlinge machten Lärm. Im Treppenhaus brach eine Schlägerei aus, die Streithähne schienen männlich zu sein, aber die schrillen Schreie stammten von einer Frau. Agnes versuchte, einzelne Worte zu verstehen. Sie sprach Schwedisch, aber in einem merkwürdigen Dialekt.

Dann gab es andere Geräusche. Intime. Agnes schloss die Augen, wagte jedoch nicht einzuschlafen. Sie ging noch einmal zur Zimmertür und griff nach der Klinke. Es war eine einfache Holztür, die von innen mit einem Riegel verschlossen wurde. Erneut legte sie sich auf das Bett. Hinter den Wänden raschelte es, als ob dort etwas herumkrabbelte. Wahrscheinlich Ratten. Sie hoffte, dass die Wirtin bei den Gästen, die noch einen Abstecher zum Ausschank gemacht hatten, die Tranlampen eigenhändig ausmachte. Falls es brannte, würde sie es wohl kaum bis zur Treppe schaffen, und aus dem Fenster in den gepflasterten Hof zu springen, war vollkommen undenkbar. Sie fragte sich, ob Vater schlafen konnte und ob er jetzt an sie dachte. Und Mutter und Großmutter im Himmel, konnten die sie jetzt so einsam an diesem elenden Ort sehen? Sie meinte die Stimme ihrer Großmutter zu hören:

Slaap er een nachtje over, je zult zien dat dam alles beter voelt.

Vielleicht stimmte das, und vielleicht wäre alles nicht mehr so schlimm, wenn sie eine Nacht über die Sache geschlafen hatte.

Ihr Körper war müde, aber der Verstand kam nicht zur Ruhe. Dies war kein sicherer Ort, und Schlafende waren leichte Opfer. Die ganze Nacht lag Agnes wach und lauschte. Einige Male döste sie für einen Augenblick weg, um kurz darauf mit einem Schreck zu erwachen. Als die Morgendämmerung kam, war sie erschöpft.

Die Morgensonne wärmte ihr Gesicht. Agnes lächelte, bevor sie den Geruch der Seegrasmatratze wahrnahm und sich daran erinnerte, wo sie war. Sie betastete ihren Kopf und das kurze Haar. Was hatte sie getan?

Wäre es wirklich so schlimm gewesen, Bryngels Frau zu werden und auf Gut Vese zu leben? Sie hätte ihr Elternhaus und das Grab ihrer Großmutter besuchen können. Hier hatte sie niemanden. Sie war ganz allein. Und es juckte. Sie betrachtete ihre zerbissenen Arme. Wanzen. Dann dachte sie an die nächtlichen Geräusche und all die Menschen, die vor ihr in diesem Zimmer gewohnt und in diesem Bett geschlafen und einige andere Dinge getan hatten. Bei diesen Gedanken stand sie unverzüglich auf. Es war kalt im Raum, und der Boden fühlte sich feucht und klebrig an.

Agnes zählte ihr Geld, um ungefähr abzuschätzen, wie lang es reichen würde. Die Wahrheit war, dass sie keine

Ahnung hatte. Sie wusste, was ein Fass Tranöl kostete und was ein Fassmacher verdiente, doch wie viel musste man für eine Kanne Milch oder ein Mittagessen in einem Gasthaus bezahlen? Noch hatte sie ein Stück Käse und bisschen Brot übrig.

Das Brot schmeckte wie zu Hause und rief ihr ins Gedächtnis, wie Josefina in der Küche auf Gut Näverkärr Brote aus dem großen Ofen zog. Der Käse erinnerte sie an den Kuhstall und das, was die Magd von Gut Vese über Bryngel und nicht zuletzt über seinen Vater gesagt hatte. War er der Grund dafür gewesen, dass die junge Frau ins Wasser gegangen war? Agnes steckte sich noch ein Stück Brot in den Mund. Es gab keinen anderen Weg für sie außer dem, den sie eingeschlagen hatte.

Sie musste eine Arbeit und vielleicht einen Ort finden, wo sie etwas länger bleiben konnte. Falls Kapitän Wikström noch da war, konnte er ihr vielleicht einen Rat geben. Sollte sie es wagen, Großmutters Robbenfellkoffer im Zimmer zu lassen, oder sollte sie ihr Gepäck mitnehmen? Nachdem sie eine Weile gegrübelt hatte, steckte sie ihre Geldbörse ein und ließ den Rest dort. Entschlossen ging sie die Treppe hinunter. Obwohl ein kalter Nieselregen fiel, herrschte auf dem Kai Betrieb. Agnes bibberte. Stimmengewirr in mehreren Sprachen. Erstaunt, diese Sprache hier so häufig zu hören, erkannte sie Französisch, außerdem Holländisch, Deutsch und etwas, das sie für Englisch hielt, aber sicher war sie sich nicht. Überall waren Fischer, Frauen und Männer in farblosen Kleidern. Die schmutzigen Schürzen der Frauen waren voller Fischschuppen. Drei verrotzte Kinder, alle unter fünf, hingen der Frau am nächsten Fischstand am Rockzipfel. Sie starrten Agnes erschrocken an. Ein zahnloser Mann mit schwarzer Gesichtsfarbe und krummem Rücken schleppte einen Sack von einem der Schiffe herunter, die von weither gekommen waren. Wie betäubt beobachtete Agnes die Menschen. Die Schlachter mit den lebenden Hühnern und den Schweinehälften. Die arme Lokalbevölkerung, die Fisch verkaufte, die Bauern, die ihre Waren gleich neben den Fischern feilboten. Die hohen Gewinne, die man mit dem Heringsfang erzielte, landete jedoch nicht bei denjenigen, die das Geld am dringendsten benötigten. Auf Näverkärr hatte sie eine solche Armut wie in den Augen dieser Kinder nie gesehen. Und mitten in diesem Durcheinander stolzierten elegante Herren mit Mänteln und Hüten ausländischer Fasson herum und schienen die hungrigen Kinder und die ärmlich gekleideten Frauen der Fischer gar nicht zu bemerken. Eine Frau, die vor lauter Puder ganz grau im Gesicht war und ein schwarzes Schönheitspflaster auf der Wange trug, musterte sie von Kopf bis Fuß. Ihr Kleid war purpurrot, und sie roch stark nach Parfüm. Als sie an einem Stand einkaufte, der ein Stück entfernt lag, war deutlich das Klimpern von Münzen in ihrem Geldbeutel zu hören. Agnes fragte sich, was sie wohl kaufte und wer sie war. Der Duft von Parfüm wurde durch einen ganz anderen überlagert, als zwei junge Männer einen stinkenden Latrineneimer an ihr vorbeitrugen. Einer von beiden humpelte in beunruhigender Weise, und es sah aus, als könne ihm jeden Augenblick der Henkel aus der Hand rutschen.

Auf der linken Seite spielten einige Kinder hinter einem hohen Zaun in einem Küchengarten. Ein kleiner Junge kletterte auf einen Baum und begann, seine Spielkameraden mit roten Äpfeln zu bewerfen. Eine schwarzhaarige Dame mit einem Hausmädchen im Schlepptau spazierte an einem Stand vorbei. Sie zeigte auf bestimmte Waren, und das Hausmädchen kaufte auf ihre Anweisung ein und packte die Lebensmittel in ihren Korb. Die Dame hatte inzwischen den hohen Zaun erreicht, hinter dem sich die Kinder befanden. Das Hausmädchen holte sie gerade noch rechtzeitig ein, um ihr die Pforte aufzuhalten. Die Dame raffte ihr Kleid und stieg die beiden Treppenstufen hinauf. Sofort erblickte sie den Jungen in der Baumkrone und schimpfte mit ihm. Die anderen Kinder sahen schweigend zu. Kurz wurde auch das Dienstmädchen gescholten, das die Kinder beaufsichtigen sollte. Der Junge kletterte vom Apfelbaum herunter, und Agnes sah ihn mit gesenktem Kopf im Haus verschwinden. Ein Mann mit schwarzem Bart und langen krausen Koteletten guckte aus der Tür, hinter der soeben der Junge verschwunden war. Die Kippa auf seinem Kopf und der Gebetsmantel, den er sich um die Schultern gelegt hatte, verrieten seine Religionszugehörigkeit.

Agnes wandte sich dem Wasser zu und betrachtete die Schiffe, die sich bereit zum Anlegen oder Lossegeln machten. Überall waren Seeleute zu sehen. Sie umklammerte ihre Geldbörse noch fester. Das war alles, was sie hatte. Ohne diese Reserve wäre sie verloren gewesen. Es wurde die Ladung von Schiffen gelöscht, deren Flaggen sie noch nie gesehen hatte. In den Läden längs des Kais war der Handel nun in vollem Gange, und an den Fischständen versuchten die Frauen, einander zu übertönen. Agnes eilte zu der Stelle, wo sie am Abend zuvor festgemacht hatten, doch es war vergeblich. Kapitän Wikström hatte abgelegt. Jetzt spürte sie, wie sehr sie gehofft hatte, er wäre noch da. Sie hätte jemanden gebraucht, mit dem sie sich beratschlagen konnte.

Einen Großteil des Tages verbrachte sie damit, durch die Stadt zu laufen und sich nach Arbeit umzusehen. Die Menschen waren jedoch skeptisch gegenüber Fremden, und sie erhielt überall eine Absage. Noch nie zuvor hatte sie so viel Elend versammelt gesehen wie auf diesem Fleckchen Erde. An den Gestank von den Trankochereien auf den umliegenden Inseln war sie gewöhnt, aber von diesem Schmutz und den menschlichen Exkrementen wurde ihr übel.

In einer Gasse stand ein elegant gekleideter Mann und hustete so heftig, dass es in seiner Brust schepperte. Das kostbare Kleid der Frau, die ihn stützte, wurde mit Blut befleckt. Anschließend drückte er ihr eine Münze in die Hand und küsste sie leidenschaftlich. Er fummelte unter ihren Röcken herum, bis die Frau Agnes erblickte und sich weiter in die Gasse zurückzog und mit ihm in einem Hauseingang verschwand. Die Tür wurde aufgestoßen, und zwei lachende Herren traten heraus. Im ersten Stock ging ein Fenster auf, aus dem zwei Frauen nur in Unterwäsche ihnen zum Abschied winkten. Und was für Wäsche! Farbig und mit Spitze besetzt. Agnes starrte die beiden Prostituierten an, bis einer der beiden Männer, die sie gerade besucht hatten, sie im Vorbeigehen anstieß.

»Sorry.« Er nickte Agnes zu. Sie nickte wortlos zurück. Die Freudenmädchen hatten das Fenster inzwischen geschlossen, aber sie konnte sie immer noch dort oben stehen und plaudern sehen. Da das Nieseln in einen etwas kräftigeren Regen übergegangen war, kehrte Agnes zu ihrer Herberge im Lotsgränd zurück. Sie, die noch nicht einmal ihren eigenen Lebensunterhalt bestreiten konnte, durfte nicht über eine Prostituierte urteilen. Agnes seufzte schwer. Ihr Magen knurrte, und die viel zu schweren Stiefel scheuerten ihr die Füße wund. Sie kam sich verkleidet vor, bemühte sich aber, an ihre Haltung und ihren Gang zu denken. Ich bin ein junger Mann, Agne Sundberg, Fassmacher. Eine alleinstehende Frau wäre sofort in die Arrestzelle gesteckt worden. Ihr androgynes Aussehen musste doch sicher sein. Trotz ihrer hellen Stimme konnte sie bestimmt als junger Mann durchgehen. Hatten nicht viele Jünglinge eine helle Stimme? Ihr Körper war stark und geschmeidig. Von ihrer Mutter hatte sie breite Schultern geerbt. Trotzdem war die Angreifbarkeit, die sie an diesem gottverlassenen Ort empfand, nur ihr als Frau vorbehalten.

Am Nachmittag hatte der Regen aufgehört, und sie machte sich wieder auf den Weg zum Kai. Agnes verspürte fast so etwas wie Gleichgültigkeit. Der Hunger war gekommen und wieder verschwunden, ihr war der Appetit vergangen, als sie an dem Bordell und dem Mann vorbeigekommen war, der Blut gehustet und sich dann Küsse und womöglich noch mehr gekauft hatte.

Unten am Kai waren zwei Männer in eine heftige Diskussion verwickelt. Der eine Schwede, der andere Holländer. Mit Hilfe von Stift und Papier versuchten sie, sich einig zu werden. Agnes lauschte ihrem Disput und kam nach einer Weile zu dem Schluss, dass sie im Grunde übereinstimmten, sich aber gegenseitig missverstanden. Sie zögerte einen Augenblick, doch schließlich ging sie zu ihnen. Zunächst wandte sie sich an den Mann, der Schwedisch sprach.

»Verzeihen Sie, dass ich Ihnen ins Wort falle, mein Herr, aber im Prinzip sind Sie einer Meinung. Dieser Herr hier bietet größere Fässer an als die, die Sie normalerweise kaufen, und verlangt deshalb einen höheren Preis. Da die Fässer mehr Inhalt haben, ist dieser Preis vollkommen angemessen. Der Inhalt der Säcke dagegen ist kleiner als der, den Sie vorhin erwähnten, und daher schlage ich vor, dass Sie in dem Fall um einen Preisnachlass bitten.«

Der Mann sah zuerst sie und dann die Zahlen auf seinem Notizblock erstaunt an.

»Wirklich?«, fragte er verblüfft.

Agnes wandte sich an den Holländer.

»Dieser Herr hier hatte nicht verstanden, dass Ihre Fässer größer sind als diejenigen, die er normalerweise kauft, und deswegen wollte er einen niedrigeren Preis bezahlen.

In Wirklichkeit bekommen Sie jedoch mehr Geld, als Sie verlangt haben, denn bei den Säcken ist es umgekehrt.«

Der Holländer strahlte.

»Sie sprechen Schwedisch und Holländisch, mein Herr?«, fragte der Schwede, der sich nun als Kaufmann Widell vorstellte.

»Richtig.«

»Und zu dem Holländer haben Sie dasselbe gesagt wie zu mir?«

»Ja. Ich habe die Sache kurz überschlagen und bin zu dem Ergebnis gekommen, dass Sie sich im Grunde über die Endsumme einig sind, denn die wenigen Fässer sind größer und die zahlreicheren Säcke kleiner.«

»Hervorragend. Haben Sie das so schnell ausgerechnet? Im Kopf? Beeindruckend.« Agnes war überzeugt davon, dass der Mann noch einmal nachrechnen würde, aber wenn sie eins beherrschte, dann Kopfrechnen.

Der Holländer wandte sich nun an Agnes, um sie zu fragen, ob Widell in den Handel einwilligen wolle. Agnes bekam die Zustimmung des Kaufmanns und leitete diese weiter. Die beiden Herren schüttelten sich die Hände, und die Ladung des Holländers wurde gelöscht.

Widell wandte sich an Agnes. »Könnte sich der Herr vorstellen, mich ins Wärdshus zu begleiten?«

»Gern, vielen Dank.« Plötzlich spürte Agnes wieder, wie hungrig sie war. Hoffentlich übernahm der Kaufmann die Rechnung.

»Und haben Sie Lust, meinen holländischen Freund zu fragen, ob er uns Gesellschaft leisten möchte?«

Agnes fragte den Holländer, der die Einladung ebenfalls annahm. Gemeinsam gingen die drei zum Wärdshus.

Agnes stieß mit den anderen an, als die Gläser zum zweiten Mal mit Flip vollgeschenkt wurden. Dieses tückische englische Seemannsgetränk wurde aus Sirup, Bier, Eiern und Branntwein zubereitet. Diskret schüttete sie das Gesöff in einem unbeobachteten Moment zwischen die Bodenbretter. Sie brauchte einen klaren Kopf. Das Essen kam. Agnes dolmetschte zwischen den beiden Kaufmännern hin und her, bis sie sich nach einer Weile an sie wandten.

»Was führt Sie denn nach Marstrand?«, fragte Kaufmann Widell.

»Ich suche Arbeit.«

Angesichts ihrer kurzen Antwort sah Widell sie fragend an, doch sie wich seinem Blick aus. Sie wollte so wenig wie möglich sagen. Auch der Holländer machte ein neugieriges Gesicht. Agnes übersetzte ihm die Frage und ihre Antwort.

»Wie kommt es, dass Sie Holländisch sprechen?«, fragte der Mann schließlich.

»Mijn Oma komt von Holland.«

»Holländische Verwandte?«

»Ja, meine Großmutter.«

»Ein Mann wie Sie würde mir in meinem Geschäft gute Dienste leisten«, sagte Kaufmann Widell. »Hätten Sie Interesse?«

Agnes nickte. Sie verabredeten sich zu einem Gespräch am nächsten Morgen.

Als der Abend sich dem Ende neigte, war die Stimmung ausgelassen. Auf wackligen Beinen ging Agnes die steile Treppe hinauf. Allmählich fiel die Anspannung von ihr ab, und sie hätte vor Erleichterung weinen mögen. Die Flüche hinter den geschlossenen Türen und die Wanzen machten ihr nicht mehr so viel aus wie am Abend zuvor. Sie war satt, und sie hatte nach langer Zeit endlich wieder Holländisch gesprochen. Vielleicht würde sie bei Kaufmann Widell Arbeit finden. Gott sei Dank hatte er die Rechnung übernommen. Aus Sicherheitsgründen schob sie das Bett vor die Tür, wo es auch nicht so zog wie an der Wand mit dem Feuchtigkeitsschaden. Bevor sie die Stiefel auszog und sich auf der harten Matratze zusammenrollte, versteckte sie ihre Geldbörse unterm Kopfkissen. Schließlich breitete sie Vaters Mantel unter sich aus. Sie schloss die Augen und versuchte, an die Matratze, die spitzenbesetzte Bettwäsche und die warmen Daunenfedern zu Hause auf Näverkärr zu denken. Und an Großmutter. Was würde ihre geliebte Großmutter wohl sagen, wenn sie Agnes jetzt sehen könnte? Sie löschte die Tranlampe und flüsterte ins Dunkle.

»*Jij had gelijk Oma, waarschijnlijk komt alles toch wel goed.*«

Vielleicht würde doch noch alles gut werden.

4

Breitbeinig und über das ganze Gesicht strahlend stand Karin da und sah zu, wie sich der Spinnaker im Wind blähte. Das leuchtende Segel erinnerte an einen großen Ballon. Für den schweren Stahlrumpf der *Andante* waren sieben Knoten nicht übel. Bei diesem Tempo würden sie in vier Stunden zurück in Marstrand sein, aber noch war der Leuchtturm von Skagen in weiter Ferne.

Mit einem Teller in der einen Hand und einem Tuborg in der anderen kam Johan aus der Pantry.

»Wenn es der Dame recht ist, serviert das Haus einen Heringsteller.«

»Oh, wie lecker. Ich glaube allerdings, wir müssen nacheinander essen. Einer von uns muss auf den Spinnaker aufpassen.«

Johan stellte den Teller und die beschlagene Bierflasche auf der Teakholzbank ab und kam zu Karin nach hinten.

»Fang an zu essen, ich übernehme das Segeln. Du bekommst immer als Erste Hunger.« Er legte die Hand auf die Ruderpinne. Karin überließ sie ihm lächelnd.

»Danke, ich bin wahnsinnig hungrig.«

Sie setzte sich auf eins der blauen Kissen, lehnte sich an und balancierte den Teller auf ihrem Schoß. Das Bier war eiskalt. Saure Sahne, rote Zwiebeln und vier Sorten Hering. Ein lauwarmes Stück Svecia, zwei halbe Eier und neue Kartoffeln. Johan hatte ihr beigebracht, Käse zum Hering zu essen, es intensivierte wirklich den Geschmack. Sie beobachtete ihn. Das blonde Haar wehte im Wind, und sein Oberkörper, der unter der Schwimmweste hervorblitzte, war leicht gebräunt. Der ganze Sommer lag vor ihnen. Am Wochenende hatten sie einen gelungenen Ausflug nach Skagen unternommen. Schönes Wetter, ein Besuch im Krøyermuseum und kaum Boote im Hafen. Ich habe Glück gehabt, dachte sie. Dass ich jemanden gefunden habe, der mich versteht und dieselben Dinge schätzt wie ich. Und der es nicht seltsam findet, dass ich an Bord wohne. Wenn sie es sich genau überlegte, war Johan der einzige, der nichts dazu gesagt hatte.

Nach der Trennung von ihrem früheren Lebensgefährten Göran hatte sie sich entschieden, eine Weile allein zu leben, aber dann war Johan aufgetaucht. Auch wenn sie meistens zusammen waren, hatten bislang beide ihre Wohnung behalten. Er wohnte in der Prinsgata in Göteborg und sie auf der *Andante*. Karin nahm einen tiefen Zug aus der Bierflasche und schluckte den letzten Bissen hinunter. Da sie vor dem Wind segelten, war es warm an Deck. Die Yacht durchschnitt die Wellen und bewegte sich angenehm unter ihren Füßen.

»Darf man vielleicht um eine Tasse Kaffee bitten, wenn du fertig gegessen hast?« Sie löste ihn an der Ruderpinne ab.

»Unbedingt. Soll ich dir einen machen, bevor ich esse?« Johan stieg mit zwei Schritten die Leiter in die Kajüte hinunter.

»Nein, bist du verrückt? Iss in aller Ruhe.«

»Was hat die *Andante* für ein Rufzeichen?« Mit dem Teller in der Hand war Johan schon wieder halb an Deck.

»Sierra Foxtrott Charlie 3544, wieso fragst du?«

»Weil ich glaube, dass jemand versucht, dich über UKW zu erreichen.«

So weit entfernt von der Küste, wie sie sich jetzt befanden, hatte das Handy keinen Empfang. Funk war die einzige Möglichkeit, mit ihr in Kontakt zu treten. Vorausgesetzt, die Leute wussten, dass sie sich auf ihrer Yacht befand.

»Geh du ran«, sagte Karin. Johan stellte seinen Teller ab. Karin hörte ihn sprechen. Eine Weile später streckte er mit der Sprechmuschel vor dem Gesicht den Kopf aus der Luke.

»Sweden Rescue.« Er wollte das Gerät an Karin weitergeben, musste aber feststellen, dass das Kabel zu kurz war. »Die Leute sind wahnsinnig schwer zu verstehen.«

»Hast du von Kanal 16 umgeschaltet?« Sie fragte sich, was die Seenotrettungszentrale wohl von ihr wollte. Sweden Rescue war deren Bezeichnung im Funknetz.

Johan nickte.

»Ich habe den Kanal eingestellt, den sie mir vorgeschlagen haben.« Er warf einen Blick auf das Display. »Zuerst war vom Göteborgsmast, Kanal 24, die Rede, aber dann haben sie anscheinend gemerkt, dass Kanal 81 besser funktioniert, das ist der Tjörnmast.«

»Okay. Gut.«

Kanal 16 diente im UKW-Funk für Notfälle, ihn hatten alle eingeschaltet. Man nutzte ihn zur Kontaktaufnahme, aber um ein Gespräch zu führen, ging man zu einem anderen Kanal über. Nur in dringenden Fällen unterhielt man sich eventuell auf Kanal 16, aber das betraf vor allem die verschiedenen Rettungseinheiten untereinander.

Johan übernahm das Steuer, während Karin sich an die Einstiegsluke hockte, um sich anzuhören, was so wichtig war, dass es nicht warten konnte, bis sie wieder an Land waren. Je länger sie lauschte, desto tiefer wurden die Falten auf ihrer Stirn. Mehrmals musste sie den Anrufer bitten, das eben Gesagte zu wiederholen.

»Ihre Position bitte …«, nach ein wenig Rauschen in der Leitung kehrte die Stimme zurück, »dringende dienstliche Angelegenheit.«

»Ich kann in ungefähr drei Stunden in Marstrand sein. Ansonsten müsstet ihr mich abholen.« Sie ließ die Sprechtaste los und drehte sich zu Johan um.

»Könntest du das Boot im schlimmsten Fall allein nach Hause segeln?«

Johan nickte.

»Im schlimmsten Fall. Ehrlich gesagt, ist das überhaupt kein Problem. Obwohl es zusammen natürlich mehr Spaß macht.«

»Ja, ich weiß. Tut mir leid. Sie versuchen schon seit geraumer Zeit, uns zu erreichen. Hier draußen hat man absolut keinen Empfang, und den UKW-Funk hatte ich so leise gestellt, dass wir ihn nicht bis draußen gehört haben.«

»Was ist passiert?«

»Das können sie nicht so direkt sagen, weil alle mithören, die Kanal 81 eingeschaltet haben. Sie haben aber den ›Vorfallcode 9012‹ erwähnt. Damit sind Todesfälle gemeint. ›0301‹ bedeutet in der Ermittlungssprache Mord. Eigentlich wird diese Bezeichnung nur intern verwandt, aber sie wollten mir wohl erklären, warum ich kommen soll.«

»Haben sie dir gesagt, wo?«

»Ja. Auf Klöverö.«

»Klöverö?«, fragte Johan verwundert. »Ist dort jemand gestorben? Wer denn?«

Schlagartig wurde Karin bewusst, dass Johan gerade zum ersten Mal erlebte, wie sie aus einem schönen Moment herausgerissen wurde.

»Mehr weiß ich nicht.«

Johan sah sie skeptisch an. Er schien ihr nicht recht zu glauben.

»Da sich die Küstenpolizei in der Nähe des Fundorts befand, verschaffen sich diese Kollegen einen ersten Eindruck und sammeln Zeugenaussagen. Vor Eintreffen der Kriminalpolizei darf sich niemand von der Stelle rühren.«

»Und was wird Kommissarin Adler tun, wenn sie dort eintrifft?«, fragte Johan.

Karin lächelte.

»Ich bespreche alles mit der Küstenpolizei, gehe sicher, dass die Kollegen nichts übersehen haben, und spreche mit den Personen, die den Fund gemacht haben. Dann sichern Jerker und die Techniker die Spuren, und vielleicht kommt auch die Rechtsmedizinerin dazu. Anschließend ist man meist ein bisschen klüger. Im Moment weiß ich ja überhaupt nicht, worum es geht.«

Wieder knisterte das Funkgerät. »SFC 3544, Sierra Foxtrott Charlie 3544...« Karin hielt sich die Sprechmuschel an die Lippen und antwortete.

»Sierra Foxtrott Charlie 3544.« Sie hörte konzentriert zu und warf Johan einen müden Blick zu.

»Sie kommen gleich hierher und holen mich ab. In zwanzig Minuten sind sie da.« Sie küsste ihn. »Wir müssen den Spinnaker einholen, denn ich nehme doch an, dass du nicht allein damit segeln willst.«

»Da hast du sicherlich recht«, stimmte Johan ihr zu und ging hoch an Deck.

Genau neunzehn Minuten später traf das Schlauchboot 497 der Küstenwache mit zwei Mann Besatzung ein. Das graue Zwölf-Meter-Boot schien regelrecht über die Wasseroberfläche zu schweben, bevor es hinter der *Andante* eine scharfe Kurve machte und neben die Steuerbordseite des Segelboots glitt.

»Hallo. Das war wirklich eine gute Wegbeschreibung«,

rief der Mann am Steuer Karin und Johan zu. »Hübsches Boot.« Er zeigte auf die *Andante*.

»Danke gleichfalls«, erwiderte Karin.

»Das ist ja ein wahnsinniges Monstrum.« Johan betrachtete die drei Außenborder mit je 250 PS. »Wie schnell fährt es?«

»Mit sechs Personen an Bord sind fünfzig Knoten kein Problem. Wenn wir nur zu dritt sind, können wir wahrscheinlich noch schneller fahren.« Grinsend entblößte er die weißen Zähne in seinem braungebrannten Gesicht und schob seine Sonnenbrille hoch.«

»Lust, mitzufahren?«, fragte er Karin.

»Das kann man wohl sagen.«

»Nach Marstrand können wir mit dem Autopiloten fahren«, sagte der zweite Mann an Bord, der Karin nun einen orangefarbenen Rettungsanzug reichte.

»Pass auf mein Boot auf«, sagte sie zu Johan.

»Pass auf dich auf«.

Karin verließ das gediegene Stahldeck der *Andante* und betrat die weichen Luftkissen des Festrumpfschlauchboots. Sie stieg in den Rettungsanzug und nahm dankbar eine Sonnenbrille entgegen, die sie vor Insekten schützen sollte.

»Okay. Ich bin bereit.« Die Motoren jaulten, das Boot setzte sich sofort in Bewegung und steuerte die schwedische Küste an. Als sie sich umdrehte, sah sie Johan auf der *Andante* an der Ruderpinne stehen. Das Großsegel und die Genua hatten einen schönen Bauch, und das Boot bahnte sich seinen Weg durch die Wellen. Es kam nicht so schnell voran wie mit dem Spinnaker, aber es lief trotzdem gut. Fünf Knoten, schätzte sie. Er war äußerst achtsam und immer reaktionsbereit, um eine Patenthalse zu vermeiden. Nach Karins Ansicht lernte man Menschen hervorragend kennen, wenn man sie auf einen Segeltörn mitnahm. Es ging eigentlich nicht darum, wie gut man segeln konnte, sondern wie man mit der Situation umging. Es sagte viel über eine Person aus. Johan hatte den Test schon lange bestanden, stellte sie fest, während die *Andante* mit Johan an Bord immer kleiner wurde, bis nur noch ein kleiner weißer Fleck am Horizont zu erkennen war.

Karin lächelte selig. Es war fantastisch, wie das Boot über die Wellen fegte. Bestimmt sechzig Knoten. Sie liebte zwar das Segeln, aber mit einem Festrumpfschlauchboot zu fahren, war nicht nur eine irrsinnige schnelle Art der Fortbewegung, sondern machte auch unglaublich viel Spaß. Sie dachte an ihren Kollegen Folke, malte sich aus, was er wohl von einer solchen Fahrt halten würde, und musste lauthals lachen. Tief im Innern würde sie ihm mit Sicherheit auch Vergnügen bereiten, aber das hätte er niemals zugegeben. Stattdessen würde er sich darüber auslassen, wie überflüssig und teuer diese Fortbewegungsart sei. Und die Motoren fände er wahrscheinlich viel zu laut.

Sie fragte sich, was passiert sein mochte. Anhand der knappen Informationen, die sie per Funk erhalten hatte, konnte sie sich mitnichten ein klares Bild der Lage machen. Leicht backbord war der Leuchtturm Pater Noster zu erkennen, und vor ihnen zeichnete sich die unverwechselbare Silhouette der Festung Carlsten auf der Spitze von Marstrandsö vom blauen Sommerhimmel ab. Ich habe den schönsten Beruf der Welt, dachte Karin.

Lotsgränd, Marstrandsö

Agnes wachte früh auf. Sie ging auf den Hof hinunter, leerte den Nachttopf und holte Wasser vom Brunnen. Zu Hause kümmerten sich andere um solche Dinge. Wenn sie ein Bad nehmen wollte, wurde für sie heißes Wasser in den großen Waschzuber gefüllt. Sie hatte eigentlich nie darüber nachgedacht, was für ein Privileg es war, sich zum Frühstücken an einen gedeckten Tisch setzen zu dürfen. Jedenfalls nicht ernsthaft. Bis jetzt.

Das kalte Wasser erfrischte sie. Sie wusch sich Gesicht und Nacken, benetzte ihr Haar und sah sich vorsichtig um, bevor sie sich unter den Armen wusch. Zum Glück hatte sie nie einen übermäßig ausladenden Busen besessen, aber sie war weit davon entfernt, wie ein Mann auszusehen. Agnes kehrte in ihr Zimmer zurück und machte sich zurecht, sie bandagierte ihre Brust unter dem Hemd, kämmte das Haar zur Seite und setzte die Mütze auf. Sie hoffte inständig, dass Kaufmann Widell sich noch an sie erinnerte und nicht so betrunken gewesen war, dass er nicht mehr wusste, worüber sie geredet hatten.

Die Gedanken an das Frühstück zu Hause bei Josefina hatten sie hungrig gemacht. Sie überlegte, ob sie im Wärdshus frühstücken sollte. Nein, sie musste sparsam mit ihrem Geld umgehen. Agnes aß ihr letztes Stückchen Brot auf und konnte langsam verstehen, wie es Menschen ging, die sich sorgenvoll fragten, ob sie heute genug zu essen haben würden. Vor allem, wenn man keine Arbeit hatte, mit der man das Geld für Lebensmittel verdienen konnte. Sie versuchte, alle Gedanken an die Zukunft von sich fernzuhalten. Jetzt hatte sie etwas Konkretes zu tun, sie hatte eine Verabredung, die ihr vielleicht eine Arbeit verschaffen würde. Als Mann. Agnes ging in dem kleinen Zimmer auf und ab und überlegte, wie sich die Knechte, die Fassmacher und Vater bewegten, sie ihren Körper hielten und wie sie redeten. Der Gedanke an ihren Vater tat ihr in der Seele weh. Hatte er inzwischen begriffen, dass sie sich aus dem Staub gemacht hatte, oder fischten sie zu Hause in der Karlsvik oder der Slävik nach ihr? Es war schwer zu sagen, ob er schon bemerkt hatte, dass sie das Geld genommen hatte, aber die abgeschnittenen Haare und die Tatsache, dass Großmutters Robbenfellkoffer, seine Stiefel und sein Mantel fehlten, waren deutliche Zeichen. Ihr kamen die Tränen. Agnes wollte jetzt nicht an Vater, nicht an den Hof Näverkärr denken. Sie biss sich ins Fleisch an der Innenseite ihrer Wange, bis der Schmerz nachließ. Obwohl es bis zum vereinbarten Zeitpunkt noch lang dauern würde, ging sie nach draußen. Die Fischhändlerinnen waren bereits an ihrem Platz, übertönten einander und wurden beinahe handgreiflich, wenn sich ein potenzieller Kunde zeigte. Die Kinder hatten sich unter den Ständen zusammengekauert. Sie sahen genauso verfroren und hungrig aus, wie sie sich fühlte.

Um Punkt neun klopfte sie bei Widells Kontor in der Varvsgata 9 an und wurde eingelassen. Sie sollte sich setzen und warten. Hier drinnen war von dem Elend auf der Straße und dem Kai nichts zu sehen, und auch die lauten Stimmen drangen nicht herein. Jede Minute, die verstrich, ließ Agnes zwischen Hoffnung und Verzweiflung schwanken. Was sollte sie tun, wenn man ihr hier keine Arbeit anbot?

Eins nach dem andern, hätte Großmutter gesagt. Eins nach dem andern.

Die Tür ging auf, und Kaufmann Widell erschien. Agnes stand auf, um ihn zu begrüßen.

»Willkommen. Schön, dass Sie gekommen sind. Erlauben Sie mir, Ihnen alles zu zeigen.«

Agnes folgte ihm in die Lager und Vorratsspeicher, in den Laden, wo die Kunden bereits Schlange standen, und wieder zurück ins Kontor. Kaufmann Widell berichtete die ganze Zeit von seiner Arbeit, und zwischendurch stellte Agnes Fragen. Widell nickte anerkennend und beantwortete sie ausführlich.

Als sie wieder an seinem Schreibtisch Platz genommen hatten, legte er ihr ein Blatt Papier und eine Schreibfeder vor die Nase. Dann bat er sie, zweimal das Geschäft vom Vorabend aufzulisten. Einmal auf Schwedisch und einmal auf Holländisch. Agnes notierte, soweit sie sich erinnerte, die Menge der Waren und worauf man sich schließlich geeinigt hatte. Ganz unten auf den Bogen Papier schrieb sie ein kleines Glossar.

»Fass – Vat«

»Fässer – Vaten«

»Sack – Zak«

»Säcke – Zakken«

Sie fügte ebenfalls den Umfang der Fässer und Säcke im Verhältnis zu ihrer üblichen Größe hinzu, weil diese Besonderheit gestern das Missverständnis verursacht hatte. Sie brauchte zehn Minuten. Anschließend zog der Kaufmann ein Blatt aus einer Schublade und schob es Agnes hinüber.

Es war die Liste, die er selbst angefertigt hatte, und nun mit ihrer verglich. Zufrieden lächelnd tippte er mit dem Zeigefinger auf die beiden Endsummen, die miteinander übereinstimmten.

»Und das haben Sie aus dem Gedächtnis gemacht. Es beweist, dass Sie ein heller Kopf sind und maßvoll mit Schnaps umzugehen wissen. Ihre Fähigkeiten kann ich gebrauchen. Haben Sie vor, in Marstrand zu bleiben?«

»Ja.«

Agnes begriff, dass sie sich in einer guten Verhandlungsposition befand. Sie konnte lesen, schreiben und rechnen, und sie sprach mühelos Schwedisch und Holländisch.

»Sprechen Sie Englisch?«, fragte Widell.

»Nein.«

»Nun gut, dafür habe ich andere Leute. Und Französisch?«

»Leidlich.« Großmutter hatte ihr ein bisschen Französisch beigebracht, aber sie beherrschte es längst nicht so gut wie das Holländische. »Un petit peu«, fügte sie hinzu.

»Bon. Wir haben sowieso vor allem mit Holländern zu tun, diesen Herren der Meere. Ich brauche jemanden, der genau das tut, was Sie gestern getan haben, und mir zu Vertragsabschlüssen verhilft, mit denen beide Seiten leben können, am besten natürlich zu meinem Vorteil. Hin und wieder müssen Verträge geschrieben oder übersetzt und Rechnungen überprüft werden, und wir brauchen ständig Hilfe im Laden. Da er die Grundlage unseres Geschäfts bildet, halte ich es für sinnvoll, wenn Sie dort anfangen. Unsere Kunden sind sowohl hiesige Familien als auch Seeleute, vor allem holländische, die sich bei uns vor der Abreise mit Proviant eindecken. Was sagen Sie dazu, guter Mann?«

Agnes klopfte das Herz bis zum Hals, aber sie konnte es sich verkneifen, das Angebot ohne weiteres anzunehmen.

»Was bieten Sie mir für eine Bezahlung?«, fragte Agnes und erinnerte sich daran, wie ihr Vater zu Hause auf dem Kai mit den Fischern oder den Heringseinkäufern verhandelte. Sie überlegte, wie viel sie brauchte.

Widell lächelte zum ersten Mal und unterbreitete ihr einen Vorschlag.

Ein angemessener Lohn, stellte Agnes fest, mehr als doppelt so viel, wie der beste Fassmacher in Näverkärr verdiente. Marstrand war jedoch auch ein teurerer Ort zum Leben. Ich brauche einen warmen Platz zum Schlafen, Licht und etwas zu essen. Im schlimmsten Fall kann ich mich mit dem Frühstück begnügen, dachte Agnes.

»Fügen Sie ein Zimmer, Brennholz, Tranöl und ein Frühstück auf Ihre Kosten hinzu.«

Widell musste husten. Er trommelte mit den Fingern auf die Schreibtischplatte und schien zu überlegen.

»So viel verdient hier niemand. Nicht einmal mein Sohn.« Er sah sie an.

Hatte sie den Bogen überspannt? Würde er sie jetzt wieder wegschicken? Vielleicht hätte sie sich mit dem Lohn zufrieden geben sollen, aber auf der anderen Seite konnte er ja auch ein Gegenangebot nennen. Obwohl sie innerlich zitterte, richtete Agnes sich auf. Sie versuchte, freundlich, aber entschlossen zu wirken.

»Mich können Sie eigentlich überall einsetzen, wo ich gerade am dringendsten gebraucht werde«, sagte sie mit möglichst tiefer Stimme.

Widell trommelte noch immer auf die Tischplatte. Dann zog er seine Uhr aus der Westentasche und warf einen Blick darauf, als würde Agnes seine Geduld strapazieren. Lass dich nicht hinters Licht führen, sagte sie sich. Er ist ein mit allen Wassern gewaschener Geschäftsmann.

Sie räusperte sich und fuhr fort:

»Gibt es hier noch einen Angestellten, der dazu in der Lage ist? Haben Sie jemanden, der lesen, rechnen, schreiben, fließend Schwedisch und Holländisch und einigermaßen Französisch sprechen kann?«

»Nein, das habe ich nicht.«

»Habe ich bereits erwähnt, dass ich auch als Buchhalter tätig war?«, fragte Agnes.

»Nein, aber das habe ich auch so begriffen.« Wieder lächelte Widell. Dann stand er auf und reichte ihr die Hand. »Wir sind uns einig, aber ich wäre Ihnen dankbar, wenn Sie niemandem von unserer Abmachung erzählen würden.«

Agnes ergriff seine Hand und unterdrückte einen Seufzer der Erleichterung.

»Wann können Sie anfangen?«

Sie hatte den gesamten Tag im Laden verbracht. Mauritz, der Sohn von Kaufmann Widell, hatte ihr die Waren gezeigt. Es gab dort fast alles für den täglichen Gebrauch.

Eine magere Frau, die keine Zähne mehr im Mund zu haben schien, hatte zwei Pfund Rüben gekauft. Während Agnes sie bediente, stand Mauritz zwei Schritte hinter ihr. Als es an das Bezahlen ging, trat er vor und nahm das Geld in Empfang. Ein Dienstmädchen mit weißer Schürze kaufte einen Topf Honig, Salz und ein Pfund Mehl. Mauritz ließ Agnes das Geld annehmen, stand jedoch ungeniert neben ihr und kontrollierte, dass alles in der Kasse landete. Einige Male waren so viele Kunden im Laden gewesen, dass sowohl Agnes als auch Mauritz vollauf beschäftigt waren. Agnes maß und wog Stoffe und Lebensmittel ab. Sobald Mauritz sich der Kasse näherte, beäugte er sie kritisch. Sie hatte zwar ein gewisses Verständnis für seinen Argwohn, war es aber nicht gewohnt, dass man ihr misstraute. Agnes hatte ein Blatt Papier in der Tasche, auf dem sie alle verkauften Waren und den Betrag notierte, den der Kunde am Ende bezahlt hatte. Es wunderte sie, dass Mauritz anscheinend nicht nach einem solchen System vorging. Wie wollte er am Abend überprüfen, ob die Kasse stimmte, und sich gleichzeitig einen Überblick über die verkauften Waren verschaffen?

Die vielen Schubladen im Verkaufstresen ließen sich leicht herausziehen, die Abdeckplatte war in Würde gealtert. Ein gebeugter Mann, der sich auf einen groben Gehstock stützte, erklärte, er müsse sein Boot abdichten. Agnes holte ihm eine Dose Teer. Etwas widerwillig reichte sie dem Mann auch den Branntwein, den er verlangt hatte. Er wollte alles aufschreiben lassen. Agnes sah Mauritz an, der zustimmend nickte. Als sie die Seite des Mannes im Kreditbuch aufschlug, sah sie, dass er einen Haufen Schulden bei Kaufmann Widell hatte. Sowohl der Mann als auch seine Ehefrau Pottela hatten auf Kredit eingekauft. Agnes fragte sich, wie um alles in der Welt der gebeugte Mann alles zurückzahlen sollte. Mauritz hatte den Einkauf und den Kredit jedoch gutgeheißen. Agnes trug die Waren, die der Mann soeben gekauft hatte, in die Liste ein.

Sie fühlte sich wohl im Laden. Die Arbeit machte Spaß, obwohl Mauritz sie keine Sekunde aus den Augen ließ.

»Bis wann ist abends geöffnet?«, fragte sie.

»Solange Kunden kommen«, antwortete Mauritz und eilte zur Tür, um sie der Frau mit dem Dienstmädchen aufzuhalten, die sie bereits durch das Fenster gesehen hatten. Agnes erkannte die beiden wieder, es war die Jüdin, deren Sohn auf den Apfelbaum geklettert war. Das Dienstmädchen war allerdings nicht dasselbe wie beim letzten Mal.

»*Goeden Middag*«, sagte ein holländischer Kapitän.

»*Goeden Middag.*« Agnes wechselte problemlos ins Holländische. »*Hoe kan ik U helpen?*«

Mauritz beobachtete sie, während sie den holländischen Kapitän bediente, der gemeinsam mit seinem Ersten Steuermann den Proviant für die Heimfahrt besorgte.

Als sie gegangen waren, bemerkte Agnes noch jemanden, der dem Gespräch gelauscht hatte.

»Was wünscht der Herr?«

»Sie sind neu hier«, stellte der Mann fest, der sich offenbar wunderte, dass sie auch Schwedisch sprach.

»Das ist richtig.«

»Wie kommt es, dass Sie auch Holländisch sprechen?«

»Ich habe Verwandte von dort«, erwiderte Agnes kurz. Sie hatte keine Lust, einem Wildfremden von sich zu erzählen.

Der Mann blickte sich im Laden um.

»Ich habe gesehen, dass Hinkepetter hier eingekauft hat. Man fragt sich ja, wie er und Pottela das alles bezahlen wollen.«

Agnes reagierte erstaunt auf die Frage. Ihr fiel auf, dass Mauritz einen roten Hals bekam. Er entschuldigte sich bei seinen Kunden und kam hastig auf Agnes und den Mann zu.

»Das geht dich gar nichts an, Ahlgren«, zischte er, um kurz darauf der Frau mit dem Dienstmädchen lächelnd die nächste Stoffrolle zu präsentieren.

»Und woher kommen Sie?« Ahlgren betrachtete Agnes. Es war ganz offensichtlich, dass er sie von Kopf bis Fuß musterte. Agnes fragte sich, was er wohl sehen mochte, und bemühte sich, ein möglichst dunkles Stimmregister zu ziehen, ohne gekünstelt zu wirken.

»Wie kann ich dem Herrn helfen?«, konterte Agnes und versuchte, einen ruhigen Eindruck zu machen. Wer war dieser Mann?

Die Frau mit dem Stoff hatte sich entschieden und bezahlte. Das Dienstmädchen legte das Stück Stoff in seinen Korb und hielt ihrer Herrin anschließend die Tür auf. Mauritz kam Agnes zu Hilfe.

»Oskar Ahlgren besitzt die nördliche Trankocherei und die Heringsalzerei auf Klöverö«, erklärte er ihr. »Agne Sundberg arbeitet heute zum ersten Mal hier. Brauchen Sie etwas? Ansonsten schließen wir jetzt.«

»Wie sieht es mit Kaffee aus? Haben Sie welchen? Oder vielleicht ein bisschen Tabak?«

»Wissen Sie denn nicht, dass Kaffeeverbot herrscht?«, fragte Agnes verwundert. »Und Tabak?« Sie schüttelte den Kopf und wandte sich hilfesuchend an Mauritz.

Oskar Ahlgren machte ein amüsiertes Gesicht.

»Doch, das ist mir bekannt. Ob die Herren Widell auch davon wissen, ist dagegen schon zweifelhafter.«

Mauritz zeigte auf den Ausgang.

»Raus«, sagte er nur.

»Was hat er damit gemeint?«, fragte Agnes, als Mauritz die beiden Riegel vor die Tür geschoben hatte.

»Gute Frage. Oskar Ahlgren mischt sich gern in Dinge ein, die ihn nichts angehen. Ich weiß, dass Sie neu hier sind, aber das Porto-Franco-Abkommen wird ihnen trotzdem ein Begriff sein.«
Agnes nickte.
»Vor allem der neunte Paragraph hat jede Menge Gesocks hier angespült.«
Agnes erinnerte sich an den neunten Paragraphen, der besagte, dass allen Verbrechern, die weder Leben noch Ehre verletzt haben, Amnestie gewährt wurde. Wenn man den Kai von Marstrand erreicht und sich angemeldet hatte, spielte es keine Rolle mehr, ob man auf der anderen Seite des Sunds Geld gestohlen hatte. Solange man sich in Marstrand aufhielt, konnte einen niemand belangen, denn der lange Arm des Gesetzes reichte nicht bis zu der kleinen Insel. Auf der sie sich selbst aufhielt, dachte sie dann.
»Aber das betrifft doch nicht nur Verbrecher, oder?«
»Ich nehme an, das kommt darauf an, wie man es sieht. Ein Knecht ist vor einer drohenden Eheschließung geflohen, und ein junges Paar möchte gegen den Willen der Eltern heiraten. Wir haben einen Grafen aus Stockholm, dessen finanzielle Verhältnisse ›vollkommen zerrüttet‹ sind. Trotzdem ließ er nicht zu, dass man in die entsprechende Spalte ›verschuldet‹ eintrug. Ein Gerberlehrling ist vor der allzu harten Behandlung seines Meisters geflohen. Sie werden sicher verstehen, dass wir ungern Menschen Kredit geben, die wir noch nicht lange kennen.«
»Das verstehe ich.« Agnes nahm sich vor, immer die Erlaubnis von Mauritz einzuholen, bevor sie etwas ins Kreditbuch eintrug. »Ist Oskar Ahlgren auch vor seinen Schulden geflohen?« Agnes dachte an den Mann, der Mauritz verärgert hatte.
»Nein, nein. Er wohnt auf Klöverö, schon immer, genau wie seine Eltern. Klöverö und Koö fallen nicht un-

ter das Porto-Franco-Abkommen, nur Marstrandsö. Sogar Kühe brauchen einen Pass, wenn sie über den Sund transportiert werden. Einen Kuhpass!«, lachte er. Agnes war sich nicht sicher, ob er es ernst meinte oder scherzte.

»Sollen wir die Kassenabrechnung machen?« Agnes legte die Zettel zusammen, auf denen sie sich notiert hatte, was die Kunden eingekauft hatten.

»Das kann ich allein machen.« Mauritz nahm die Zettel an sich.

»Ich habe genau aufgeschrieben, wer was gekauft hat.«

»Wunderbar«, sagte Mauritz und schien eher das Gegenteil zu denken. Agnes wollte so gern beweisen, dass sie die Richtige für diese Stelle war, eine schnelle Auffassungsgabe hatte und keine Mühen scheute. Gegenüber Kaufmann Widell war das kein Problem, aber Mauritz schien sie eher als Konkurrenz zu betrachten. In einem Wettkampf, bei dem am Ende Kaufmann Widell entscheiden musste, wer besser war. Agnes oder sein Sohn.

»Soll ich noch irgendetwas tun?«, fragte Agnes, die nun spürte, wie müde sie war. Ständig daran zu denken, in einer tiefen Stimmlage zu sprechen und sich so maskulin wie irgend möglich zu bewegen, erforderte ihre ganze Aufmerksamkeit. Nicht einfach sie selbst zu sein, sondern ihr eigenes Verhalten permanent zu beobachten.

»Nein, richten Sie sich ruhig in Ihrem Quartier ein. Quer über den Hof und gleich links die erste Treppe nach oben. Neben dem Meijerska Keller.«

»Danke.« Sie überlegte, ob sie noch etwas hätte sagen sollen, aber ihr fiel nichts ein.

Agnes ging durch die Hintertür in den Innenhof. Die Abendluft war kühl, und es wurde dunkel. Bis zum ersten Frost war es nicht mehr weit.

Dreißig Minuten später stellte sie ihr Gepäck ab und sah sich in der Dachkammer um, die Kaufmann Widell für sie hatte vorbereiten lassen. Sie hatte ihre Sachen geholt, die Rechnung beglichen und der Wirtin, die sie in den vergangenen Tagen beherbergt hatte, gesagt, falls Kapitän Wikström nach ihr frage, solle sie ihm ausrichten, Agne Sundberg habe eine Stelle bei Kaufmann Widell gefunden. Der Name schien der Frau Respekt einzuflößen.

Die neue Unterkunft erinnerte an das Zimmer, in dem sie die vergangenen beiden Nächte verbracht hatte, war aber in einem sehr viel besseren Zustand. Hier waren die Dielen sauber und dufteten sogar leicht nach Seife. Der Raum hatte eine Dachschräge und ein Fenster zum Innenhof, der zur Hälfte gepflastert war. Zwischen den vielen Nebengebäuden und Vorratsspeichern verliefen Wege aus Schieferplatten. Die andere Hälfte bestand aus einem Küchengarten, einem Schweinegehege, zwei großen Bäumen und dahinter dem luxuriösen Wohnhaus von Familie Widell. Wer dort einen Besuch machen wollte, musste erst an der schützenden Reihe von Dienstwohnungen und Nebengebäuden vorbei. Von der Gasse aus konnte man nicht einmal sehen, dass sich im Innenhof noch ein Haus befand.

Immerhin hatte sie jetzt eine Arbeit, aber als Mann aufzutreten, war komplizierter, als sie sich jemals hätte träumen lassen. Allein so eine Nebensächlichkeit wie das Erledigen ihrer Bedürfnisse. Das Plumpsklo auf dem Hof hatte drei Sitzplätze. Das bedeutete, das jeden Augenblick jemand hereinkommen und neben ihr Platz nehmen konnte. Einer genaueren Betrachtung würde sie niemals standhalten. Erfreut entdeckte Agnes einen Nachttopf unter dem Bett, so musste sie wenigstens nachts nicht nach draußen.

Irgendjemand hatte ihr Papier und Schreibgerät auf den Tisch am Fenster gelegt. Da der Stuhl keine Spuren auf dem Holzfußboden hinterlassen hatte, nahm Agnes an, das Schreibtisch und Stuhl erst vor kurzem hier platziert worden waren. Das hatte sicherlich Kaufmann Widell angeordnet.

Neben dem Schreibtisch thronte ein hellgelber Kachelofen, und gegenüber stand das Bett. Sie ging hinüber und untersuchte das Deckbett. Es war mit Daunenfedern gefüllt. Das Kissen ebenso. Es gab sogar Bettwäsche. Hier brauchte sie nicht zu frieren. Beinahe hätte Agnes den hohen Schrank in der Ecke übersehen. Im schmiedeeisernen Schloss steckte ein Schlüssel, der genauso groß war wie der Haustürschlüssel. Sie war froh, dass sie den Schrank abschließen konnte. Kaufmann Widell hat bestimmt nichts dagegen, dachte Agnes, während sie ihren Kopf auf das weiche Kissen bettete. Zum Glück ist er ein Mann, der gern hinter sich abschließt.

5

Bei der Bake von Nord-Kråkan senkte das graue Festrumpfschlauchboot seine Geschwindigkeit auf dreißig Knoten, und als sie den Lilla Sillesund durchquerten und anschließend links an Karlsholm vorbeifuhren, waren sie bereits auf zehn Knoten hinuntergegangen. Dann fuhren sie in die sogenannte Schnauze hinein. Der Name passte, weil sich die große Bucht tief in die Insel Klöverö hineingefressen hatte. Hier befand sich ein beliebter und geschützter Übernachtungshafen, der sich besonders für vor Anker liegende Boote eignete. Karin warf einen Blick auf den Kartenplotter. Karlsholm kannte sie bereits, aber nicht die Landzunge Korsvike auf der anderen Seite der Bucht. Das Polizeiboot war an den Felsen rechts von ihnen vertäut. Sie quälte sich aus dem Rettungsanzug, verstaute ihn in einem wasserdichten Fach an Bord und bedankte sich bei den beiden Küstenwächtern. Geübt sprang sie auf die grauen Klippen und blickte dem Schlauchboot hinterher, das wendete und aus der Bucht hinausglitt.

»Guten Tag. Was für ein Auftritt!« Ein uniformierter Kollege von der Wasserpolizei gab ihr die Hand. »Ich nehme an, du bist Karin Adler, die segelnde Kriminalkommissarin?«

»Ja.« Karin deutete in die Richtung, in der die beiden Küstenwächter verschwunden waren. »Sechzig Knoten. Es hat durchaus Vorteile, auf See abgeholt zu werden.«

»Aber was ist mit deinem Boot? Was hast du damit gemacht?«

»Mein ...«, sie überlegte, als was sie Johan bezeichnen sollte, »...Freund segelt es nach Hause.«

»Prima. Schön, dass du so schnell kommen konntest. Es sind ziemlich viele Leute hier, aber wir haben sie alle vom Fundort weggebracht.«

»Gut.« Karin folgte dem Kollegen durch ein Wäldchen zu dem Grasfleck, auf dem sich die Botanische Vereinigung Göteborg befand. Als Erste erblickte sie Sara von Langer, die ganz blass dasaß und in das angrenzende Moor starrte.

»War sie dabei, als die Leiche entdeckt wurde?«, fragte Karin bekümmert.

»Richtig. Sie hat es wohl am schlechtesten verkraftet.«

Karin nickte, wahrscheinlich hatte er recht. Sie eilte zu Sara und nahm sie in den Arm.

»Wie geht es dir, meine Liebe?«

»Da liegt jemand im Moor, Karin. Es ist so schrecklich. Ich bin nur hier, weil sonst niemand im Heimatverein zu einer Inselwanderung in der Lage ist. Deshalb habe ich das übernommen.«

»Warst du nicht diejenige, die endlich lernen wollte, nein zu sagen?«

Sara lächelte matt.

»Stimmt, das wollte ich eigentlich üben.«

Einer der Kollegen vom Polizeiboot brachte Sara frischen Kaffee und eine Zimtschnecke. Dann ging er mit seinem Picknickkorb weiter zu den Leuten von der Botanischen Vereinigung.

»Kannst du mir erzählen, was passiert ist?«

»Es kam so unerwartet.«

»Das ist oft so. Möglicherweise erscheint es einem noch schlimmer, weil man in dieser Umgebung hier nun wirklich nicht damit rechnet, auf eine Leiche zu treffen.«

Der Wind rauschte in den Baumkronen, und sie saßen auf einem Teppich aus frischem grünen Gras. Die Idylle war perfekt, zumindest äußerlich. Rechts von ihnen breiteten sich Wiesen und Felder aus, und in der Ferne war ein Zaun zu erkennen, der darauf schließen ließ, dass dahinter Tiere weideten. Direkt vor ihnen ging es steil den Lindenberg hinauf, und gleich daneben lag die Schnauzenbucht.

Sara nahm einen Schluck Kaffee.

»Wir waren über den Lindenberg gestiegen.« Sie zeigte auf den bewaldeten Berg.

»Ich kenne mich nicht so gut mit Pflanzen aus, aber ich glaube, sie wollten sich Sonnentau und eine seltene Orchidee ansehen, die angeblich am Rand des Moores wächst.« Sara deutete mit dem Kinn auf die Damen, die sich um den Mann mit der Baskenmütze geschart hatten. »Er wollte vorgehen, weil es gefährlich sein kann, einen sumpfigen Untergrund zu betreten, den man nicht genau kennt. Eigentlich glaube ich eher, dass er vorausgehen wollte, weil er eine kleine Überraschung eingeplant hatte. Wir sollten nämlich miterleben, wie einige Biologen von der Universität Göteborg Bodenproben aus dem Moor entnehmen. Er kennt die Dozentin, es ist die Frau dort drüben.« Karin folgte Saras Blick.

»Niemand hätte erwartet, dass wir ein Ohr finden.«

Karin stellte noch ein paar Fragen, um sich ein Bild davon zu machen, wie die Bodenprobe entnommen worden war. Während Sara berichtete, betrachtete Karin die Studenten und deren Dozentin auf der einen Seite und die Damen, die unter Leitung des Vorsitzenden der Botanischen Vereinigung Göteborg gekommen waren, auf der anderen Seite des kleinen Moores.

»Sind alle hier, die an der Wanderung teilnehmen wollten? Oder ist jemand abgesprungen oder hinzugestoßen?«

Sara sah sich um.

»Ich glaube, das sind alle. Ich weiß gar nicht mehr, wie viele wir waren.«

»Ist dir sonst irgendetwas aufgefallen?«

Sara überlegte eine Weile, dann schüttelte sie den Kopf.

»Oder doch, eine Sache schon, aber die hat wahrscheinlich nichts damit zu tun. Astrid Edman hat uns mit ihrem Boot hierhergebracht.«

»Astrid Edman?«, fragte Karin.

»Sie wohnt auf Klöverö. Ich glaube, sie hat ihr ganzes Leben hier verbracht.«

»Und sie hat euch von Koö herübergefahren?«

»Ja, aber sie mag den da drüben nicht. Sie hat ihn als Wichtigtuer bezeichnet, was ich voll und ganz verstehen kann. Im vorigen Jahr war Astrid bei derselben Wanderung auch dabei, und da haben sie sich offenbar gestritten.«

»Hast du hier sonst heute nichts gesehen?«

»Nein, nichts. Niemanden. Aber frag doch mal die anderen, vielleicht haben die etwas bemerkt, was mir nicht aufgefallen ist.«

»Weißt du, warum ausgerechnet dieser Ort für die Bodenprobe ausgewählt wurde?«

»Nein.« Sara schüttelte den Kopf.

Wer auch immer das Moor als Grabstätte gewählt hatte, konnte nicht mit der Exkursion der Göteborger Universität gerechnet haben, dachte Karin. Ohne sie wäre die Leiche vielleicht nie gefunden worden.

»Hast du schon zu Hause angerufen und Tomas erzählt, was passiert ist?«, fragte sie Sara.

»Nein, auf dieser verdammten Insel gibt es ja keinen Empfang. Die Ärmste da im Sumpf hätte also nicht einmal um Hilfe rufen können, wenn sie ihr Handy dabei gehabt hätte.«

»Bleib einfach hier sitzen und komm ein bisschen zur Ruhe. Wenn ich mit den anderen geredet habe, werdet ihr im Polizeiboot zurückgebracht. Falls etwas ist, ruf mich einfach. Okay?«

»Okay«, erwiderte Sara. Karin nahm sie in den Arm.

Die Kollegen hatten bereits mit den anderen gesprochen. Hastig überflog Karin die Zeugenaussagen. Sie schienen alle übereinzustimmen.

»Was meinst du?«, fragte der Kollege aus dem Polizeiboot.

»Ich glaube, wir sind so gut wie fertig. Ich will die Dozentin noch fragen, nach welchen Kriterien die Stelle für die Bohrprobe ausgewählt wurde, aber dann bringen wir die Leute an Land. Hast du Lust, mal nachzusehen, wo die Techniker stecken? Am besten holen wir sie gleich auf Koö ab, wenn wir diese Truppe dort abgesetzt haben.«

»Klar. Ich gehe zum Boot und rufe sie an.«

»Übrigens die Frau da drüben, Sara. Sie wohnt hier draußen in Marstrand. Könntest du Tomas von Langer, ihren Mann, anrufen und ihn bitten, sie hier abzuholen? Erzähl ihm, was passiert ist. Ich befürchte, sie steht unter Schock, und möchte sie nicht allein lassen. Einen Arzt braucht sie wahrscheinlich nicht, nur ein bisschen Fürsorge und jemanden zum Reden. Äh, du weißt schon, was ich meine, sorge einfach dafür, dass sich ihr Mann um sie kümmert.«

»Verstanden. Tomas von Langer.«

»Während ihr die Leute nach drüben bringt, kann ich hier aufpassen, dass niemand durchs Moor trampelt.«

Die Trommeln der Stadt

Mitten in der Nacht wurde Agnes von einem Kanonenschuss geweckt, der über die Stadt hinwegdonnerte. Anschließend waren Trommeln zu hören. Die rhythmischen Schläge sollten die Einwohner von Marstrand wachrütteln. Eingewickelt in ihre Daunendecke ging sie an das Fenster. In Widells Haus wurden Lampen angezündet, und kurz darauf sah sie, wie man Mauritz und zwei Knechte als bewaffnete Wächter vor die Tür postierte. Minuten später hörte sie die Rufe.

»Häftlinge entflohen! Häftlinge entflohen!« Agnes packte die Angst. Sie betrachtete das schmiedeeiserne Türschloss und hoffte, dass es standhalten würde, falls jemand hier vorbeikam. Irgendjemandem war es gelungen, aus der Festung Carlsten auszubrechen, wo die schlimmsten Verbrecher des Landes einsaßen. Möglicherweise handelte es sich bei den Ausbrechern um Mörder. Hastig zog sie sich an, doch dann blieb sie ratlos stehen und wusste nicht, was sie tun sollte. Auf die Straße konnte sie auf keinen Fall. Agnes trat wieder an das Fenster, doch nun sah sie nur noch den leeren Hinterhof. Sie setzte sich auf das Bett. Erschöpft, aber zu verängstigt, um wieder einzuschlafen. In dieser Nacht ertönte der dumpfe Klang der Trommeln noch stundenlang.

Als es hell wurde, war draußen noch immer ein gewaltiger Tumult zu hören. Die Trommeln verstummten. Danach konnte Agnes nicht mehr einschlafen. Sie nahm sich ihr Tagebuch und schrieb die Ereignisse der vergangenen Tage auf. Was, wenn Mauritz das nächste Mal an ihre Tür klopfte, um sie zu bitten, Wache zu stehen? Sie hätte nie gedacht, dass es so gefährlich sein könnte. Was sollte sie Gewalttätern und Mördern entgegensetzen? Es war schon schlimm genug mit all den Wirtschaftskriminellen, die mit ihrem dehnbaren Gewissen nach Marstrand gekommen waren. Sie erinnerte sich, dass Vater im Rauchzimmer davon gesprochen hatte. Er hatte ihr erzählt, dass ein Mann, der ihm eine große Geldsumme schuldete, seine vom Konkurs bedrohte Firma einfach zurückgelassen und sich nach Marstrand abgesetzt hatte, um sich seinen Bürgerpflichten zu entziehen. Vater war nicht der Einzige, der betrogen worden war. Der Mann war offenbar mehrmals so vorgegangen, und mit einem erschlichenen und gestohlenen Vermögen in der Tasche befand er sich nun wahrscheinlich auf derselben Insel wie Agnes. Ihr Blick fiel auf das Dokument, das sie zwischen die Seiten ihres Tagebuchs gelegt hatte; es bewies, dass sie zum Aufenthalt in Marstrand berechtigt war.

Sie dachte an das gestrige Gespräch mit Mauritz. Die jüdischen Kaufleute waren inzwischen so zahlreich, dass sie in Fredriksborg auf der Nordhälfte der Insel eine Synagoge hatten. Mauritz hatte ihr kurz vor Ladenschluss davon erzählt, als Oskar Ahlgren gegangen war. Hier war jeder ungeachtet seiner Religion oder Nationalität willkommen. Gar nicht zu reden von dem Ansturm, den die Lockerung des Zunftzwangs ausgelöst hatte, mit der man die Wirtschaft ankurbeln wollte. Was für Pfuscher da erschienen waren! Allerdings auch ein tüchtiger Schmied. All dies beruhte nur auf den Aussagen von Mauritz, andere Informationsquellen besaß Agnes noch nicht. Sie kannte ja niemanden, und als Agne Sundberg würde es ihr auch schwerfallen, Kontakte zu knüpfen.

In dem Versuch, sich davon zu befreien, schrieb sie nicht nur ihre Gedanken, sondern auch ihre Ängste in ihr Tagebuch. Danach stand sie auf, machte das Bett und wusch sich. Als sie sich das Gesicht abtrocknete, kam ihr der Gedanke, dass sich Agne Sundberg ein dickeres Fell zulegen musste, denn sonst würde das Ganze niemals funktionieren. Marstrand war kein Ort für Feiglinge. Sie betrachtete sich selbst im Spiegel. Ihre Augen sahen müde aus.

Ja ja kom op meid, eh jongen bedoel ik!
Raff dich auf, Mädchen! Oder Junge, meine ich!

Sie hatte gerade ihr Hemd zugeknöpft, als es an die Tür klopfte. Ein Dienstmädchen mit einem Tablett stand davor. »Frühstück«, lächelte sie. »Herr Widell wünscht, dass Sie in sein Kontor kommen, sobald Sie fertig sind.«

Eilig nahm Agnes ihr Frühstück zu sich und klopfte anschließend an Kaufmann Widells Kontor.

»Wunderbar. Hat Agne gut geschlafen?«

Agnes brachte kein Wort heraus. Die Müdigkeit machte sie träge, und außerdem hätte sie aus Höflichkeit am liebsten mit Ja geantwortet, obwohl sie kein Auge zugetan hatte.

»Keiner von uns hat gut geschlafen«, beantwortete Widell die Frage selbst. »Ich nehme an, Sie haben den Tumult heute Nacht gehört?«

»Und die Trommeln.«

»Ich hätte es gestern erwähnen sollen, denn Sie sind es nicht gewohnt. Nicht, dass man sich je daran gewöhnen würde. Meine Frau ist immer wieder entsetzt und wie gelähmt. Frauenzimmer, Sie wissen schon.«

Widell erhob sich aus seinem geschnitzten Stuhl.

»Er soll mal mitkommen, dann zeige ich ihm etwas.« Sie gingen durch das Kontor in den Hauseingang. Hier öffnete Kaufmann Widell eine Tür zum Innenhof und trat hinaus. Wenige Meter von der Treppe entfernt war ein großer Fleck zu sehen.

»Hier haben sie heute Nacht einen Verbrecher geschnappt.«

»Einen Mörder?« Agnes versuchte, ihre Stimme unter Kontrolle zu behalten.

»Schlimmer. Einen Dieb – auf Diebe kann man sich nicht verlassen.«

»Haben sie ihn getötet?« Agnes betrachtete den dunklen Fleck.

»Da die Belohnung nur für lebende Ausbrecher gezahlt wird, nehme ich an, dass er zumindest noch lebte, als man ihn wieder eingebuchtet hat.«

Agnes durfte nicht vergessen, dass sie nun Agne und demzufolge nicht so leicht aus der Ruhe zu bringen war.

»Als Neuankömmling können Sie ja nicht wissen, dass wir in letzter Zeit eine ganze Reihe von Ausbrechern hatten. Dies war schon der zweite innerhalb eines Monats. Zuerst kommt der Kanonenschuss, der in der ganzen Stadt zu hören ist. Dann wird von der Hauptwache unten am Rathaus eine Patrouille losgeschickt. Nach dem Kanonenschuss schlagen oben auf Carlsten die Sturmglocken, und dann geht ein Trommler durch die Straßen, falls irgendjemand wider Erwarten nicht begriffen hat, was der Kanonenschuss bedeuten sollte.« Er lächelte.

Agnes nickte.

»Wir müssen darauf vorbereitet sein, uns zu verteidigen, falls jemand in den Innenhof eindringt. Deswegen möchte ich, dass Mauritz, Sie und die Bediensteten immer – vor allem nachts – die Waffen einsatzbereit halten. Und dass Sie lernen, damit umzugehen. In Ihrem Zimmer befindet sich ein hoher Schrank. Dort können Sie diese Steinschlossmuskete und Ihre persönliche Habe einschließen, solange Sie nicht zu Hause sind.« Agnes dachte an das Tagebuch, das nun sicher verwahrt in genau diesem Holzschrank lag. Kaufmann Widell griff nach der langen Waffe.

»Mauritz kann die Muskete bedienen. Bitten Sie ihn, es Ihnen zu zeigen. Außerdem ist er in der Lage, in weniger als zwei Minuten nachzuladen. Es wäre gut, wenn Sie es auch auf diese Geschwindigkeit brächten.«

Agnes nahm die schwere Waffe in die Hand. So hatte sie sich das ganz und gar nicht vorgestellt, als sie zu Hause in Näverkärr vor dem Spiegel saß und ihre Haare der Schere zum Opfer fielen.

Oskar Ahlgren, Besitzer der Trankocherei auf Klöverö, tauchte im Laufe des Herbstes mehrmals auf. Wenn Mauritz da war, blieb er meist nur kurz, aber wenn Agnes allein im Laden arbeitete, hielt er sich gern ein wenig länger dort auf. Zwischen ihnen entwickelte sich eine Freundschaft. Sie freute sich über seine Besuche und fasste Vertrauen zu ihm. Inzwischen wusste er, dass Agnes in einer Trankocherei gearbeitet hatte, und legte Wert auf ihre Meinung. Er hatte sogar sein Rezept zur Herstellung des Tranöls verändert, nachdem Agnes ihm einen Trick beigebracht hatte. Manchmal fragte sie sich, ob er ihr genauso interessiert zuhören würde, wenn er wüsste, dass sie kein Mann war. Manchmal sah er sie so merkwürdig an, aber mittlerweile fühlte sie sich in der Rolle von Agne sicherer. Ohne groß darüber nachzudenken, sprach sie in einer tieferen Tonlage und bewegte sich auch anders. Obwohl sie gelenkig war und relativ viel Kraft hatte, konnte sie nicht so viel heben wie Mauritz und die anderen draußen im Lager. Sie nutzte jede Gelegenheit, um sich selbst auf die Schippe zu nehmen und über ihren mickrigen Körper zu scherzen – ihre Stärke sei eher das helle Köpfchen. Niemand widersprach ihr. Sie machte in allen vier Lagerräumen eine Bestandsaufnahme und verbrachte immer mehr Zeit mit der Buchführung. Wenn Agnes kam und fragte, wo ein paar Rollen Stoff abgeblieben waren, wusste jeder, dass man darauf besser eine passende Antwort parat hatte.

Eines Nachts, als sie am Fenster stand, in den Sternenhimmel blickte und mit ihrer Großmutter sprach, sah sie jemanden über den Hof huschen. Zuerst glaubte sie, sich getäuscht zu haben, aber da hatte sich doch jemand bewegt! Agnes öffnete den Schrank und griff nach ihrer Steinschlossmuskete. Als sie die Papierhülse öffnete und das Schießpulver einfüllte, stellte sie fest, wie unhandlich die lange Waffe war. Sie zog Hose, Stiefel und einen gestrickten Pullover an und tappte auf Zehenspitzen die Treppe hinunter. Erst vor dem Haus entsicherte sie die Waffe.

»Wer da?«, rief sie. Ein Schatten huschte über den Hof. Irgendetwas kam ihr an der Gestalt bekannt vor, vermutlich lag es an der Art, wie sie sich bewegte. Sie wollte die Glocke läuten, die zur Warnung dienen sollte, wenn jemand in den Hof eindrang, aber der Klöppel war nicht mehr da. Sie schnappte nach Luft.

»Komm und zeig dich, sonst erschieße ich dich«, sagte sie mit gebieterischer Stimmte. Ihre Angst war ihr überhaupt nicht anzumerken. Agnes zögerte einen Augenblick, möglicherweise war es einer der Bediensteten, einige von ihnen hörten schlecht, aber wieso sollten die sich um diese Zeit hier aufhalten? Bei Widells wussten ja inzwischen alle, dass man sich gegen Eindringlinge tatkräftig zur Wehr setzte. Sie überlegte, ob sie einen Warnschuss in die Luft abfeuern sollte, doch dann wurde ihr klar, dass es zum Nachladen zu dunkel war. Somit würde sie nur einmal schießen können. Schließlich gab sie trotzdem einen Schuss ab. Ein ohrenbetäubender Knall, ein kräftiger Rückstoß, und dann war sie von einer Rauchwolke umgeben. Schnell füllte sich der Innenhof mit Bediensteten, und auch Herr und Frau Widell und Mauritz erschienen. Später dachte sie, dass Mauritz sich erstaunlich schnell angezogen haben musste, fast so, als hätte er die Kleidungsstücke nie abgelegt. Dazu der Geruch, der aus seinem Mund drang, als er etwas sagte. Agnes glaubte, den Duft von Kaffee zu erahnen. Die Gestalt jedoch, die sie gesehen hatte, war verschwunden. Außer ihr hatte offenbar niemand etwas bemerkt. Alle halfen, die Nebengebäude und die Vorratsräume zu durchsuchen, aber es schien alles in Ordnung zu sein. Nur eine Sache störte Agnes, und das war eine Entdeckung, die sie im Meijerska Keller machte, einer größeren Lagerhalle. Als sie ihre Tranlampe in die Höhe hielt, fand sie eine Handvoll Kaffeebohnen. Das Lager war erst eine Woche zuvor aufgeräumt und ausgefegt worden, und sie war sich ziemlich sicher, dass die Bohnen zu dem Zeitpunkt noch nicht da gelegen hatten. Die Frage war nur, wie sie dorthin gelangt und wo die restlichen Kaffeebohnen abgeblieben waren. Sie war nämlich überzeugt davon, dass es trotz des herrschenden Kaffeeverbots noch mehr davon gab. Hatte Mauritz möglicherweise etwas damit zu tun? Sie konnte ihn schlecht fragen, und außerdem musste er einen Verbündeten haben, denn sie war sich sicher, dass sie jemanden im Hof gesehen hatte. Falls Mauritz es nicht selbst gewesen war.

Eines Samstagabends erzählte Agnes die ganze Geschichte Oskar Ahlgren, während sie gemeinsam ins Wärdshus gingen. Sie hatte seine Einladungen so oft abgelehnt, dass ihr keine weiteren Entschuldigungen mehr einfielen. Außerdem hatte sie Hunger und fühlte sich allein. Als Agnes mit gesenkter Stimme die Kaffeebohnen erwähnte, schien Oskar blass zu werden.

»Bist du sicher, dass es Kaffee war?«, fragte er.

Agnes ärgerte sich über die Frage. Natürlich wusste sie, wie ungeröstete Kaffeebohnen aussahen, und vor allem erkannte sie den Duft von geröstetem Kaffee wieder.

»Ganz sicher. Meine Großmutter hat Kaffee geliebt.«

»Du musst vorsichtig sein. Manchmal habe ich das Gefühl, dass bei Widells nicht alles mit rechten Dingen zugeht.«

Ihr war bekannt, dass manche Leute Feuer auf den Klippen entzündeten und Schiffe ins Verderben lockten. Sogar zu Hause auf Härnäs hatte die arme Lokalbevölkerung Schiffbrüchige erschlagen, die sich mit letzter Kraft an Land gerettet hatten.

»In der Gegend von Lysekil sind wir auch nicht gerade von Wrackplünderern und Seeräubern verschont geblieben.«

»Nein, aber jeder weiß, dass das strafbar ist und dass man dafür gehängt wird.«

»Was willst du damit sagen? Dass die Menschen in Marstrand gesetzestreuer sind?« Die Ironie in Agnes' Stimme war nicht zu überhören.

»Was soll man denn tun, wenn Seeleute sich Kaperbriefe besorgen und mit finanzieller Unterstützung staatlicher Kaufleute ihre Schiffe dafür ausrüsten, vollkommen legal andere Schiffe zu überfallen? Die Kaperbriefe berechtigen sie zwar nur zum Angriff auf Schiffe aus Ländern, mit denen Schweden sich im Konflikt befindet, aber wer kümmert sich schon um Flaggen und Nationalitäten, wenn er gutes Geld machen kann? Viel Geld, Agne. Da überschreitet man als Kaperkapitän nur allzu leicht die Grenze zum Seeräuber. Wenn du die ganze Mannschaft erschlägst, kann auch niemand darüber reden. Die Schiffsladung wird versteckt, bis sich die Kaufleute ihrer annehmen und dafür sorgen, dass das Geld in die richtigen Kanäle fließt.«

Agnes dachte über das nach, was er gesagt hatte. Es war durchaus möglich, dass es noch weitere Lagerräume gab, die man ihr vorenthielt. An allem, was sie bisher zu sehen bekommen hatte, gab es jedoch nichts auszusetzen.

»Letzte Woche hat der Zoll zugeschlagen. Sie haben draußen auf Ärholm sechs ganze Fässer Kaffeebohnen gefunden.«

»Aber es herrscht doch Kaffeeverbot. Meinst du wirklich, jemand würde es wagen, Kaffee zu schmuggeln? Die Strafe ...«

Oskar fiel ihr ins Wort. »Klar, aber denk doch mal an den Gewinn. Den Kaffee am Zoll vorbei nach Marstrand zu schmuggeln, ist das eine, aber wenn man die Ware bis nach Göteborg bringt, erzielt man einen unfassbaren Gewinn. Dafür würden viele das Risiko eingehen.«

»Was hast du eigentlich mit den Kaffeebohnen gemacht, die du gefunden hast?«, fragte Oskar.

»Entschuldige mich einen Augenblick.« Agnes ging auf die Bedienung zu. Kurz darauf kehrte sie mit zwei Bechern zurück.

»Was war noch mal deine Frage?«

Plötzlich breitete sich im Wärdshus das Aroma von Röstkaffee aus, und das laute Stimmengewirr, das bis vor wenigen Sekunden geherrscht hatte, verstummte innerhalb von kürzester Zeit.

»Ich wollte wissen, was du mit den Kaffeebohnen gemacht hast, aber ich glaube, jetzt kann ich es mir selbst ausrechnen.« Oskar lachte.

»Ich habe sie ins Feuer geworfen«, sagte Agnes, »damit alle hier drinnen etwas davon haben. Vor allem ein Gesprächsthema.«

Die Gäste sahen sich argwöhnisch an. Dann brachen wilde Diskussionen aus, die hier und da in Handgemenge ausarteten. Oskar fasste Agnes am Arm und zog sie an einen Tisch im hinteren Teil des Lokals. Es war das erste Mal, dass er sie berührte, dachte Agnes. Im schummrigen Licht betrachtete sie Oskar, der sich über irgendetwas den Kopf zu zerbrechen schien. Am liebsten hätte sie die Hand ausgestreckt, ihm über seine Bartstoppeln gestrichen und die Wärme seiner Haut gefühlt. Waren seine Augen eigentlich dunkelblau oder braun?

»Was meinst du, ist es zu unruhig hier?«, fragte er, während ein Bierkrug durch den Raum flog und an der Wand zerschellte. Rings um den Tresen herrschte mehr oder weniger Chaos, weil mehr als eine Person in Marstrand Geld in die geschmuggelten Bohnen investiert und auf einen satten Gewinn gehofft hatte. Nun schien es irgendjemandem gelungen zu sein, den Zoll an der Nase herumzuführen.

6

Als Vendela in die Küche kam, hatte Jessica gerade eine Flasche Wein geöffnet.

»Möchtest du auch ein Glas?«

»Gern.«

»Wo ist Charlie?«

»Der spielt irgendein Online-Spiel.«

Rickard trat ein.

»Hat jemand meine Badehose gesehen? Draußen fängt es an zu regnen, da wollte ich sie lieber reinholen.«

»Ich habe alles von der Leine genommen«, erwiderte Jessica.

»Auch unsere Sachen?«, fragte Vendela.

»Ja, natürlich.« Lächelnd holte Jessica ein Glas für Rickard.

»Mann, habe ich eine Lust auf was Süßes. Was gibt es denn noch?«

»Das ist der Nachteil, wenn man auf einer abgelegenen Insel wohnt. Wenn die Süßigkeiten alle sind, kann man nicht einfach neue kaufen gehen«, lachte Vendela und trank einen Schluck Wein. Der Blick, den Rickard und Jessica wechselten, bemerkte sie nicht.

»Der Wein ist gut!«, fuhr Vendela fort. »Ich glaube,

Süßigkeiten haben wir leider nicht mehr, aber es gibt noch Käse, Oliven und Cracker. Was haltet ihr davon?«

»Klingt gut.« Rickard warf einen Blick in den Brotkasten, während Jessica den Kühlschrank durchsuchte. Vendela räumte den abgenutzten Klapptisch frei und stellte zwei gedrechselte Kerzenständer mit handgegossenen Stumpenkerzen darauf. Kurz darauf flackerte Kerzenschein auf den Wänden des alten Hauses.

Draußen ging der Sommertag zu Ende. Sie stellte Charlie auch einen Teller zusammen, trug ihn nach oben und stellte ihn neben den Computer, auf den er wie gebannt starrte. Wann war ihr kleiner Junge bloß so groß geworden? Fünfzehn Jahre. Das war doch verrückt. Sie strich ihrem Sohn über das Haar.

»Hör auf, Mama.« Er stieß ihre Hand weg.

Als Vendela zurückkam, war die Stimmung in der Küche irgendwie anders.

Sie nahm Platz und legte sich ein paar Stücke Käse und Oliven auf den Teller.

»Äh, tja«, sagte Rickard.

Vendela blickte auf.

»Es ist ziemlich viel Arbeit, den Bremsegård in Ordnung zu halten und so. Wenn man frei hat, möchte man doch eigentlich andere Dinge tun und seinen Urlaub genießen.«

»Heute haben doch nur Charlie und ich die alte Farbe vom Haus gekratzt. So anstrengend kann der Tag für euch nicht gewesen sein«, erwiderte Vendela leicht gereizt.

»Nein, aber Rickard und ich sind ja auch nicht so oft hier. Wir müssen eine weite Reise zurücklegen und können nicht einfach in Göteborg in den Bus steigen, so wie ihr«, fügte Jessica hinzu.

»Okay.« Vendela wandte sich ihrem Bruder zu. »Was meint ihr damit?«

»Wir finden ... wir dachten ...«, begann Rickard.

Vendela ließ ihn zappeln.

»Wir wollen den Bremsegård verkaufen.« Rickard senkte den Blick.

»Bist du verrückt?« Vendela sprang auf und fing an zu brüllen. »Das ist doch nicht euer Ernst!«

Charlie stand in der Tür.

»Warum schreit ihr so?«

Dann sah er seine Mutter mit Tränen in den Augen am Tisch sitzen.

»Die beiden wollen den Hof verkaufen.«

»Was? Das machen wir aber nicht, oder?«

»Ich weiß nicht.« Vendela zuckte die Achseln.

»Aber Vendela, meine Liebe, wir sind doch nie hier.«

»Und wenn ihr aus London zurückkommt? So etwas hier findet ihr nie wieder.«

»Wir fühlen uns sehr wohl in London.«

»Wenn ihr erst mal Kinder habt, seht ihr das vielleicht anders.«

»Es gibt doch so viele interessante Orte. Jessica und ich wollen reisen und uns in der Welt umsehen. Klöverö bleibt immer gleich.«

»Stell dir mal vor, Papa hätte dich gehört!« Vendela schüttelte den Kopf.

»Aus Rücksicht auf euren Vater haben wir nicht verkauft, solange er noch lebte.« Jessica lächelte. Vendela hoffte, dass ihr Bruder seiner Frau zur Strafe für diesen dämlichen Kommentar einen Tritt versetzte. Und die sprach von Rücksicht!

»Papa hat nie gesagt, dass wir nicht verkaufen dürfen.« Rickard klang genauso schlimm.

»Natürlich hat er das nicht. Für ihn war es selbstverständlich, dass wir etwas so Irrsinniges niemals tun würden. Und was ist mit Astrid?« Vendela putzte sich die Nase und wischte sich die Tränen ab.

»Meine Güte, der Hof gehört ihr ja seit ewigen Zeiten nicht mehr«, seufzte Rickard.

»Du weißt genau, dass es sie umbringen würde.«

Jessica stand auf und kehrte mit einem Stapel Papier zurück.

»Hier sind alle Dokumente über den Bremsegård.«

Vendela begriff, dass die beiden bereits einen ausgefeilten Plan hatten. Sie hatten sich sogar alte Urkunden besorgt... Wieder stiegen ihr die Tränen in die Augen, aber diesmal schluckte Vendela sie hinunter und ließ sich nichts anmerken. Charlie saß steif und stumm neben ihr. Sein dunkler Blick wanderte unruhig zwischen Rickard und Jessica hin und her.

»Meint ihr das wirklich ernst?«

»Du kannst uns natürlich auszahlen«, sagte Jessica.

»Das geht dich eigentlich gar nichts an, Jessica. Im Grunde betrifft das nur Rickard und mich, weil der Hof uns beiden jeweils zur Hälfte gehört.« Vendela bemühte sich, ihre Stimme unter Kontrolle zu halten. Waren die beiden verrückt geworden? Wollten sie tatsächlich ihre Kindheit und Astrids Leben verkaufen? Was konnte sie nur tun, um sie umzustimmen? Es musste doch noch eine andere Lösung geben.

Rickard beugte sich über den Tisch, auf dem Jessica die Flurkarte von Klöverö ausgebreitet hatte.

»Zu diesem Stück Land haben wir noch eine Frage.« Er tippte auf die Karte. »Eigentlich hätte es damals, als Edmans den Bremsegård verkauft haben, inbegriffen sein müssen, aber wir haben nirgends einen Grundbucheintrag gefunden. Nun ist die Frage, wem dieses Stück Land gehört.«

»Wenn ein Teil von Edmans Grundstück nicht verkauft wurde, muss er in Astrids Besitz sein. Sie ist die einzige noch lebende Edman.«

»Ganz so einfach ist das nicht«, warf Jessica ein.

»Aha, und du kennst dich da aus. Seit wann bist du denn Immobilienexpertin?«

»Ich meinte ja nur ...«

»Scheißegal, Jessica.« Vendela wandte sich stattdessen an Rickard. »Um welches Stück geht es denn?« Jessica sagte etwas, aber Vendela fiel es schwer, ihr zuzuhören. Im Kopf suchte sie bereits nach Möglichkeiten, den Hof allein zu behalten. Irgendwie musste es gehen.

»Hast du gehört, was ich gesagt habe, Vendela?«, fragte Rickard.

»Was hast du gesagt?« Vendela sah ihn verwirrt an. »Wie viel wollt ihr für euren Anteil haben?«, fragte sie.

»Wir werden den Grundstückswert schätzen lassen«, sagte Jessica.

»Mit dir rede ich gar nicht. Ich spreche mit meinem Bruder. Von ihm will ich wissen, zu welchem Preis er das Grundstück unserer Eltern an seine Schwester verkaufen will.«

»Jessica«, begann Rickard, aber Jessica nahm wortlos ihr Weinglas und ging.

»Ein Grundsstück, das uns gar nicht gehört.« Rickard zeigte es Vendela auf der Karte.

»Da.«

Ein unspektakuläres Stück Ackerland. Ein schmaler Streifen am Fuß des Lindenbergs.

Widells Laden

Die Tage wurden dunkler, und im November fielen die ersten Schneeflocken. In den vergangenen Monaten war niemand mehr aus der Festung Carlsten ausgebrochen, und Mauritz überließ Agnes mittlerweile die Kunden und die Kasse allein. Sobald jedoch jemand darum bat, anschreiben zu lassen, fragte Agnes lieber doppelt und dreifach nach. Entweder bei Mauritz oder bei Kaufmann Widell. Hin und wieder kaufte der kleine Mann mit dem krummen Rücken ein, immer auf Pump. Agnes konnte sich beim besten Willen nicht vorstellen, wie er die Summe, die mit der Zeit zusammengekommen war, jemals zurückzahlen sollte. Doch eines Morgens, als sie zur Arbeit erschien, signalisierte ein Strich im Buch, dass seine Schulden beglichen waren. Verwundert blätterte sie zurück und sah, dass der Mann es schon öfter so gemacht hatte. Große Schulden wurden auf einmal getilgt, und man fing bei Null wieder an. Agnes notierte sich das Datum. Für welche Waren oder Dienste, die dieser Mann zu bieten hatte, waren Mauritz oder Kaufmann Widell bereit, so viel zu bezahlen? Dass der Mann einfach hereingekommen und seine Schulden bar bezahlt hatte, glaubte Agnes zu keiner Sekunde. Es war ausgeschlossen.

Der letzte Kunde war vor kurzem gegangen, und sie hatte gerade die Tranlampe gelöscht. Sie wollte gerade den Riegel vor die Tür schieben, als sie mit einer solchen Wucht aufgestoßen wurde, dass sie das Gleichgewicht verlor. Schnell rappelte sie sich wieder auf, aber der maskierte Mann, der in den Laden eingedrungen war, packte sie und hielt ihr ein Messer an den Hals. Agnes spürte den kalten Stahl an der Kehle.

»Die Kasse.« Seine Stimme klang vollkommen ruhig.

»Da.« Agnes zeigte hinter den Tresen. Wo steckte Mauritz bloß? Guter Jesus, würde sie jetzt sterben? Hilf mir, wer auch immer du bist! Großmutter, hilf mir!

Der Mann schleifte sie hinter den Tresen. Die Klinge ritzte ihre Haut auf. Verzweifelt suchte Agnes einen Weg, um ihr Leben zu retten.

»Wo? Wo ist die Kasse?« Die Stimme klang nun angestrengter.

Hatte Mauritz sie mitgenommen? Sie konnte den Kasten, in dem sie das Geld aufbewahrten, nirgendwo entdecken. Allmählich stieg Panik in ihr hoch.

»Lassen sie mich die Kasse herausholen. Sie ist hinter dem Tresen versteckt.« Ihre Stimme war zu hell, sie war nicht mehr in der Lage, sie zu verstellen. Lieber Gott, lass die Kasse dort sein, dachte sie.

»Sie unternehmen gar nichts.« Der Mann hielt sie wie in einer Schraubzwinge gefangen. Mit dem Messer an ihrer Kehle wagte sie kaum zu atmen.

Durch die Dunkelheit war kaum etwas zu erkennen.

»Bitte, lassen Sie mich das Geld suchen, dann können Sie gehen. Aber tun Sie mir nichts!«

Sie wollte sich bücken, um besser sehen zu können, aber der Mann glaubte anscheinend, sie machte Anstalten zu fliehen. Plötzlich spürte Agnes eine hastige Armbewegung, die sich wie ein Faustschlag gegen die Brust anfühlte. Anschließend lockerte er seinen Griff. Nun sah Agnes die Kasse, sie war ein Stück unter den Tresen gerutscht.

»Da ist sie«, sagte sie mit belegter Stimme und wollte danach greifen. In der Brust verspürte sie ein Brennen, und der linke Arm fühlte sich merkwürdig an. Der Mann drückte sie zur Seite, verbarg die Kasse unter seinem Mantel und hastete zur Tür. Vor dem Fenster bewegte sich ein Schatten. Hatte der Mann einen Komplizen dabei, der draußen auf ihn wartete? Und wo in Gottes Namen war Mauritz? Mit einem Mal flog die Tür auf und Oskar Ahlgren stürzte sich auf den Mann. Beide verloren das Gleichgewicht und die Kasse fiel scheppernd zu Boden. Doch der Mann war schnell wieder auf den Beinen und rannte davon. Oskar machte sich nicht die Mühe, ihn zu verfolgen, sondern wandte sich besorgt Agnes zu.

»Du blutest.« Er half ihr hochzukommen.

»Die Kasse«, murmelte Agnes.

»Pfeif auf die Kasse.«

Oskar führte sie zu einem Stuhl hinter dem Tresen. Agnes spürte, dass ihr Körper nicht mehr tat, was er sollte. Irgendetwas stimmte nicht.

Draußen vor dem Laden raffte eine Frau mit strähnigem Haar die Münzen zusammen. Sie warf einen gehetzten Blick in den Laden. Agnes kannte die Frau. Sie kam immer mit ihren abgemagerten Kindern im Schlepptau, und Agnes gab ihr jedes Mal besonders viele Rüben und nahm dafür so wenig Geld wie irgend möglich. Beim letzten Einkauf hatte ein Kind gefehlt. Später erfuhr Agnes, dass das arme Ding an Fieber gestorben war.

»Sie soll alles behalten, was sie sich genommen hat«, sagte Agnes, »aber hol bitte den Rest.«

Eilig sammelte Oskar das übrige Geld ein und verriegelte die Tür. Agnes zündete die Tranlampe an, die sie gelöscht hatte, bevor der Mann hereinkam. Nie wieder würde sie diesen Fehler begehen.

»Du bist verletzt«, sagte er besorgt. »Lass mich mal nachsehen.«

»Er hatte ein Messer.« Agnes betastete ihren Hals, doch da war nur eine kleine Schramme.

»Nicht dort«, sagte Oskar. »Ich fürchte, er hat dir mit dem Messer in die Brust gestochen.«

Agnes spürte, wie sie allmählich das Bewusstsein verlor. Sie wusste nicht, ob es an dem Schock oder an schwerwiegenden Verletzungen lag.

»Nicht in die Brust«, stammelte sie, bevor ihr schwarz vor Augen wurde.

Als sie wieder zu sich kam, hatte sie großen Durst. Mühsam öffnete sie die Augen. Diese Zimmerdecke hatte sie noch nie gesehen! Schnell schloss sie die Augen.

»Durst«, war alles, was sie über die Lippen brachte. Jemand stützte ihren Kopf und hielt ihr einen Becher Wasser an die Lippen.

»So, nun trink.« Die Stimme war vertraut, aber die Gerüche waren neu für sie. Das Kissen war weich und genau wie das Deckbett mit Federn gefüllt. Der Stoff fühlte sich weich und zart an. Wo war sie? Und wem gehörte diese Stimme? Als sie versuchte, sich zu erinnern, drehte sich alles in ihrem Kopf. Vielleicht war sie tot.

»*Oma?*« Sie hustete. »Großmutter?«

»Ich weiß, dass du deine Großmutter vermisst, du hast oft nach ihr gefragt.« Wieder diese Stimme. Plötzlich fiel ihr ein, wem sie gehörte. Oskar Ahlgren. O Gott. Unter großer Anstrengung öffnete sie die Augen. Sie befand sich in einem Bett in einem Zimmer. Oskar hielt ihren Kopf, damit sie trinken konnte. In einem Kachelofen brannte ein Feuer, und neben ihrem Bett stand eine Chaiselongue.

»Danke, lieber Gott.«

»Wo bin ich?«

»Auf meinem Hof auf Klöverö. Es ging dir sehr schlecht, und du hattest hohes Fieber. Weißt du noch, was passiert ist?«

»Das Messer«, flüsterte Agnes.

»Er hat es dir in die Brust gestoßen.« Er senkte den Blick.

Vorsichtig griff sich Agnes unter das Nachthemd, das sie trug. An die Brust.

»Ich kann es dir erklären«, flehte sie.

»Ich sah, dass du blutetest. Als ich dann entdeckte, dass du eine Frau bist, konnte ich schließlich keinen Arzt in dein Zimmer bei Widells rufen. Die sind nicht besonders angetan von Menschen, die sie hinter das Licht führen. Somit fiel auch der örtliche Arzt aus, denn er ist ein guter Freund von Kaufmann Widell. Gott sei Dank wusste ich von einem größeren Schiff, das auf dem Weg nach

Göteborg war. Ich konnte den Schiffsarzt überreden, mit hierherzukommen, bis du wieder gesund bist.«

Es klopfte an die Tür.

»Ach, eine Sache habe ich ganz vergessen ...« Die Tür ging jedoch auf, bevor Oskar ihr erzählen konnte, was es war.

Ein rundlicher Mann um die fünfzig betrat den Raum. Das muss der Arzt sein, dachte Agnes.

»Sie ist wach«, sagte Oskar.

»Das höre ich gern. Wie geht es Ihnen, gnädige Frau Ahlgren?«

Frau Ahlgren? Sie schaute Oskar an.

»Danke. Viel besser.«

»Ihr Mann hat sich Sorgen um Sie gemacht. Sein schnelles Handeln hat Ihnen das Leben gerettet. Er hat sie keine Minute aus den Augen gelassen und sogar in diesem Zimmer geschlafen.«

»Wir haben abwechselnd Wache an deinem Bett gehalten«, sagte Oskar beschämt.

»Ich glaube, Sie werden wieder ganz gesund. Nur überanstrengen Sie sich nicht, Sie brauchen noch eine Weile Ruhe. Die Bediensteten scheinen den Haushalt auch ohne die Aufsicht der gnädigen Frau zu bewältigen.«

Kann ich mir vorstellen, dachte Agnes.

»Ich bringe Sie zum Anleger«, sagte Oskar. »Sie werden mit dem Segelschiff nach Göteborg gebracht, denn das ist Ihnen sicher lieber als der Landweg über Tjuvkil.«

»Gute Besserung, gnädige Frau.« Der Arzt nickte Agnes zu und wollte gerade die Tür hinter sich schließen, als sie ihm hinterherrief.

»Vielen Dank für alles, was Sie für mich getan haben.«

Der Mann drehte sich um.

»Tatsächlich. Ich bin froh, dass es Ihnen wieder besser geht. Und es ist beruhigend, Sie in so guten Händen zu wissen.« Lächelnd machte er die Tür hinter sich zu.

Agnes sank zurück in die Kissen. Wie lange hatte sie hier gelegen? Einen Tag? Eine Woche?

Sie versuchte den Kopf zu heben, um einen Blick aus dem Fenster zu werfen, aber sie sah nichts als Himmel. Offenbar befand sie sich im ersten Stock des Hauses. Erinnerungsfetzen gingen ihr durch den Kopf. Der maskierte Mann mit dem Messer. Als er hereinkam, hatte es draußen geschneit. Oskar hatte ihn zu Boden gerissen. Oskar Ahlgren hatte ihr das Leben gerettet, und sie hatte ihn angelogen.

Eine Weile später klopfte es wieder an die Tür. Oskar trat ein. Er sieht müde aus, dachte Agnes.

»Widells«, begann Agnes.

»Ich habe einen Boten zu ihnen geschickt, sie wissen, dass du hier bist. Oder zumindest, dass Agne Sundberg hier ist.«

»Verzeih mir, ich wollte dich nicht anlügen.«

»Wie heißt du?«

»Agnes Andersdotter. Ich bin draußen auf Härnäs auf Hof Näverkärr aufgewachsen. Nördlich von Lysekil.«

Er nickte.

»Trankocherei Karlsvik, da hast du also gelernt. Ich habe davon gehört, dass der dortige Besitzer die Arbeit seiner Tochter überlässt.«

»Vater hat mir gestattet, ihm zu helfen. Das kann ich genauso gut wie jeder andere.«

»Was hat dich nach Marstrand verschlagen?«

»Vater hat mich Bryngel Strömstierna von Gut Vese versprochen.«

Wieder nickte Oskar.

»Sieh an, Vese. Ein großer Hof. Was hat der Dame denn daran missfallen. War er ihr etwa nicht groß genug?«

Der Kommentar machte sie traurig. Hätte er es denn nicht besser wissen müssen, dachte sie zunächst, doch dann rief sie sich zur Vernunft. Er kannte sie ja überhaupt nicht, und wenn hier jemand um Verzeihung bitten musste, dann war sie es.

»Die ehemalige Herrin auf Vese ist ins Wasser gegangen, nachdem ihr Schwiegervater sie nachts in ihrer Schlafkammer besucht hat. Ich wollte nicht ihren Platz einnehmen. Aber wie sollte ich das meinem Vater sagen? Ich hätte es tun sollen, aber ich konnte einfach nicht. Stattdessen bat ich ihn, mich zu Hause bleiben zu lassen, aber Vater wollte mir nicht erlauben, weiter in der Trankocherei zu arbeiten. Er war überzeugt, mit Gut Vese würde ich eine gute Partie machen, und so sah ich keinen anderen Ausweg, als davonzulaufen. Als Frau konnte ich jedoch nicht allein reisen. Also schnitt ich mir die Haare ab, packte Großmutters Robbenfellkoffer und …«

Die ganze Geschichte sprudelte nur so aus Agnes heraus. Es war eine große Erleichterung, sich endlich jemandem öffnen zu können. Agne Sundberg und Oskar Ahlgren waren im Laufe des Herbstes gute Freunde geworden, und sie hoffte, dass sie nicht sein Vertrauen verspielt hatte. Es dauerte eine geschlagene Stunde, bis sie ihm alles, was geschehen war, beschrieben und erklärt hatte. Oskar hörte ihr schweigend zu.

»Du hattest etwas an dir«, sagte er, als sie verstummt war. »Du warst wie eine frische Brise, aber da war noch etwas anderes, das ich nicht wirklich benennen konnte. Ich verbrachte gern meine Zeit mit dir und schätzte unsere Freundschaft.«

»Ich hoffe, sie ist uns geblieben. Denn mir bedeutet unsere Freundschaft auch viel.«

Hätte damals bei der Verlobungsfeier Oskar anstelle von Bryngel am Tisch gesessen, hätte sie nicht eine Sekunde gezögert. Er sah sie warmherzig an.

Agnes blickte sehnsüchtig zum Fenster.

»Kann man von hier aus das Meer sehen?«

»Der Arzt hat gesagt, du sollst dich ausruhen.«

Agnes stützte sich auf die Ellbogen und setzte sich vorsichtig auf die Bettkante. Schon alleine diese Bewegung strengte sie fürchterlich an, und aus eigener Kraft würde sie es nie bis zum Fenster schaffen. Oskar kam ihr zu Hilfe, hüllte sie in ihr Laken und das Federbett und zog sie behutsam hoch. Die Wunde an ihrer Brust schmerzte.

»Tust du denn nie, was man dir sagt?«, brummte er, während er sie zum Fenster trug.

»Doch. Hin und wieder.«

Wie nah er ihr war, dachte Agnes und spürte seine Wärme. Vor dem Fenster blieb er stehen und setzte sie in den Winkel, blieb jedoch an ihrer Seite, um sie zu stützen.

Die Welt vor dem Fenster war vollkommen weiß, nur das Meer funkelte blaugrün. An einigen Stellen hatte der Wind den Schnee fortgeweht und die grauen Klippen entblößt.

»Oh, wie schön.«

»Du solltest die Insel mal sehen, wenn alles grün ist.« Oskar trug Agnes zum Fenster am anderen Ende des Zimmers.

»Das andere Fenster geht nach Norden hinaus, hier ist also Süden.«

So weit das Auge reichte, erstreckten sich schneebedeckte Felder. Sie lagen geschützt zwischen den Bergen. Mit schwacher zitternder Hand zeigte Agnes auf den höchsten Gipfel und fragte nach dem Namen des Berges.

»Das ist der Lindenberg. Er heißt so, weil dort so viele Linden wachsen.«

»Hier sieht es genauso aus wie zu Hause in der Gegend von Näverkärr.« Plötzlich hatte Agnes einen Kloß im Hals. Linde, Schneeball, Haselstrauch und Buche. Der ganze Wald rings um Hof Näverkärr war voller Laubbäume, die sich im Schutz der hohen Berge unheimlich wohlfühlten. Vater hatte darauf beharrt, sie in Ruhe zu lassen. Lieber legte er weite Strecken zurück, um Brennholz und Torf für die Kessel zu holen. »Großmutter und ich haben immer Haselnüsse gepflückt.«

»Die wachsen allerdings nicht auf Linden.« Oskar lächelte. Vielleicht hatte er die Träne in ihrem Augenwinkel gesehen.

»Es war nicht meine Absicht, dich hinters Licht zu führen.« Nun konnte Agnes die Tränen nicht mehr zurückhalten. »Du warst doch so freundlich zu mir, und ich wollte dir auch alles erzählen, aber dann wusste ich nicht mehr, wie. Als Frau kann ich mich nirgendwo frei bewegen oder gar arbeiten. Da ich aber auch nicht auf die Gnade eines Mannes angewiesen sein will, verkleide ich mich lieber als Agne Sundberg.«

Dann fielen ihr Großmutters Robbenfellkoffer und das Tagebuch ein, das noch in ihrem Zimmer bei Widells im Schrank lag. Falls jemand es gefunden hatte, war ihr Geheimnis nicht mehr geheim. Sie musste Oskar von dem Tagebuch erzählen. Vielleicht konnte er es holen.

»Nun hat das Fräulein lange genug die Aussicht genossen. Es muss zurück ins Bett.«

»Du meinst wohl die gnädige Frau?«, gab Agnes zurück und fragte sich im selben Moment, ob sie zu weit gegangen war. Oskar sagte nichts, sondern trug sie wortlos zum Bett.

»Du kannst dich aber nicht für immer verkleiden«, sagte er. »Wie hast du dir das vorgestellt?«

»Ich weiß nicht. So weit habe ich gar nicht gedacht. Mein Plan war es, mich nach Marstrand durchzuschlagen. Erst als ich hier angekommen war und Arbeit bei Widells gefunden hatte, begann ich mir Gedanken darüber zu machen, was ich eigentlich tun wollte.«

»Ich gehe uns jetzt etwas zu essen holen. Du brauchst dringend etwas zwischen die Zähne, du siehst aus wie ein Spatz.«

»Spatz?« Agnes musste grinsen.

Behutsam legte er sie wieder ins Bett und deckte sie sorgfältig zu. Agnes betrachtete ihren Arm und sah, wie dünn er geworden war.

Müdigkeit überkam sie.

»Oskar?«

»Ja?«

»Danke.«

Oskar schaute sie an. Ihr Haar war zerzaust, ihre Haut käsig, und die dunklen Ringe unter ihren Augen wirkten geradezu unheimlich. Trotzdem würde sie höchstwahrscheinlich überleben, hatte der Doktor gesagt. Wenn es keine Komplikationen gebe, werde alles gut. Oskar wollte gerade etwas sagen, doch als er Luft holte, bemerkte er, dass Agnes bereits eingeschlafen war. Er lauschte noch eine Weile ihren Atemzügen und betrachtete ihre Lippen und die schmalen Hände auf der Decke.

Im Grunde hatte er mit großer Erleichterung zur Kenntnis genommen, dass Agne in Wirklichkeit eine Agnes war. Die Situation in dem Laden war verwirrend und gefährlich gewesen, und so konnte Oskar erst jetzt die seltsame Anziehung verstehen, die Agne Sundberg auf ihn ausgeübt hatte.

7

Der rote Schopf war das Erste, was Karin zwischen den Baumstämmen aufblitzen sah, als der Kriminaltechniker mit seinem Rucksack und einer Tasche in der Hand anmarschiert kam.

»Wolltest du nicht herunterkommen und uns tragen helfen?«

»Wenn du mich angerufen hättest, hätte ich das auch gemacht.«

»Das habe ich ja versucht, aber da musste ich erfahren, dass es hier keinen Empfang gibt.«

»Ach, stimmt. Mist.« Karin grinste.

»Hallo, Karin! Schön, dich zu sehen!« Der laute Ruf kam von Gerichtsmedizinerin Margareta Rylander-Lilja. Sie besuchte nicht jeden Leichenfundort persönlich, aber in diesem Fall war Karin besonders erfreut, sie zu sehen. Zusammen waren Jerker und Margareta ein ausgezeichnetes Team.

»Danke gleichfalls«, antwortete Karin. »Wie gut, dass ihr beide gekommen seid.«

»Wo fangen wir an?«, fragte Jerker.

Schnell berichtete Karin von dem Fund, den die Studenten aus Göteborg im Alten Moor gemacht hatten, und zeigte dann auf die sumpfige Stelle, wo die Bodenprobe entnommen worden war.

»Da vorne wurde die Leiche entdeckt. An der Oberfläche war nichts zu sehen. Man hat nur ein Ohr gefunden, aber ich gehe davon aus, dass sich dort auch ein Körper befindet.«

Jerker begann zu fotografieren und vermaß dann die Stelle. Als er damit fertig war, gingen Margareta und er zum Fundort und beratschlagten, wie man die Leiche ausgraben sollte, ohne sie oder eventuelle Spuren zu zerstören. Nach einer längerer Beratschlagung holte Jerker seine Ausrüstung, um vorsichtig rings um die Leiche zu graben und sie anschließend zu bergen.

Die äußerst komplizierte Arbeit nahm trotz der Hilfe von mehreren Küstenpolizisten, die sich eifrig durch den Torf gruben und schnitten, mehr Zeit in Anspruch als gedacht. Drei Stunden später gelang es Jerker, eine Plane unter den Torf zu schieben, um so viel wie möglich von der Fundstelle zu heben.

»Okay. Jetzt ist absolute Vorsicht geboten! Wir fangen an, sie zu heben.« Langsam spannten sich die Drahtseile, und ein großes Stück vom Alten Moor wurde langsam in die Höhe gehievt. Als es eine ganze Stunde später schließlich auf die Erde gelegt wurde, triefte Wasser von der Kunststoffplane. Es bestand kein Zweifel mehr daran, dass es sich um eine Leiche handelte. Eine weibliche Leiche. Torf fiel von den Beinen der Frau herunter und entblößte ihre Füße. Margareta musterte sie sorgfältig.

»Kommt und seht euch das an.«

Karin hockte sich neben sie. Die Füße der Frau waren zerkratzt, als wäre sie gerannt, bis ihre Sohlen bluteten. In den offenen Wunde konnte man mit bloßem Augen kleine Zweige, Nadeln, Steinchen und Grashalme erkennen.

»Sie muss barfuß gelaufen sein«, sagte Karin.

Als Jerker das Drahtseil entfernte, um alles für den Weitertransport in die Rechtsmedizin einzupacken, fiel noch ein Stück Torf zur Seite.

»Am besten nehmen wir so viel wie möglich mit, damit wir es uns bei dir in aller Ruhe ansehen können, Margareta«, sagte er zu der Rechtsmedizinerin.

»Das machen wir.«

Karin packte mit an, so gut sie konnte. Plötzlich musste sich einer der Kollegen übergeben.

»Oh, mein Gott«, stöhnte er. »Es ist ein Kind. Sie hat ein Kind bei sich!«

Karin ging zur Plane. Erst jetzt bemerkte sie das flaumige Köpfchen. Die Frau drückte ein kleines Menschlein an ihre Brust. Der Torf hatte den Babykörper verdeckt, aber nachdem er Stück für Stück von der Leiche heruntergefallen war, hatte er nun auch das Kind freigelegt. Sie schwiegen eine Weile.

Schließlich machte Margareta der Stille ein Ende.

»Wir nehmen euch beide jetzt mit, und dann werden wir versuchen, herauszufinden, was hier passiert ist«, sagte sie zu Frau und Kind, als spräche sie mit Patienten in einem Wartezimmer.

Das erleichtert die Sache ein wenig, dachte Karin. Vielleicht würde Margareta ihnen sagen können, wie die beiden überhaupt im Moor gelandet waren. Hatten sie sich verlaufen? Die Füße der Frau deuteten darauf hin, dass sie gerannt war. Möglicherweise war sie verfolgt worden. Dies war mit Sicherheit kein Irrtum. Diese Frau hatte sich nicht mit ihrem Baby im Tragetuch versehentlich beim Pilzesammeln verirrt. Wenn sie wirklich vor jemandem auf der Flucht gewesen war, würden Jerker und Margareta bestimmt Beweise an das Licht befördern, mit deren Hilfe Karin den Täter finden konnte. Als sie endlich alle Sachen eingepackt hatten und sich auf den Weg nach Göteborg machten, leuchtete der Himmel blutrot.

Nordgård, Klöverö

Agnes spürte die kalte Messerklinge zuerst an der Kehle und dann den Stich in die Brust. Warmes Blut rann aus der Wunde, zuerst tröpfelnd, dann strömte es regelrecht. Sie rief nach Mauritz und nach ihrer Großmutter. Sie schrie um Hilfe. Doch niemand kam.

Eine kühle Hand legte sich auf ihre Stirn und strich ihr anschließend über die Wange.

»Agnes, du träumst. Es ist alles in Ordnung, Agnes. Hörst du mich?«

Im Zimmer war es dunkel, aber die Stimme klang vertraut. Oskar hatte sich über sie gebeugt. Nun konnte Agnes seine Gesichtszüge erkennen. Er sah besorgt aus.

»Du hattest einen Albtraum. Und vielleicht ein bisschen Fieber.« Wieder legte er ihr die Hand auf die Stirn.

»Au, die Wunde spannt so«, sagte Agnes. »Außerdem habe ich von dem Mann mit dem Messer geträumt.« Sie erschauerte.

Oskar half ihr, sich aufzusetzen, und reichte ihr einen Becher Wasser. Es schmeckte nach Heidehonig.

»Eigentlich sollte das Getränk warm sein, aber als ich damit heraufkam, warst du bereits eingeschlafen.«

Agnes gab ihm den Becher zurück.

»Nein, nein. Trink alles aus.«

Sie gehorchte.

»Wer kümmert sich um die Trankocherei, wenn du nicht da bist?«, fragte Agnes.

»Mach dir deswegen keine Gedanken«, erwiderte Oskar.

Agnes wirkte gekränkt.

»Belaste dein niedliches Köpfchen nicht mit solchen Dingen?«, murmelte sie. »Willst du mir das damit sagen?«

»Nein, so habe ich es wirklich nicht gemeint. Du bist schwer verletzt worden, hattest hohes Fieber und bist noch immer nicht ganz gesund. Wenn es dir wieder besser geht, bespreche ich gern die Angelegenheiten der Trankocherei mit dir.«

Agnes schämte sich ein wenig. Inzwischen hätte sie begreifen müssen, dass Oskar nicht so war wie alle anderen.

»Darf ich dich um etwas zu essen bitten?«

»Mit Vergnügen. Schaffst du es, allein hier zu sitzen, bis ich wieder da bin? Blöde Frage«, brummte er leise und stopfte Agnes noch ein Kissen in den Rücken.

Er entzündete die Tranlampe auf dem Tisch und entfachte die Glut im Kachelofen.

»Ich bin gleich wieder da.«

Langsam wurde das Feuer größer. Die Flammen warfen freundliche Schatten auf die Wände.

Es ist wie in einer anderen Welt, dachte Agnes. Ich befinde mich außerhalb der Zeit und an einem Ort, den es im Grunde nicht gibt. Wenn wir ein Mann und eine Frau sind, dürfen wir zwei uns eigentlich gar nicht allein in einem Raum aufhalten, und ich liege hier im Nachthemd und werde von ihm gepflegt. Agnes Andersdotter ist verschwunden, und Agne Sundberg hat einen Messerstich erlitten. Sie fragte sich, ob Oskar auch darüber nachdachte, wie sie aus dieser Situation wieder herauskommen sollten.

Oskar kehrte mit einem Teller voller belegter Brote zurück. Jedes war dick mit Butter bestrichen und mit einem Stück Käse belegt. Dazu zwei rote Äpfel und eine Kanne Milch.

»Draußen wird es langsam kalt«, sagte er. Als er ihr ein Glas einschenkte, bemerkte Agnes die Eisschicht auf der Milch.

»Bitte sehr, die Haushälterin hat heute gebacken.« Er reichte ihr den Teller. Agnes nahm sich ein Butterbrot. Es duftete nach Kümmel. Sie kaute mit Bedacht und leis-

tete keinen Widerstand, als Oskar ihr das Milchglas in die Hand drückte. Die Butter war fein gesalzen, nicht mit dem groben Meersalz, mit dem Fisch konserviert wurde. Sie überlegte, wie er wohl an so feines Salz herangekommen war. Es musste ein Vermögen gekostet haben.
»Das ist köstlich.«
»Natürlich.«
»Wer leitet also die Trankocherei, wenn du nicht da bist?«, fragte Agnes.
Oskar lachte.
»Mein Vater. Die Bediensteten kümmern sich um die Landwirtschaft und die Tiere, Vater um die Trankocherei. Er fände es bestimmt interessant, sich mit dir über euren Betrieb oben auf Näverkärr zu unterhalten.«
»Wundert sich dein Vater nicht, dass du nicht arbeitest, obwohl du zu Hause bist?«
»Vielleicht habe ich ihm ja eine Erklärung geliefert.«
»Und welche?«, fragte Agnes.
»Das würdest du wohl gern wissen.«
Agnes dachte an die Angestellten und die anderen Menschen auf dem Hof. Bestimmt fragten sie sich alle, warum Oskar Ahlgren zwar anwesend war, sich aber weder um die Trankocherei noch um seine Geschäfte kümmerte. Und der Arzt, wie hatte er dessen Besuch erklärt? Vielleicht hatte er behauptet, selbst krank zu sein. Der Überfall mit dem Messer hatte sich mit Sicherheit von Marstrandsö bis über den Sund herumgesprochen. Möglicherweise war es das, was alle glaubten – dass Oskar Ahlgren seinen guten Freund Agne Sundberg gesund pflegte. Agnes fragte sich, was Kaufmann Widell und Mauritz sagen würden, wenn sie zurückkehrte.
Oskar trat an das Fenster und blickte nach Marstrandsö hinüber. Dann löschte er die Tranlampe, machte die Klappen des Kachelofens zu und sah wieder hinaus auf den Sund.

»Was ist los?«, fragte Agnes.

»Da fährt ein Boot hinaus, und das bei diesem Wetter.«

»Lass mich mal sehen«, sagte Agnes. Oskar hob sie hoch und trug sie zum Fenster.

»Keine Lichter«, stellte sie fest. »Sind das Schmuggler?«

»Das würde mich nicht wundern. Im Herbst ist mehrmals Kaffee beschlagnahmt worden. Für alles, was verboten ist, zahlen die Leute einen guten Preis. Viel zu gut.«

»Schon wieder Kaffee?«

Agnes überlegte eine Weile.

»In der Hose, die ich anhatte, als ich hierher kam, war ein Zettel.«

Oskar setzte sie auf die Chaiselongue vor dem Ofen, ging hinaus und kam wenige Minuten später mit dem Zettel in der Hand wieder.

Agnes faltete ihn auseinander.

»Wann wurde der Kaffee beschlagnahmt?«, fragte sie.

»Ich weiß nur das ungefähre Datum, aber es passierte einmal Mitte März, zweimal im Juni, je einmal im September und im Oktober und in der vergangenen Woche.«

»Das stimmt beängstigend gut mit den Zeitpunkten überein, zu denen Hinkepetter seine Schulden beglichen hat. Agnes dachte an den gebeugten Mann und seine Ehefrau Pottela, die regelmäßig in Widells Laden einkauften, aber nie bezahlten.

»Du meinst, er könnte Widells mit Kaffee versorgen?«

Oskar kratzte sich am Kopf.

»Und im Gegenzug werden all seine Schulden gestrichen. Klar, das wäre durchaus möglich. Es fragt sich nur, ob Mauritz diese Geschäfte allein aushandelt, oder ob sein Vater eingeweiht ist.«

»Die Schmuggler sind keine kleinen versoffenen Diebe, sondern angesehene Kaufleute, die ein gut funktionierendes Bestechungssystem innerhalb der Zollbehörde nutzen. Mein Vater erzählt oft von Niklas Kullberg, einem alten Kaperer, der zum Zollbeamten umgeschult hat. Da er aus eigener Erfahrung jeden Kniff kannte, konnte er jede geschmuggelte Ware aufspüren und beschlagnahmen. Nicht zuletzt war er vollkommen unbestechlich. Er war mit einem Mädchen aus Marstrand verheiratet, das Greta hieß. Die Marstrander Kaufleute haben sich zusammengetan, um ihn loszuwerden.«

»Und ist es ihnen gelungen?«

»Allerdings. Einer der Kaufmänner war gut mit dem Kommandanten von Carlsten befreundet, und so hat man ihn einfach ins Gefängnis gesteckt. Soweit ich weiß, sitzt er dort heute noch, aber seine Frau und die Kinder leben inzwischen in Stockholm.«

Es dauerte noch zwei weitere Tage, bis Agnes endlich allein aufstehen konnte. Die Sonne schien durch das Fenster herein, und Agnes genoss ihre Strahlen. Das bisschen, was sie aß, blieb auch in ihrem Magen, und endlich war auch der fiebrige Glanz aus ihren Augen gewichen. Sie und Oskar konnten sich stundenlang über die Arbeit in der Trankocherei und verschiedene Methoden unterhalten, mit denen man Fisch in Salz einlegte, räucherte oder trocknete. Agnes erzählte viel von ihrer Großmutter. Oskar beschrieb seine Kindheit auf Klöverö und berichtete, wie er zu dem Entschluss gekommen war, den Familienbetrieb zu übernehmen.

Mittlerweile hatte der Winter die Inseln fest im Griff, und der Sund rings um Klöverö und Marstrandsö fror zu.

Am Nachmittag trat Oskar in Robbenfellhose, schweren Stiefeln und einem Pelzmantel ein. Auf dem Kopf trug er eine Mütze. Agnes sah ihn verwundert an.

»Willst du mich nach Marstrandsö hinübersegeln?«, fragte sie leicht besorgt.

»Dafür bist du noch zu schwach. In einer Woche vielleicht. Nein, es geht um etwas anderes.«

Oskar half ihr beim Ankleiden. Mühsam zwängte sie sich in in Hemd und Hose und verzog vor Schmerzen das Gesicht, als Oskar versehentlich die Wunde berührte.

»Verzeih mir, meine Liebe. Wie geht es dir?«

»Gut«, log Agnes und registrierte, dass er sie seine Liebe genannt hatte.

Vorsichtig stand sie auf und ging auf wackligen Beinen zur Tür. Oskar holte sie ein und legte ihr behutsam den Arm um die Taille. Sie schaffte eine Treppenstufe, aber die Wunde tat so sehr weh, dass sie es nicht wagte, weiterzugehen. Oskar nahm sie auf den Arm und trug sie in die Eingangshalle. Als er mit ihr vor die Tür trat, schlug ihnen sofort die beißende Kälte entgegen.

»Ein Schlitten!«, rief Agnes entzückt.

»Aber sicher. Ich dachte mir, du könntest ein bisschen frische Luft gebrauchen. Dick eingemummelt in die Felle kann dir eine Schlittenfahrt nur guttun.«

Die Pferde schnaubten und scharrten ungeduldig mit den Hufen im Schnee. Oskar packte Agnes warm ein, griff nach den Zügeln, und dann ging es los über die Insel Klöverö. Der Schnee ringsherum glitzerte in der Sonne. Geübt lenkte Oskar den Schlitten. Nur beim Alten und Großen Moor unten an der Landzunge Korsvike war er vorsichtig.

»Das ist zu gefährlich«, sagte er. »Vielleicht versuchen wir es, wenn das Eis dicker ist, aber nicht jetzt. Dort unten liegt Grönvik und etwas weiter entfernt die Schnauze, das ist eine Bucht, die sich tief in die Insel hineingefressen hat. Dorthin gelangen wir besser von der anderen Seite, dann kannst du die ganze Bucht überblicken.«

Die Gestalt, die sich dem Schlitten näherte, schien aus dem Moor oder aus dem Wald oben auf dem Berg gekommen zu sein. Oskar hatte sie noch gar nicht bemerkt. Je näher der Mann kam, desto größer wirkte er, bis er wie ein Riese neben dem Schlitten stand und auf Agnes hinunterblickte.

»Oskar«, sagte Agnes.

»Sieh mal an, Oskar. Was hast du denn in der Korsvik zu erledigen?«

»Guten Tag, Daniel«, erwiderte Oskar.

Der junge Mann, den Oskar offensichtlich kannte, musterte Agnes. Selten hatte sie einen so kräftig gebauten und breitschultrigen Mann gesehen. Die Ausmaße seines Körpers schienen ihm sogar das Gehen zu erschweren.

»Ich nehme an, das ist Agne Sundberg aus Widells Laden.«

Agnes nickte, aber Oskar kam ihr zuvor.

»Stimmt genau. Er befindet sich auf dem Weg der Besserung. Der Arzt hat mich gebeten, auf ihn aufzupassen.«

»Ein Messer, wie ich hörte.«

»Das ist richtig. Sie hat Glück gehabt.«

»Sie?«

»Wie bitte? Nein, er, Agne. Wir haben abwechselnd an seinem Bett Wache gesessen, weil er so hohes Fieber hatte. Einige Stunden Schlaf brauche ich auch.«

»Er kann froh sein, dass er einen so guten Freund wie dich hat, Oskar Ahlgren.«

Agnes zog sich das Fell bis über die Nasenspitze, sodass nur noch ihre Augen zu sehen waren. Dann hustete sie so bellend wie möglich. Der erwünschte Effekt trat umgehend ein. Daniel aus Korsvik wich einen Schritt zurück.

»Am besten fahre ich jetzt zurück zum Hof. Ich wollte ihn nur mal an die frische Luft bringen.« Oskar schnalzte den Pferden zu, und der Schlitten setzte sich in Bewegung.

»Wer war das?«, fragte Agnes, als sie außer Hörweite waren, sich jedoch noch immer auf den Ländereien von Korsvik befanden.

»Daniel Jacobsson aus Korsvik. Noch sitzt er wohl nur als Handlanger mit im Boot, aber ich bin mir ziemlich sicher, dass er etwas mit den Kaffeetransporten zu tun hat.«

Agnes zog eine Augenbraue hoch.

»Wie alt ist er?«

»Ich weiß nicht, vielleicht siebzehn oder zwanzig.«

Oskar blickte nach links, über das Wasser.

»Da drüben siehst du den Snikefjord, Ängholm, die Brandschären und etwas weiter weg Stensholm.«

Als Agnes sich umdrehte, sah sie nicht nur den Fjord und die Inseln, sondern mehrere Trankochereien. Der Rauch und die Gerüche waren unverkennbar.

»Gehört die dir auch?«, fragte sie und zeigte auf ein Gebäude.

»Nein, nein. Außer meinem Betrieb gibt es auf der Insel noch zwei weitere Heringssalzereien und Trankochereien. Da drüben siehst du die Heringssalzerei und Trankocherei Beateberg.«

»Drei Betriebe allein auf Klöverö?«, fragte Agnes.

»Da Marstrand einen großen Hafen hat, ist es eigentlich nicht verwunderlich.« Da hatte er natürlich recht, dachte sie. Von Marstrand aus gesehen befand sich das Tranöl hier bereits ein Stück auf dem Weg nach Süden, im Gegensatz zu dem aus Vaters Trankocherei oben auf Näverkärr.

Überall am Küstenstreifen standen einfache Rauchhütten. Die Menschen, die ihnen auf dem Weg entgegenkamen, verneigten sich höflich, wenn sie Oskar Ahlgren in seinem Schlitten erblickten. Oskar zeigte ihr die Insel und erzählte Anekdoten aus seiner Kindheit. Auf dem letzten Stück durch das Långedal lächelte er still vor sich hin und schien das schöne Wetter und die Schlittenfahrt in vollen Zügen zu genießen. Und ihre Gesellschaft, hoffte Agnes. Hin und wieder blickte er sich zu ihr um, um sich zu vergewissern, dass sie sich wohlfühlte und nicht fror. Als sie zurückkehrten, war sie beinahe eingeschlafen. Ein Knecht nahm die Pferde unter seine Fittiche. Er nickte Agnes zu und zog den Hut. Unsicher, ob sie in seinen Augen eine Frau oder ein Mann war, nickte Agnes zurück. Es hatte ihr gutgetan, sich draußen an der frischen Luft aufzuhalten. Ihre Nase und ihre Wangen waren von der Kälte gerötet. Oskar half ihr die Treppe hinauf. Sie kamen langsam voran, mussten sich eine Stufe nach der anderen erkämpfen. Agnes war von der leichten Anstrengung bereits vollkommen außer Atem. Oskar betrachtete sie sorgenvoll.

»Du musst Geduld haben«, sagte er bekümmert. »Eigentlich wollte ich dir vorschlagen, ein Bad im großen Zuber zu nehmen, aber ich glaube, damit solltest du lieber noch warten, bis die Wunde verheilt ist.«

Agnes hatte nicht gebadet, seit Josefina ihr an dem Tag, als Bryngel und sein Vater zu diesem unseligen Abendessen gekommen waren, warmes Wasser eingelassen hatte. Ein Bad wäre jetzt himmlisch gewesen.

»Ich verspreche, dass ich ganz vorsichtig bin, damit die Wunde nicht nass wird.«

»Bist du sicher?«, fragte er skeptisch.

8

Während an diesem Abend das Polizeiboot ablegte und aus der Schnauzenbucht herausfuhr, ging Vendela mit schweren Schritten zu Astrid hinüber. Es war schon nach elf, aber das, was sie der alten Dame zu sagen hatte, duldete keinen Aufschub. Sie warf einen Blick ins Fenster und sah, dass in Astrids Waschküche noch Licht brannte.

Das kleine Haus verfügte über kein richtiges Badezimmer. Die ursprünglich provisorisch gedachte Dusche in der Waschküche war nun schon seit zwanzig Jahren in Gebrauch. Ein Wasserklosett gab es überhaupt nicht, denn nach Astrids Ansicht war so etwas reine Trinkwasserverschwendung. Das Plumpsklo auf dem Hof reichte voll und ganz.

Die Tür war nicht abgeschlossen. Im Flur rief Vendela laut:

»Hallo, Astrid, hier ist Vendela! Entschuldige bitte, dass ich so spät noch zu Besuch komme.«

Astrid erschien im Bademantel und mit einer Dose Gesichtscreme in der Hand, die Vendela ihr zu Weihnachten geschenkt hatte.

»Ach, Herzchen, stimmt irgendetwas nicht?«

Da brach Vendela so heftig in Tränen aus, dass sie kein Wort mehr herausbekam.

»Was ist denn passiert? Ist mit Charlie alles in Ordnung?«

»Ja, ja, es sind alle gesund.«

Astrid wirkte erleichtert.

»Also raus mit der Sprache«, sagte sie.

»Rickard und Jessica wollen den Bremsegård verkaufen.«

Astrid fiel das Cremetöpfchen aus der Hand. Der Deckel löste sich und kullerte bis an die Küchentür.

»Was sagst du da, liebes Kind? Den Bremsegård verkaufen?« Astrid griff sich an die Brust. Vendela wurde nervös. Sie hätte es ihr ja auch erst morgen erzählen können. Eilig holte Vendela einen Küchenstuhl und half Astrid, sich zu setzen.

»Oh, mein Schöpfer!«, war alles, was sie sagen konnte. Dabei schüttelte sie unentwegt den Kopf. »Nie im Leben hätte ich gedacht, dass mich so ein Unglück gleich zweimal ereilt.«

»Verzeih mir bitte, aber ich wusste einfach nicht, wo ich hinsollte.« Vendela bekam ein schlechtes Gewissen. Natürlich wäre es besser gewesen, bis morgen zu warten.

»Nein, nein, nun red keinen Unsinn. Es war vollkommen richtig, gleich zu mir zu kommen. Das weißt du doch. Wir machen uns jetzt einen Tee oder, ach was, wir genehmigen uns einen Kognak, und dann reden wir. Holst du die Gläser?«

Mühsam erhob sie sich und ging zum Eckschrank, in dem sie von Pflastern und Verbandszeug bis zu Salben alles verwahrte. Also auch den Schnaps. Astrid zufolge gehörte er in dieselbe Kategorie, Trost und Heilung.

Schweigend saßen sie mit ihrem bernsteinfarbenen Kognak da. Astrid nippte daran und sah aus dem Fenster.

»Ja, ja«, seufzte sie ratlos. »Ich werde nie den Tag vergessen, an dem mein Vater nach Hause kam und sagte, der Hof müsse verkauft werden. Er war ein unverbesserlicher Liederjan, meine Mutter musste sich um alles kümmern. Wenn er sich bloß ein bisschen ins Zeug gelegt hätte und nicht so versessen auf Kartenspiel und Schnaps gewesen wäre, hätten wir nicht zu verkaufen brauchen. Er war der festen Überzeugung, dass Probleme sich von allein lösen würden. Am besten ohne sein Zutun. 1955 kam das Aus. Da lagen bereits hohe Schulden auf dem Haus. Ich hatte keine Ahnung gehabt, wie schlimm es um uns stand. Die Schafe hatten gerade Lämmer bekommen, aber das eine Mutterschaf wollte ihr Kleines nicht säugen. Also saß ich mit der Nuckelflasche da und versuchte, das Lämmchen zu füttern. Nach drei Tagen wendete sich das Blatt. Ich dachte, es wäre über den Berg, und ging zu Vater, um ihm davon zu berichten. Er sagte: ›Du bist ein tüchtiges Mädchen, Astrid. Ganz deine Mutter.‹ Dann teilte er mir ohne Umschweife mit, dass der Hof verkauft werden musste. Ich dachte, ich hätte mich verhört. Aber leider war dem nicht so.«

Sie seufzte.

»Nun stand ich da und hatte keine Möglichkeit, mein Elternhaus zu behalten. Ich weiß noch, dass ich in den Saal ging und mit der Hand über den Tisch strich, auf dem ich siebzehn Jahre zuvor auf die Welt gekommen war. Da meine Mutter gestorben war, hatte ich mit unseren Knechten und Mägden den Hof mehr oder weniger allein bestellt. Und das war ein Glück, denn der neue Besitzer – dein Vater – brauchte jemanden, der sich um den Hof kümmerte. Er war ein ausnehmend angenehmer Kerl und ließ mich weiter hier wohnen. Deine Mutter war natürlich auch nett, aber sie ist nicht sooft hier aufgetaucht.«

Vendela nickte. Sie kannte die Geschichte. Dass Astrid auf dem Tisch im Saal geboren war, hatte sie zwar noch nie gehört, aber sie wusste von dem Lamm und dem

Rest. Auch, dass Vendelas Mutter immer gearbeitet und nie Zeit gehabt hatte, mit hierherzukommen. Sie hatte die Insel nicht so geliebt wie Vendelas Vater. Die beiden erinnerten sie an Rickard und sie selbst.

»Wenn dein Vater nicht gewesen wäre, hätte ich den Hof schon vor langer Zeit verloren. Manchmal erschien es mir noch härter, weiter hier zu wohnen und den Hof zu verwalten, der nun im Besitz eines anderen war, als wenn ich hätte wegziehen müssen, weil er nicht mehr uns gehörte. Ich war hin- und hergerissen. Gleichzeitig war ich diejenige, die alles konnte und alles wusste. Es war ein gutes Gefühl, gebraucht zu werden. Und dann kamen Rickard und du.«

»Die Sommer und die anderen Ferien hier draußen waren immer das Allerschönste für mich. Und du hast mich so viel machen lassen, ich durfte dir helfen«, schwärmte Vendela.

»Ich weiß allerdings nicht, ob du wirklich immer eine große Hilfe warst.« Mitten in all dem Elend konnte Astrid wieder lächeln.

Vendela nippte am Kognak und dachte daran, wie oft Astrid und sie im Garten die Birnen gepflückt, im Herbst Blaubeeren und Pilze gesammelt oder auf ihren Erkundungsreisen wilde Himbeeren gefunden hatten. Dank Astrid, die das ganze Jahr über auf der Insel lebte, hatten die Kinder ihre gesamten Sommerferien dort verbringen können. Astrid passte auf sie auf und wohnte bei ihnen, als sie noch klein waren.

Die Stille lastete schwer auf der Hütte. Keine von beiden schien den bevorstehenden Verkauf erwähnen zu wollen.

»Jessica hat vorgeschlagen, dass ich Rickard auszahle«, sagte Vendela schließlich. »Ich weiß aber nicht, wie das gehen soll. Selbst wenn ich meine Wohnung in Göteborg verkaufen würde, hätte ich nicht genug Geld.«

Vendela überlegte, was ihr Dauerwohnrecht in Vasastan wert sein mochte. Bestimmt nicht wenig, vielleicht lohnte es sich, der Frage auf den Grund zu gehen. Doch wo sollten Charlie und sie wohnen? Sie musste ja trotz allem in der Nähe ihrer Arbeitsstelle im Sahlgrenska Krankenhaus sein.

Dann fielen Vendela die Flurkarte und die vielen Dokumente ein, die Jessica gefunden hatte. »Jessica hat einen ganzen Stapel Urkunden über den Bremsegård und ganz Klöverö angeschleppt. Erst da habe ich begriffen, dass die beiden es ernst meinen und sich bereits schlau gemacht haben. Es scheint jedoch, als wäre ein kleines Stück der Ländereien deines Vaters übersehen worden, als mein Vater 1955 den Bremsegård kaufte.«

Astrid sah Vendela verwundert an.

»Tatsächlich?«

Aber genau das hatte Jessica doch gesagt, oder?

»Ich dachte mir, wenn meine Eltern dieses Stück Land damals nicht erworben haben, muss es doch immer noch dir gehören, Astrid.«

»Möglich. Aber mit einem schmalen Streifen Land kommen wir nicht weit, wenn wir den Hof behalten wollen.«

»Ich weiß. Ach, ich dachte übrigens, dass in den alten Verträgen vielleicht irgendetwas zu unseren Gunsten steht. Hast du die Unterlagen noch, die den Hof betreffen?«

Astrid zeigte auf das alte Nebengebäude.

»Falls noch etwas da sein sollte, befindet es sich auf dem Dachboden nebenan. Da Vater keine Ordnung gehalten hat, ist so ein Irrtum durchaus möglich, aber ich bezweifle, dass wir etwas Interessantes finden.« Astrid leerte ihren Kognak, während Vendela gedankenversunken aus dem Fenster blickte.

»Ich habe versucht, Jessica und Rickard begreiflich zu

machen, dass sich ihr Verhältnis zum Bremsegård und der Insel vielleicht ändert, wenn sie erst selbst Kinder haben.«

»Rickard hat sich hier draußen nie besonders wohlgefühlt, das weißt du doch. Er ist ja nicht sooft mitgekommen, aber wenn, gab es immer ein ewiges Theater, weil er als kleines Kind nicht allein auf dem Hof bleiben durfte. Er hat es gehasst, in den Wald zu gehen, weil er dort Blätter und Nadeln in die Schuhe bekam. Weißt du noch?«

»Jessica ist genauso, nur noch schlimmer. Auf der Straße, die über die Insel führt, kann sie joggen, aber auf die kleineren Wege und die Klippen wagt sie sich nie. Sie duscht auch lieber, als ins Meer zu springen. Erdbeeren kauft sie im Laden, aber sie würde nie auf die Idee kommen, sie auf unserem Grundstück zu pflücken.«

»Ihr beide seid euch nicht besonders ähnlich«, sagte Astrid.

»Das ist noch milde ausgedrückt. Ich hatte wohl gehofft, dass mein Bruder jemanden finden würde, mit dem ich mich gut verstehe und der sich hier draußen wohlfühlt. Niemals hätte ich gedacht, dass sie es wagt, einen Verkauf vorzuschlagen. Sie muss aber diejenige sein, die hinter der Idee steckt. Falls Rickard Zweifel kommen, ist er zu feige, ihr zu widersprechen. Er tut alles, was Jessica will. Wahrscheinlich ist es am einfachsten so. Jedenfalls für ihn. Sollen wir nachsehen, ob wir den Kaufvertrag finden, oder ist es dafür deiner Ansicht nach zu spät?«

»Da es da drüben keinen Strom gibt, müssen wir es sowieso morgen bei Tageslicht machen. Magst du bei mir übernachten?«

Vendela dachte an Charlie, der dann allein mit Rickard und Jessica frühstücken müsste, und beschloss, wieder hinüberzugehen.

»Meinst du, es ist gefährlich?«

»Allein zum Bremsegård zu gehen?«

»Ja, wegen der Leiche im Alten Moor. Vielleicht befindet sich der Täter noch auf der Insel.«

»Das kann ich mir wirklich nicht vorstellen, aber wenn du kurz wartest, begleite ich dich.« Ohne sich um Vendelas Widerworte zu scheren, stieg Astrid in ihre abgeschnittenen Gummistiefel.

Die Nacht war warm. Es duftete nach Sommer und taufeuchten Wiesenblumen. Wenn sie die Augen schloss und sich nur auf die Gerüche und Geräusche der Natur konzentrierte, könnte sie nahezu blind erkennen, wo auf Klöverö sie sich befand. Für Astrid war das mit Sicherheit ein Kinderspiel, dachte Vendela.

»Das Alte Moor«, sagte Astrid. »Ich weiß noch, dass mein Vater mal mit irgendeinem Geschäftsfreund untersuchen wollte, wie tief es ist. Ich war noch ein Kind und habe keine Ahnung, um was für eine Geschäftsidee es ging, vielleicht wollten sie ja Torf abbauen. Er hatte jedenfalls einen Spaten dabei. Der war nigelnagelneu.«

»Wie tief ist denn das Moor?«

»Gute Frage. Der Spaten ist restlos verschwunden. Wir konnten ihn nicht wiederfinden, obwohl wir gebuddelt haben. Die alten Leute haben immer behauptet, dass Moor wäre grundlos. Offenbar ist vor langer Zeit ein Pferd darin versunken. Ich kann mir vorstellen, dass es immer noch da ist.«

»Und was ist mit der Frau, die sie gefunden haben?«, fragte Vendela.

»Ich weiß nicht. Hier auf der Insel ist so viel Schlimmes passiert.«

Vendela kam nicht dazu, sie zu fragen, was sie damit meinte.

Auf der linken Seite breiteten sich die Felder aus, und auf der rechten lag der Bremsegård. Der knorrige Umriss des Birnbaums zeichnete sich vor dem Nachthimmel ab.

»Ich habe kein gutes Gefühl dabei, wenn du allein

nach Hause gehst, Astrid. Du könntest doch bei uns übernachten.«

»Ach was.« Astrid nahm sie in den Arm. »Wir sehen uns morgen. Und jetzt schlaf gut.«

»Astrid?«, bettelte Vendela. »Willst du nicht doch lieber bleiben?«

»Wer, glaubst du, bekommt mehr Angst?« Astrid zeigte auf ihre abgeschnittenen Gummistiefel und den geblümten Bademantel. Ihre weißen Zähne blitzten in der Dunkelheit. »Die oder ich?«

Zwischen Leben und Tod

Vier Stunden dauerte es, bis der Badezuber, den man nach oben geschleppt hatte, voll war. Agnes hatte vorgeschlagen, die Wanne in der Küche stehen zu lassen, weil es so viel einfacher gewesen wäre, das heiße Wasser vom Herd einzufüllen, aber Oskar fand es im Erdgeschoss zu kalt. Agnes fragte sich, ob er befürchtete, dass die Bediensteten hereinkämen, sie sehen und sofort begreifen würden, dass er hier oben keinen Mann, sondern eine Frau pflegte.

Während der letzte Kessel Wasser erwärmt wurde, aßen Agnes und Oskar wacholdergeräucherten Hering mit Rüben und Dicken Bohnen. Eigentlich hatte Agnes den ewigen Hering satt, aber heute schmeckte das Essen besonders gut. Vielleicht lag es an der Schlittenfahrt, vielleicht an der Gesellschaft. Vor allem freute sie sich darauf, mit dem ganzen Körper in das heiße Wasser einzutauchen. Oskar sagte, sie solle nach ihm rufen, wenn sie etwas brauche, und ging hinaus. Das Wasser duftete nach Lavendel, einige Blüten trieben auf der Oberfläche. Agnes seufzte vor Wohlbehagen, als sie in die Wanne stieg. Wärme umfing sie. Eine ganze Weile saß sie einfach da, genoss den Lavendelduft und spürte die heilsame Wirkung des Bades. Sie schloss die Augen und tauchte mit dem Kopf unter Wasser. Die Wunde brannte, als sie nass wurde. Die Wunde! Daran hatte sie gar nicht mehr gedacht. Sie schien aber gut zu verheilen. Sie griff nach einem Handtuch und tupfte die Haut rings um die Wunde trocken. So gefährlich würde ein bisschen Wasser schon nicht sein. Der Arzt hatte mit Nadel und Faden genäht, noch waren die schwarzen Stiche auf der weißen Haut deutlich zu erkennen. Sie wickelte sich ins Badetuch und stieg aus dem Zuber. Oskar hatte ihr etwas zum Anziehen bereitgelegt. Eine weiche Hose und ein Hemd auf den einen Hocker, ein Kleid auf den anderen. Bevor sie es anzog, fragte sie sich, wo das Kleid herkam. Dann zog sie es an, rubbelte ihr Haar trocken, legte sich auf die Chaiselongue und rief nach Oskar, um ihm zu sagen, dass das Badewasser noch warm sei. Er blieb eine Weile im Türrahmen stehen und sah sie einfach an. Sein Blick fiel auch auf den Stoff des Kleides, das von der Chaiselongue herunterhing.

»Es steht dir«, sagte er mit traurigem Gesicht.

»Wem gehört das Kleid?«, fragte sie.

»Meiner Schwester.«

»Und wo ist sie?«

»Am selben Ort wie deine Großmutter.«

»Das tut mir leid.«

Er nickte, ging zum Badezuber und zog die Stiefel und das Hemd aus, bevor ihm einfiel, dass sie auch noch da war und sich dieses Verhalten ganz und gar nicht gehörte. Agnes erhob sich von der Chaiselongue, musste sich jedoch auf die Rückenlehne stützen. Die Kraft reichte noch nicht.

»Nun lass mich dir doch helfen, du Sturkopf.« Oskar hob sie hoch. Sie schmiegte sich an seinen nackten Oberkörper. Mit seinen muskulösen Armen trug er sie mühelos in den Nebenraum. In diesem Arbeitszimmer standen hohe Bücherregale und ein großer Schreibtisch. Er setzte sie in einen Ohrensessel, holte ihr einen Hocker für die Füße und deckte sie mit einem Lammfell zu. Im Kachelofen brannte bereits ein Feuer. Kurz darauf war Agnes eingeschlafen.

Als sie aufwachte, war es draußen dunkel. Ihr war so kalt, dass sie trotz des Lammfells zitterte.
»Oskar?«, rief sie zaghaft. Keine Antwort. Sie erhob die Stimme und versuchte es noch einmal: »Oskar?«
Im Haus herrschte Stille. Mit wackligen Beinen stand sie auf und schaffte es durch die Flügeltüren des Arbeitszimmers. Auf dem Schreibtisch lag Papier, vielleicht hatte er dagesessen und gearbeitet, während sie schlief. Immer wieder Halt an der Wand suchend, wankte sie in das große Zimmer, in dem das Bett stand. Der Badezuber war nicht mehr da.
Vom Hauseingang hörte sie lautes Stimmengewirr und Schritte, die in der Küche verschwanden.
»Wenn ihr Überlebende findet, bringt sie mit.« Das war Oskar.
Die Haustür wurde wieder zugeschlagen. Agnes schaffte es nicht, ins Bett zu steigen, ihre Beine zitterten und wollten ihr nicht gehorchen. Sie legte das Schafffell auf die Chaiselongue und deckte sich mit der Daunendecke zu, aber es nützte nichts, sie fror immer noch. Ihre Wunde schmerzte. Sie zog das Kleid zur Seite und betrachtete die Naht. Sie sah grellrot und zornig aus, und in der Mitte hatte sich ein übel riechender gelber Schleim gebildet, der vorher noch nicht da gewesen war.
Sie hörte Schritte auf der Treppe. Oskar betrat das Zimmer. Agnes saß mit dem Rücken zur Tür und konnte ihn nicht sehen.

»Jemand hat Feuer auf den Klippen gemacht. Ein dänisches Schiff ist in die Falle gegangen. Wir haben keinen Überlebenden gefunden.« Er klang müde und zornig. »Wir haben ihre Hilferufe gehört, aber nach einer Weile verstummten sie. Das Wasser ist zu kalt. Ich lege meine Hand dafür ins Feuer, dass es diese Korsviker waren. Verfluchte Mörder sind das.«

Er kam näher und hockte sich neben Agnes. Schüttelfrost ließ ihren mageren Körper erzittern.

»Oh, mein Gott, was hast du? Agnes, wie geht es dir?« Er legte ihr die Hand auf die Stirn.

»Guter Gott, du glühst ja. Weg mit der Decke, wir müssen das Fieber senken.«

»Die Wunde«, wisperte Agnes und deutete auf ihr Kleid.

Seine entsetzte Miene entging ihr nicht. Mühsam versuchte er, seine Gesichtszüge zu kontrollieren.

»Das ist Eiter. Ist die Wunde nass geworden?«

Agnes nickte. »Ja. Ich hatte vergessen, dass ich nicht untertauchen durfte.«

»Du hättest überhaupt nicht baden sollen.« Oskar klang verärgert, aber die Sorge um sie war ihm deutlich anzumerken.

Er war frisch rasiert, aber seine Augen sahen gerötet und müde aus. Nun fuhr er sich mit den Fingern durch das Haar.

»Was hat der Doktor gesagt?«, murmelte er. »Falls Eiter entsteht, soll ich die Wunde mit Urin oder Branntwein reinigen, und falls die Wunde ausgekratzt werden muss, soll ich zuerst die Klinge ins Feuer halten.« Hastig stand er auf und rannte die Treppe hinunter. Agnes hörte, wie er auf dem Hof jemandem etwas zurief. Irgendjemand sollte mit dem Boot in Göteborg abgeholt werden. Agnes hoffte, dass vom Arzt die Rede war.

Drei Tage lang schwebte Agnes zwischen Leben und

Tod. Schließlich wurde der Schiffsarzt gefunden und nach Klöverö gebracht. Als er die entzündete Wunde sah, schüttelte er bekümmert den Kopf, doch Oskar ließ sich nicht entmutigen. Er saß dem Arzt regelrecht im Nacken und ermahnte ihn, alles Menschenmögliche und noch mehr zu tun, denn diese Frau durfte nicht sterben. Nicht hier und nicht jetzt.

Der Arzt musterte den besorgten Mann und die fiebernde Frau.

Unzählige Male hatte er den Eiter aus der Wunde entfernt. Immer wieder zauberte er ein neues Mittel aus seiner Tasche. Er beratschlagte sich mit Oskar und bewachte Agnes' glühend heißen Körper.

»Weiß sie, wie viel sie Ihnen bedeutet?«, fragte er.

»Keine Ahnung. Ich hoffe, es ist ihr klar geworden.«

Der Arzt schob den Stuhl näher an das Bett und drückte Oskar mit Gewalt auf den Sitz.

»Jetzt setzen Sie sich hierhin und sagen es ihr. Wir müssen ihr die Kraft geben, wieder gesund zu werden. Das ist die einzige Möglichkeit, alles andere haben wir schon versucht. Ich lasse Sie beide eine Weile in Ruhe.«

Er machte die Tür hinter sich zu. Oskar beugte sich über das Bett, küsste Agnes' fiebrige Stirn und nahm ihre Hände.

»Liebe Agnes, verlass mich nicht. Jemand wie du ist mir noch nie begegnet. Bleib hier. Bleib bei mir.«

Er wusste nicht, ob sie ihn hörte, aber er hoffte es. Er tupfte ihre Stirn mit Lavendelwasser ab und sprach weiter. Über die Zukunft und seine Träume. Über seine Schwester und seine Mutter, die im Kindbett gestorben war.

Das Atmen schien ihr immer schwerer zu fallen. Oskar schrie nach dem Arzt, der sofort ins Zimmer stürzte.

»Wir müssen das Fieber senken! Schnell! Die Fenster.«

Oskar reagierte sofort und riss alle Fenster im Saal auf.

Eiskalter Wind wehte herein. Agnes erschauerte und öffnete für einen Moment die Augen.

»Agnes! Bleib bei mir, Agnes. Für immer. Werde meine Frau und bleib hier.«

Vielleicht holten Oskars Worte sie zurück, vielleicht war es aber auch ihre Großmutter, die an der Grenze zur anderen Seite stand und ihr ins Ohr flüsterte:

Geef niet op mijn kind. Gib nicht auf.

Am vierten Tag ließ sich eine Besserung erahnen. Die Atmung wurde leichter. Ab und zu kam Agnes zu sich. Sobald sie die Augen aufschlug, zwang Oskar sie, etwas zu trinken. Honigwasser, Brühe oder fette Kuhmilch. Oskar hatte die Haushälterin und den Arzt in die Apotheke und in Widells Laden geschickt, damit sie alles besorgten, was möglicherweise helfen konnte. Die Haushälterin hatte den Robbenfellkoffer aus dem Schrank bei Widells geholt, weil man ja ohnehin nicht wusste, wann und ob der wieder gebraucht würde, wie sie nüchtern feststellte. Daraufhin packte Kaufmann Widell einen großen Korb, für den er unter keinen Umständen Geld annehmen wollte. Er und seine Ehefrau ließen Agne die herzlichsten Grüße ausrichten. Der Arzt sah etwas verwundert aus, ließ es aber unkommentiert, dass die Grüße an einen Mann gerichtet waren, während seine Patientin doch eindeutig eine junge Frau war.

9

Das Kind war eingewickelt. Weicher Baumwollstoff umhüllte das Kleine. Behutsam zog Rechtsmedizinerin Margareta Rylander-Lilja den kleinen Jungen aus den schützenden Armen der Mutter. Es fühlte sich falsch an, ebenso wie das grelle Scheinwerferlicht, das auf den Jungen gerichtet war, der nun neben seiner Mutter auf einem Seziertisch lag. Trotzdem musste sie genau das tun. Ihm zuliebe. Beiden zuliebe.

In gedämpfter Stimmung standen Karin und Jerker in ihrer Schutzkleidung da, bevor sie systematisch mit der Spurensicherung begannen. Jerker reinigte die Fingernägel der Frau und sammelte alles ein. Falls die beiden einem Verbrechen zum Opfer gefallen waren, hatte die Frau während einer körperlichen Auseinandersetzung möglicherweise ihren Angreifer gekratzt. Mit etwas Glück würden sie Hautreste finden, aus denen sie DNA extrahieren konnten. Eine Weile arbeiteten sie schweigend.

Die langen Haare der Frau hingen über die Kante des Metalltisches. Ihr Mund war geöffnet, als habe sie gerade etwas sagen wollen, vielleicht hatte sie um Gnade gefleht oder um Hilfe gerufen. Vorsichtig klappte Margareta die Unterlippe herunter und untersuchte die Zähne der Frau.

Seltsam, dachte sie.

»Normalerweise muss zuerst die Todeszeit bestimmt werden, aber in diesem Fall würde ich eher sagen, das Alter.«

»Aber der Junge ist doch noch wahnsinnig klein.« Jerker vermied es, das Kind anzusehen.

»Hm«, erwiderte Margareta grüblerisch, während sie die Untersuchungen und Messungen fortsetzte.

»Neugeboren«, sagte Jerker.

»Meiner Meinung nach müssen wir uns jedoch erst einmal Klarheit darüber verschaffen, wie lange die beiden im Moor gelegen haben.«

Margareta sah Karin an und deutete fast unmerklich mit dem Kinn auf Jerker.

»Holt ihr beide euch doch so lange einen Kaffee.«

»Kommst du mit, Jerker?«, fragte Karin.

»Äh, ja. Wir sind gleich wieder da.« Mit schweren Schritten ging Jerker zur Tür.

»Keine Sorge, ich brauch hier noch eine Weile. Oder wisst ihr was, ich will mich eigentlich gar nicht beeilen. Am besten melde ich mich bei euch, wenn ich fertig bin. Da die beiden sich so lange im schützenden Milieu des Moores befunden haben, untersuche ich sie sofort. Fahrt ihr nach Hause und legt euch schlafen.«

Margareta ging um die beiden hell erleuchteten Tische herum. Sie dokumentierte die Merkmale und Verletzungen der Leichen, indem sie alle Beobachtungen mit einem Diktiergerät aufnahm. Es war merkwürdig, dass der ganze weißgekachelte Saal nach Wald und Moor roch. Auf beiden Seziertischen lagen Moose und Baumnadeln, als hätte die Natur diese zwei Menschen nicht loslassen wollen und sie daher begleitet.

Die Frau und das Kind waren wenige Stunden nach der Entbindung ins Moor geraten. Die Geburt musste auf der Insel stattgefunden haben, denn wenn sie ein Krankenhaus besucht hätte, wäre ihr Damm vernäht worden. Die Kleidung gab ihr ein Rätsel auf. Warum war die Frau in Nachthemd und Strickjacke, aber ohne Schuhe hinausgelaufen? Vielleicht hatte sie sie unterwegs verloren. Margarete würde Jerker bitten, sich in der Umgebung noch einmal umzusehen. Was hatte die Frau eigentlich veranlasst, ihr Kind zu schnappen und barfuß loszurennen?

Margaretas Verwirrung wurde von Minute zu Minute größer. Als sie schließlich den Magen der Frau öffnete, drückte sie die Pausetaste an ihrem Diktiergerät und zog sich den Mundschutz vom Gesicht. Sie musste noch Proben für eine Laboranalyse entnehmen, aber der Verdacht, der sich schon vor einiger Zeit in ihr geregt hatte, wurde immer stärker. Es bestand kein Zweifel daran, dass die Frau umgebracht worden war, aber diese Tatsache war in gewisser Weise leichter zu ertragen, da Margareta sich ziemlich sicher war, dass der Junge bereits tot in den Armen der Frau lag, als er ins Alte Moor geriet. Seine Lungen wiesen einen Defekt auf, mit dem er ohnehin höchstens einige Stunden überlebt hätte. Doch alles andere kam ihr merkwürdig vor. Margareta glaubte nicht, dass die Techniker morgen nach gründlicher Untersuchung noch etwas finden würden. Keine Schuhe, kein Handy, nichts. Alle Spuren, die diese Frau hinterlassen hatte, waren vor langer Zeit verschwunden.

Nachdenklich ging Karin auf den Ponton in der Blekebukt hinaus, die sich im Sund zwischen Marstrandsö und Koö befand. Die Andante lag am äußersten Ende des Schwimmstegs. Johan hatte den Anlegeplatz gewählt, den sie selbst bevorzugte. Was für ein Glück, dass er in der Sommersaison frei war. Sie überprüfte, ob er das Boot sicher vertäut hatte, und merkte dabei nicht, dass Johan hinter ihr auftauchte.

»Habe ich die Prüfung bestanden?«

Karin lachte.

»Entschuldige, die Kontrolle ist reine Gewohnheit. Wenn ich das Boot selbst festgemacht hätte, wäre ich genauso vorgegangen. Die Vertäuung zu überprüfen gehört zu meiner abendlichen Routine. Wir brauchen auch noch ein paar Fender an der Außenseite, falls über Nacht noch mehr Segelboote eintreffen. Ich weiß genau, was es für ein Gefühl ist, wenn man nach einem langen Segeltörn müde in den Hafen kommt und sieht, dass jemand Fender ausgehängt hat. Da fühlt man sich gleich willkommen.«

Erst jetzt sah Karin, dass er in jeder Hand eine Einkaufstüte trug.

»Ach, bist du gut. Warst du etwa im Supermarkt?« Sie umarmte ihn.

»Warte.« Johan stellte die Tüten auf den Steg. Er drückte sie ganz fest und sah ihr dann ins Gesicht. »Wie war es?«

Karin schüttelte den Kopf. »Schrecklich.«

»Komm«, sagte er. »Ich mache uns Tee und ein Butterbrot, und du kannst in Ruhe erzählen. Falls du das möchtest.«

Karin senkte den Blick und wurde von ihren Gefühlen fast überwältigt.

»Es war ein Kind. Ein kleines Baby. Die Mutter hielt es in den Armen.«

Johan holte ein Polster für Karin. Dann setzte er sich neben sie in die Plicht und legte ihr den Arm um die Schultern.

»Manchmal ist es einfach zu viel. Bis zu einer gewissen Grenze geht es, aber dann ...«

»Und ihr habt die beiden auf Klöverö gefunden?« Johan schüttelte fassungslos den Kopf.

»Im Alten Moor. Sara und die Botanische Vereinigung Göteborg hatten die Entdeckung macht. Gott sei Dank haben sie nicht die Leichen gesehen.«

Johan nickte. »Ich war kurz bei ihr, um mich zu erkundigen, wie es ihr geht. Sie war sehr aufgewühlt. Es ist bestimmt gut, wenn die Familie eine Weile verreist. Ich habe Martin und Lycke angerufen und ihnen erzählt, was passiert ist.«

Karin hatte fast vergessen, dass Sara mit ihrer Familie zu Johans Bruder nach Schottland wollte. Seine Frau Lycke war für ein Jahr dorthin versetzt worden, und sowohl ihr Mann Martin als auch ihr Sohn Walter hatten sie begleitet. Eigentlich wollten Johan und Karin sie auch besuchen, aber daraus war bist jetzt noch nichts geworden.

Johan ging die Stufen hinunter, zündete die Petroleumlampe an und setzte einen Kessel Wasser auf, doch dann hörte Karin, dass er den Herd wieder ausschaltete.

»Ich glaube, du brauchst jetzt eher ein Glas Wein.«

Sie protestierte nicht, als er ihr ein Glas in die Hand drückte.

»Gib mir ein paar Minuten, dann mache ich uns schnell etwas zu essen.«

»Kannst du dich nicht einfach zu mir setzen?«

»Doch, natürlich, aber hast du denn keinen Hunger?«

»Das kann warten. Mir ist der Appetit vergangen. Was haben sie im Alten Moor gemacht? Wie sind sie dorthin geraten?« Karin dachte an die zerschundenen Füße der Frau. Und an den kleinen Jungen.

»Dein Telefon klingelt. Willst du nicht nachsehen, wer anruft?« Mit bekümmertem Blick suchte Johan ihr Telefon und reichte es ihr. Auf dem erleuchteten Display stand *Rechtsmedizin Margareta*.

»Hallo«, meldete sich Karin.

»Ich wollte dir nur erzählen, dass der Junge bereits tot war, als er im Alten Moor landete. Er hat einen Defekt an beiden Lungenflügeln, mit dem er sowieso nicht überlebt hätte. Jerker habe ich es auch schon gesagt. Nur, damit du Bescheid weißt.«

»Danke, Margareta.«

»Okay.«

Eine Zeitlang herrschte Stille.

»Karin?«

»Ja?«

»Wir tun, was wir können. Man darf nicht denken, dass es dafür zu spät ist oder dass wir es hätten verhindern müssen. Man kann nicht alles verhindern, und in der jetzigen Situation können wir nichts Besseres tun, als herauszufinden, was passiert ist.«

»Ich weiß.«

»Der Leichenfund heute ist uns allen an die Nieren gegangen.« Sie schwieg einen Moment. »Ist Johan bei dir?«

»Ja.«

»Das ist gut. Genießt den Rest des Abends, wir hören voneinander. Tschüs.«

»Tschüs.«

Der lange Weg über den Sund, 1794

Zwei Wochen blieb der Arzt auf Klöverö. Nachdem sich Agnes' Zustand stabilisiert hatte, ging er mit Oskars Vater auf Robbenjagd und fuhr trotz der eisigen Kälte mit Oskar hinaus, um die Hummerkörbe zu leeren. Als sie schließlich auf dem Kai Abschied nahmen, waren sie gute Freunde geworden. Kurz bevor der Arzt an Bord ging, drehte er sich noch einmal zu Oskar um.

»Ich glaube, ich habe eine Lösung gefunden. Agnes Andersdotter wurde von ihrem Beschützer Agne Sundberg hierhergebracht, doch dann kehrte Agne Sundberg zurück nach Hause, weil er in Marstrand mit einem Messer verletzt worden war. Agnes Andersdotter begleitet ihn, aber vor Marstrandsö erleiden die beiden Schiffbruch. Agnes wird von Oskar Ahlgren gerettet. Die beiden lernen sich näher kennen und heiraten vielleicht sogar.«

Oskar blickte erstaunt auf und nickte.

»Agnes Andersdotter besitzt aber keinen Reisepass und hat sich nie in Marstrand angemeldet.«

»Stimmt.« Der Arzt zwirbelte seinen Schnurrbart. »Eigentlich hat sie Näverkärr nie verlassen.«

»Sie hätte mit einem Boot kommen können, das in Richtung Süden fuhr. Vor Klöverö ging sie unfreiwillig über Bord und wurde auf unseren Hof gerettet. Da sie all ihre Papiere verloren hatte, sich an nichts erinnerte und in einem jämmerlichen Zustand war, nahmen wir sie in unsere Obhut und holten auch noch einen Arzt dazu, als sie Fieber bekam. Allmählich kehrte ihr Gedächtnis zurück.«

»Hm. Denkt noch eine Weile darüber nach, bis ihr eine Erklärung gefunden habt, die auch den Pastor überzeugt. Melde dich, falls du meine Zeugenaussage benötigst. Vor allem pass gut auf sie auf. Die junge Dame ist nicht auf den Kopf gefallen. Wann kommt eigentlich der Pastor mit dem Kirchenbuch?«

»Ich nehme an, er wird im Laufe des Winters hier auftauchen. Wenn das Eis so dick ist, dass man darauf laufen kann.«

»Bis dahin solltest du dir eine Geschichte zurechtgelegt haben. Die Alternative wäre natürlich, nach Näverkärr zu fahren und mit ihrem Vater zu sprechen.«

Oskar winkte dem Arzt zum Abschied und ging zurück zum Hof. Agnes saß am Fenster. Die Sonne schien auf ihr Haar. Er wollte sie so gern berühren und nutzte jede Gelegenheit, um sie zu stützen oder zu tragen.

Oskar ging ins Obergeschoss hinauf. Er vermisste Agnes, sobald er sich von ihr trennte, und wollte immer so schnell wie möglich zu ihr zurückkehren. Das Haus erschien ihm warm und gemütlich, wenn sie da war. Ohne sie würde es schrecklich leer werden. Er wollte nicht, dass sie abreiste, aber irgendwie musste Agnes Andersdotter die Sache mit ihren Papieren in Ordnung bringen.

Als er ins Zimmer kam, stand sie am Fenster. Er strahlte über das ganze Gesicht, als er sie erblickte. Das Blut rauschte geradezu in seinen Adern. Die Sonne hatte ihren Kopf mit einem goldenen Lichtkranz umgeben.

»Ist der Doktor abgereist?«

Er nickte und stellte sich neben sie. Dann umarmte er sie und drückte sie zärtlich an sich. Agnes legte ihm die Arme um den Hals. So standen sie eine Weile da und spürten den warmen Körper des anderen. Oskar wollte sie nie wieder loslassen.

»Ich muss mich hinsetzen, ich kann nicht so lange stehen.«

Oskar packte die Gelegenheit beim Schopf, nahm sie auf den Arm und setzte sich in einen Sessel. Agnes legte den Kopf an seine Brust. Ihr weiches Haar streichelte seine Wange. Er wollte sie bitten, für immer bei ihm zu bleiben. Sie sollte nicht gehen, nicht die Insel verlassen. Nicht ohne ihn. Oskar stand auf und setzte Agnes in den Sessel.

Ihre blauen Augen leuchteten so fröhlich und wach, als würde sie ihn anlächeln. Er nahm ihre Hände und fiel vor ihr auf die Knie. Plötzlich machte Agnes ein ernstes Gesicht.

»Bleib bei mir.« Er machte eine Pause, aber die Fortsetzung schien auf der Hand zu liegen. Die Wochen, die er an ihrem Bett verbracht hatte, waren mehr als ausreichend.

»Liebste Agnes. Würdest du mir die Ehre erweisen, meine Frau zu werden?«

Warum sagte sie nichts? Guter Gott, mach, dass sie es sich genauso wünscht wie ich. Lass sie das Gleiche empfinden wie mich. Sag ja. Er sah sie an.

»Wie denn?«, fragte sie schließlich.

»Du willst? Willst du mich heiraten?« Er konnte die Antwort kaum erwarten.

»Das will ich von ganzem Herzen.« Lächelnd strich ihm Agnes über das Haar und über die Wange.

»Aber wie soll das gehen? Was ist mit meinem Vater und Bryngel?« Sie verstummte, und die Freude verschwand aus ihren Augen. Stattdessen schaute sie ihn sorgenvoll an, und auf ihrer Stirn trat die Falte hervor, die sie bekam, wenn sie traurig war oder grübelte.

»Es muss möglich sein.« Er schloss sie in die Arme. »Geliebte Agnes, es muss einfach gehen.«

In dieser Nacht lag Agnes wach und dachte nach. Kaufmann Widell hatte zweimal einen Boten geschickt. Ihm war daran gelegen, dass Agne zurückkehrte, und ließ ausrichten, er sei herzlich willkommen, sobald es ihm besser gehe.

Und Oskar wollte sie zur Frau nehmen. Sie dachte an seine starke Brust und seine warmen Hände. Er hatte vorgeschlagen, dass sie ihren Vater auf Näverkärr besuchten. Er wollte sich dorthin begeben und um ihre Hand anhalten. Agnes war sich nicht sicher, wie ihr Vater das aufnehmen würde. Er hatte sie bereits Bryngel Strömstierna und – allerdings ohne es zu wissen – auch dessen Vater versprochen. Am liebsten wäre sie nach Näverkärr gefahren, um mit ihrem Vater zu reden, wie sie es immer getan hatten, als Mutter und Großmutter noch lebten. Sie wollte ihm erklären, warum sie sich aus dem Staub gemacht hatte, und nicht zuletzt wollte sie ihm von Oskar Ahlgren erzählen, der ihr das Leben gerettet hatte.

Doch was würde Vater sagen? Agnes versuchte, sich sein Gesicht und seine Reaktion auszumalen. Eigentlich gab es drei Möglichkeiten. Entweder würde Vater es verstehen. Gott wusste, wie inständig sie sich wünschte, dass er Verständnis für ihr Handeln haben würde. Oder er würde sie verstoßen und ihr den Zutritt zum Gut Näverkärr für immer verweigern. Im schlimmsten Fall würde er sie einsperren und Bryngel mitteilen, die entlaufene Braut sei wieder da, aber wenn Oskar dabei war, würde er das niemals zulassen. Sie vermochte nicht zu sagen, welche der drei Alternativen am wahrscheinlichsten war.

Oskar atmete schwer neben ihr im Bett. Agnes streckte den Arm aus, um ihre Hand auf seine zu legen. Wenn er ihr damals bei dem Verlobungsessen gegenübergesessen hätte, wäre alles anders gekommen. Bryngel hätte sie niemals als Ehemann akzeptiert. Sie fragte sich, ob in der Kirche das Aufgebot verkündet worden war. An drei Sonntagen in Folge musste verkündet werden, dass ein Brautpaar zu heiraten beabsichtige, damit derjenige, dem ein Ehehindernis bekannt war, seine Stimme erheben konnte. Braut und Bräutigam mussten jedoch anwesend sein. Agnes fragte sich, ob Bryngel allein in der Kirchenbank gesessen hatte. Was für eine Schande, falls es wirklich so gewesen war. Und Vater? Armer Vater. Mitten in all dem Elend fiel ihr plötzlich Großmutter ein, die ihr immer lächelnd zuzuzwinkern pflegte.

Oskar drückte ihre Hand.

»Alles in Ordnung?«

Nun konnte Agnes die Tränen nicht mehr zurückhalten. All die angestauten Sorgen und die ungewisse Zukunft forderten ihr Recht.

»Agnes.« Resolut zog Oskar sie zu sich herüber. »Komm her.« Er strich ihr über das Haar und küsste ihre Tränen weg.

Solange sie mit ihm zusammen sein durfte, war alles gut.

»So. Wir finden eine Lösung. Das verspreche ich dir.« Agnes fragte sich, wie er das so sicher sagen konnte. Sie hatte genug Erfahrung, um zu wissen, dass manche Versprechen nicht gehalten wurden. Auch sie hatte sich nicht an das Versprechen gehalten, dass Vater Bryngel gegeben hatte. Sie wollte nicht daran denken, sondern nur das Hier und Jetzt genießen und Oskar neben sich spüren. Geliebte Großmutter, was soll ich nur tun? Sie versuchte, sich Großmutters Stimme vorzustellen, die sagte: *Het kom wel goed*, aber die Worte klangen hohl und fremd. Schließlich schlief sie mit dem Kopf an Oskars Brust ein.

Am nächsten Morgen bandagierte Agnes widerwillig ihre Brust und zog ein Hemd an. Oskar hatte bereits gefrühstückt und war dabei, das Boot zu beladen. Agnes verspürte keinen Appetit, aß jedoch artig das Butterbrot und das Ei auf, das man ihr hingestellt hatte. Als sie die Treppe hinunterging, strich sie mit der Hand über das Geländer. Hoffentlich komme ich wieder, dachte sie. Vaters Stiefel standen im Hauseingang. Ein seltsamer Anblick. Im ersten Moment glaubte sie, er wäre zu Besuch gekommen. Die Wollsocken hatten problemlos Platz darin. Sie zog sich die Mütze ins Gesicht und trat vors Haus. Der Wind war eisig. Agnes biss die Zähne zusammen und ging auf den Anlegesteg. Oskar lächelte, als er sie sah. Er kam ihr entgegen, aber sie konnte ihn im letzten Augenblick davon abhalten, sie in den Arm zu nehmen. Wenn jemand sie gesehen hätte! Er wirkte aufgeregt.

»Ich habe nachgedacht. Wir segeln gemeinsam hoch nach Näverkärr und sprechen mit deinem Vater.«

Agnes kam wieder die Befürchtung in den Sinn, Vater

würde sie einsperren und Oskar zum Teufel jagen. Gegen Vater und die Knechte hätte Oskar keine Chance, außerdem hatte er nicht das Gesetz auf seiner Seite. Sie waren nicht verlobt. Noch war sie Bryngel versprochen.

»Das ist zu riskant. Ich habe Angst, dass sie mich zwingen, Bryngel zu heiraten.«

»Das würde ich niemals zulassen.« Agnes erinnerte sich daran, wie ihr Vater und seine Arbeiter sich mehr als einmal eingemischt hatten, wenn zwischen verschiedenen Fischerkompanien Schlägereien aufkamen. Vaters Fassmachern und den Männern aus Trankocherei und Heringssalzerei hatte Oskar nichts entgegenzusetzen. Würde er allein nach Näverkärr fahren können, ohne Schwierigkeiten zu bekommen?

Sie hatte Bryngel nie die Hand gegeben, um den Bund zu bestätigen. Somit war die Verlobung eigentlich nicht rechtsgültig, aber Agnes glaubte, dass das nebensächlich war. Eigentlich wollte sie nichts lieber, als ihn zu begleiten. Zum einen wollte sie bei Oskar sein, und zum anderen hätte sie sich Vater gern selbst erklärt. Geliebter Vater, würde er ihr jemals verzeihen?

»Du musst allein fahren. Ich warte hier auf dich.«

Oskar sah sie betrübt an und legte den Kopf auf die Seite. »Ich kann dich hier nicht zurücklassen. Das wäre viel zu gefährlich. Jeder könnte nach Klöverö kommen. Wer soll dich dann beschützen?«

Agnes holte tief Luft.

»Ich meinte nicht hier auf Klöverö, sondern auf Marstrandsö. Du musst mich bei Widells absetzen.«

Oskar sah sie entsetzt an. Besorgt sah er sich um. Er befürchtete, dass jemand sie belauschte.

»Komm, wir gehen zurück zum Haus.« Sein Ton war entschieden, fast wütend.

»Zu Widells?«, fragte er ärgerlich, sobald sie die Tür hinter sich geschlossen hatten. »Ich kann dich nicht zu

Widells bringen, das ist dir doch klar.« Er nahm sie in den Arm. »Ich kann und will dich gar nicht zurücklassen. Komm mit, meine Liebe. Glaubst du nicht, dass dein Vater sich freut, dich zu sehen?«

»Ich weiß nicht. Am sichersten wird es für mich sein, wenn ich als Agne in Marstrand bleibe. Richte Vater von mir aus, dass es mir leid tut. Versuche bitte, ihm alles so zu erklären, dass er mich versteht. Ich habe einen Brief geschrieben, den du mitnehmen sollst.« Sie reichte ihm die gefalteten Bögen. Es hatte so lange gedauert, die richtigen Worte zu finden.

»Aber Agnes ...«

»Es tut mir leid, Oskar, aber ich bleibe hier. Ich habe mich entschieden. Ich werde auf dich warten, bis zu zurückkommst.«

Agnes drückte ihn fest an sich. »Bring mich nach Marstrandsö, damit wir es hinter uns haben. Je schneller wir Abschied nehmen, desto eher sehen wir uns wieder.«

Oskar sah sie nachdenklich an, küsste sie und nickte.

»Wenn es das ist, was du willst.«

»Nein, aber ich glaube, so haben wir die besten Chancen.« Agnes öffnete die Tür und trat wieder in die Kälte hinaus.

Abendessen bei Widells

Kaufmann Widell lud Agne noch am selben Abend zum Essen ein. Auch Oskar wurde eingeladen, entschuldigte sich jedoch. Die Gefahr, dass sie sich verrieten, war einfach zu groß. Agnes hatte ebenfalls versucht, die Einladung abzulehnen, aber auf dem Ohr war Kaufmann Widell taub.

»Nicht zu fassen, dass Agne sogar die Tageskasse gerettet hat! Ich muss sagen, das hat mich außerordentlich beeindruckt.«

»Oskar hat das Geld eingesammelt«, sagte Agnes.

»Ich nehme an, Sie haben ihn darum gebeten, denn sonst hätte er das nie getan. Oskar Ahlgren war nie sonderlich an Profit interessiert.«

»Hast du eine Ahnung, wer dich überfallen hat?«, fragte Mauritz.

Agnes rutschte nervös auf ihrem Stuhl hin und her. Die Fragen riefen Erinnerungen an den unheilvollen Abend wach.

»Jetzt müsst ihr aber wirklich aufhören. Seht ihr denn nicht, dass Agne sich unwohl fühlt?« Frau Widell bedeutete dem Dienstmädchen, dass es Agne Wein nachschenken sollte. »Oskar Ahlgren wollte nach Norden segeln, habe ich gehört. Offenbar hat er etwas Wichtiges zu erledigen, wenn er sich mitten im Winter auf den Weg macht.«

»Wo wollte er denn hin?«, fragte Kaufmann Widell.

»Das hat er nicht gesagt.« Frau Widell nippte am Wein. Sie hatte rote Wangen und trug eine schöne Halskette, die Agnes an den Schmuck ihrer Großmutter erinnerte. Die Ohrläppchen wurden von offenbar viel zu schweren Ohrringen in die Länge gezogen. »Weiß Agne vielleicht, was Oskar vorhat?« Frau Widell sah sie neugierig an.

Agnes schluckte und schüttelte den Kopf.

»Das ist mir leider nicht bekannt.« *Er möchte bei meinem Vater um meine Hand anhalten, damit wir heiraten können.*

Agnes versuchte, sich Frau Widells Miene vorzustellen, wenn sie diese Antwort gegeben hätte.

Müdigkeit überkam Agnes.

»Wo hat er sie mit dem Messer verletzt?«

»An der Brust.«

»Dürfen wir die Narbe mal sehen?«, fragte Mauritz.

Agnes hoffte, dass Frau Widell sie auch diesmal in Schutz nehmen würde, aber das tat sie nicht.

Sie tat, als hätte sie die Frage nicht gehört, aber ihr Herz klopfte wie verrückt. Vielleicht hatte Oskar recht gehabt, und sie hätte ihn lieber zu ihrem Vater begleiten sollen. Doch nun war es zu spät. Nun saß sie hier als Agne und musste diese Rolle spielen, bis Oskar zurückkam.

»Die Narbe?«, fragte Mauritz erneut. »Willst du sie nicht zeigen?«

»Lieber nicht«, erwiderte Agnes. Sie wandte sich Kaufmann Widell zu und fasste sich ein Herz.

»Was die Arbeit im Laden betrifft ...«, begann sie zögerlich.

»Falls Agne lieber im Lager und im Kontor arbeiten möchte, werde ich sehen, was sich machen lässt.«

»Vielen Dank. Das wäre sehr freundlich.«

Mauritz sah sie finster an. Sie bemühte sich, seinem Blick auszuweichen.

An diesem Abend fiel ihr das Einschlafen schwer. Mehrere Wochen hatten Oskar und sie zusammen in einem Raum geschlafen. Neben seinen schweren Atemzügen fühlte sie sich geborgen. Nun verspürte sie solche Sehnsucht nach ihm, dass ihr die Brust wehtat.

Wo war er jetzt? Hatte er es schon ein Stück nach Norden geschafft? Anhand von Windrichtung und -stärke versuchte Agnes, sich auszurechnen, ob er einen oder zwei Tage bis zur Halbinsel Härnäs und nach Gut Näverkärr brauchen würde. Es war jedoch gefährlich, im Winter zu segeln. Es war kalt auf dem Schiff, der Wind wehte eisig, und wer über Bord ging, konnte selten gerettet werden. Die Taue, die im Sommer leicht und gefügig durch die Hände liefen, waren nun steinhart und störrisch. Leinen und Tampen, in denen eventuelle Knoten gefroren waren, mussten gekappt werden. Was würde Vater sagen, wenn Oskar in Karlsvik anlegte? In den frühen Morgenstunden schlief sie endlich ein, wälzte sich aber unruhig hin und her.

10

Während sie das Haupthaus des Bremsegård abschloss, sah Astrid sich nach Vendela um. Das Geräusch des Schlüssels, der sich in diesem Schloss drehte, kannte sie in- und auswendig. Astrid wusste genau, wie er sich anfühlte und wie fest man an der Tür ziehen musste, wenn man sie zumachte.

Trotzdem war es seltsam. Auch wenn sie seit 1955 auf Lilla Bärkulle wohnte, fühlte sie sich auf dem Bremsegård noch immer zu Hause. Das würde sie wahrscheinlich immer tun. Sieben Generationen ihrer Familie hatten bereits vor ihr hier gelebt, wenn nicht mehr. Mit ihrem Vater war es steil bergab gegangen. Er hatte alles verschleudert.

Obwohl sie nicht hier geboren war, sondern vom anderen Ende der Insel stammte, hatte Mutter den Hof vermutlich mehr geliebt als Vater. Wenn Mutter Essen kochte, stand immer das Küchenfenster offen. Oft blickte sie auf und winkte Astrid zu, die in den wenigen Stunden, die sie nicht mit Arbeit auf dem Hof oder in der Küche verbringen musste, im Birnbaum hockte. Im Sommer saß sie gemeinsam mit ihrer Mutter im Schatten dieses Baumes und pulte Erbsen und Bohnen oder schrubbte Kartoffeln. Astrid war so froh gewesen, als sie sah, dass Vendela es genauso machte und sich mit den erdigen Kartoffeln auf die Treppe vor dem Haus setzte. Doch dieser Ort gehörte Vendela nicht in dem Maße, wie er Astrid gehörte. Vendelas Eltern hatten das Gebäude zwar gekauft, aber es verbanden sie keine Blutsbande mit dem Ort. Für sie war der Bremsegård ein hübsches Plätzchen, an dem man die Sommerferien und die restliche freie Zeit genießen konnte, aber Astrid hatte ihr ganzes Leben hier verbracht. Hier bin ich geboren, in diesem Haus. Astrid betrachtete die beiden Fenster, die zum Saal gehörten. Dort stand ja sogar noch der Tisch, auf dem sie zur Welt gekommen war.

Denselben Tisch hatte Jessica heute Abend mit Papier bedeckt, um den Verkauf des Hauses zu planen. Für sie war es nur eine Immobilie, deren Gegenwert man auf ein Bankkonto überweisen konnte. Wenn sie gewusst hätte, was für eine Arbeit es war, diesen Hof am Laufen zu halten. Das ganze Jahr über. Im Januar hatte man im Haushalt und mit den Tieren zu tun. Auf den Straßen von Klöverö musste der Schnee geräumt und am Samstag mussten die landwirtschaftlichen Produkte in Marstrand verkauft werden. Im Februar düngten sie in Horslyckan, Dalbotten und an vielen anderen Stellen auf der Insel. Der Wald musste gelichtet werden, dann kam die Arbeit mit dem Brennholz. In ihrer Erinnerung brannte immer das Feuer, und es war nie die Rede davon, sparsam mit dem Brennholz umzugehen wie auf anderen Höfen. Im März und April lammten die Schafe, und wenn das Wetter es zuließ, konnte man anschließend den Boden mit der Egge auflockern, Kartoffeln setzen und Sommerweizen, Gerste und Hafer säen. Normalerweise wurden fünf verschiedene Kartoffelsorten gesetzt, zwei davon Herbstsorten. Aal und Dorsch wurden mit Reusen gefischt, während man den Lachs mit Netzen fing. Im Mai war die Frühjahrsbestellung abgeschlossen, dann wurde das Gemüse gesät. Und die Schafe wurden auf die Inseln gebracht. Auf die Vannholme, nach Vaxholm und nach Karlsholm.

Im Sommer begaben sich die Städter zur Erholung nach Marstrand, doch für die Leute auf dem Bremsegård ging die Arbeit weiter. Von Urlaub und Freizeit war hier nie die Rede. Nach Mittsommer begann mit Hilfe von Pferd und Traktor die Mahd. Die Boote wurden abgeschliffen und neu lackiert, der Mittsommerbaum repariert. Im Juli ging die Heuernte weiter, ein Großteil wurde zum Trocknen auf Heuharfen ausgebreitet. Die frühen Kartoffeln wurden geerntet, die späten gehäufelt. So wurde der Kartoffelkeller allmählich voll. Astrid hatte es immer gern gesehen, wenn sich der Keller füllte. Mutter achtete sorgsam darauf, dass alles am richtigen Platz landete, damit man die Dinge auch wiederfand, wenn sie benötigt wurden. Jeden Mittwoch und Freitag war in Marstrand Verkauf. Im August begann die Erntearbeit. Zuerst wurde die Gerste geerntet, dann gleichzeitig Weizen und Hafer. Das meiste wurde auf Holzgestelle gehängt. Erst im September war die Ernte abgeschlossen, und das Getreide wurde eingefahren. Es begann die Ernte der späten Kartoffelsorten, und in Marstrand wurde nun nur noch samstags verkauft. Den ganzen Oktober über erntete man Kartoffeln und holte die Schafe von den Inseln zurück. Tiere wurden in die Schlachterei gebracht, sie mussten über den Albrektsunds-Kanal schwimmen und den Rest der Strecke auf der Landstraße zurücklegen. Die Lämmer wurden zum Schlachten in den Fischereihafen von Marstrand gebracht, und die Felder mussten gepflügt werden. Im November wurden die Gebäude instand gesetzt und die Gräben gereinigt. Die Schafe wurden in den Stall gebracht. Nun war der Dorsch am besten, er wurde eingefroren. Im Dezember wurde das letzte Getreide gedroschen, und die Kartoffeln wurden verkauft, nachdem sie von Hand sortiert worden waren. Das Getreide musste zur Mühle, und für das Weihnachtsfest wurde ein Schwein geschlachtet. Was für ein Leben ist das gewesen? Was für eine Mühsal. Aber auch so viel Liebe. Zu den Tieren, zum Land und den Gebäuden.

Was wusste Jessica davon? Nichts. Der Vater von Vendela und Rickard hatte davon geträumt, hierherzuziehen und traditionelle Landwirtschaft zu betreiben. Zumindest hatte er alle Gebäude erhalten, um theoretisch die Möglichkeit dazu zu haben. Auf anderen Höfen waren in den Bootshäusern und Schuppen Ferienwohnungen und Gästezimmer eingerichtet worden, aber nicht hier. Wenn seine Frau sich hier genauso wohlgefühlt hätte wie er, wäre die Familie tatsächlich auf das Land gezogen, da war sich Astrid sicher. Doch die Ehefrau war vollauf mit ihrer Karriere beschäftigt gewesen und schien nicht selten sogar die beiden Kinder zu vergessen, die sie in die Welt gesetzt hatte.

Astrid kehrte dem Bremsegård den Rücken, hatte jedoch das Gefühl, von den schwarzen Fenstern beobachtet zu werden. Mutter hatte immer gesagt, das Haus sei eine eigenständige Person und führe ein Eigenleben. Die Generationen kamen und gingen, aber das Haus blieb stehen. Alle Erinnerungen daran hatten sich zwischen seinen Wänden angesammelt, alle Kerben in den Bodenbrettern und den hohen Fußleisten hatten eine Geschichte. Zank zwischen Geschwistern oder regelrechte Prügeleien zwischen allzu angeheiterten Verwandten; Familienfeste, die aus dem Ruder gelaufen waren, all das hatte Spuren hinterlassen. Hochzeiten, Taufen und Beerdigungen. Leben und Tod.

In einem der Fenster ging das Licht an, und Astrid erkannte den Umriss von Jessica in ihrem alten Zimmer. An ihrer Schläfe begann die Arterie zu pochen. Oh, wenn du doch die Treppe hinunterfallen, auf dem Teppich ausrutschen und mit dem Kopf gegen den alten Eisenherd krachen würdest, damit du nie wieder aufwachst. So etwas war schon einmal vorgekommen. Oder du ertrinkst in der Bremsegårdsvik und wirst von der Strömung auf das Meer hinausgetragen. Diese Gedanken machten Astrid keine Angst. Wo sollte sie denn bleiben, wenn der Bremsegård samt Lilla Bärkulle verkauft wurde? Im Sörgård, dem Altenheim auf Marstrandsö? Sie war dort einige Male zu Besuch gewesen. Natürlich war alles hübsch eingerichtet, und Lola kochte hervorragend, aber ein Leben war das nicht. Sie wollte doch hier sein, ihr eigenes Brennholz hacken und ihre eigenen Kartoffeln setzen. Fische fangen und Beeren und Pilze sammeln. So lange wie irgend möglich. Und von einem verwöhnten Gör würde sie sich nicht davon abhalten lassen. Ihr Lebtag nicht.

Alles ist käuflich

Draußen schneite es. Im Laufe der kalten Januarnacht hatte der Wind zugenommen und auf Ost gedreht. Bei westlichem Wind bauten sich auf der Nordsee große Wellen auf und donnerten gegen die Bohusläner Küste, aber bei Ostwind herrschten günstigere Bedingungen. Oskar hatte ablandigen Wind, und der Seegang war nicht so hoch, dachte sie dankbar.

Müde und verfroren fand sich Agnes am nächsten Morgen im Kontor ein. Kaufmann Widell betrachtete sie. Sie war es leid, Agne zu spielen, und sehnte sich danach, wieder Agnes sein zu dürfen. Nur noch kurze Zeit, sagte sie sich. Bis Oskar zurückkam. Sie konnte sich jedoch nicht entspannen, durfte nicht unvorsichtig sein. Sie holte tief Luft und senkte die Stimme. Nun war sie wieder Agne, und im Grunde machte die Arbeit Spaß und vollkommen untalentiert war sie schließlich auch nicht.

»Wir sind froh, dass Sie zurück sind.« Kaufmann Widell saß hinter seinem Schreibtisch und nickte mit dem Kopf.

»Danke«, erwiderte Agnes und fügte pflichtschuldig hinzu: »Ich bin froh, wieder hier zu sein.«

»Was ist eigentlich passiert? Möchten Sie darüber sprechen?«

Agnes blickte auf ihre Hände hinunter, die sich krampfhaft an die Armlehnen klammerten. Zögerlich erzählte sie von dem maskierten Mann, der den Laden betreten hatte, nachdem sie die Tranlampen gelöscht hatte, von dem Messer und von Oskar Ahlgren, der im allerletzten Augenblick aufgetaucht war. Nur die Frau, die ein paar Münzen vom Kai geklaubt hatte, ließ sie aus.

Kaufmann Widell hörte aufmerksam zu. Sein Blick war wachsam.

»Einige von den Leuten hier auf Marstrand sind Diebe, die Amnestie erhalten haben. Das ist einer der Nachteile, die ein Freihafen auf der Insel mit sich bringt.«

»Wissen Sie, wer es gewesen sein könnte?«, fragte Agnes. Erst jetzt wurde ihr klar, dass sie dem Räuber jederzeit auf dem Kai begegnen konnte. Er würde sie wiedererkennen, aber sie ihn nicht. Außerdem gab es mehrere von seiner Sorte, die ganze Insel war voller Menschen, die wegen des Amnestiegesetzes gekommen waren, nachdem sie Geld gestohlen oder veruntreut oder das eigene Unternehmen in den Ruin getrieben hatten. Anstatt nach einem Konkurs ins Armenhaus zu gehen, packte man heimlich ein paar Habseligkeiten und begab sich nach Marstrandsö.

Kaufmann Widell schüttelte den Kopf, faltete die Hände und stützte die Ellbogen auf die grüne Schreibtischunterlage aus Leder. »Nein, wir wissen nicht, wer es war, aber vor acht Jahren haben wir so etwas schon einmal erlebt. Der damalige Vorfall ging leider nicht so glimpflich aus. Unser Ladengehilfe Mattsson erlag noch am selben Ort seinen schweren Verletzungen.« Er verstummte und sah Agnes nachdenklich an. Sie war kreidebleich geworden.

»Sie hatten Glück.«

Hoffentlich kam Oskar bald zurück. Sie sah nun ein, dass es eine Fehlentscheidung gewesen war, nach Marstrandsö zurückzukehren. Eine Woche würde Oskar brauchen. Mindestens. Würde sie es eine Woche hier aushalten? Je mehr Agnes fieberhaft darüber nachdachte, wo sie sonst Unterschlupf finden könnte, desto größer wurden ihre Kopfschmerzen. In Oskars Haus auf Klöverö? Wo war es am sichersten? Die Einsicht traf sie wie ein Faustschlag in die Magengrube. Es gab keinen sicheren Ort. Sie konnte nirgendwohin.

»Agne?« Kaufmann Widell beugte sich nach vorn und zog seine Brille bis auf die Nasenspitze hinunter.

»Ja?«, erwiderte Agnes leicht verwirrt.

»Geht es Ihnen gut?« Nachdenklich verschränkte Widell die Arme vor der Brust.

»Aber ja.«

»Na gut. Ich verstehe, dass es ein unangenehmes Erlebnis war. Doch wir müssen unbedingt Inventur im Lager machen. Mauritz wollte sich schon lange darum kümmern, aber es ist besser, wenn Sie das in die Hand nehmen.«

Er stand auf und schloss einen fest an der Wand montierten Metallschrank auf, der an Vaters Geldtruhe mit den gusseisernen Blumen auf dem Deckel erinnerte. Reihenweise Schlüssel hingen darin. Kaufmann Widell nahm einen Schlüsselring heraus und schloss den Schrank sorgfältig zu.

»Wie Sie wissen, habe ich einige Lager hier auf dem Hof. Es gibt aber mehrere Vorratsräume überall in der Stadt. Im Falle eines Brands kann ich so nie alle Waren verlieren. Außerdem darf nie nur eine Sorte von Waren in einem Magazin gelagert werden, das Sortiment muss gut verteilt sein.« Er reichte ihr den Schlüsselbund und zog die Schreibtischschublade heraus.

Mit dem Federkiel schrieb er ihr die Nummern der Schlüssel und die entsprechenden Adressen auf. Den Meijerska Keller und das Gårdshus kannte sie, die vier anderen waren ihr neu.

»Nehmen Sie alle Leute mit, die Sie brauchen. Oder ziehen Sie es vor, sich zuerst allein umzusehen?«

»Danke. Ich glaube, ich gehe zuerst allein.«

Er reichte ihr Feder und Papier.

»Haben Sie ein Verzeichnis der Waren und der Stückzahlen, die ich am jeweiligen Platz vorfinden müsste?«, fragte Agnes.

»Selbstverständlich, aber diese Liste können wir ja zum Vergleich heranziehen, wenn Sie wieder da sind.«

Er will mir die Liste nicht zeigen, dachte Agnes, aber es war ihr egal. Mit den Schlüsseln in der Tasche und dem Schreibgerät in der Hand ging sie zum nördlichsten Lager. Das Gårdshus und der Meijerska Keller lagen ja gleich neben dem Kontor. In diesen beiden Magazinen konnte sie ihre Bestandsaufnahme auch noch nach Einbruch der Dunkelheit erledigen. Dann hatte sie es nicht weit bis nach Hause und brauchte sich keine Sorgen wegen der dunklen Gassen zu machen.

Agnes drehte den Schlüssel in dem großen Schloss und drückte die Holztür auf. In dem fensterlosen Kellerraum roch es muffig. Sie hörte das raschelnde Geräusch von Ratten, die sich aus dem Staub machten. Als sie ihre Tranlampe entzündet hatte, sah sie einen nackten Schwanz hinter einem Sack verschwinden. Der Erdboden machte einen trockenen Eindruck. Agnes ließ die Tür offenstehen und begann ganz hinten. Im ersten und zweiten Regal lag Stoff. Agnes zählte sechs Stoffballen und zwei Pakete mit Garnen. Eigentlich wäre es besser gewesen, sie an einem anderen Ort aufzubewahren, damit sie nicht den muffigen Kellergeruch annahmen oder durch die Feuchtigkeit beschädigt wurden. Zumindest schienen sie trocken zu sein. Tauwerk und Teer war ja nicht so empfindlich.

In gehörigem Abstand zu Ratten und Mäusen hing Fleisch und getrockneter Fisch an Eisenhaken. Weitere Lebensmittel lagen auf Regalen, die ebenfalls an der Decke aufgehängt waren. Säcke mit Mehl und Rüben und eine kleine Tüte Zucker. Drei Fässer Honig und sechs versiegelte Kisten, die wahrscheinlich Tee enthielten. Einige Fässer Wismarer Bier, fünfzehn Flaschen Wein und neunzehn Flaschen Branntwein. Sie kannte die Flaschen aus dem Laden. Agnes schrieb alles fein säuberlich auf.

Hatte Oskar nicht geargwöhnt, dass bei Familie Widell nicht alles mit rechten Dingen zugehe? Im Magazin sah zwar alles gut aus, aber eigentlich konnte sie sich ja erst dann einen Überblick verschaffen, wenn sie ihre Ergebnisse mit der Liste von Kaufmann Widell verglichen hatte. Falls er das nicht allein machen wollte. Sie rüttelte an der schweren Tür, um sich zu vergewissern, dass sie wirklich abgeschlossen hatte. Agnes sah auf ihrem Zettel nach, wo sich das nächste Lagerlokal befand. Sie ging bergauf und dann nach Süden.

Das Magazin befand sich im Keller eines Wohnhauses. Das Schloss klemmte, aber nach einiger Zeit ließ es sich öffnen. Ihre Gedanken wollten ständig zu Oskar wandern. Sie fragte sich, wo er sich jetzt befand. Vielleicht war er schon angekommen. Aber darüber durfte sie jetzt nicht nachdenken, sie musste arbeiten. Bald würde er zurückkommen. Bald. Agnes nahm alles gründlich in Augenschein. Jedes Paket wurde verzeichnet, der Inhalt sorgsam notiert. Ihr kamen wieder die Kaffeebohnen in den Sinn, die sie gefunden hatte. Wo mochten sie hergekommen sein? Mauritz hatte so stark nach Kaffee gerochen. Nachdem sie mit ihren Notizen fertig war, ließ sie die Tinte trocknen und rollte das Papier zusammen. Draußen dämmerte es. Agnes beschloss, zum Kontor zurückzukehren, bevor es dunkel wurde. Dort konnte sie entweder ihre Listen mit denen von Kaufmann Widell vergleichen oder Inventur im Meijerska Keller und dem Magazin auf dem Hof machen. Sie hatte jedoch nicht vor, allein durch die dunklen Gassen zu gehen. Sie löschte die Lampe und wollte gerade die Tür hinter sich zuziehen, als sie das Licht sah, dass durch die hölzerne Decke aus dem Stockwerk über dem Lager drang. Man könnte dort mit Leichtigkeit ein paar Bodendielen lockern und von oben ins Lager eindringen. Agnes verriegelte die Tür und betrachtete das Haus. Wer wohl da wohnen mochte?

Während sie zum Hof von Widells eilte, kreisten ihre Gedanken um Oskar, der nun bei Vater auf Näverkärr angekommen sein musste. Sie fragte sich, wie er empfangen worden war und was ihr Vater gesagt hatte. Ob er ihr noch böse war? Hatte Oskar ihren Brief übergeben? Und Vater – hatte er ihn gelesen? Immerhin hatte Agnes den Pastor angelogen. Vielleicht hatte der Pastor trotzdem ein gewisses Verständnis für sie, er war ein freundlicher Mann, der sich nach dem Tod ihrer Mutter und Großmutter mehr als einmal Zeit für ein Gespräch mit der traurigen Agnes genommen hatte.

Während sie die Insel überquerte, wurden die Schatten immer länger. Vor jeder dunklen Stelle, an der jemand lauern konnte, beschleunigte sie ihren Schritt. Das letzte Stück rannte sie. Sie schwor sich, von nun an früher nach Hause zu gehen.

Als Agnes vollkommen außer Atem ins Kontor stürmte, war Kaufmann Widell noch da. Beinahe stieß sie mit ihm zusammen.

»Entschuldigen Sie bitte.« Agnes schloss die Tür.

»Stimmt etwas nicht, Agne? Sie sind ja gerannt, als ob der Teufel hinter Ihnen her wäre.«

Zu atemlos, um etwas zu sagen, schüttelte Agnes nur den Kopf. Sie war zwar erleichtert, dass sie sich nun in Sicherheit befand, aber mit der Erleichterung kamen die Tränen. Sie versuchte, sie wieder hinunterzuschlucken, hustete, um Zeit zu gewinnen, und räusperte sich anschließend. Nach dem Aufenthalt bei Oskar auf Klöverö kam ihr die tiefe Stimmlage nicht mehr so selbstverständlich über die Lippen. Sie musste sich gut überlegen, was sie sagte. Allein bei dem Gedanken, sich zu verraten, bekam sie Bauchschmerzen.

»Haben Sie einen Moment Zeit für mich, Herr Widell?« Ihre Stimme klang so dunkel und tief, wie es nur ging. Außerdem bemühte sie sich, langsam und deutlich zu sprechen.

»Treten Sie ein.« Er deutete auf sein Arbeitszimmer und ließ ihr den Vortritt. Als er sich setzte, knarrte der dunkelbraune Stuhl unter seinem Gewicht. Er nahm einige Unterlagen aus seiner Schreibtischschublade.

Agnes zog ihre Notizen aus der Tasche und berichtete von den beiden Magazinen, die sie aufgesucht hatte.

»Nun gut.« Der Mann studierte ihre Zahlen. Er hatte den Zettel auf seine Seite des Schreibtisches gelegt, sodass sie ihn nicht sehen konnte. Agnes wusste nicht, ob sie sich nach vorne beugen sollte, und beschloss, erst einmal abzuwarten.

Weder im ersten Magazin noch im zweiten schien es

Probleme zu geben. Der Kaufmann drehte die Listen so, dass sie auch etwas sehen konnte.

»Einige unserer Lager werden nur geduldet, im Kriegsfall müssten wir sie abreißen. Mauritz hat Ihnen vielleicht davon erzählt?« Er sah sie an.

»Nein.« Agnes schüttelte den Kopf.

»Manchmal habe ich den Eindruck, dass sich jemand in meinen Magazinen bedient, aber diesmal scheint das nicht der Fall zu sein, jedenfalls nicht in diesen beiden.« Er tippte mit dem Zeigefinger auf Agnes' Liste und schob seine Brille hinauf.

»Morgen überprüfen Sie die übrigen Lager.«

»Natürlich.«

Der Kaufmann stand auf, knöpfte seine Weste auf und ging zu einem Schrank. Mit einer Flasche und zwei Gläsern in der Hand kehrte er zurück.

»Es ist nicht immer leicht, ein Kaufmann zu sein.« Er schenkte beide Gläser voll und reichte Agnes das eine. Ein kräftiger Geruch stieg ihr in die Nase. Sie sah sich vergeblich nach einer Möglichkeit um, das Getränk diskret auszuschütten.

»Kopp in Nacken.« Der Kaufmann leerte sein Glas und klopfte sich auf die Brust. »Ah!«

Agnes wusste sich keinen anderen Rat, als es ihm nachzutun. Der Kaufmann schenkte noch einmal ein.

Einige Runden später waren sie zum Glück nicht mehr im selben Rhythmus. Kaufmann Widell hatte allmählich einen in der Krone. Agnes fühlte sich beschwipst und war froh, dass sie es nicht weit bis nach Hause hatte. Sie brauchte nur den Innenhof zu überqueren.

»Die Schlüssel für morgen.« Der Kaufmann schwankte und lallte ein wenig. Er zog die Schublade so weit heraus, dass der Inhalt herausfiel. Verwundert betrachte er die vielen Schlüssel auf dem Boden und die Lade in seiner Hand. Dann beugte er sich hinunter, um den Inhalt aufzusammeln. Er reichte Agnes fünf Schlüssel und erklärte ihr, wo sich die Lagerräume befanden. Agnes notierte sich alles auf einem Blatt Papier und nahm die Schlüssel an sich.

Sie wünschten einander einen angenehmen Abend. Agnes machte die Tür zu seinem Arbeitszimmer hinter sich zu und schloss die Eingangstür zum Kontor ab, weil sie zur Straße hinausging. Der Kaufmann war betrunken, aber es war vermutlich nicht das erste Mal, und seine Frau wusste mit Sicherheit, wo sie ihn suchen musste.

Agnes öffnete die Tür zum Innenhof und erschauerte vor Kälte. Sie rutschte auf einer der Schieferplatten aus und wäre beinahe hingefallen, wenn Mauritz sie nicht am Arm gepackt hätte.

»Komm mit.«

»Wohin gehen wir?«, fragte Agnes.

»Das ist eine Überraschung. Keine Sorge. Ich lade dich ein.« Er grinste.

Agnes hatte nicht die geringste Lust, ihn zu begleiten, fühlte sich aber dazu gezwungen. Mauritz hatte von Anfang an einen Groll gegen sie gehegt, und nun war ihr auch noch eine Aufgabe zugewiesen worden, die eigentlich ihm zugedacht war. Ein bisschen freundlich zu ihm zu sein, war das Mindeste, was sie tun konnte. Außerdem hatte sie Hunger. Wenn Mauritz sie zum Essen einladen wollte, hatte sie nichts dagegen.

Die Menschen, die um diese Zeit unterwegs waren, sahen anders aus als die Frauen an den Fischständen. Diese Gestalten hatten nichts zu verkaufen außer sich selbst. Die Ringe unter ihren Augen waren noch dunkler, die Blicke verzweifelter.

Zwei Hände zogen Agnes am Mantel. Ein junges Mädchen sah sie verlegen an. Sie war höchstens zehn oder zwölf Jahre alt.

»Ja?«, sagte Agnes zu dem Mädchen.

»Willst du sie haben?«, fragte Mauritz.

»Sie haben?«, fragte Agnes ahnungslos, doch dann ging ihr auf, was er gemeint hatte. »Nein, nein.« Agnes steckte die Hand in die Hosentasche und fingerte diskret einen Reichstaler heraus. Das war viel Geld, aber eine andere Münze hatte sie nicht bei sich. Sie strich über die Aufschrift »Vaterland« und betrachtete das Mädchen. Sein Kleid war viel zu dünn, und das Tuch, das es sich um die Schultern gelegt hatte, konnte gegen die Kälte nichts ausrichten.

»Meine Mutter ist krank. Ich habe vier Geschwister, und wir haben nichts zu essen.« Die Augen des Mädchens wirkten so müde, als hätte es bereits allen Mut verloren.

»Hier.« Agnes reichte ihr das Geldstück.

»Bist du verrückt?« Mauritz packte sie. »Du kannst nicht alle retten. Komm jetzt, wir gehen etwas essen.«

Agnes vermied es, sich noch einmal umzudrehen. Sie wollte den dankbaren Blick des Mädchens nicht sehen, und nicht all die anderen Frierenden, Hinkenden, Verkrüppelten, Hungrigen und Kranken, die sich in der Hoffnung auf Rettung durch die dunklen Gassen schleppten.

Wenn es ein Junge gewesen wäre, hätte Agnes den Vorschlag machen können, ihn als Laufburschen einzustellen, aber für ein Mädchen war diese Arbeit zu gefährlich. Vielleicht hatte es einen Bruder? Sie wandte sich um, aber das Mädchen war bereits verschwunden.

Der Schnaps, den sie mit dem Kaufmann getrunken hatte, benebelte ihren Geist und milderte sowohl die Kälte als auch ihre ständige Unruhe. Erst jetzt merkte Agnes, dass sie sich gar nicht auf dem Weg zum Wärdshus befanden, sondern in die entgegengesetzte Richtung gingen.

Mauritz öffnete die Tür zu einem Lokal, aus dem Musik und lautes Stimmengewirr drangen. Eine Frau nickte Mauritz vertraut zu, kam ihnen entgegen und hakte sich bei ihm ein.

»Wie nett. Das Übliche?«, fragte sie. Ihre Stimme klang sanft und angenehm. Mauritz nickte. Sie führte sie zu einem Tisch in der Ecke, der durch eine halbhohe Wand abgeschirmt war. Agnes folgte den beiden, ohne zu verstehen, worüber sie redeten. Allerdings nahm sie wahr, dass die Frau nach Rosen duftete. Ihr Schweißgeruch wurde davon fast vollständig überlagert.

»Was gibt es denn?«, fragte Agnes.

»Eine ganze Menge, wage ich zu behaupten.« Die Frau lachte. »Wie wäre es mit einem saftigen Stück Fleisch?«

Mauritz lächelte.

»Dasselbe wie immer. Für uns beide.«

»Aber für jeden eine, oder?«, fragte die Frau.

»Natürlich. Die Wahl überlasse ich dir.« Wieder verzog Mauritz das Gesicht zu einem schiefen Grinsen.

Es waren generell viele Frauen im Lokal, dachte Agnes. Schöne Frauen in teuren Kleidern. Alle mit tiefem Ausschnitt. Sie fühlte sich zunehmend unwohl, aber die Wärme im Raum verstärkte ihren Rausch. Wie viel hatte sie eigentlich getrunken? Zwei hölzerne Bierkrüge wurden vor sie auf den Tisch gestellt. Kurz darauf standen zwei dampfend heiße Schüsseln vor ihnen.

»Spanische Fleischsuppe«, sagte die Frau, als sie Agnes' fragenden Blick sah.

Die Suppe war heiß und schmeckte anders als alles, was Agnes bisher gegessen hatte. Die Portion war reichlich, und Agnes' Gedanken wanderten zu dem Mädchen mit der bettlägerigen Mutter und den vielen Geschwistern. Es hätte die Suppe viel nötiger gehabt als sie.

»Branntwein«, rief Mauritz dem Mädchen hinter der Theke zu. »Eine Flasche.« Das Mädchen kam sofort angerannt und entschuldigte sich, dass es die Flasche nicht gleichzeitig mit dem Essen und dem Bier auf den Tisch gestellt hatte. Mauritz klopfte ihr fest auf den Hintern und lachte, als sie ihren Rock an sich raffte.

»An diesem Ort die Schüchterne zu mimen, ist zwecklos.« Er schenkte beiden Schnaps ein, leerte seinen Zinnbecher in einem Zug und sah Agnes nachdenklich an. Sie streckte sich und biss von ihrem Brot ab, das sie in die Suppe gestippt hatte.

»Was bevorzugst du?« Mauritz zeigte mit dem Holzlöffel auf die Frauen im Lokal.

»In welchem Zusammenhang?«, fragte Agnes zurück.

»Du bist lustig. In welchem Zusammenhang?«, wiederholte Mauritz. »Du darfst zuerst auswählen, aber ich kann dir gewisse Empfehlungen geben.« Er goss sich noch mehr Schnaps in seinen Zinnbecher und leerte ihn erneut.

»Du trinkst ja gar nichts. Prost.«

Agnes nahm einen Schluck und verzog das Gesicht. Mauritz betrachtete sie mit einem so rätselhaften Gesichtsausdruck, dass sie wohl oder übel ihren Becher leerte. Der Schnaps brannte im Hals, und ihre Augen begannen zu tränen.

»Vielleicht ist er etwas zu stark für dich?« Wieder füllte er ihren und seinen eigenen Becher, prostete ihr zu und verfolgte aufmerksam, ob Agnes austrank. Diesmal brannte es etwas weniger im Hals. Mauritz schenkte noch einmal nach und winkte das Mädchen von der Theke heran.

Sobald sie in Reichweite war, zog Mauritz sie auf seinen Schoß. Grob hielt er sie fest und drückte seine Lippen auf ihre.

»Marie«, rief das Mädchen und versuchte, sich aus seinem Griff zu befreien.

Sofort kam Marie, die offenbar für die Bedienung zuständig war, angeeilt.

»Vielleicht möchten Sie ins Obergeschoss gehen, Herr Widell? Dort würden wir Sie gern zu etwas einladen.«

Das Mädchen hatte sich befreit. Es stand nun hinter Marie und strich ihr Kleid glatt. Agnes konnte sehen, dass sie kurz davor war, in Tränen auszubrechen.

Agnes wusste nicht, was sie tun sollte. Am liebsten wäre sie nach Hause gegangen. Sie wollte etwas sagen, aber das Formulieren fiel ihr schwer. Stattdessen nickte sie, stand langsam auf und begleitete Mauritz zur Treppe. Der Fußboden schwankte wie auf einem Schiff. Agnes wollte nach einer Lehne greifen und riss dabei den ganzen Stuhl zu Boden. Alles drehte sich, und sie stützte sich dankbar auf die Frau, die ihr zu Hilfe eilte. Es dauerte eine Ewigkeit, bis sie die Treppe hinaufgestiegen waren. Oben klammerte sich Agnes noch immer an das Geländer und gab einen tiefen Seufzer von sich.

Sie ließen sich auf einem roten Sofa nieder und bekamen jeder eine Tonpfeife gereicht. Während Agnes vom Rauch einen Hustenanfall bekam, bestellte Mauritz noch mehr zu trinken. Zu ihrer Linken lag ein langer Korridor. Aus einer der Türen traten zwei Frauen. Die eine hatte rote Locken, die andere dunkles Haar. Beide lächelten Mauritz freundlich an, und anschließend blinzelte die Rothaarige Agnes zu. Agnes' Herz begann wie wild zu pochen. Sie machte Anstalten, sich vom Sofa zu erheben, aber die Frau drückte sie zurück in die Polster, setzte sich breitbeinig auf ihren Schoß und nahm ihr die Pfeife aus der Hand. Dann knöpfte sie ihr Mieder auf und entblößte ihre Brüste. Agnes sah die dicke Schminke der Frau, den Ausschlag unter dem Puder, das fleckige Kleid. Der unangenehme Geruch der Frau erinnerte sie an den Kuhstall zu Hause, wenn die Stiere vom Nachbarhof ausgeliehen wurden, damit sie die Färsen deckten. Mit nervösen Händen versuchte Agnes, die Frau zu verscheuchen, aber die lachte nur und packte spielerisch nach ihren Handgelenken. Jeden Augenblick konnte sie Mauritz verraten, dass Agnes ebenso wenig ein Mann war wie sie selbst.

»Komm. Ich will es dir schön machen«, wisperte die Frau, ließ Agnes' Handgelenke los und strich ihr stattdessen über die Oberschenkel.

Agnes war verschwitzt und durcheinander, und der Gestank, der vom Parfüm kaum verdeckt wurde, bereitete ihr Übelkeit. Sie tastete nach der Hand der Frau, die Agnes' Geheimnis in Kürze entdecken würde. Männlichkeit war zwischen ihren Beinen nicht zu finden.

Erst jetzt bemerkte sie, dass Mauritz sie beobachtete, während er die Dunkelhaarige ungeniert seine Hose aufknöpfen ließ. Die beiden schienen sich gut zu kennen. Sein Blick war eiskalt. Agnes begriff, dass dies ein Test war. Sie musste so schnell wie möglich hier weg.

»Jetzt sei doch nicht so schüchtern, Agne. Wenn du möchtest, teilen wir.«

»Teilen?« Ihre Stimme klang noch heller und dünner als sonst. Sie konnte ihre Angst nicht mehr verbergen.

»Spiel nicht den Dummen.« Im Kerzenschein sah Mauritz' schiefes Grinsen unheimlich aus. Aus einem der Räume drang ein Schrei, und dann ertönte eine männliche Stimme.

»Halt die Schnauze, du verdammte Hure. Ich habe bezahlt, und jetzt machst du, was ich will.«

Die beiden Frauen wechselten einen Blick.

»Mir geht es nicht gut.« Agnes kämpfte mit einer Panikattacke. Ungeschickt schob sie die übel riechende Frau von ihrem Schoß und stand so hastig auf, dass die Frau beinahe das Gleichgewicht verloren hätte.

»Willst du gehen?«, fragte Mauritz verärgert. »Wenn du lieber das kleine Mädchen aus dem Erdgeschoss willst, lässt sich das regeln. Man kann alles kaufen.« Die Dunkelhaarige zog Mauritz vom Sofa hoch und zu einem der Zimmer im Korridor, damit er nicht auf die Idee kam,

Agne nach Hause zu begleiten. Die Rothaarige nahm Agnes Hand und steckte sie sich in dem verzweifelten Versuch, den Kunden zum Bleiben zu bewegen, unter den Rock. Eilig zog Agnes ihre Hand zurück, wandte sich angewidert ab und schwankte zur Treppe. Sie würde sich jeden Augenblick übergeben.

»Agne! Verdammt, Agne! Hast du keinen Schwanz? Wenn du nicht willst, nehme ich sie beide.« Agnes tat, als hätte sie ihn nicht gehört und konzentrierte sich nur darauf, die Treppe hinunterzusteigen, ohne das Gleichgewicht zu verlieren. Erst jetzt hörte sie das Stöhnen in den Zimmern und die Frauen, die den Männern mit gespreizten Beinen auf dem Schoß saßen und in den dunkleren Bereichen des Lokals sogar mit hochgezogenen Röcken dalagen. Agnes riss die Tür auf und stürzte auf die Straße. Dort stand sie eine Weile vornüber gebeugt mit den Händen auf den Knien und wartete ab, bis die Übelkeit sich legte. Langsam richtete sie sich auf und sog die kalte Abendluft ein.

Eine Hand auf ihrer Schulter ließ sie zusammenzucken.

»Stimmt etwas nicht?« Neben ihr stand Marie. Sie hielt das Mädchen von der Theke fest im Griff. »Bei unserem neuen Mädchen hier kannst du der Erste sein. Das wird nicht billig, aber Mauritz hat gesagt, du kannst jede haben, die du willst.«

Das Mädchen stand weinend und zitternd neben ihr.

»Sie kann gar nichts, aber irgendjemand muss ja den Anfang machen.«

»Nicht heute Abend. Ich fühle mich nicht richtig wohl.«

»Falls es das erste Mal ist, können Sie auch mit zu mir kommen.« Maries Lächeln reichte nicht bis zu den Augen. Agnes wich zurück, damit die Frau sie nicht mehr anfassen konnte. Dass manche Menschen andere so nah an sich heranlassen mussten, um sich satt zu essen. Dass sie sich selbst verkaufen mussten, um zu überleben. Sie schüttelte den Kopf und ging langsam davon. Hinter sich hörte sie, wie die Tür zum Bordell zugeschlagen wurde. Sie wagte gar nicht, an das Mädchen zu denken, dass seine Unschuld an diesem schrecklichen Ort verlieren würde. Bryngel Strömstierna und sein Vater kamen ihr in den Sinn. Schluchzend erbrach sich Agnes auf die Stiefel ihres Vaters. Sie stützte sich an der Hauswand ab und übergab sich erneut. Am Ende war ihr Magen leer. Kalter Schweiß klebte an ihrem ganzen Körper. Bibbernd wischte sie sich mit dem Handrücken den Mund ab.

Es war jetzt kalt draußen. Kalt für diejenigen, die ihre Wohnungen nicht heizen konnten und kein Schaffell hatten, um sich zuzudecken. Für Geld kann man alles kaufen, dachte Agnes. Alles.

11

Johan schlief schon lange. Als Karin ihn ansah, wurde sie von großer Dankbarkeit erfüllt. Sie hatte ganz vergessen, wie wunderbar und aufregend die Liebe sein konnte, und das ganz ohne Streit über Alltagsprobleme und Einkaufslisten.

Der Schwimmsteg knarrte ein wenig. Sie hatte nicht mehr die Ruhe, in der Koje liegen zu bleiben. Sie zog sich einen Pullover über das Nachthemd und setzte sich hinaus in die Plicht. Die Teakbänke waren taufeucht und die Sommernacht hell. Im Hafen herrschte Stille. Ein deutsches Segelboot hatte neben der *Andante* angelegt. *Cuxhaven* stand auf dem Heck. Eine Seeräuberflagge war gehisst, und unter der Sprayhood lagen zwei orangefarbene Schwimmwesten. Mit Göran war ihr der Gedanke an Kinder fremd gewesen, aber mit Johan war das anders. Sie hatte gesehen, wie er mit seinem Neffen umging. Eines schönen Tages würde er bestimmt ein guter Vater sein. Wieder tauchte der Anblick des kleinen Jungen, der mit seiner Mutter im Moor gefunden worden war, vor ihrem inneren Auge auf. Seine Mutter war um ihr Leben gerannt, bis die Füße sie nicht mehr trugen. Was um alles in der Welt war passiert?

»Karin? Geht es dir gut?« Johan stand an der Luke und sah sie besorgt an.

»Ich konnte nicht schlafen.«

»Aber du frierst ja. Willst du nicht hereinkommen und dich wieder hinlegen?«

Wortlos stieg Karin die Leiter ins Boot hinunter. Die Koje in der Bugkabine war noch warm.

»Komm her.« Johan schmiegte sich an sie, und Karin legte den Kopf auf seinen Arm. »Ist es wegen des Falls auf Klöverö?« Er strich ihr über das Haar.

»Ich sehe die beiden vor mir. Die Frau und das kleine Baby mit dem flaumigen Köpfchen. Ich muss herausfinden, was den beiden zugestoßen ist und wie sie dorthin geraten sind.«

»Morgen, oder besser gesagt heute, arbeitet ihr ja weiter. Es ist halb vier.«

»Ja, aber Margareta glaubt, dass wir nichts finden werden. Jedenfalls hat sie das gesagt. Ihrer Ansicht liegen die beiden schon lange dort.«

»Wie lange denn?«, fragte Johan.

»Ich weiß nicht, aber ich werde sie fragen. Es dauert eine Weile, das festzustellen, aber wenn man bedenkt, wie tief sie im Moorboden lagen, handelt es sich vielleicht um eine richtig lange Zeitspanne.«

»Karin?«

»Hm.« Sie drehte sich zu ihm um und sah ihn an.

»Ich liebe dich. Schlaf jetzt.« Er küsste sie.

Von seinen Worten wurde ihr innerlich ganz warm. Sie lächelte in sich hinein.

»Ich liebe dich auch.«

Die verborgenen Lager von Marstrand

Am nächsten Morgen war Agnes unterwegs zum zweiten Magazin des Tages. Sie hatte Kopfschmerzen, und ihr war immer noch etwas übel. Es hatte eine ganze Weile gedauert, Vaters Stiefel zu reinigen, und anschließend hatte sie sich im Innenhof von Kopf bis Fuß mit kaltem Wasser gewaschen. Obwohl sie eine ganze Kanne Wasser getrunken hatte, fühlte sich ihre Zunge rau und die Mundhöhle trocken an. Sie wagte gar nicht, an den vergangenen Tag zu denken. Allein der Gedanke, Mauritz zu begegnen, war ihr zuwider.

Die Sonne blendete sie. Vom Himmel segelten zarte Schneeflocken. Sie schaute nach oben und ließ die Flocken auf ihrem Gesicht schmelzen. Vielleicht würden sie ihre Kopfschmerzen lindern. Wenn die Flocken auf der Erde landeten, lösten sie sich bei dem milden Wetter sofort auf. So weit oben auf der Insel gab es keine Wohnhäuser. Mauritz hatte ihr erklärt, dass das mit dem Schusswinkel der Kanonen zusammenhing. Hier durfte niemand bauen. Das Magazin dagegen war offenbar kein Problem. Sie hatte eine Wegbeschreibung erhalten und sich die Ziffer Drei notiert, auf dem Schlüssel stand jedoch eine Fünf. An und für sich gab es noch ein Lagerlokal ganz in der Nähe. Agnes dachte, dass der etwas angetrunkene Kaufmann ihr vielleicht die falsche Zahl genannt hatte. Der Schlüssel passte jedenfalls. Das Magazin, das einen Teil der Felswand als Mauer nutzte, machte nach außen nicht viel her, war aber gut bestückt. Überall standen Fässer, und es war nicht leicht, sich überhaupt Zutritt zu verschaffen. Nachdem sie sich an den Fässern vorbeigedrängt hatte, schien das Lager immer größer zu werden, der Fels bildete eine Art Höhle, und weiter hinten befand sich eine Treppe, die in den Fels gehauen worden war. Verwundert stieg Agnes hinunter.

Links befand sich ein grottenartiger Raum, in dem vier Fässer lagerten. Obwohl sie zwei Meter davon entfernt stand, war der Kaffeegeruch deutlich wahrzunehmen. Stoffballen, Töpfe mit kostbaren Gewürzen, Kakao und Tabak. Schmuggelware so weit das Auge reichte. Noch dazu in großen Mengen.

Kaufmann Widell musste ihr den falschen Schlüssel gegeben haben, anders konnte sie es sich nicht erklären, denn dieses Lager war wohl kaum für ihre Augen bestimmt. Agnes spürte, wie sich ihr Puls beschleunigte. Hier war sie nie gewesen, sagte sie sich und ging zurück zum Eingang. Hinter der Tür lagen zwei Silbermünzen. Wie clever. Wenn sie noch dalagen, war dieser Ort unentdeckt geblieben, aber falls sie fehlten, musste sich derjenige, der den Köder ausgelegt hatte, dringend mit der Frage beschäftigen, wer Zugang zum Schlüssel gehabt und einen Einblick in die etwas dunkleren Geschäfte gewonnen hatte. Sie ließ das Geld liegen und sah sich sorgfältig um, konnte sich aber nicht mehr erinnern, ob der Boden geharkt gewesen war oder irgendein anderes Muster aufgewiesen hatte, als sie hereinkam. Mit der Hand fegte sie ihre Fußspuren weg, die sie auf dem lockeren Erdboden hinterlassen hatte. Anschließend machte sie hastig die Tür hinter sich zu, sah sich um und eilte zum nächsten Magazin auf der Liste.

»Du hast nichts gesehen. Du weißt von nichts«, flüsterte sie sich selbst zu und arbeitete so schnell sie konnte. Rein zeitlich war durchaus denkbar, dass sie nur zwei Magazine geschafft hatte.

Ein ganzes Lager voller Schmuggelware. Wenn das entdeckt wurde und dem Magistrat zu Ohren kam, musste irgendjemand hängen. Wollte Widell, dass sie davon erfuhr? Damit sie von ihr Mithilfe und Stillschweigen bei dunklen Machenschaften verlangen konnten? Oder hatte er einen Irrtum begangen, als er ihr ausgerechnet diesen Schlüssel mitgegeben hatte? Immerhin war er betrunken gewesen. Wie auch immer, sie wollte mit der Sache nichts zu tun haben. Agnes setzte sich auf einen Sack und atmete einige Male tief durch. Sie durfte sich nicht das Geringste anmerken lassen. Fünf Schlüssel waren ihr ausgehändigt worden. Drei Magazine an einem Tag waren durchaus angemessen, aber wenn sie sogar vier schaffte, war sie mehr als ausgelastet und konnte guten Gewissens behaupten, für das fünfte Lager sei keine Zeit mehr gewesen.

Obwohl es zu dämmern begann, arbeitete sie weiter. Sie war zur Hälfte mit dem vierten Lager fertig, als die Tür zufiel. Möglicherweise war es der Wind gewesen, denn in der Eile hatte sie die Tür nicht eingehakt. Agnes lief rasch, um sie wieder aufzumachen, und stellte fest, dass es ziemlich windstill war. Irgendjemand hatte die Tür zugeworfen. Dann erblickte sie Mauritz und seinen Vater, die zu Fuß die Böschung hinaufkamen. Sie waren ins Gespräch vertieft, verstummten jedoch, als sie Agnes erblickten. Agnes verkrampfte sich innerlich, bemühte sich aber, einen erstaunten Eindruck zu machen.

»Die Tür ist zugefallen.« Sie befestigte sie mithilfe eines Seils.

Zu ihrer Verwunderung entfernte Mauritz das Seil und machte die Tür hinter ihnen zu.

»Ich bin gleich fertig.« Agnes versuchte, gelassen zu wirken. Sie hielt die Lampe über die letzten Fässer, überprüfte den Inhalt und zählte alles zusammen.

»Sie sind fleißig.« Kaufmann Widell nickte. Mauritz scharrte mit dem Fuß im Erdboden und wirkte alles andere als erfreut, schon gar nicht über die Tatsache, dass Agnes für eine Aufgabe gelobt wurde, die eigentlich er hätte erledigen sollen.

»Danke.« Agnes wusste zwar nicht, ob das eine kluge Antwort war, aber etwas Besseres fiel ihr nicht ein. Ich bin heute nur in vier Magazinen gewesen, schärfte sie sich ein, nicht in fünf, sondern in vier. »Aber das letzte Lager habe ich nicht geschafft, das muss ich morgen machen.« Agnes blickte auf ihren Zettel. »Nummer drei.« Sie wusste, dass auf dem Schlüssel eine Fünf stand, aber es lag ja näher, auf die Liste zu schauen. Sie hoffte jedenfalls, dass es plausibel wirkte. Leider stand dieses Magazin mitten auf der Liste.

»In diesem Lager sind Sie also nie gewesen?« Der Kaufmann musterte sie, und Mauritz ließ sie nicht eine Sekunde aus den Augen.

»Wenn Sie wollen, kann ich es sofort machen, sobald ich hier abgeschlossen habe.«

Keiner von beiden antwortete. Sie sahen sie nur an.

»Darf ich mal die Aufstellungen aus den anderen Lagern sehen?« Kaufmann Widell streckte die Hand aus.

»Natürlich, bitte sehr.« Agnes reichte ihm die vier zusammengerollten Bögen Papier. Im Schein der Tranlampe sah er sich einen nach dem anderen genau an. Warum hatten sie die Tür zugemacht? Wollten sie ihr Angst einjagen? Wenn, dann war ihnen das gelungen. Wenn sie Agnes hier umbrachten, konnten sie sie mit Leichtigkeit in ein Fass stecken und sie unbemerkt verschwinden lassen. Sicherheitshalber konnten sie das Fass sogar mit Bier füllen. Nur Oskar würde irgendwann nach ihr suchen und fragen, wo sie abgeblieben war. Sie dachte an ihre Großmutter und streckte den Rücken.

»Ich bitte um Verzeihung, aber es dauert seine Zeit, alles durchzusehen, und ich würde es gern gründlich machen. Falls Ihnen das lieber ist, nehme ich mir auch das letzte Magazin gleich heute Abend vor.«

»Wie kommt es, dass Sie sich nicht an die Reihenfolge auf der Liste gehalten haben?«

Das war ein wichtiger Punkt. Das Lager mit der Schmuggelware stand an dritter Stelle, also mitten auf der Liste. Warum um alles in der Welt hatte sie die Nummer drei übersprungen und sich erst die Lager vorgenommen, die davor und dahinter aufgelistet waren?

»Die Adressen sagen mir nicht viel. Für Leute, die hier aufgewachsen sind, ist es sicher ganz einfach, aber ich bin einfach zu denen gegangen, von denen ich annahm, dass ich sie am leichtesten finden würde.«

Sie hoffte, dass die beiden diese Erklärung akzeptieren würden. Von dem gestrigen Bier und dem Branntwein war ihr Gehirn ganz träge. Agnes klopfte das Herz bis zum Hals. Sie zwang sich, nicht zu der geschlossenen Tür zu linsen.

»Nun gut«, sagte Kaufmann Widell, ohne zu lächeln. »Das sieht alles in Ordnung aus, und ich muss zugeben, dass ich selbst nur drei Magazine an einem Tag schaffe.«

»Aber Vater …« Mauritz wirkte nicht so überzeugt wie sein Vater. Agnes bemühte sich, unbeteiligt zu wirken.

»Gehen Sie jetzt nach Hause. Mauritz und ich übernehmen das letzte Lager.«

»Danke.« Agnes übergab Kaufmann Widell die Schlüssel. Anschließend ging sie entschlossenen Schrittes auf die Tür zu. Mauritz öffnete sie widerwillig. Draußen war es nun dunkel, aber längst nicht so unheimlich wie in dem finsteren Magazin. Agnes versuchte, möglichst ruhig zu gehen. Nicht zu schnell und nicht zu langsam.

In den kommenden Tagen war Agnes als Erste im Kontor und unter den Letzten, die nach Hause gingen. Ganz allein blieb sie jedoch nie zurück. Seit der Entdeckung in dem Lager war die Arbeit nicht mehr dieselbe. Der Platz, an dem sie sich bisher sicher gefühlt hatte, erschien ihr nun äußerst gefährlich.

Eines Abends frischte der Wind auf. Agnes fand keine Ruhe und ging in ihrem Zimmer auf und ab. Hin und wieder sah sie aus dem Fenster und blickte den Wolken hinterher, die über den Himmel jagten. Der Rauch aus dem Schornstein von Widells wurde sofort weggeblasen. Agnes schlug ihr Tagebuch auf und begann zu schreiben.

Musste Oskar nicht inzwischen zurück sein? Zehn Tage waren seit dem Abschied vergangen. Zehn lange Tage und ebenso viele Nächte. Sie fragte sich, ob er sie genauso vermisste wie sie ihn. Und Vater? Was hatte er gesagt? Hatte er Oskar überhaupt empfangen? Das musste er wohl getan haben, denn wo sollte er sonst sein?

Mitten in der Nacht klopfte es an ihre Tür. Verschlafen öffnete sie die Augen und setzte sich kerzengerade im Bett auf. »Agne? Mach auf, schnell!« Wieder wurde an die Tür gepocht. Sie hatte Mauritz' Stimme erkannt. Sie waren ihr auf die Schliche gekommen. Nun kamen sie, um sie zu holen. Ein anderer Grund, warum man sie mitten in der Nacht weckte, fiel ihr nicht ein. Was sollte sie tun?

»Agne?« Mauritz klopfte erneut. Sie zog den Mantel über das Nachthemd und setzte sich ihre Mütze auf, bevor sie die Tür öffnete. Mauritz stürzte praktisch in den kleinen Raum.

»Ich brauche Hilfe. Komm schnell mit!«

»Jetzt?« Sie musterte ihn. Er war anders angezogen als im Laden. Eher wie ein Robbenjäger.

»Beeil dich. Die Zeit ist knapp.« Mauritz schien sich zu ärgern, weil Agne sich nicht sofort bereit machte.

»Was ist passiert? Wohin gehen wir?«, fragte Agnes. Sich mitten in der Nacht mit Mauritz auf den Weg zu machen, behagte ihr ganz und gar nicht.

»Das erkläre ich dir unterwegs. Komm jetzt. Schnell. Ich warte unten im Hof.«

Agnes bandagierte ihre Brust und zog sich so schnell an, wie sie konnte. Sie war nervös. Vielleicht war es nur ein Trick, um sie loszuwerden. Doch welche Alternative hatte sie? Ihr kam keine einzige Ausrede in den Sinn.

Eine solche hätte ihr sofort einfallen müssen. Dass sie krank sei, vielleicht sogar Fieber habe. Dass ihr Magen nicht in Ordnung sei. Falls das etwas genützt hätte.

»Gut«, sagte Mauritz, als Agnes die Tür zum Treppenhaus hinter sich zumachte. »Dann gehen wir.«

Er öffnete die Tür, die auf die Straße hinausging. Sie gingen den Hügel hinauf und dann nach links. Überall war es still und dunkel. Nur die Stimme des Nachtwächters war zu hören, als er die volle Stunde und die Windrichtung ausrief.

»Hört ihr Leut' und lasst euch sagen,
eins hat die Uhr geschlagen.
Einen Herrgott gibt es,
der uns vor Feuer und Dieben schützt.
Alles ruhig. Wind aus nördlicher Richtung.«

Er konnte nicht weit weg sein, dachte Agnes, seine Stimme klang so nah. Am liebsten hätte sie sich von Mauritz verabschiedet und wäre in die entgegengesetzte Richtung gegangen, zu dem Mann, der über die Schlafenden in der Stadt wachte. Helfen Sie mir! Wecken Sie die Hohen Herren im Magistrat, damit sie mich einsperren. Ich kann nicht mehr.

»Was ist passiert? Wohin gehen wir?«, wiederholte sie.

Mauritz antwortete erst einige Minuten später.

»Wir haben eine Lieferung bekommen.«

»Mitten in der Nacht?«

Er drehte sich grinsend zu ihr um. Mauritz war ihr auf einmal fremd, er benahm sich so merkwürdig und machte ihr Angst.

»Im ersten Moment erscheint der Zeitpunkt vielleicht ungelegen, aber in unserem Fall passt er ausgezeichnet.«

Sie gingen bergauf. Agnes erkannte den lehmigen Weg wieder, in den Mauritz einbog.

Die Straße wurde immer schmaler, bis sie schließlich endete und in einen Trampelpfad mündete, der zwischen zwei Felswänden verschwand. Agnes sah sich um, bevor sie Mauritz folgte.

Tastend bewegte sie sich in der Dunkelheit fort. Vor sich hörte sie Mauritz, aber sehen konnte sie ihn nicht, sie erahnte lediglich seinen Umriss. Er war in Eile.

»Pst.« Er blieb stehen.

Agnes blieb ebenfalls stehen und lauschte. Alles, was sie hören konnte, war das Plätschern von Wellen. Offenbar näherten sie sich dem Wasser.

Der Pfad endete auf der Südseite von Marstrandsö, an der Landspitze Hummernäs. Dort unten lag ein offenes Boot, das nur provisorisch vertäut war. Da der Anker im Boot lag, konnte es schnell ins Wasser gezogen werden. Der Wind kam von der Seite, und die Vertäuung dort unten zwischen den Klippen wirkte zumindest gewagt. Agnes zählte vier Personen an Bord. Mit hastigen Bewegungen schleppten sie die Ladung an Land, dabei sahen sie sich die ganze Zeit wachsam um. Die beiden Gestalten auf der Insel wurden sofort bemerkt. Als Agnes und Mauritz näher kamen, stiegen alle vier ins Boot und begaben sich in Verteidigungsposition.

»Das ist Mauritz«, ertönte eine erleichterte Stimme. Die Arbeit wurde wieder aufgenommen.

Agnes hatte plötzlich bleischwere Beine. Was sollte sie tun? Dass diese Ladung ungesetzlich war, entweder geschmuggelt oder geraubt, war sonnenklar. Warum sollte man sonst an der ungeeignetsten Stelle der Insel anlegen, und zwar mitten in der Nacht?

Es erstaunte sie allerdings, dass sich vier Personen an Bord befanden. Wahrscheinlich waren einige woanders an Land gegangen. Falls sie ertappt wurden, würde man diese vier bis zur Gerichtsverhandlung und der mit Sicherheit folgenden Verurteilung in eine Arrestzelle stecken, aber die anderen blieben unbehelligt. Vielleicht hatten sie gelost, möglicherweise standen diese vier in der Rangordnung ganz unten. Eine Person glaubte sie wiederzuerkennen. Seine Kleidung war derb, und an den Armen hatte er Lederbesätze, die Hände steckten in dicken Handschuhen. Er trug die größten Säcke und die schwersten Fässer. Daniel Jacobsson, der Mann, der ihnen auf der Schlittenfahrt begegnet war. Die schweren Lasten schienen ihm nicht das Geringste auszumachen, und es sah aus, als verschwänden die Fässer fast in seinen gewaltigen Pranken. An seinem Gürtel hing das berüchtigte Senkblei. Ein Schlag damit genügte, um ein Leben auszulöschen. Oder einen Schiffbrüchigen von der Reling zu stoßen. Ein einziger Schlag.

Entweder weigere ich mich mitzuhelfen und werde erschlagen, dachte Agnes, oder ich reiße mich noch eine Weile zusammen. Sie schnappte nach Luft, als sie sah, dass einer der Männer mit einem Eimer versuchte, Blut von der Reling abzuspülen. Es flimmerte vor ihren Augen, und für einen Moment glaubte sie, in Ohnmacht zu fallen. Für diese Ladung hatten Menschen ihr Leben lassen müssen, und ihr selbst blühte vielleicht das gleiche Schicksal. Keiner der Männer würde zögern, sie aus dem Weg zu räumen. Und falls auch nur der Verdacht aufkam, dass sie eine Frau war ... Agnes wagte gar nicht, daran zu denken. Sie durfte keinerlei Anlass zur geringsten Verärgerung bieten und vor allem kein Misstrauen erwecken. Nicht nachdenken, einfach arbeiten. Die Enterhaken, spezielle Werkzeuge, mit denen Seeräuber andere Schiffe von der Seite angriffen, lagen neben Robbengewehren, Keulen, Steinschlossmusketen, Säbeln, Fässern und Säcken mit unbekanntem Inhalt im Boot. Agnes vermied den Blick auf die Waffen, senkte den Blick und ging breitbeinig auf die Männer zu. An Bord mussten viele gewesen sein. Viele waren in diesen

Coup verwickelt. Je mehr sie darüber wusste, desto ungünstiger für sie. Sie schuftete und schleppte, ohne sich um ihre Arme zu scheren, die um eine Erholungspause bettelten. Adrenalin strömte durch ihre Adern, und Agnes stemmte Säcke, mit deren Gewicht sie nie zuvor fertig geworden war.

Die Männer arbeiteten schweigend. Agnes bemerkte jetzt, dass einer der Sohn einer anderen Marstrander Kaufmannsfamilie war. Damit hätte sie nie gerechnet. Der Mann hatte einen tadellosen Ruf und spendete oft Geld an diejenigen, die es nicht so gut hatten wie er. Unvorstellbar, dass er sich an dieser Art von Geschäft beteiligte!

»Was ist eigentlich mit Bengt aus Klova passiert?«, fragte Daniel.

Der Kaufmannssohn hielt inne und sah Daniel an.

»Er wollte sich zurückziehen. Wahrscheinlich hat er sich Sorgen um seine Familie gemacht.«

»Aber ...«

»Lass mich ausreden«, fiel ihm der Kaufmannssohn ins Wort.

Daniel sah ihn an. Es war Daniel deutlich anzumerken, dass er es nicht gewohnt war, unterbrochen zu werden. Umständlich nahm er seine Mütze ab und entblößte den Helm darunter. Er setzte auch diesen ab und kratzte sich am Kopf, solange der andere redete.

»Wir haben ihm erklärt, dass wir ihn brauchen. Haben ihn gebeten, Waren aus Ärholm abzuholen. Wir hätten ihn ordentlich bezahlt und wussten, dass er das Geld für seine Kinder brauchte. Aber er blieb bei seinem Nein. Lieber wollte er sich mehr recht als schlecht als Fischer durchschlagen, als Blut an den Händen zu haben.«

»Also haben wir ihm eine Schüssel Festtagskrapfen auf die Veranda gestellt. Bengts Frau hat die meisten an die hungrigen Kinder verfüttert und den Rest aufbewahrt, bis Bengt nach Hause kam. Als er eintraf, waren die Kinder bereits tot. Die Frau starb am Tag darauf.«

»Was hattet ihr in die Krapfen getan?«, wollte Daniel wissen.

»Arsen.«

»Und jetzt hilft er uns?«, wollte Mauritz wissen.

»Nein, verdammt. Nach der Beerdigung ist er in sein Boot gestiegen und hinaus auf das Meer gesegelt. Mitten im Januar. Irgendjemand hat ihn nördlich der Pater-Noster-Schären gesehen und ihm etwas zugerufen, aber er hat keine Miene verzogen. Stand einfach da mit der Großschot in der einen und der Pinne in der anderen Hand.«

Agnes dachte an die Frau, denn sie kannte sie. Es war diejenige, die von Zeit zu Zeit mit einer immer kleineren Kinderschar im Laden aufgetaucht war. Agnes hatte immer versucht, die Lebensmittel für sie großzügig zu bemessen und so wenig Geld wie möglich von ihr zu nehmen. Nun waren sie und die Kinder nicht mehr am Leben.

»Habt ihr von Oskar Ahlgren gehört?«, fragte Daniel Jacobsson und warf einen Seitenblick in Agnes Richtung.

»Was denn?«, fragte Mauritz gereizt, weil noch einmal die Stille durchbrochen wurde.

Daniel senkte die Stimme. »Sie haben sein Boot nördlich von Käringö gefunden. Gestern, glaube ich.«

»Tatsächlich?«

»Allerdings. Es schwamm mit dem Rumpf nach oben und hatte keine Ruder mehr.«

Agnes spürte das Blut in ihren Schläfen rauschen. War er nicht mehr am Leben? War er von ihr gegangen? Nein! Ein Schrei bahnte sich seinen Weg durch ihre Kehle. Sie musste ihn mit Gewalt zurückhalten und biss sich auf die Innenseiten ihrer Wangen, bis der Geschmack von Blut ihren Mund ausfüllte. Oskar. Die Narbe spannte und die

Brust wollte ihr zerspringen. Ihr wurde schwarz vor Augen. Sie wollte Daniel Jacobsson fragen, wer solche Behauptungen aufstellte, aber wenn sie den Mund geöffnet hätte, wäre sie zusammengebrochen. Es konnte und durfte nicht wahr sein. Was sollte sie machen, falls Oskar tot war? In dem Fall wäre es mit ihr selbst auch aus gewesen.

Sie arbeitete so schnell sie konnte, um diesen Ort möglichst bald zu verlassen. Mauritz zeigte ihr den Weg durch das Wacholdergestrüpp. Dahinter lag der Eingang zu dem Magazin mit den Silbermünzen. Agnes scherte sich nicht darum, dass die Zweige ihr Gesicht und Hände zerkratzten. Nichts spielte mehr eine Rolle. Sie folgte Mauritz wortlos. Sobald sie das Lager betreten hatten, war das Plätschern der Wellen nicht mehr zu hören. Es war merkwürdig still hier drinnen. Wie in einem Grab, dachte Agnes. Es musste doch eine andere Erklärung dafür geben, dass Oskars Boot aufgefunden worden war. Sie wusste, dass er überlegt hatte, das Boot zu verkaufen, hatte aber auch mit eigenen Augen gesehen, wie er sich damit auf den Weg nach Norden gemacht hatte.

Mauritz drehte sich zu ihr um. Sein Gesicht war erstarrt. Sie blickte sich unruhig um. Jemand schien ihnen auf den Fersen zu sein.

»Nur um eins klarzustellen: Ich weiß, dass du hier warst. Wenn du auch nur einen Mucks von dir gibst, werde ich dich als den Verantwortlichen hinstellen, und dann wirst du wegen des Inhalts dieses Magazins gehängt.«

Agnes wusste nicht, was sie darauf antworten sollte, aber sie bezweifelte nicht eine Sekunde, dass Mauritz es ernst meinte.

»Ich weiß nicht, wovon du redest.« Sie gab sich Mühe, ihre Stimme unter Kontrolle zu halten.

»Versuch nicht, dich herauszureden, Agne. Wenn das nächste Mal etwas passiert, wird Oskar nicht kommen, um dich zu retten, also entscheidest du dich besser auf der Stelle, auf welcher Seite du stehst.« Er zeigte auf den Sack, den Agnes schleppte. »Das ist Tabak. Er muss in kleinere Päckchen eingeteilt und so schnell wie möglich ausgeliefert werden. Gegen diesen Geruch ist man machtlos. Der Labrador vom Zoll erschnüffelt ihn sofort. Also, was sagst du?« Mauritz rollte eins der schweren Fässer herein, die Daniel Jacobsson mit Leichtigkeit aus dem Boot gehoben hatte, und wartete ihre Antwort ab.

»Nur für den Fall, dass du vorhattest, jemandem davon zu erzählen: Ich habe dieses Lager von einem Offizier gemietet. Ich an deiner Stelle würde lieber die Schnauze halten.«

Erst jetzt bemerkte sie den Mann, der schweigend hinter ihr stand. Neben ihm standen die scharf geschliffenen Äxte. Das flackernde Licht der Tranlampe spiegelte sich in Mauritz' weit aufgerissenen Augen. Er sah wahnsinnig aus.

»Was sagst du?«, fragte er noch einmal.

Agnes nickte.

»Gut.« Er bedeutete dem Mann mit der Axt, dass er gehen konnte.

Agnes bekam eine Gänsehaut. Das hier wird nicht mehr lange funktionieren, dachte sie. Ich muss mich selbst aus dieser Lage befreien. Sie biss die Zähne zusammen, um nicht in Tränen auszubrechen, und half Mauritz mit dem Fass. Sie hatte Bauchschmerzen, die Wunde tat weh, und in ihrem Kopf herrschte Chaos. Wusste Kaufmann Widell von den dunklen Machenschaften seines Sohnes? Vielleicht tat er das und machte gute Miene zum bösen Spiel. Agnes wünschte sich, ihn durchschauen zu können. Wen sollte sie um Hilfe bitten? Wohin sollte sie sich wenden? Da sie ein zugezogener Fremdling war, würde ihr niemand glauben. Oskar war tot und somit konnte niemand sie verteidigen, wenn sie angeklagt wurde. Falls es so weit kam, würde außerdem ans Licht kommen, dass sie eine Frau war. Viel schlimmer würde die Sache davon nicht werden, aber sie konnte sich einfach nicht mitschuldig an Morden machen, die nur ausgeübt wurden, um in den Besitz von Tabak und Kaffee zu kommen. Geld konnte man haben oder verlieren, aber ein Menschenleben war nicht zu ersetzen.

Mit schmutzigen und zerkratzten Händen saß sie eine Stunde später auf dem Stuhl in ihrem Zimmer. Sie stand auf und ging auf wackligen Beinen zur Waschschüssel. Ein bisschen kaltes Wasser war noch da. Sie wusch sich die Hände und besprengte ihr Gesicht. Ihre geröteten Augenlider waren geschwollen und das Wasser von ihren Händen so dreckig, dass ihr Gesicht ganz grau wurde. Die Situation war trostlos. Mauritz Widell hatte sie in der Hand, und Oskar war ertrunken. Draußen wurde es allmählich hell, aber die Morgendämmerung flößte ihr keine Hoffnung ein. Sie warf einen Blick aus dem Fenster und überlegte, ob sie sich hinunterstürzen sollte. Dank der Schieferplatten würde es mit etwas Glück schnell gehen. Kaum war ihr dieser Gedanke gekommen, als ein lautes Geräusch sie zusammenzucken ließ. Großmutters Robbenfellkoffer. Er war von dem hohen Schrank gefallen und lag nun mitten im Zimmer. Als hätte Großmutter ihr etwas sagen wollen.

12

Sie hatte von ihrer Mutter und den Tieren auf dem Bremsegård geträumt. Schon wieder. Was hatte Vendela gesagt? Es gebe Unklarheiten im Kaufvertrag, und ein Stück Land habe gefehlt, als Vater den Hof verkaufte? Die ganze Sache klang höchst merkwürdig, aber andererseits kam Vater auf die sonderbarsten Ideen. Astrid zog das Raffrollo hoch und blickte hinaus. Der gestrige Sonnenschein war in Regen übergegangen. Gut fürs Getreide, dachte Astrid automatisch, bevor ihr wieder einfiel, dass sie für die Felder des Bremsegård nicht mehr verantwortlich war, sondern nur für einen kleinen Gemüsegarten hinter dem Haus.

Mutter würde sich im Himmel die Augen aus dem Kopf heulen, wenn sie wüsste, dass der Hof nicht nur von Vater verschleudert worden war, sondern nun vollständig aus den Händen der Familie gerissen zu werden drohte. Vielleicht waren es ihre Tränen, die nun auf Klöverö herabregneten. Mutter. Astrid erinnerte sich, wie Mutter krank geworden war und Astrid bei den Nachbarn übernachten musste. Am zweiten Abend wollte sie gerade zu Bett gehen, als sie abgeholt wurde.

Astrid zwängte sich in ihre Stützstrümpfe, zog Hose und Hausschuhe an und ging die Treppe hinunter. Sie füllte den blauen Emaillekessel mit Wasser und stellte ihn grüblerisch auf den Herd. Sie war schon lange nicht mehr auf dem Dachboden des Schuppens gewesen. Das Erdgeschoss betrat sie andauernd, weil sie hier alle Garten- und Fischereigeräte aufbewahrte, aber wann sie zuletzt oben gewesen war, wusste sie gar nicht mehr. Sie machte den Herd wieder aus und zog sich stattdessen Schuhe und Jacke an. Kaffee konnte sie später noch trinken, und besonderen Appetit hatte sie auch nicht.

Der Schuppenschlüssel hing im Schrank. Langsam ging Astrid über den Hof. Wenn man älter war, dauerte es ein bisschen, bis der Körper wach wurde. Die Muskeln mussten erst warm werden, damit sie taten, was man wollte. Manchmal war das Aufstehen die Hölle, aber nachdem sie sich eine Weile bewegt hatte, ging es. Sie kam sich oft vor wie eine steife Schlange, die sich in Erwartung der wärmenden Sonnenstrahlen auf einen Felsen legte. Obwohl sie langsamer vorankam als früher, bewegte sich Astrid noch immer auf der ganzen Insel. Sie war stolz darauf, ihr eigenes Brennholz für den Winter zu hacken und sich mit Kartoffeln und Gemüse selbst versorgen zu können. Der Schlüssel drehte sich geschmeidig im Schloss. Sie ließ ihn stecken, weil er von außen auch als Klinke diente.

Die steile Dachbodentreppe befand sich ganz hinten. Sie war staubig und hatte kein Geländer. Vorsichtig stieg sie hinauf und drückte mit beiden Händen die Luke nach oben. Mit der Zeit gaben die knarrenden Scharniere den Widerstand auf. Sie kletterte das letzte Stück hinauf und sah sich um.

Seit wie vielen Jahren war sie nicht hier gewesen? Alle Kisten und Möbel waren mit einer Staubschicht bedeckt. Astrid strich mit dem Finger über ihr altes ausziehbares Kinderbett. Sie selbst hatte keine Kinder bekommen.

»Ich hatte ganz vergessen, dass hier oben so viele Sachen stehen«, murmelte sie. Alle Möbel waren mit dem Haus zwangsversteigert worden. Nachbarn und Neugierige aus der gesamten Gegend waren gekommen. Nicht unbedingt, um etwas zu kaufen, sondern um zu begaffen, wie der reiche Bremsegård Stück für Stück verscherbelt und in alle Himmelsrichtungen verstreut wurde. Eine von Mutters Hutschachteln hierhin, das Silberbesteck dorthin. Astrid hatte vom Waldrand aus die Menschen gesehen, die den ganzen Samstag heranströmten. Alles, was man von früheren Generationen geerbt hatte, Dinge, die mit Liebe und Sorgfalt ausgewählt worden waren und so einen Platz in diesem Haus gefunden hatten, verschwanden nun. Einen einzigen Gegenstand von ihrer Mutter durfte Astrid behalten. Ein Schmuckstück. Sie hatte es sich drei Wochen zuvor an ihrem Geburtstag genommen, ohne Vater um Erlaubnis zu bitten, und sie hatte sich auch nichts daraus gemacht, als er wie ein Irrer herumbrüllte und in allen Ecken danach suchte. Er wäre im Stande gewesen, es im Rausch an den Erstbesten zu verkaufen, ohne sich daran zu erinnern. Als Astrid ihn fragte, ob er es womöglich an jenem Donnerstag mit so vielen anderen Sachen ins Göteborger Pfandhaus getragen hatte, gab er schließlich Ruhe und sagte, sie könne recht haben. Es war eine Lüge gewesen, und man sollte zwar nicht lügen, aber angesichts der vielen Unwahrheiten, die ihr Vater in seinem Leben von sich gegeben hatte, dachte sich Astrid, so schlimm könne es wohl nicht sein. Außerdem hatte Mutter auf dieses Schmuckstück immer ganz besonders gut aufgepasst. Astrid wusste eigentlich gar nicht, warum. Nun bedauerte sie, dass sie nicht danach gefragt hatte. Woher stammte dieses Schmuckstück? War es ein Geschenk oder ein Erbstück?

Mit dem Schmuckstück in der Hand saß sie am Waldrand, bis die Sonne untergegangen war und der Auktionsvorsteher den Hof verlassen hatte. Erst jetzt stand sie auf und ging nicht zum Hof, sondern zu der kleinen Hütte, Lilla Bärkulle, wo der neue Eigentümer sie duldete. Sie dachte an ihre schöne Bettwäsche mit dem eingestickten Monogramm, aber nun hatte sie noch nicht einmal ein Bett.

Schweren Herzens war sie am Bremsegård vorbeigegangen und hatte an der Hütte angeklopft. Vendelas Vater öffnete die Tür. Sie war sprachlos, denn er hatte vor der Auktion einen Teil des Hausrats erworben. Er hatte nämlich ihren Blick gesehen, hatte bemerkt, wie sehnsüchtig sie besonders einige der Möbel betrachtet hatte, und deshalb darum gebeten, diese zur Seite zu stellen. Sie hatte vor Erleichterung und Glück geweint, weil nun doch ein Teil ihres Elternhauses und einige Sachen ihrer Mutter bei ihr bleiben würden. Gleichzeitig fragte sie sich besorgt, was der Mann wohl im Gegenzug für seine Güte verlangte. Vendelas Vater hatte ihr jedoch nur auf die Schulter geklopft, sein Bedauern über die Situation zum Ausdruck gebracht und gesagt, er freue sich, dass sie bleiben und ihnen auf dem Hof helfen wolle. Dieser Mann hatte ein gutes Herz, und offenbar hatte er seine Güte auch vererbt. Zumindest an seine Tochter.

Eine Gestalt mit einem Brennballschläger ging über den Hof. Wirklich, so sahen die Dinger doch aus. Astrid wischte den Schmutz von der alten Fensterscheibe. Der Regenmantel war schwarz, die Person trug eine Kapuze. Astrid konnte unmöglich erkennen, wer nun anklopfte, sich umsah und in ihre Hütte eintrat. Es gab so viele neue Sommergäste auf der Insel, dass sie nicht alle persönlich kannte. Sie seufzte und wollte sich gerade umdrehen, um die Treppe hinunterzusteigen, als die Person wieder aus ihrem Häuschen herauskam und zum Schuppen blickte. Nun erkannte Astrid Vendelas Gesicht. Sie klopfte an die Scheibe, Vendela winkte zurück.

»Hast du nicht gemerkt, dass ich das war?«, fragte sie, nachdem sie die Regentropfen abgeschüttelt hatte.

»Durch diese verdreckten Scheiben kann man doch nichts sehen.« Astrid zeigte auf das Fenster.

»Ui, sind das viele Sachen. Ich glaube, hier oben war ich noch nie. Oder doch?«

»Ich habe selbst versucht, mich zu erinnern, wann ich zuletzt hier oben war. Schwer zu sagen. Was schleppst du da eigentlich mit dir herum?«

»Die Flurkarte von Klöverö. Ich habe sie in eine Plastikrolle gesteckt, damit sie nicht nass wird.« Vendela lehnte die Rolle an die Wand.

»Womit fangen wir an?«

»Mit Kaffee, glaube ich. Jetzt gehen wir erst mal hinein und schmieren uns ein Butterbrot.«

Die Jagd auf Schmuggler

Am Morgen darauf saß Agnes im Kontor. Ständig wollten ihr die Augen zufallen. Kaufmann Widell sah sie fragend an.

»So wie Agne aussieht, könnte man annehmen, dass er die Nacht im Wärdshus oder vielleicht mit den Damen aus dem Freudenhaus in der Gröna Gata verbracht hat. Hat Mauritz Sie auf solche Abwege gelockt?«

Er gluckste zufrieden in sich hinein, schnappte sich einige Papiere und verließ den Raum.

Eine Stunde später kehrte er wie verwandelt und sehr betrübt zurück.

»Wir haben Zollbeamte hier. Küstensergeant Höök ist mit zwei Küstenruderern gekommen, um mit Mauritz zu sprechen. Es geht um verbotene Güter, die unverzollt eingeführt wurden.« Er musterte Agnes. Ich frage mich, ob er was mit der Sache zu tun hat, dachte Agnes. Ist ihm bekannt, was da vor sich geht? Weiß er es gut zu verbergen? Oder ist er bereit, seinen Geschäften zuliebe seinen Sohn zu opfern? Dann fiel ihr wieder ein, dass er seinen Sohn überhaupt nicht zu opfern brauchte, es reichte voll und ganz, wenn er Agne Sundberg auslieferte. Mauritz würde sich niemals hinter sie stellen, und sie konnte fest mit einer Anzeige rechnen. Wenn nicht heute, dann morgen. Die Zeit wurde knapp. Mit der Begründung, sie müsse auf das Herzhäuschen, entschuldigte sie sich und ging in ihre Kammer. Es musste ein Schiff geben, das nach Norden oder notfalls auch in Richtung Süden fuhr. Egal wohin. Nur weg von hier. Sie packte ihre wenigen Habseligkeiten in Großmutters Robbenfellkoffer und schlich sich hinaus. Noch hatte niemand sie gesehen, aber bald würde Widell bemerken, dass sie nicht mehr da war. Sie hatte genug Geld, um die Fahrt zu bezahlen, Hauptsache, es gab ein Schiff. Agnes hastete zu dem Zollgebäude, wo sie sich einst angemeldet hatte. Am selben Ort, an dem man den Grund seines Kommens angegeben hatte, musste man nun unterschreiben, dass man den Freihafen verlassen wollte. Sie begründete es damit, dass ihr Heimweh zu groß geworden sei. Der Beamte sah sie verwundert an, händigte ihr jedoch die Ausreisebescheinigung aus. Agnes ging damit zum Kai hinunter.

Da sah sie es. Vaters Schiff. Es war das große. Der Kopf, der herausragte, gehörte jedoch nicht ihrem Vater, sondern Oskar. Sie ließ den Koffer fallen und starrte ihn an. Oskar strahlte über das ganze Gesicht, aber Agnes schüttelte verwirrt den Kopf und sah sich unruhig um. Ihr Puls raste. Jeden Augenblick konnten sie kommen und sie holen, weil Mauritz behauptet hatte, sie wäre die Schuldige und er hätte von der Sache keine Ahnung gehabt. Die Zeit drängte. Oskar sah sie fragend an, denn er hatte ihr besorgtes Gesicht bemerkt. Sie klemmte sich Großmutters Robbenfellkoffer unter den Arm.

In dem Moment, als sie an Bord gehen wollte, legte ihr der Zollbeamte auf dem Kai eine Hand auf die Schulter. Agnes zuckte erschrocken zusammen und wäre auf den eisbedeckten Schieferplatten beinahe ausgerutscht. Sie zog sich die Mütze ins Gesicht, zeigte ihre Ausreisepapiere vor und erklärte, dass sie die Insel verlassen wolle. Lange und aufmerksam studierte der Mann das Dokument und das Zeugnis vom Pastor aus Bro. Schließlich nickte er. Es war alles in Ordnung. Während sie an Bord des Schiffes ging, das neben dem ihres Vaters lag, rechnete sie die ganze Zeit damit, dass er sie zurückrufen werde. Sie hatte den Umweg über das Nachbarschiff nicht nur genommen, weil er leichter war, sondern damit man sie nicht sofort auf Vaters Schiff suchte. Als Agne konnte sie nicht mehr auftreten, das ging einfach nicht. Oskar sah besorgt aus. »Wir haben den Jagdleutnant an Bord«, flüsterte er. »Er überprüft alle Papiere deines Vaters.«

Noch ein Zollbeamter. Es würde nicht funktionieren, es gab kein Entrinnen.

»Ich muss gehen. Mauritz ist ein Schmuggler, aber er wird mir die Schuld geben.« Nun sprach sie mit der hellen Stimme von Agnes. Sie war kurz davor, in Tränen auszubrechen.

Vom Kai waren Schreie zu hören. Alle drehten sich um und wollten wissen, woher der Lärm kam. »Schnell, Oskar, was soll ich tun?«

»Geh so schnell du kannst in die Achterkajüte.«

Hastig zog sie alle Kleidungsstücke aus, stopfte sie in einen Seesack und zog stattdessen das schöne Kleid mit der Kopfbedeckung an, das ganz oben in einem

Schrankkoffer lag. Sie hatte gerade den letzten Knopf geschlossen, als angeklopft wurde. Agnes kniff sich in die Wangen, damit sie frischer aussahen. Sie befürchtete, ihr verängstigtes blasses Gesicht könnte verraten, dass sie keinesfalls ein soeben in Marstrand eingetroffenes Fräulein war, sondern sich an der Einfuhr von Schmuggelware beteiligt hatte.

»Dürfen wir reinkommen, Fräulein Agnes? Ich hoffe, wir haben Sie nicht geweckt.« Das war Oskars Stimme.

Die Tür ging auf und Oskar trat ein. Er drehte sich zu dem Mann hinter ihm um.

»Die Ärmste ist seekrank geworden. Ihr war auf der gesamten Strecke von Härnäs bis hierher übel, obwohl die See eigentlich recht freundlich war.« Unter normalen Umständen hätte sie ihn für diese Bemerkung tüchtig ausgeschimpft, aber nun war sie so nervös, dass sie zitterte.

»Weibsvolk hat auf See nichts verloren«, sagte der Zollbeamte und musterte Agnes. »Sie sieht wirklich bedauernswert aus. Sie zittert ja am ganzen Leib. Welcher der Herren hat die Papiere der Dame bei sich?« Der Mann wandte ihr den Rücken zu, und Agnes blieb auf dem weichen Polster in der Achterkajüte sitzen. Nach der vergangenen Nacht und der Aufregung war sie am Ende ihrer Kräfte. Nun spitzte sie die Ohren, um mitzubekommen, was über die Papiere von Fräulein Agnes gesagt wurde. Gab es überhaupt welche an Bord?

Plötzlich ertönte Vaters Stimme. »Ich habe alle Dokumente, aber da sie mit Oskar Ahlgren verlobt ist, übergebe ich sie in seine Obhut.«

Agnes stiegen Tränen in die Augen. War das wirklich wahr? Hatte sie richtig gehört? Stand Vater da draußen und sagte, sie sei mit Oskar Ahlgren verlobt? Würden die Pastoren in den Kirchen von Bro und Marstrand an drei Sonntagen in Folge ihr und Oskars Aufgebot verkünden? Wenn niemand etwas dagegen einzuwenden hatte, konnten sie bald heiraten. Doch was war mit Bryngel? Würde er nichts dagegen haben?

»Wie ich sehe, ist alles in Ordnung«, sagte der Jagdleutnant. Agnes nahm nur seine blaue Uniform wahr, weil sie nicht wagte, ihm ins Gesicht zu sehen.

»Vielen Dank«, sagte Vater zu dem Zollbeamten. Anschließend war es eine Weile still. Agnes nahm an, der Mann wäre an Land gegangen.

»Wir müssen so schnell wie möglich weg«, sagte Oskar zu Vater und eilte zum Bug, um die Leinen loszumachen.

»Einen Augenblick, mein Herr«, sprach plötzlich ein Mann mit lauter und gebieterischer Stimme. Die Betriebsamkeit auf dem gesamten Kai schien zum Erliegen zu kommen, als sich Küstensergeant Höök vor das Schiff stellte.

»Ich bin gerade an Bord gewesen. Die Papiere sind in Ordnung«, erwiderte der Jagdleutnant mit der blauen Uniform.

»Haben Sie das ganze Schiff durchsucht?«

»In der Achterkajüte befand sich eine Dame, und da dachte ich ...«

»Tun Sie es jetzt. Sofort. Suchen Sie nach einem Jüngling mit Namen Agne Sundberg.«

»Was hat er getan?«, fragte Vater.

»Er hat Waren geschmuggelt. Wir suchen ihn, weil uns zu Ohren gekommen ist, dass er an der Einfuhr unerlaubter Waren beteiligt war. Diese Waren wurden der Zollbehörde vorenthalten. Möglicherweise war Sundberg auch am Raub dieser Waren beteiligt.«

»Das sind ernsthafte Vorwürfe, die der Herr da anführt.« Vaters Stimme bebte nicht, aber Agnes merkte ihm trotzdem an, dass er besorgt war. »Wir sind gerade von Norden gekommen. Ich kann Ihnen versichern, dass wir keinen Jüngling an Bord haben.«

Erneut schickte der hohe Beamte den Jagdleutnant auf das Schiff. Der Mann wurde aufgefordert, jeden Winkel nach Agne Sundberg abzusuchen. Rasch füllte sich der Kai mit Zollbeamten, die systematisch ein Schiff nach dem anderen überprüften. Segel wurden angehoben und jede Holzkiste geöffnet. Agnes kam ins Schwitzen, ihr wurde abwechselnd heiß und kalt. Irgendwo musste sich schließlich auch der Zollbeamte befinden, der Agne Sundbergs Ausreisepapiere ausgestellt hatte. Ihr armer Vater und der arme Oskar, wie mochte ihnen zumute sein? Vater musste sich doch für seine nichtsnutzige Tochter schämen. Und nun riskierte sie auch noch, dass sie alle ins Gefängnis kamen. Wer jemandem Unterschlupf gewährte, der auf der Flucht vor dem Gesetz war, konnte nicht erwarten, dass man gnädig mit ihm umging. Was mochte Oskar von ihr denken? Wollte er sie immer noch zur Frau nehmen, oder hatte er seine Meinung geändert?

Der Jagdleutnant entschuldigte sich bei Agnes und betrat noch einmal die Achterkajüte. Agnes saß zitternd da und erbrach sich schließlich in einen Eimer. Der Zollbeamte ließ sich davon nicht aus der Ruhe bringen und guckte unter jedes Kissen und in jeden Seesack. Eine Weile überlegte sie, ob sie an Deck gehen sollte, fürchtete aber, von jemandem wiedererkannt zu werden. Der Zollbeamte, der nun Vaters Boot auf den Kopf stellte, hatte lediglich Agnes Andersdotter von Gut Näverkärr getroffen und keinen Fassmacher, der Arbeit in Widells Laden gefunden hatte.

Das war ihr Glück. Zwanzig Minuten später berichtete der Zollbeamte Küstensergeant Höök, auf dem Schiff sei alles in bester Ordnung. Da sich kein Fassmacher namens Agne Sundberg an Bord befinde, werde die Abreise genehmigt.

Langsam füllten sich die Segel mit Wind, und sie erreichten bald Oskar Ahlgrens Anlegesteg auf Klöverö.

Erst als sie vor Anker lagen, fühlte sich Agnes allmählich sicher. Sie stieg an Deck und sah sich in der Bucht um, die sie fast drei Wochen zuvor verlassen hatten. Es kam ihr wie eine Ewigkeit vor. Vater schüttelte den Kopf, aber Agnes sah, dass er ebenfalls erleichtert war. Er nahm sie sogar in den Arm. Agnes konnte sich nicht erinnern, wann das zuletzt vorgekommen war. Vielleicht als ihre Mutter im Sterben lag.

»Du bist ja schlimmer als ich in deinem Alter, und das will etwas heißen. Du kannst von Glück sagen, dass der Pastor aus Bro so eine hohe Meinung von dir hat. Und die wollen Sie wirklich heiraten, Oskar Ahlgren?«

»Tja, das ist nichts für schwache Nerven«, lachte Oskar.

»Was du dir geleistet hast, tut man einfach nicht.« Vater sah sie an.

»Vater ...«

»Nein, nun hörst du mir mal zu. Ich hatte deine Mutter verloren, und plötzlich warst du auch weg. Der Letzte, der mit dir gesprochen hatte, schien der Pastor aus Bro gewesen zu sein. Er erzählte mir, du habest um ein Zeugnis für einen Fassmacher gebeten, der nach Marstrand wollte. Ich traute meinen Ohren kaum. Bryngel hat nicht viel gesagt, aber sein Vater wurde so wütend, dass er den Deckel der Brauttruhe zerschlug.«

Als Bryngels Name fiel, blickte Oskar auf. Noch wagte Agnes nichts zu sagen. Vater fuhr fort:

»Oskar hat mir alles erzählt. Da hatte ich es allerdings schon von anderer Seite erfahren. Eine der Mägde auf Vese wurde tot im Heuschober aufgefunden. Sie war so übel zugerichtet, dass Bryngel und sein Vater zum Verhör einbestellt wurden und erklären mussten, wie es dazu gekommen war.«

»Verzeih mir, Vater. Ich wollte mit dir reden, aber ...«

»Dass ich dir verzeihe, hast du dem Pastor zu verdanken. Und Oskar, der sich mitten im Winter zu mir in den Norden gewagt hat, um mit mir zu sprechen. Was habe ich mir für Sorgen um dich gemacht. Du kleiner Dickkopf. Und meine besten Stiefel hast du auch geklaut. Komm her.« Er breitete die Arme aus, und Agnes schmiegte sich an ihn, so wie sie es als Kind getan hatte, als ihre Mutter noch lebte.

An diesem Abend wurde auf dem Nordgård, dem Hof von Oskar Ahlgren und seiner zukünftigen Frau, ein Fest gefeiert. Agnes' Herz drohte vor lauter Glück zu zerspringen. All die Sorgen, die sie sich um ihre eigene Sicherheit, aber auch um Oskar gemacht hatte, fielen nach und nach von ihr ab. Wie sehr hatte sie Vater vermisst. Er wiederum schien insgeheim stolz auf seine Tochter zu sein.

»Manchmal frage ich mich wirklich, ob du nicht eigentlich ein Junge hättest werden sollen. Unser Schöpfer muss seine Meinung in der letzten Sekunde geändert haben.«

»Gott sei Dank.« Oskar drückte ihre Hand.

13

»Ich bin mir nicht sicher, ob Vater alle Dokumente über den Bremsegård aufbewahrt hat«, sagte Astrid. »Mutter hätte es sicher getan, aber bei Vater weiß man nie.« Sie schüttelte den Kopf. Vendela wusste nicht, was sie sagen sollte. Sie hatte versucht, sich vorzustellen, wie es für Astrid sein musste, das Elternhaus zu verlieren, aber erst als Jessica und Rickard vorschlugen, den Bremsegård zu verkaufen, hatte sie es wirklich begriffen.

»Wir beide dürfen den Hof nicht verlieren, Astrid. Das geht einfach nicht.«

Astrid drehte sich lächelnd zu ihr um. Entweder sie hatte über Nacht Kraft getankt, oder der Kaffee und die Butterbrote hatten ihr neue Energie gegeben. Anstelle von Traurigkeit sah Vendela Entschlossenheit in den Augen der alten Dame.

»Nein, meine Liebe, hier wird bei meiner Seel kein Hof verkauft. Ich habe das nämlich schon einmal durchgemacht, ein zweites Mal übersteht mein Herz das nicht. Zuerst habe ich meine Mutter verloren und dann den Hof.«

Vendela senkte den Blick, während sie den Hof überquerten. Ihr würde es genauso gehen. Wie sollte sie es aushalten? Der Bremsegård war doch Charlies und ihre Oase, der Ort, an dem sie Ruhe und Kraft fanden.

»Hast du eine Ahnung, wo wir mit der Suche beginnen sollten?«

»Nicht die geringste«, erwiderte Astrid. »Ich kann mich dunkel an Unmengen von Papier erinnern. Der Hof war ja groß, und Großvater tauschte ständig Ackerstücke und -streifen mit den anderen Bauern auf der Insel, damit wir anstelle eines über die ganze Insel verteilten Flickenteppichs größere Felder und Äcker bekamen, die leichter zu pflügen und zu bestellen waren. Ein Sechzehntel hier und ein Achtel dort. Damit nahm er es teuflisch genau. Ich weiß aber nicht, wo all die Unterlagen abgeblieben sind. Es ist nicht einmal gesagt, dass sie vom Bremsegård mit hierhergekommen sind. Sobald der Hof verkauft war, suchte Vater das Weite. Wahrscheinlich wollte er so schnell wie möglich dem schlechten Gewissen entfliehen, das Mutter ihm machte – obwohl sie tot war. Der Hof war ihr Leben gewesen, ihre Seele war hier zu Hause. Großmutter und Großvater hatten das wahrscheinlich gesehen und sich deswegen so gefreut, sie als Schwiegertochter zu bekommen. Sie würde ihr Erbe würdig verwalten, denn sie bezweifelten, dass mein Vater dazu in der Lage war. Wie sich herausstellte, hatten sie recht gehabt.«

»Wenn du mit den Kisten dort drüben beginnst, fange ich hier an.« Vendela kämpfte sich zu einem Stapel Holzkisten durch. Massenhaft alte Tageszeitungen und Papier voller Obstflecke. Vendela nahm die oberste Zeitung aus dem Jahr 1953 in die Hand, damals war der Hof noch im Besitz von Astrids Familie gewesen. Das erste Dokument dagegen stammte von 1806. Hier schien nicht die geringste Ordnung zu herrschen.

»Ui, sieh mal hier.« Vorsichtig hielt Vendela ein vergilbtes Blatt Papier in den Händen, entzifferte mühsam, was darauf stand, und las vor: »Infolge der vom König respektive dem Befehlshaber verordneten rechtsgültigen Gesetze nahm sich am zwölften Oktober des Jahres 1806 der unterzeichnete Landvermesser der an das Amtsgericht Bärkulle, gelegen vor Göteborg im südlichen Inlandskreis von Bohuslän im Kirchspiel Lycke, gerichteten Fragen an, worauf ...«

Vendela schnappte nach Luft. »Meine Güte, formulieren die umständlich. Ich habe noch nicht einmal kapiert, worum es geht. Dafür brauche ich eine Weile, Astrid.«

»Hast du Landvermesser gesagt? Das klingt interessant. Lies weiter.«

Vendela starrte das Dokument an.

»Kannst du entziffern, was hier steht? Du kannst die alte Handschrift bestimmt besser lesen als ich.«

Astrid schüttelte den Kopf. Sie kniff die Augen zusammen, als ob ihr das helfen würde, die verschnörkelten Buchstaben zu deuten.

»Schlimme alte Augen«, murmelte sie und ließ ihren Blick über das Blatt wandern. »Den Text in der Mitte kann ich nicht lesen, aber hier unten geht es leichter. Es geht um Grenzen zwischen verschiedenen Grundstücken auf der Insel. Teilweise sind sie mit einem Zaun markiert, aber teilweise fehlt dieser. Wenn ich das richtig verstehe, möchte man ausgehend von einer alten Karte seinen Besitz mit Grenzsteinen markieren. Am 31. Oktober war die Messung offenbar beendet.«

»Steht da nichts über die Eigentümer?«, fragte Vendela.

»Doch, jede Menge Namen. Ich weiß aber, dass das lang vor der Zeit war, in der man die Ackerstreifen miteinander tauschte, um größere Anbauflächen zu gewinnen. Wir müssen neuere Dokumente finden, wenn wir etwas über das Stück Land erfahren wollen, von dem du gesprochen hast.« Astrid griff zum nächsten Blatt.

»Hier haben wir einen Vertrag. Wenn ich das richtig

verstehe, geht es um ein Stück Land mitten auf dem großen Acker.« Astrid zog die Stirn kraus.

»Aha. Hiermit können wir vielleicht doch etwas anfangen.« Vendela, die sich wieder ihrer Holzkiste widmete, bemühte sich, optimistisch auszusehen. Nicht, weil sie sich wirklich vorstellen konnte, wie sie den Verkauf des Hofs verhindern sollte, schließlich war das Stück Ackerland, das Astrid möglicherweise besaß, ziemlich unbedeutend. Aber unter den jetzigen Umständen mussten sie sich einfach Klarheit verschaffen. Am Ende saß sie mit einem Stapel Dokumenten und einem ganzen Stoß Zeitungen da. Kiste Nummer zwei war voll mit ganz alten Fischereigeräten, die nächste enthielt Bücher, Notizbücher, alte Schulbücher und ältere Romane. Sie stellte die Kiste beiseite und versuchte es mit mehreren anderen, deren Inhalt sich kaum von dem der anderen unterschied. Schließlich hatte sie einen halben Meter Dokumente und drei dicke Stöße Zeitungen angesammelt.

»Alte Briefe!« Astrid hielt ein Päckchen Briefe in die Höhe, das mit Seidenpapier umwickelt war.

»An wen sind die?«, fragte Vendela.

»An Großmutter, glaube ich. Erstaunlich, dass sie noch da sind.« Sie sah Vendela an.

Astrid war auf ihre eigene Art schön. Die großen kräftigen Hände zeugten von harter Arbeit, im Winter beim Fischen im eisigen Meerwasser, im Sommer in der warmen Erde oder bei den Tieren im Stall. Sie strahlte Genügsamkeit und Einklang mit der Natur aus. Hätte man sie jedoch gezwungen, ihre Insel zu verlassen, wäre es für Astrid Edman das Ende gewesen.

»Sollen wir alles mit ins Haus nehmen und in Ruhe durchlesen?«

Vendela hatte schwarze Fingerkuppen und wurde langsam hungrig. Sie hockten schon seit zwei Stunden auf dem Dachboden.

Astrid schien sie gar nicht zu hören. Sie hatte einen der zarten Briefbögen auseinandergefaltet.

»Astrid?«

»Entschuldige. Hast du etwas gesagt?« Sorgfältig faltete sie den Brief wieder zusammen und steckte ihn zurück in den Umschlag.

»Wo hast du die Briefe eigentlich gefunden?«

»In der obersten Schublade der Kommode da drüben.«

»Hast du auch in die anderen Schubladen geguckt? Sollen wir alles durchgehen, bevor wir uns an das Sortieren machen? Oder essen wir vielleicht zuerst eine Kleinigkeit?«

»Aber meine Liebe, hast du etwa Hunger? Dann gehen wir hinüber und sehen mal, was es gibt. Oder möchtest du hier weiterarbeiten, während ich uns etwas zu essen mache?«

»Wenn du dich um das Essen kümmerst, kann ich doch den ganzen Kram hinüberbringen. Wo wollen wir uns denn damit hinsetzen?«

»Was hältst du vom Wohnzimmer? Ich werde versuchen, dort ein wenig Ordnung zu schaffen.«

Astrid verschwand nach unten.

»Geh vorsichtig!«, rief Vendela und zog eine Schublade heraus, die sich als leer herausstellte. Sie sah sich um. Allmählich mussten sie doch fast alles gesehen haben.

Während Vendela die Schubfächer und Schränke öffnete, hatte sie das Gefühl, im Zuhause einer anderen Person zu wühlen. Dabei gehörte Astrids Häuschen eigentlich nicht ihr selbst, sondern Vendela und Rickard. Vielleicht würde es ihnen wenigstens gelingen, Astrids Hütte günstig zu erwerben, falls nicht irgendein Investor auf einem netten Gästehaus bestand. Die Gedanken an den drohenden Verkauf lauerten wie ein nahendes Gewitter die ganze Zeit in ihrem Hinterkopf.

Mit dem Dokumentenstapel auf dem Arm stieg sie

rückwärts die steile Bodentreppe hinunter. Unten angekommen, wickelte sie die Papiere in ihren alten Regenmantel, damit er auf dem Weg über den Hof nicht nass wurde. Astrid hatte die Tür offen stehen lassen. Im Hausflur schleuderte Vendela die Schuhe von den Füßen und ging über den Flickenteppich ins Wohnzimmer.

»Wo sollen wir denn das ganze Zeug hinlegen?«, rief Vendela.

Die alte Frau kam aus der Küche angelaufen.

»Da drüben, dachte ich.« Sie zeigte auf den Wohnzimmertisch und eilte zurück an den Herd.

Vendela wickelte den Regenmantel auseinander und legte den Papierstapel auf den Tisch. Sie studierte das oberste Blatt. Wenn man bedachte, wie lange es dort oben auf dem Dachboden gelegen hatte, war es erstaunlich gut erhalten.

Astrid stand im Gemüsegarten und pflückte Salat. Anschließend ging sie zwei Schritte zur Seite, zog Mohrrüben aus der Erde und klopfte sie über dem Rasen ab. Vendela ging über den Hof, um den nächsten Stapel zu holen. Viermal ging sie hin und her, bevor sie alles ins Wohnzimmer geschafft hatte. Anschließend leistete sie Astrid in der Küche Gesellschaft.

Astrids Haushaltsführung beeindruckte Vendela immer wieder. Sie nutzte alles, was die Natur zu bieten hatte, und ging nur alle drei Monate einmal einkaufen. Wenn Vendela ihren Kollegen im Sahlgrenska Krankenhaus beschrieb, wie Astrid sich ernährte, empfanden die Kollegen diese Lebensweise als kümmerlich. Doch da lagen sie völlig falsch. Die Hütte war zwar bescheiden, aber das Essen war erstklassig. Die Kartoffeln waren nie verkocht, und außerdem konnte niemand so gut Fisch zubereiten wie Astrid. Zu wissen, dass das Gemüse auf Klöverö gewachsen war und sich der Fisch hier vor dieser

Küste im Wasser getummelt hatte, trug wahrscheinlich einiges dazu bei.

»Wenn ich gewusst hätte, dass Großmutters Briefe und eine Menge anderer Papiere und Bücher hier nebenan lagen ...« Astrid goss das Kartoffelwasser in einen Blecheimer.

Alles wird genutzt, dachte Vendela. Nichts wird verschwendet. Das Leben hier auf der Insel kam ihr so gesund vor. Die meisten Dinge hatten sich im Laufe der letzten hundert Jahre wahrscheinlich kaum verändert. Natürlich musste die Elektrizität den Alltag der Menschen vereinfacht haben. Sie wurde 1947 eingeführt, aber im Winter kam es ständig zu Stromausfällen, und in den meisten Haushalten gab es noch alte Eisenherde, die mit Brennholz beheizt wurden, und Kühlschränke, die man auch mit Gas betreiben konnte.

Vendela deckte den Tisch in der Küche. Sie mochte diese Küche, obwohl sie so klein war. In dem gemütlichen Raum waren die Wände grün gestrichen, und es duftete immer nach grüner Seife. Hinter einem bestickten Ziertuch verbargen sich die Hand- und Geschirrtücher. Auf dem Bord darüber standen Mehl, Graupen, Zucker und Salz in alten Porzellandosen mit verschnörkelter Aufschrift. Die Spüle war niedrig, aber es gab je einen Hahn für warmes und kaltes Wasser.

Astrid runzelte die Stirn, als sie sah, dass Vendela in der Küche gedeckt hatte.

»Sollen wir uns nicht an den Esstisch setzen?«

Bei solchen Gelegenheiten wurde ihr bewusst, dass sie verschiedenen Generationen angehörten. Astrid war auf einem großen Hof aufgewachsen, wo die Bediensteten in der Küche und die Familie des Hausherrn im Esszimmer aßen. Das war tief verwurzelt.

»Doch, das machen wir.« Vendela trug die Sets, Teller, Gläser und das Besteck mit einem blauen Holztablett hinüber ins Wohnzimmer und deckte dort den Tisch.

Astrid kam mit einer zischenden Eisenpfanne hinter ihr her, platzierte sie auf einem Untersetzer und eilte zurück in die Küche. Vendela folgte ihr.

»Nein, nein, du setzt dich an den Tisch.« Widerwillig blieb Vendela sitzen und sah Astrid Kartoffeln, Mohrrüben, Meerrettich und Wasser auf den Tisch stellen.

»Bitte, bedien dich.« Astrid reichte ihr den Pfannenheber.

Vendela nahm sich ein Stück von dem gebratenen Weißling, legte sich Kartoffeln auf den Teller und rieb den Meerrettich über den Fisch.

Vendela schämte sich fast, dass sie so viel aß, aber an Astrids Miene konnte sie erkennen, wie sehr sich die alte Frau freute, dass es ihr so gut schmeckte.

»Magst du nicht noch ein bisschen mehr, meine Liebe?« Astrid nahm den Deckel von dem Topf mit den Kartoffeln und Mohrrüben ab.

»Danke, Astrid, du bist so lieb zu mir, aber es geht wirklich nicht. Ich bin pappsatt.«

»Aber Kaffee brauchen wir. Und vielleicht ein Stück Kuchen dazu?«

Vendela lächelte.

»Einen Kaffee nehme ich gern.«

»Den Kuchen musst du auch probieren. Ich habe gestern Kardamomkuchen gebacken.«

»Wenn du mich weiterhin so verwöhnst, werde ich total fett, Astrid.«

»Ach was, das läufst du dir im Sahlgrenska wieder ab.«

Das Sahlgrenska, ach ja. Die Arbeit und die Wohnung. Charlies Freunde und die vielen Anrufe vom Schulleiter. In Astrids liebevoll eingerichteter Hütte auf Klöverö erschien einem diese Welt weit weg. Sie liebte diesen Ort so sehr, dass ihr das Herz wehtat. Allein der Gedanke an einen Verkauf war vollkommener Irrsinn. Wo sollten Charlie und sie die Sommer- und Winterferien verbringen, wenn sie nicht mehr auf den Bremsegård fahren konnten? Und wo sollte Astrid bleiben? Vendela folgte ihr in die Küche, wo sich Astrid um den Kaffee kümmerte.

»Woran denkst du?«, fragte Astrid nach einer Weile.

»Daran, dass es mir hier draußen so gut geht«, antwortete Vendela. »Es fühlt sich so gesund an, Holz zu hacken, um ein Haus zu beheizen, Feuer im Herd zu machen und Essen zu kochen. Auch ein eigenes Gemüsebeet ist fantastisch.«

»Macht aber viel Arbeit.«

»Das ist wahr.«

»In meiner Kindheit hatten wir überhaupt keine Freizeit, es gab immer viel zu tun, und es wurde von einem erwartet, dass man mithalf.«

»Kannst du dich noch erinnern, wie du einmal bei uns in der Stadt auf Charlie aufgepasst hast?«

Vendela ging die Reaktion von Astrid durch den Kopf, als sie die beiden in Göteborg besuchte. Charlie saß zu Hause in der Wohnung und sagte, er langweile sich und wisse nicht, was er machen solle. Seine Freunde waren alle verreist. Es waren Herbstferien und Astrid war zu Vendelas Unterstützung gekommen. Charlie war ungefähr neun Jahre alt. Am nächsten Morgen bekam Vendela bei der Arbeit einen Anruf. Astrid war am Apparat. Sie wollte wissen, ob sie Charlie mit nach Klöverö nehmen dürfe, anstatt mit ihm in Göteborg zu bleiben. Den Rest der Woche verbrachte er bei Astrid. Vendela fragte sich, wie das bloß geklappt haben mochte. Am Freitagnachmittag nahm sie den Bus nach Marstrand und von dort aus die Fähre nach Klöverö. Gespannt marschierte sie vom Bremsegård zu Astrids Hütte. Als Erstes erblickte sie Charlie mit einer Axt in der Hand – er stand am Holzklotz und hackte unter Astrids Aufsicht Holz. Im ersten

Moment wollte Vendela losschreien. Ein Neunjähriger, der Holz hackte, das konnte doch mit einer Katastrophe enden! Er arbeitete jedoch vorsichtig und hielt sich genau an Astrids Anweisungen. Vendela musste sich zusammenreißen, um einen entspannten Eindruck zu machen, als sie in den Garten schlenderte.

»Mama!«, rief Charlie, aber anstatt die Axt einfach von sich zu schleudern, lehnte er sie an den Hackklotz und erntete dafür einen anerkennenden Blick von Astrid. Erst dann lief er auf Vendela zu. »Ich darf die Axt benutzen, Mama! Die kleine. Aber nur, wenn Astrid dabei ist.«

»Das habe ich gesehen. Wie tüchtig du bist.«

»Er ist unheimlich tüchtig!« Astrid nahm Vendela in den Arm.

Die Erinnerung brachte Vendela zum Lächeln. Sie trank den letzten Schluck Kaffee.

»Möchtest du noch mehr?«, fragte Astrid.

»Ja, gern, aber dann müssen wir anfangen, sonst schaffen wir überhaupt nichts.«

Vendela holte sich den ersten Stapel Papier vom Wohnzimmertisch und fing an zu lesen. Die meisten Unterlagen schienen den Kauf und Verkauf von Ackerstreifen zu dokumentieren, sie fanden jedoch nichts, was auf so unklare Eigentumsverhältnisse hindeutete, dass es einen Verkauf des Hofs hätte verhindern können.

»Hör dir mal dieses alte Nachlassverzeichnis an. Hier ist der Wert von allem, was sich auf dem Hof befand, aufgelistet. »Ein Fohlen im Wert von 16 Reichstalern, 60 Bohnenfässer im Wert von 150 Reichstalern. 3 Pferde wurden auf 150 Reichstaler geschätzt, 8 Kälber auf 86, ein Federbett für zwei Personen auf 20, 6 Milchflaschen, 8 Schüsseln und 2 Behälter aus Blech auf 11 Reichstaler.« Vendela blätterte weiter. Bis zum kleinsten Teelöffel war alles verzeichnet und geschätzt worden.

Um halb sechs rief Charlie an, um zu fragen, was sie da trieben.

»Ich muss nach Hause«, sagte Vendela.

»Das verstehe ich, aber ich mache noch ein bisschen weiter.« Astrid legte noch einen Bogen Papier zur Seite.

»Soll ich einen Stapel mitnehmen und zu Hause durchsehen?«

»Nein, sieh lieber zu, dass du Jessica und Rickard auf andere Gedanken bringst. Und grüß Charlie von mir.«

Astrid stand auf und stattete dem Plumpsklo einen Besuch ab. In der Zwischenzeit raste Vendela in die Küche und wusch in einem Irrsinnstempo das Geschirr ab. Als Astrid zurückkam, stand bereits alles im Abtropfständer.

»Vielen Dank für das gute Essen, liebe Astrid. Machen wir morgen weiter?«

»Gern. Du weißt ja, wo du mich findest.« Astrid drückte sie noch länger und fester als sonst. Keine von beiden sagte etwas. Wehmütig schloss Vendela die Tür und ging zum Bremsegård hinüber. Der Verkauf hatte vor über fünfzig Jahren stattgefunden. Es war höchst unwahrscheinlich, dass sie noch etwas finden würde, was die Situation veränderte.

Morgen rufe ich in Göteborg an und erkundige mich, was meine Wohnung wert ist. Vielleicht sollte sie es auf diese Weise versuchen. Tief im Innern fragte sie sich jedoch, welche Bank Geld an eine alleinstehende Krankenschwester verleihen würde. Doch, vielleicht, wenn der Bremsegård als Sicherheit diente. Rickard und Jessica ihre Hälfte des Hofs abzukaufen, war das eine, aber die Finanzierung des täglichen Lebens durfte nicht vergessen werden. Sie wusste, dass es nicht funktionieren würde. Ihre einzige Möglichkeit war, Jessica und Rickard zu fragen, ob sie das Geld in langfristigen Raten annehmen würden. Vielleicht konnte sie den Bremsegård wochenweise vermieten oder im Sommer Bed and Breakfast anbieten? Sie dachte an die vielen Zeitschriftenreportagen, die sie über Menschen gelesen hatte, die ihr stressiges Stadtleben hinter sich gelassen hatten, um auf das Land zu ziehen. Oft hatten sie jedoch vorher ein Haus oder ein Unternehmen verkauft und verfügten daher über ein gewisses Kapital. Oder der Umzug fiel in eine sorgfältig geplante Elternzeit.

Hochzeit in der Kirche von Marstrand

Am Tag zuvor war sie mit ihrem Vater hinübergesegelt, um im Pfarrhaus auf Marstrandsö zu übernachten. Abgesehen von ihrem großen Bruder Nils war die schönste Überraschung, dass Josefina den weiten Weg von Näverkärr nach Marstrand zurückgelegt hatte. Sie brachte die perlenverzierten Haarspangen ihrer Mutter und die reparierte Brauttruhe mit. Zärtlich nahm sie Agnes in den Arm. Die Frau des Pastors ließ sie einen Moment allein.

»Erzähl!«, sagte Josefina. Agnes ließ sich das nicht zweimal sagen. Immer wieder den Kopf schüttelnd, hörte Josefina gespannt zu. Sie riss abwechselnd die Augen auf und hielt sich erschrocken die Hand vor den Mund. »Das Fräulein Agnes ist wirklich mutig«, resümierte sie.

Den ganzen Vormittag über war Wasser erhitzt und zum Badebottich geschleppt worden. Wohlig ließ Agnes sich hineinsinken. Josefina zupfte Lavendelblüten ab und gab sie ins Wasser. Der Duft der lilafarbenen Pflanze breitete sich im ganzen Zimmer aus.

»Es war gut, dass Oskar gekommen ist. Seit das Fräulein uns verlassen hat, war der Hausherr nicht mehr er selbst. Als wir erfuhren, was auf Vese passiert war, wurden wir richtig unruhig. Es wusste ja niemand, wo das

Fräulein Agnes war. Dein Vater ist jeden Tag stundenlang durch den Wald spaziert, manchmal sogar bis zur Kirche.«

Josefina massierte Agnes' Kopfhaut und wusch ihr anschließend sorgfältig die Haare. Danach spülte sie das Haar mit Lavendelwasser und übergoss schließlich Agnes' ganzen Körper damit. Agnes hatte das Gefühl, Josefina würde das letzte bisschen Agne von ihr abwaschen. Sie schloss die Augen und ließ sich das Wasser über das Gesicht laufen. Aus Angst, dass jemand sie wiedererkennen würde, hatte sie sich wirklich bemüht, anders, vor allem weiblicher auszusehen. Die Jacke mit dem Pelzkragen, die Vater ihr von zu Hause mitgebracht hatte, sowie ihre ganzen Kleider und einige von ihrer Mutter taten das ihre, aber völlig frei war sie von der Sorge noch nicht. Auf der Straße setzte sie immer eine Kapuze auf, und wenn ihr jemand länger ins Gesicht sah, wurde sie nervös. Widells Laden suchte sie überhaupt nicht auf und mied nach Möglichkeit auch Marstrandsö. Heute war eine Ausnahme. Vielleicht wurde es leichter, wenn ihre Haare wieder ein Stück länger waren. Mit langem Haar und in einem Kleid würde niemand Agne in ihr sehen.

»Hat das Fräulein gehört, was ich gesagt habe?«, fragte Josefina.

»Nein«, gab Agnes zu.

»An seinem Hochzeitstag darf man ruhig zerstreut sein.«

Unbewusst strich sich Agnes über den Kopf.

»Darüber habe ich gerade gesprochen. Die Haare sind zwar etwas kurz, aber wir werden tun, was wir können. Ich habe nämlich von der Großmutter des Fräuleins einen besonderen Kniff gelernt.« Josefina lächelte. Agnes wurde in trockene Handtücher gewickelt, und dann nahmen sich Josefina und die Frau des Pastors der Haare von Agnes an. Auf die Frage, warum sie so kurz seien, erwiderte Josefina knapp, das hänge mit einem Unfall zusammen, über den das Fräulein nicht gern spreche. Um sie aus einer misslichen Lage zu befreien, habe man dem Fräulein das Haar abschneiden müssen. Die Frau des Pfarrers machte ein so entsetztes Gesicht, dass Agnes sich ein Lachen verkneifen musste. Flinke Finger zwirbelten Agnes' Haare zu einer schönen Frisur zusammen, und dann wurde ihr die Myrtenkrone aufgesetzt, die die Frau des Pastors geflochten hatte. Josefina holte das dunkelblaue Seidenkleid, in dessen Jacquardstoff französische Lilien eingewebt waren. Es hatte einen tiefen Ausschnitt, und die Kante über dem geschnürten Mieder war mit weißer Spitze verziert. Das Haar hatte einen hübschen Glanz und duftete nach Lavendel. Die ganze Agnes sah wie frisch erblüht aus. Sprachlos blieb Vater auf der Türschwelle stehen, als er sie erblickte.

»Mein geliebtes Kind. Deine Mutter wäre stolz auf dich, wenn sie dich jetzt sehen könnte. Von deiner Großmutter ganz zu schweigen.« Josefina war erst zufrieden, nachdem sie ihr ein Spitzentuch über die Schultern gelegt hatte.

Vater hakte Agnes unter, und dann gingen sie gemeinsam über die Straße zur Kirche.

Agnes stand neben ihrem Vater in der Kirchenvorhalle. Nun warteten alle auf den Bräutigam. Die Tür ging auf, und Oskar trat ein. Auch ihn ließen der Ernst des Moments und Agnes' Anblick verstummen, bevor sich das vertraute Strahlen auf seinem Gesicht ausbreitete.

»Wie schön du bist. Ich kann es gar nicht glauben, dass ich dich wirklich heiraten darf.«

Er küsste Agnes auf die Wange und gab ihrem Vater die Hand. Dann ließ ihr Vater die beiden allein zurück und betrat als letzter Mann vor dem Brautpaar die Kirche. Die Flügeltür zwischen Kirchenvorhalle und Kirchenschiff wurde geöffnet. Alle Bänke waren voll besetzt. Neugierige Gesichter drehten sich zu ihnen um. Auf zittrigen Beinen ging sie an Oskars Hand zum Altar. Sie machte vorsichtige Schritte, weil sie fürchtete, der kleine Absatz unter den schwarzen Stiefeletten könnte sie aus dem Gleichgewicht bringen. Gemeinsam mit den anderen Männern saß Vater neben ihrem Schwiegervater auf der nördlichen Seite. Josefina saß auf der anderen Seite des Mittelgangs und trocknete ihre Freudentränen mit einem bestickten Taschentuch. Oskar drückte Agnes' Hand, bevor er sie kurz vor dem Altar losließ. Der Pastor nickte beiden würdevoll zu.

Vor Gott und allen Menschen Ja zu Oskar sagen zu dürfen, war großartig. Dass er auch Ja zu ihr sagte, war fast noch schöner. Kaum zu glauben, dass doch noch alles gut gegangen war. Ganz benommen ging Agnes über die unregelmäßigen Steinplatten zurück, unter denen Generationen von gewichtigen Einwohnern Marstrands ruhten. Sie wusste, dass dieses Privileg nur wenigen vergönnt war.

Alle geladenen Gäste waren eingetroffen und hatten sich an dem hufeisenförmigen Tisch versammelt, der im großen Saal auf dem Nordgård gedeckt worden war. Die Herren saßen auf der rechten, die Damen auf der linken Seite. Der Pastor stand auf, las ein Gebet für das Brautpaar und segnete es. Unter dem Tisch drückte Oskar ihre Hand. Bevor die Mahlzeit mit Blätterteigtaschen und Bouillon begann, sang man gemeinsam ein Kirchenlied. Der Pastor hielt die erste Rede an Agnes und Oskar, die auf den Ehrenplätzen saßen. Zum Abschluss hob er sein Glas und brachte einen Toast aus. Zum Dank nickte Oskar ihm lächelnd zu. Die zweite Rede hielt Agnes' Vater. Sie meinte, gesehen zu haben, wie er sich eine Träne aus dem Augenwinkel wischte, war sich aber nicht ganz sicher. Agnes umarmte ihn und küsste ihn auf beide Wangen. Da lachte er sein tosendes Lachen, das mit Mutters Tod verschwunden war. Diesem ansteckenden Lachen konnte niemand widerstehen, und bald lachten alle Gäste nach Herzens Lust, ohne recht zu wissen, worüber.

Der erste Tanz mit der Braut gehörte Oskar. Er hielt sie so fest, dass sie das Gefühl hatte, über den Boden zu schweben. Es ist wirklich wahr, dachte sie und lächelte ihren frisch gebackenen Ehemann an.

14

»Dreh sofort den Wasserhahn zu!« Hastig kam Rickard in die Küche.

»Was?« Jessica drehte sich um.

»Du kannst nicht einfach das Wasser laufen lassen.«

»Aber es ist noch nicht kalt. Ich hasse es, lauwarmes Wasser zu trinken.«

»Dann gieß es in eine Kanne und stell es in den Kühlschrank. Wir müssen hier sparsam mit dem Wasser umgehen, du weißt doch, dass wir uns auf einer Insel befinden.« Rickard nahm eine Glaskanne aus dem Schrank.

»Wie konnte mir das nur entgehen?« Jessica seufzte. »Alles ist hier wahnsinnig umständlich, und es gibt massenhaft Vorschriften. Wenn man über Nacht wegfährt, muss man den Kühlschrank an das Gas anschließen. Im Holzschuppen darf man niemals den Lichtschalter auf der linken Seite betätigen. Und bevor man den Haustürschlüssel umdreht, muss man die Tür anheben, denn sonst klemmt sie.«

»So ist das eben mit alten Häusern. Man muss sie erst kennenlernen.«

»Zu Hause kann man einfach wohnen, ohne viel nachzudenken.«

»Aber nur, weil du weißt, wie dort alles funktioniert.«

»Du meinst wohl, weil ich weiß, *dass* dort alles funktioniert. Hier funktioniert überhaupt nichts.«

»Das stimmt doch gar nicht. Wenn du dich erst einmal eingewöhnt hast, wirst du gar nicht mehr darüber nachdenken, dass du die Tür anheben musst, bevor du sie öffnest. Und den linken Lichtschalter wirst du automatisch nicht mehr benutzen.«

»Wir haben uns darauf geeinigt, dass wir den Hof verkaufen, Rickard. Ich will und werde diesen Ort nicht näher kennenlernen. Können wir nicht morgen nach Göteborg fahren und irgendwo essen oder ins Kino gehen? Oder wir sehen uns gemeinsam Tapeten an.«

»Tapeten?«, fragte Rickard verwundert. »Wozu sollen wir denn hier noch tapezieren, wenn wir den Hof ohnehin verkaufen?«

»Nicht für den Hof, du Dummerchen. Für zu Hause. Ich weiß doch, wie gern du dir Tapeten ansiehst.« Sie zwinkerte ihm zu.

»Du willst doch nicht mitten im Sommer in die Stadt fahren, um Tapeten auszusuchen?«, fragte Rickard.

»Das war ein Scherz, Rickard.«

»Willst du nicht die Gelegenheit zum Baden nutzen, solange wir hier sind? Das Wasser ist herrlich.«

»Für Feuerquallen und Algen vielleicht. Ich hasse Algen. Da fahre ich lieber zum Mittagessen hinüber ins Havshotel.«

»Wir können hier nicht einfach die Bombe platzen lassen, dass wir verkaufen wollen, und dann zum Essen in die Stadt fahren. Das kommt mir irgendwie unpassend vor.«

»Du meinst, wir sollten lieber hier rumsitzen und uns beliebt machen? Du kannst Vendela ja einladen.«

»Glaubst du im Ernst, dass sie uns begleiten würde? Nachdem wir ihr mitgeteilt haben, dass wir das Haus unter allen Umständen verkaufen wollen?«

»Meine Güte, es gibt doch noch mehr auf der Welt als diesen Hof. Sie wird dann wenigstens genug Geld haben, uns in London zu besuchen. Da kann sie Charlie Kunstgalerien zeigen und mit ihm shoppen oder ins British Museum gehen.«

»Warst du schon mal im British Museum?«, fragte Rickard erstaunt.

»Nein, aber ich dachte, Vendela könnte sich vielleicht dafür interessieren. Sie hat doch ein Faible für alte Sachen.«

»Sie mag die alten Dinge auf dem Bremsegård, weil sie ihr etwas bedeuten. Nach dieser Sache hier werden Vendela und Charlie uns niemals besuchen, begreifst du das nicht?«

»Mein lieber Schatz, ich habe dich gebeten, diese Bruchbude zu verkaufen, damit wir mit dem Geld was Vernünftiges anfangen können. Dann braucht Vendela keine Häuser mehr abzuschleifen oder frisch zu streichen, und du musst nicht mehr den Modder aus alten Regenrohren holen oder Stromleitungen überprüfen, die man längst hätte erneuern müssen.« Jessica füllte ihr Wasserglas, nahm einen Schluck daraus und stellte das Glas angewidert auf die Spüle.

Rickard nahm sie in den Arm.

»Vielleicht hast du recht. Ich möchte doch nur, dass es uns gut geht. Allen soll es gut gehen.«

Die junge Ehefrau auf dem Nordgård, Klöverö

Agnes saß in der Kammer, in der sie gesund gepflegt worden war. Sie dachte zurück an den Überfall und erinnerte sich daran, wie Oskar sie mit zu sich nach Hause genommen und dann den Arzt geholt hatte. Ohne ihn hätte sie heute nicht hier gesessen. Sie schmunzelte bei dem Gedanken daran, dass er neben ihr auf der Chaiselongue gelegen hatte, um sie immer im Blick zu haben. Wie aufopfernd er sich um sie gekümmert und sie immer wieder zum Trinken gezwungen hatte. Agnes erinnerte sich an die Schlittenfahrt und das anschließende Bad, bei dem sich die Wunde entzündete. Als sie damals die Insel verließ, um in Widells Laden wieder zu arbeiten, war sie sich nicht sicher gewesen, ob sie jemals zu Oskar zurückkehren würde. Damals konnte sie nicht wissen, ob alles so kommen würde, wie sie es sich so sehnlich wünschten. Diese gestohlene Zeit, die sie damals zusammen verbracht hatten, erschien ihr nun wie ein längst vergangener Traum, aber nun saß sie hier. Als Oskars Ehefrau. Nun konnten und durften sie als Mann und Frau ihre reine Freude aneinander haben. Noch immer sah sich Agnes aus Angst um, dass jemand Agne in ihr wiedererkennen würde, aber ihr Haar war länger geworden, und sie fühlte sich so weiblich wie noch nie. Sie strich über die weiße Spitzenbettwäsche. Ihr Leben war schöner, als sie je zu hoffen gewagt hätte. Nur ein Kind fehlte ihr noch. Oskar sagte, dass es schon käme, wenn die Zeit dafür reif sei, aber Agnes fragte sich trotzdem, warum es nicht klappte.

»Du hast es immer so eilig«, sagte er manchmal und lächelte sie freundlich an.

Es folgte eine glückliche Zeit. Wenn Agnes ihre Gefühle für Oskar und ihr neues Zuhause auf Klöverö beschrieb, tanzte der Stift nur so über die Tagebuchseiten. Oskar ließ sie in der Trankocherei und in der Heringssalzerei mitarbeiten und hörte sich immer aufmerksam ihre Meinung an. Manchmal bekam sie mit, wie über Oskar getuschelt wurde, weil er auf ein Frauenzimmer hörte, aber es zeigte sich, dass sie einen guten Einfluss hatte. Oskars Betrieb war erfolgreicher als viele andere im Schärengarten. Sie saß gern mit ihm im Arbeitszimmer. Sie mochte es, wenn er sie auf seinen Schoß zog und mit ihr im Arm dasaß, während es draußen Abend wurde und die Sterne zu funkeln anfingen.

Das Einzige, was sie beunruhigte, waren die dunklen Machenschaften auf der Insel. Obwohl Marstrand kein Freihafen mehr war und man die Stadt wieder mit dem übrigen Schweden vereinigt hatte, blieben viele Dinge bestehen. Vor allem das ausgeklügelte Bestechungssystem innerhalb des Zollwesens. Noch immer liefen Schiffe Marstrand an, und wer seine Säcke hinter dem Rücken der Zollbeamten in die Magazine der Kaufleute verfrachten konnte, erzielte einen höheren Gewinn. Für viele war die Versuchung einfach zu groß, für einige sogar so groß, dass ein Beutel Silbermünzen schwerer wog als ein Menschenleben.

15

Gegen Mittag hatten sie rings ums Alte Moor auf Klöverö noch immer nichts gefunden. Die Sommersonne stand hoch am Himmel, und Jerker und die drei Techniker waren enttäuscht. Irgendetwas entdeckte man normalerweise immer, aber in diesem Fall war das anders. Genau wie Margareta es am Vorabend prophezeit hatte.

»Wir müssen die Leute hier in der Nähe fragen«, sagte Karin. »Vielleicht haben sie etwas gesehen oder gehört.«

Jerker brummte etwas in sich hinein.

»Oder was meinst du, Jerker?«, fragte Karin.

»Doch, du hast ja recht.«

»Doch recht? Natürlich habe ich recht.«

»Was ist eigentlich mit euch Frauen los? Müsst ihr uns dauernd beweisen, dass ihr recht habt?«

»Wir haben eben meistens recht.«

»Ist ja gut, verdammt.«

»Wenn es dir zu anstrengend ist, mit mir zusammenzuarbeiten, können wir jederzeit ... lass mich mal überlegen ... Folke anrufen.«

»Wag es bloß nicht.« Jerker wischte sich den Schweiß von der Stirn. »Sie könnte hier den ganzen Winter gelegen haben. Vielleicht ist hier im letzten Sommer was passiert?«

Karin nickte.

»Nur eine Sache passt nicht«, fuhr Jerker fort.

»Was denn?«, fragte Karin.

»Der Stoff, die Kleidung. Das sind alles Naturmaterialien. Wir haben keinen einzigen Knopf aus Plastik gefunden, kein Etikett, keinen Synthetikfaden.«

»Du meinst, die Leiche könnte richtig alt sein?«, überlegte Karin.

»Möglich. Die Natur verwischt ja schnell alle Spuren und lässt Gegenstände verschwinden.« Jerker deutete auf das Gras.

»Die Schnauzenbucht da unten ist ein beliebter Übernachtungshafen. Dort unten ist man so geschützt, dass fast das ganze Jahr über Boote liegen. Vor hundert Jahren war das vermutlich auch schon so.«

»Du meinst, dass Leute hier im Winter anlegen? Welcher normal tickende Mensch würde denn …« Er hielt inne und sah Karin an.

»Was wolltest du sagen?« Sie grinste. »Welcher normal tickende Mensch legt hier im Dezember an oder wohnt gar auf einem Boot?«

»Gute Frage. Betrachte dich selbst als abschreckendes Beispiel.«

»Na super.«

»Ist doch so.« Jerker machte ein zufriedenes Gesicht.

»Wenn ihr beide fertig seid, können wir vielleicht weiterarbeiten.« Robert schob seine Sonnenbrille hoch.

»Oder sollen wir lieber baden gehen?«, schlug Jerker vor. »Es ist tierisch heiß.«

»Okay, wir legen eine Pause ein. Wer will, kann baden gehen«, sagte Karin. »Zieht euch bitte alle eine Badehose an, damit wir uns nicht anhören müssen, dass die Polizei aus Västra Götaland in der Arbeitszeit nackt herumläuft.« Niemand hatte etwas dagegen einzuwenden. Außer Karin und Robert gingen alle zu den Klippen hinunter, um das ersehnte Bad zu nehmen.

»Was ist hier bloß passiert?«, fragte Karin ihren Kollegen. Sie sah sich um. Der Ort war schön und wirkte idyllisch, aber das Moor konnte trügerisch sein.

»Wenn ich das wüsste. Ich muss die ganze Zeit daran denken, wie es Sofia nach ihren Entbindungen ging. Es gehört einiges dazu, damit sich eine Frau so kurz nach der Entbindung ihr Kind schnappt und damit losläuft.«

Sofia war Roberts Frau und die Mutter der drei gemeinsamen Kinder. Er setzte sich die Sonnenbrille wieder auf.

»Sie muss um das Leben des Kindes gebangt haben. Ansonsten hätte sie sich niemals auf den Weg gemacht.«

Karin erinnerte sich wieder an die zerschundenen Füße der Frau, aber auch an das, was Margareta ihr am Telefon erzählt hatte.

»Der Junge war bereits tot, bevor er im Moor versank. Seine Lungen hatten sich nicht richtig entwickelt. Er hätte sowieso nicht überlebt.«

»Als Vater von drei kleinen Kindern geht es mir unheimlich nahe, wenn Kinder betroffen sind.« Robert schüttelte den Kopf.

»Da drüben ist noch ein Moor.« Sie zeigte nach Süden. »Das Große Moor.«

Robert nickte. »Stimmt, das habe ich auf der Karte gesehen. Auf dieser Insel scheint es viele Moore zu geben.«

»Ich frage mich, woher sie kam und wohin sie wollte.«

Jerker kam zurück. Er ging hastig über die Klippen, aber vorsichtig über den Sumpf.

»Hast du schon gebadet?«, fragte Robert erstaunt.

»Traust du dich nicht ins Wasser?« Karin grinste.

»Wir können einpacken.« Jerker machte ein ernstes Gesicht.

»Wie meinst du das?«, fragte Karin.

»Margareta hat angerufen. Alles deutet darauf hin, dass die Leichen hier schon lange liegen.«

»Du meinst, sie haben hier überwintert?«

»Das kann man so sagen. Sie liegen wahrscheinlich schon manchen Winter hier. Seit dem frühen neunzehnten Jahrhundert. Das ist allerdings nur eine erste Schätzung.«

»Wie bitte?«

»Ja. Das hat Margareta gesagt. Sie hat den Mageninhalt der Frau analysiert. Die Kleidung ist alt und handgefertigt. Die Frau ist durch einen kräftigen Schlag auf den Hinterkopf zu Tode gekommen. Ich soll dir ausrichten, dass du sie gern anrufen kannst, dann erzählt sie dir noch mehr.«

»Sollen wir den Fall nun einfach abschließen? Das wäre doch verrückt. Jetzt habe ich noch mehr Fragen. Neunzehntes Jahrhundert?« Die letzten Worte hatte Karin nur noch vor sich hingemurmelt.

»Die Zeitangabe darf man nicht auf die Goldwaage legen. Warte es ab, bis wir die Laborergebnisse haben, dann wissen wir es genauer. Wenn sie in der Erde gelegen hätten, wären nur noch die Knochen von ihnen übrig, aber das Moor hat die ganzen Körper konserviert. Organisches Material wird hier nicht so schnell zersetzt, weil das Wasser steht, sauerstoffarm ist und einen niedrigen pH-Wert hat. Da fühlen sich Bakterien und Pilze nicht wohl, und Leichen bleiben gut erhalten, anstatt zu verwesen. Wie der Trollundmann in Dänemark.«

»Derjenige, der das getan hat, ist also schon lange tot und begraben?«, fragte Robert.

»Ja, aber ich frage mich trotzdem, was passiert ist. Ihr nicht?«

Da Jerker schwieg, ergriff Robert das Wort:

»Eine Mutter flieht mit ihrem kleinen, vielleicht schon toten Jungen auf dem Arm, wird aber eingeholt und erschlagen. Anfang des neunzehnten Jahrhunderts verschwindet sie hier in diesem Moor. Müsste nicht irgendjemand sie vermisst haben?«

»Das sollte man meinen.«

»Ich werde der Sache nachgehen und mich erkundigen, ob hier in dieser Zeit jemand verschwunden ist. Vielleicht steht es ja in den Kirchenbüchern. Wenn man Glück hat, gibt es einen Eintrag vom Pastor. Hier draußen müsste der Pastor auch Hausbesuche gemacht haben, aber wer weiß, ob die alten Listen der Hausbewohner aufbewahrt wurden. Oder glaubt ihr, dass solche Dokumente zentral verwaltet wurden? Wo findet man so was?« Karin richtete die Frage an beide Kollegen.

»Keine Ahnung.« Robert zuckte die Achseln, aber Karin sah ihm an, dass der Fall und das, was sie eben erfahren hatten, ihm an die Nieren ging. »Es wäre schön, wenn man zumindest wüsste, wer die beiden waren, damit man ihre Namen auf den Grabstein schreiben kann. Vielleicht können sie auch zusammen mit ihren Verwandten beerdigt werden.« Robert räusperte sich.

»Es ist nicht gesagt, dass genug Zeit war, um den Jungen zu taufen und ihm einen Namen zu geben. Er ist doch noch so klein«, sagte Jerker leise.

»Mit der Taufe hat man es genau genommen, glaube ich. Ihr habt doch bestimmt schon von Nottaufen gehört. Wenn man merkte, dass es schlecht um das Kind stand, wurde der Pastor gerufen, damit er es schnell taufte. Außerdem glaube ich, dass auch andere Personen die Taufe vornehmen konnten, wenn es ganz eilig war. Allerdings bleibt die Frage, wie sie hierhergeraten sind.«

Karin stand da mitten in der Natur auf Klöverö. Der grausige Fund ging ihr unter die Haut. Obwohl sich die Tat vor so langer Zeit ereignet hatte, empfand sie ein starkes Bedürfnis, der Frau und dem Kind Gerechtigkeit widerfahren zu lassen. Falls sie das konnte. Möglicherweise hatte vor langer Zeit jemand vergeblich nach den beiden gesucht. Niedergeschlagen ging sie an Bord des Polizeiboots.

Nordgård, Klöverö

Erst im Frühjahr 1800, sechs Jahre nach der Hochzeit, wurde Lovisa geboren. Das Mädchen war schmächtig, hatte aber rosige Wangen. Als sie auf die Welt kam, schrie sie wie eine Wahnsinnige und machte damit während ihres gesamten ersten Lebensjahrs weiter. Oskar hielt sie abends im Arm und versuchte, sie zu beruhigen. Ihre laute Stimme schien ihn nicht zu stören.

»Meine Kleine.« Er streichelte ihre Wange. »Meine Kleine.«

Er war anders als andere Väter. Agnes dachte an ihren Vater und ihre eigene Kindheit. Oskar trug Lovisa mit sich herum, redete mit ihr und zeigte ihr lauter Orte und Dinge. Im Sommer ließ er sie die Füße ins Salzwasser tauchen und hielt ihre Hände in den warmen Muschelsand. Immer wenn ihr Vater den Raum betrat, strahlte die Kleine und streckte die Ärmchen nach ihm aus.

Zum Herbstthing am 2. November 1802 – Lovisa war nun zwei Jahre alt – wurden drei Männer aus Klöverö vor das Amtsgericht geladen, darunter Daniel Jacobsson, weil sie mit ihren Schiffen ins Ausland gefahren waren und dort Branntwein gekauft und dann später verkauft hatten. Oskar schüttelte den Kopf. Agnes dachte an den Riesen, der während der Schlittenfahrt plötzlich vor ihnen stand und auch dabei gewesen war, als sie die Schmuggelware in Widells Magazin geschleppt hatten. Nach Klöverö kamen die Zollbeamten nie. Entweder sie waren bestochen worden, oder sie wagten es einfach nicht. Daniel Jacobsson erschien auch nie vor Gericht. Er musste stattdessen eine Strafe zahlen und erklärte, er würde beim nächsten Thing erscheinen. Das wurde jedenfalls behauptet.

»Ich glaube, da wird er auch nicht auftauchen«, sagte Oskar.

»Er war damals dabei, als wir Widells Schmuggelware an Land gebracht haben«, erinnerte ihn Agnes. »Damals waren jedoch noch mehr Männer an Bord, insgesamt waren es vier.«

»Du kannst davon ausgehen, dass viele Kaufleute in Marstrand und Göteborg auf die eine oder andere Weise ihre Finger im Spiel haben. Anders kann ich es mir kaum vorstellen. Es ist zu viel Geld im Spiel, um sich diese Geschäfte entgehen zu lassen. Auf so etwas darf man sich niemals einlassen, denn es muss immer böse enden. Diese geldgierigen Unholde schrecken nicht einmal vor Menschenleben zurück.«

Er sah aus, als hätte er noch etwas sagen wollen, verstummte jedoch.

»Oskar, was ist denn?«, fragte Agnes.

»Ich möchte, dass ihr nach Einbruch der Dunkelheit im Haus bleibt.«

»Warum?«

Er schüttelte den Kopf. »Es ist besser, wenn du nichts davon weißt.«

Agnes wurde puterrot im Gesicht. So gut hätte er sie inzwischen kennen müssen.

»Vielleicht ist es aber auch gut, wenn ich eingeweiht bin, denn dann weiß ich, worauf ich achten muss. Los, erzähl!«

»Hier auf der Insel werden Feuer auf den Klippen angezündet. Die Schiffe werden in die Falle gelockt. Gestern schwamm vor der Heringssalzerei eine Leiche.«

»Es kommt doch nicht selten vor, dass Menschen versehentlich über Bord gehen.«

»Stimmt, aber aufgrund der Verletzungen dieses Mannes glaube ich, dass er umgebracht und ins Meer geworfen worden ist. Ich möchte nicht, dass du und Lovisa euch draußen aufhaltet, wenn es dunkel ist.«

»Wer hat das getan? Daniel Jacobsson aus Korsvik?«

»Ich habe da so einen Verdacht. Bei den Korsvikern mit Daniel als Anführer bin ich mir ganz sicher, aber die Leute vom Klampebacken gehören auch dazu, und es muss noch mehr geben. Es ist schlimm, Agnes, richtig schlimm. Du musst mir versprechen, im Haus zu bleiben.«

Agnes dachte an die Schlägereien zwischen den Fischerkompanien in ihrem Heimatort, aber das hier war etwas ganz anderes. Sie betrachtete ihre kleine Tochter, die auf dem Arm ihres Vaters eingeschlafen war.

»Ich werde es versuchen.«

»Nicht versuchen, Agnes. Du musst dich daran halten. Ihr dürft nicht hinausgehen. Versprich mir das.«

»Ich verspreche es dir.«

Agnes hätte so gern noch mehr Kinder bekommen. Sie schrieb ihre Sorgen in ihr Tagebuch. Oskar meinte jedoch, sie sollten dankbar für die Tochter sein, die sie hatten. In den Hütten ringsherum wimmelte es von Kindern, aber nur wenige überlebten bis ins Erwachsenenalter. Als Lovisa zehn Jahre alt wurde, lebten im Nachbarhaus elf Kinder, zwei Jahre später waren nur noch acht übrig, und das kleine Mädchen, das sich im Winter zu der Kinderschar dazugesellt hatte, litt an schwerem Fieber. Genau wie viele andere Familien auf der Insel ließen die Eltern ihre Kinder auch tagsüber im Bett liegen, um ihre bereits geschwächten Körper zu schonen. Der Hering schien die Küste verlassen zu haben, und in den

Hütten gab es selten genug zu essen. Agnes hatte den Nachbarn eine Kanne Milch und heißen Getreidebrei hinübergebracht, aber aus Angst vor Ansteckung hatte sie die Lebensmittel auf der Verandatreppe zurückgelassen. Als die Frau die Tür aufmachte, um Astrid für ihre Güte zu danken, brannten in ihren Augen Sorgen und Not.

16

Um sieben Uhr schmierte sich Astrid ein paar Butterbrote und trank dazu ein Leichtbier. Die Sonne beschien die Klippen von Klöverö, und in den Baumkronen glitzerten Wassertropfen. Am Himmel wölbte sich ein Regenbogen. Sie erinnerte sich daran, was Mutter immer gesagt hatte: »Am Ende des Regenbogens liegt ein Schatz.« Damit hatte sie recht gehabt. Was um alles in der Welt hatte sie bloß in Vater gesehen? Hatte sie es auf den Hof abgesehen? Mehr als einmal hatte sich Astrid diese Frage gestellt, und vielleicht hatte sie deshalb nie geheiratet.

In den alten Zeitungen würde wohl kaum etwas Interessantes stehen, dachte sie und wandte sich stattdessen der Bücherkiste zu, die Vendela auf den Wohnzimmertisch gestellt hatte. Das abgegriffene Buch ganz oben legte Astrid gleich zur Seite. Das Buch darunter hatte einen alten Ledereinband und schien beim ersten Öffnen auseinanderzufallen. Es war ein Notizbuch. Die Handschrift war altmodisch und schön. »Agnes« las sie und bemühte sich, auch den Rest zu entziffern. Vielleicht stand dort »Andersdotter«. Mutter hatte mit zweitem Namen Agnes geheißen, und Astrid hatte dieser Name immer gefallen.

Sie blätterte um. Hof Näverkärr Anno 1792. Von diesem Ort hatte Astrid noch nie gehört. Wenn Charlie oder Vendela jetzt da gewesen wären, hätten sie sicher im Internet recherchiert, wo er lag. Sie behaupteten, im Netz würde man alles finden, aber Astrid bezweifelte, dass das wirklich stimmte. Es dauerte seine Zeit, die verschnörkelte Handschrift zu lesen. Sie schaltete die Lampe über dem Wohnzimmertisch ein und machte es sich mit dem Buch bequem. Es schien sich um eine Art Tagebuch von dieser Agnes zu handeln. Zu Beginn starb die Großmutter des Mädchens. Agnes las weiter. Offenbar verlor Agnes nicht nur ihre Großmutter, sondern auch ihre Mutter. Langsam gewöhnte sich Astrid an die Buchstaben und kam schneller voran. Während es draußen vor der Hütte dunkel wurde, versank Astrid in Agnes' Welt. Sie las die Geschichte der tatkräftigen jungen Frau, die sich die Haare abschnitt und die einzige Welt verließ, die sie kannte, um nicht heiraten zu müssen. Dafür hatte Astrid vollstes Verständnis. Trotz der altertümlichen Sprache hatte sie bald ein Bild von Agnes vor Augen und konnte das Tagebuch kaum aus der Hand legen, als es Zeit zum Schlafengehen wurde. Eine ganze Weile lag sie grübelnd wach. Schließlich knipste sie die Nachttischlampe an und las weiter. Irgendwann musste sie eingeschlafen sein. In dieser Nacht träumte sie von Widells Laden.

Astrid blickte verwundert auf die Uhr. Das konnte nicht wahr sein. War es wirklich schon so spät? Sie konnte sich nicht erinnern, wann sie zuletzt bis neun Uhr morgens geschlafen hatte. Vorsichtig setzte sie sich auf und erhob sich, so schnell es ihre alten Beine erlaubten. Der verflixte Körper kam mittlerweile so schleppend in Fahrt. Wenn Vendela herüberkam, würde sie glauben, Astrid wäre krank geworden. Normalerweise hatte sie um diese Zeit längst ihren Kaffee getrunken. Sie strich mit den Fingerspitzen über das Buch, das sie so lange wachgehalten hatte. Eigentlich hätte sie sich am liebsten sofort hingesetzt und weitergelesen, aber nun gab es wichtigere Dinge zu tun. Falls sie sich nicht an einen Strohhalm klammerten. Mit ihren Kleidungsstücken über dem linken Arm und der rechten Hand fest am Geländer stieg sie die Treppe hinunter. Vielleicht sollte sie selbst hinübergehen und mit Rickard und Jessica reden, um sie umzustimmen. Nein, zu Rickard hatte sie keinen guten Draht mehr, falls sie den jemals gehabt hatte. Astrid wusch sich in der kombinierten Waschküche und Dusche und zog sich anschließend an. Es war seltsam, wie heftig sie sich nach all den Jahren noch nach draußen sehnte. Sie konnte es kaum erwarten, die Tür zu öffnen. Normalerweise lief sie in abgeschnittenen Gummistiefeln herum, weil das Gras morgens noch taufeucht war, aber an diesem Morgen trat sie in ihren Holzpantinen hinaus. Die Sonne schien, und es war schon warm. Fliegen surrten herum, und die Bienen umkreisten energisch die Blüten und suchten nach Nektar. Astrid nahm ein paar tiefe Atemzüge und summte vor sich hin, während sie die Haustür weit öffnete und mit einem Seil befestigte. Danach ging sie auf das Plumpsklo.

Vendela und Charlie tauchten in dem Moment auf, als der letzte Kaffee durch den Filter sickerte.

»Du trinkst doch keinen Kaffee, aber möchtest du vielleicht Sirup?«, fragte Astrid.

»Ja«, antwortete Charlie, woraufhin ihn Vendela in die Seite knuffte.

»Ja, bitte, heißt das.«

»Ja, bitte.«

»Du kannst mitkommen in den Keller und ihn dir selbst aussuchen.« Astrid zog den Flickenteppich im Hausflur zur Seite und brachte die Kellerluke zum Vorschein.

»Denk nicht einmal daran, dort allein hinunterzusteigen, wenn wir nicht da sind.« Vendela zog an dem alten Messingring. Der Boden öffnete sich, und eine Kellertreppe wurde sichtbar.

»Wisst ihr, wie mein Großvater Carl Julius diesen Teil des Kellers immer genannt hat?«, fragte Astrid.

Charlie schüttelte den Kopf.

»Das Versteck. Dazu hat er immer so ein geheimnisvolles Gesicht gemacht.«

»Wurden hier unten denn Sachen versteckt?«

»Bestimmt«, erwiderte Astrid.

»Was zum Beispiel?« Charlies Neugier war geweckt.

»Gute Frage. Gold und Juwelen. Oder vielleicht Branntwein und Schmuggelware. Ich weiß es wirklich nicht.«

Astrid kletterte als Erste hinunter, Charlie folgte ihr und zuletzt kam Vendela. Sie hätte eigentlich oben warten können, aber die Treppe rief so viele schöne Erinnerungen wach. Auf groben Regalbrettern bewahrte Astrid die Kartoffeln und Mohrrüben, den Lauch und die Äpfel aus ihrem Garten auf. Am liebsten mochte Vendela das Regal, in dem die Sirupflaschen und die Marmeladengläser standen. Noch drei Gläser mit der Aufschrift »Vogelbeergelee 2005«. Offenbar war das ein gutes Vogelbeerjahr gewesen. Schwarze Johannisbeermarmelade, roter Johannisbeersaft, Holundersirup, Blaubeermarmelade, Brombeermarmelade, saure Gurken, Apfelmus … hier gab es fast alles, was das Herz begehrte. Vendela musste lächeln, als Charlie die Etiketten las und sich nicht entscheiden konnte.

»Darf ich den Himbeersirup nehmen?«, fragte er.

»Na klar«, sagte Astrid.

»Es ist aber nur noch eine Flasche da.«

»Der Saft ist zum Trinken da, und außerdem können wir ja neuen Sirup machen, wenn die Himbeeren reif sind.«

Charlie griff nach der Flasche und stieg hinauf.

Vendela hatte den Gartentisch abgewischt und Kissen auf die Stühle gelegt. Nun saßen sie zu dritt in der Sonne, aßen Butterbrote und tranken dazu Kaffee und eiskalten Himbeersaft.

»Hast du gestern noch etwas gefunden?«, fragte Vendela.

»Ich habe noch ein bisschen in den alten Büchern gestöbert, aber da ist wahrscheinlich nichts dabei, was uns hilft, den Verkauf zu verhindern.«

»Diese Idioten.« Charlie stellte sein Glas mit einem Knall auf den Tisch.

»Charlie«, sagte Vendela mit empörter Stimme.

»Ich finde, du hast recht, mein Junge«, sagte Astrid, »aber wir müssen diesem Verkauf unbedingt einen Riegel vorschieben. Hast du nicht eine Idee?«

Warum war Vendela nicht selbst auf die Idee gekommen, ihn zu fragen? Wahrscheinlich, weil sie nicht für möglich gehalten hatte, dass ihm etwas Nützliches einfiele oder er überhaupt alt genug wäre, die Tragweite des drohenden Verkaufs zu begreifen. Astrid hingegen glaubte an das Gute in Charlie, solange man ihr nicht das Gegenteil bewies. Sie hatte natürlich nicht erlebt, wie es war, wenn der Schulleiter anrief. Bei Vendela war es genau umgekehrt. Sie misstraute ihm mittlerweile, bis er sie davon überzeugte, dass er unschuldig war.

Charlie dachte nach.

»Eingelegter Strömling. Wir könnten eingelegten Strömling in den Abfluss und ins Badezimmer schütten und überall welchen verstecken. Alte Krabben stinken auch entsetzlich, die könnten wir mit Klebeband unter dem Esstisch befestigen. Den Keller sollten wir mit Wasser füllen, damit die Leute denken, es gäbe eine Überschwemmung. Es will doch niemand ein stinkendes Haus mit Wasserschaden kaufen.«

»Nicht schlecht.« Astrid nickte. Vendela stand der Mund offen.

»Anfangs würde das eventuell funktionieren, aber ich glaube, es werden sowohl Gutachter als auch Immobilienmakler eingeschaltet, und dann wird es schwierig. Sie werden die Sabotage bemerken. Wenn nicht sie, werden zumindest Rickard und Jessica uns durchschauen.«

»Jessica nicht, die ist zu beschränkt«, sagte Charlie. »Mama sagt, sie würde sie am liebsten umbringen.«

»Tja, da ist sie nicht die Einzige«, seufzte Astrid.

»Wir brauchen einen Auftragsmörder. Ich habe mal einen Film darüber gesehen. Wenn du mein Taschengeld erhöhst, kümmere ich mich darum.«

Vendela starrte ihren Sohn fassungslos an.

»Dir ist doch klar, dass Astrid und ich Witze machen, oder?«

Charlie stöhnte.

»Morgen werde ich mich jedenfalls erkundigen, was meine Wohnung wert ist«, fuhr Vendela fort.

»Unsere Wohnung? Willst du die etwa verkaufen? Wo sollen wir denn dann wohnen?« Charlie knallte sein Saftglas so fest auf den Tisch, dass Vendela befürchtete, es würde zerspringen.

»Ich habe nicht gesagt, dass wir sie verkaufen. Ich möchte nur wissen, was sie wert ist«, seufzte Vendela.

»Ich wünschte, wir hätten eine Million. Dann könnten wir ihnen das Geld geben und den Bremsegård behalten.« Charlie griff nach einem Wurstbrot.

»Eine Million reicht nicht, wir brauchen eher zwei«, sagte Vendela missmutig und versuchte, sich zu erinnern, für welche Preise die anderen Häuser auf der Insel verkauft worden waren. Fantasiepreise.

»Wir brauchen aber doch nur für den halben Bremsegård zu bezahlen, der Rest gehört uns ja schon, Mama.«

»Ja, aber auch das wird so teuer, dass wir es kaum schaffen.«

Astrid schüttelte den Kopf.

»Eigentlich ist es Wahnsinn. Ich glaube, jedes zweite Haus auf Koö und Marstrandsö ist an Städter verkauft worden, die nur im Sommer kommen, obwohl jemand aus der Familie hier bleiben wollte. Die Leute haben nicht das Geld, sich gegenseitig auszuzahlen, und wenn es um Geld geht, spielt es plötzlich keine Rolle mehr, dass man Bruder und Schwester ist.«

»Irgendwas müssen wir doch tun können«, sagte Charlie. »Mama?«

Vendela wollte am liebsten losheulen. Die ganze Situation erschien ihr so hoffnungslos.

»Wir müssen einfach hoffen, dass es eine Lösung gibt«, sagte sie schnell. »Astrid und ich gehen gerade alte Dokumente durch und sehen nach, ob wirklich ein Ackerstreifen fehlte, als dein Großvater Astrids Vater den Hof abkaufte. In dem Fall würde das Stück Land Astrid gehören.«

Charlie antwortete nicht. Er war offenbar in Gedanken versunken.

»Meinst du, wir können das Zeug mit hinausnehmen?«, fragte Vendela. »Es ist so schön in der Sonne.«

»Natürlich, es weht ja kein Wind.« Astrid räumte die Kaffeetassen und Teller ab und wusch sie im Spülbecken hinterm Haus ab.

Vendela holte einen Stapel Papier und trug ihn nach draußen.

»Darf ich mal sehen?« Charlie warf einen Blick auf das Blatt Papier, das Vendela ihm reichte, doch dann schüttelte er den Kopf. »Diese bescheuerten Buchstaben kann man ja gar nicht lesen.«

»Stimmt, es dauert ein wenig, bis man es entziffert hat, und die Formulierungen sind auch nicht unkompliziert.«

Astrid war mit dem Abwaschen fertig. Sie setzte sich den beiden gegenüber und schien etwas sagen zu wollen.

»Was ist denn, Astrid?«, fragte Charlie.

»Ach, nichts.« Sie griff nach einem Dokument und begann, es genau zu studieren.

Charlie rutschte von einer Pobacke auf die andere.

»Möchtest du ein bisschen Holz für mich hacken?«, fragte Astrid.

»Vielleicht später. Oder muss ich?«

»Ganz und gar nicht. Ich brauche erst im Herbst neues Brennholz. Bis dahin habe ich noch genug. Mach es, wenn du Lust dazu hast.«

»Okay. Danke für das Frühstück.« Er stand auf.

»Wo willst du hin?«, fragte Vendela und verfluchte im selben Moment ihr Kontrollbedürfnis. Sie befanden sich schließlich auf einer Insel.

Charlie zuckte mit den Schultern.

»Weiß nicht. Mal sehen.«

Er steckte die Hände in die Taschen seiner Shorts und ging nachdenklich davon.

Die Wrackplünderer von Klöverö 1814

Eines Abends machte sich Agnes nach einem Polterabend erst spät auf den Heimweg. Sie hatte nicht die Absicht gehabt, lange zu bleiben, aber die Feier war so nett gewesen. Der Wind toste in den Baumkronen, und mitunter verdeckten schwarze Wolken den Mond. Agnes glaubte, jemanden rufen zu hören. Sie blieb stehen und lauschte. Da waren sie wieder, die lauten Schreie. Sie eilte in die Richtung, aus der das Geräusch gekommen war. Die Wege in diesem Teil der Insel waren ihr nur halb vertraut. Vorsichtig kletterte sie die glatten Klippen hinunter, die Rufe wurden nun lauter. Agnes sah zwei Schiffe auf Kollisionskurs, eine Minute später donnerten Holz und Holz mit dumpfem Krachen aufeinander. Der Mond beschien die erzürnte Wasseroberfläche. Das eine Schiff hatte ein Leck und drohte unterzugehen. Eine Frau wollte sich auf das andere Schiff flüchten. Sie hatte fast nichts an. Ihr Mann, der Kapitän des verunglückten Schiffs, rief ihr etwas zu. Die Frau drehte sich um und versuchte, das weinende Kind aufzufangen, dass ihr der Mann hinterher warf, aber das Kind fiel in die See. Agnes rang nach Luft. Sie konnte nichts tun, die Menschen waren zu weit entfernt. Dort draußen war noch ein Schiff, warum kam es ihnen nicht zu Hilfe? Warum rettete die Besatzung die armen Menschen nicht? Kurz darauf schlug der Baum eines Segels um und schleuderte die Mutter dem Kind hinterher. Als der Kapitän sah, wie Frau und Kind ertranken, stürzte er sich von seinem sinkenden Schiff. Innerhalb von Sekunden wurden sie in die brodelnden Wellen hinabgesogen und verschwanden. Blitze beleuchteten den Himmel, und in der Ferne grollte das Gewitter. Agnes sah, wie die Männer da draußen versuchten, das beschädigte Boot ins flachere Wasser zu ziehen, bevor es sank. Bei diesem Wind war das schwer, wenn nicht gar unmöglich. Sie hielt sich die Ohren zu, konnte aber noch immer die verzweifelten Rufe des Kapitäns und das Weinen des Kindes hören. Ich muss nach Hause. Schnell, bevor mich jemand sieht. Es begann zu regnen, eiskalt und kräftig. Agnes hastete über die Klippen, stolperte und fiel hin. Sie zog sich eine Wunde am Bein zu, blieb jedoch erst stehen, als sie vollkommen außer Atem ihren Hof erreichte. Oskar war mit Lovisa eingeschlafen. Er erwachte und sah sie entsetzt an, als sie durchnässt, schmutzig und mit einem blutenden Bein vor ihm stand.

»Was ist passiert, Agnes?«

Agnes bekam kaum ein Wort heraus. »Sie sind ins Wasser gefallen. Sie sind alle ertrunken, aber die anderen haben nichts unternommen, um sie zu retten. Die Frau und das Kind. Der Mann hatte noch versucht, der Frau das Kind zu übergeben.«

»Beruhige dich. Ich verstehe kein Wort.«

Mit bebender Stimme erzählte sie, was sie gesehen hatte. Der Anblick würde sie ihr ganzes Leben lang verfolgen. Genau wie die Hilferufe. Die Männer im anderen Schiff, die die Familie einfach ihrem schrecklichen Schicksal überließen und ihre Ladung stahlen.

»Verstehst du mich jetzt, Agnes? Es ist gefährlich.«

Agnes nickte.

»Hat dich jemand gesehen?«

»Nein. Bei diesem grässlichen Wetter geht kein Mensch vor die Tür, glaube ich.«

»Glaubst du?«, fragte Oskar. »Ich hoffe bei Gott, dass du recht hast. Kannst du dich an den Schmuggel erinnern, für den Daniel aus Korsvik verurteilt wurde?«

»Ja.«

»Das war das einzige Mal, dass jemand gegen Daniel Jacobsson ausgesagt hat. Und weißt du auch, warum?«

»Ich kann es mir denken«, sagte Agnes.

»Weil sonst nie Zeugen überleben. Entweder du bist auf Daniel Jacobssons Seite, oder du bist gegen ihn – aber dann lebst du nicht mehr lange.«

In dieser Nacht konnte Agnes nicht einschlafen. Bis zur Morgendämmerung lag sie wach und wartete darauf, dass jemand an ihr Tor klopfte. Erst als es hell wurde, döste sie ein.

Am nächsten Morgen hörte sie von dem Schiff, das in der Nacht gestrandet war. In Lervik war ein ertrunkenes Kind gefunden worden, aber von den Eltern gab es keine

Spur. Die Frau, die ihr davon berichtete, bezeichnete es als irrsinniges Glück, dass dieses Schiff, das Roggen und Weizen geladen hatte, ausgerechnet hier bei ihnen gelandet war. Es herrschte große Not, seit der Hering so stark zurückgegangen war, und es gab viele hungrige Mäuler. Das Schiff war in den frühen Morgenstunden an den Klippen zerschellt, und nun versorgte sich die örtliche Bevölkerung mit dem Holz an den Stränden. Agnes musterte die Frau und fragte sich, ob sie ernsthaft glaubte, dass es sich so zugetragen hatte. Das Kind war unten in Brevik oder vielleicht in Lervik begraben worden, da war sie sich nicht ganz sicher. Es wäre ein Leichtes gewesen, die Schiffe auf der Insel zu überprüfen und die Schäden mit denen des verunglückten Schiffs zu vergleichen, doch da letzteres bereits zerstückelt worden war, bestand dazu keine Möglichkeit mehr. Bald würden die Spanten des fremden Schiffs frierende Familien in ihren Hütten wärmen. Brot würde gebacken werden, und auf dem Feuer konnte man Brei für die Kinder kochen, die nie erfahren würden, welche Opfer dafür hatten erbracht werden müssen.

»Das ist doch völliger Wahnsinn«, sagte Oskar. »Wie lange sollen sie denn noch mit Kanonen auf ihren Schiffen herumfahren?«

Agnes schüttelte den Kopf.

»So lange sie Kaperbriefe haben, kann niemand etwas dagegen sagen. Sie können sich immer darauf berufen, dass sie mit ihren Kanonen die Westküste verteidigen. Das weißt du genauso gut wie ich.« Sie beobachtete ihre vierzehnjährige Tochter, die draußen vor dem Fenster vorbeirannte. Ihr langer Zopf hüpfte auf ihrem Rücken auf und ab. Ein zotteliger brauner Hund, der ihr fast nie von der Seite wich, war ihr dicht auf den Fersen. »Die schrecken vor nichts zurück, Oskar.«

Auch er ließ seinen Blick zu Lovisa in den Sonnenschein wandern. Er sah noch genauso gut aus wie damals, als sie ihn kennengelernt hatte, dachte Agnes. Seine Haare jedoch waren inzwischen von grauen Strähnen durchzogen, die silbern in der Sonne glänzten.

»Hast du schon gehört, dass Johannes den Bremsegård zurückgekauft hat? Es müsste sich doch mal jemand fragen, woher das ganze Geld stammt. Aber wenn man sein Geld an die richtige Person verliehen hat, bekommt man natürlich keine Fragen gestellt. Außerdem hat Daniel Jacobsson eine große Summe an die Kirche in Lycke gespendet. Angeblich soll er seinen eigenen Grabhügel erhalten. Daniel Jacobsson, ein Kirchenmann.« Er schnaubte verächtlich.

Agnes fühlte sich wohl hier, sie mochte die Insel und die Menschen, aber die Sache hatte auch eine Kehrseite: immer zu wissen, dass es nicht mit rechten Dingen zuging. Der Unterschied zwischen einem Kaperer und einem Seeräuber war winzig, und das Gewissen der Inselbewohner hatte sich als äußerst belastbar erwiesen.

Alle auf der Insel wussten von den Feuern, die entzündet wurden, von den Schiffen, die hinausfuhren und von den Ladungen, die geborgen wurden. Es war auch bekannt, dass den Ertrinkenden, die sich auf die Schiffe der Seeräuber zu retten versuchten, die Hände abgehackt wurden. Die meisten Leute hatte einen angeheirateten Onkel oder einen Cousin ersten oder zweiten Grades, der sich in irgendeiner Weise an den Überfällen beteiligte. So war eigentlich garantiert, dass alle dichthielten. Blut war eben dicker als das Salzwasser, das die Insel umgab.

17

»Nein«, sagte Astrid. »Es tut mir leid, aber ich finde hier wirklich überhaupt nichts. Sie legte noch einen Dokumentenstapel beiseite und rieb sich das Bein.

»Tut dir etwas weh, Agnes?«

»Ach, das sind nur diese verdammten Schmerzen, die mich manchmal quälen. Man ist kein junges Ding mehr.«

Vendela strich ihr über den Rücken, doch plötzlich hielt sie inne.

»Guck mal hier!« Vendela hielt ein Dokument in die Höhe. »Hier haben wir deinen Ackerstreifen. Lass uns schnell auf der Karte nachsehen, wo er liegt.«

Astrid stand auf.

»Nein, nein«, sagte Vendela. »Sag mir einfach, wo sie ist, dann hole ich sie selbst. Ich will nicht, dass du hier rumrennst, wenn es dir nicht gut geht.«

»Es geht mir gut, ich habe nur Schmerzen.« Astrid ging ins Haus. Eine Minute später kehrte sie mit der Karte zurück. Gemeinsam suchten sie darauf das Stück Land, das aus irgendeinem Grund nicht verkauft worden war.

»Da.« Vendela betrachtete den Ackerstreifen.

»Dieser Zipfel macht nicht viel her.«

»Nein«, stimmte Vendela ihr missmutig zu.

»Falls nicht ...« Astrid schien zu überlegen.

»Worüber denkst du nach?«

»Über den Brunnen«, sagte Astrid. »Ich glaube, der Brunnen liegt dort.« Sie nickte vor sich hin. »Ja, so muss es sein.«

»Nee, oder? Du meinst, Jessica und Rickard wollen ein Grundstück ohne Wasserversorgung verkaufen? Das dürfte den Preis um einiges drücken. Vor allem in Anbetracht der Tatsache, dass erst eine Handvoll Häuser hier draußen an die kommunale Wasserversorgung angeschlossen sind.« Vendela überlegte, was es bedeutete, dass der Brunnen sich nicht auf dem Grundstück der Eigentümer befand. Jessica würde darüber nicht erfreut sein. Vendela grinste.

»Ich glaube, man darf noch nicht einmal nach Wasser bohren, weil man sonst Gefahr läuft, die benachbarten Brunnen mit Salzwasser zu verunreinigen. Die meisten Leute hier haben ja einen eigenen Brunnen und eine zweifelhafte Abwasserentsorgung. Ist ein Plumpsklo denn so schlimm? Es ist doch völliger Quatsch, auf einer Insel kostbares Trinkwasser für die Toilettenspülung zu verschwenden.«

»Also, was machen wir jetzt damit, Astrid?«

»Ich weiß nicht. Wir müssen nachdenken.«

Langsam ging Vendela zurück zum Bremsegård. Astrid wirkte müde und ruhebedürftig. Den gesamten Winter über hatte sie die Insel schließlich für sich, da musste es eine große Umstellung für sie sein, wenn im Sommer die vielen Urlauber und Segler kamen und nicht nur an den Stränden so viel Trubel herrschte.

»Hallo?«, rief Vendela, während sie die linke Flügeltür öffnete. Es schien niemand zu Hause zu sein, doch dann hörte sie Geräusche aus dem Zimmer ihres Sohnes. Er saß am Schreibtisch und spielte ein Computerspiel.

»Du kannst doch nicht hier drinnen hocken, wenn draußen so schönes Wetter ist. Komm, wir lassen uns etwas einfallen.«

»Ach, Mama ...«

»Nein, du kannst den ganzen Winter am Computer sitzen, aber jetzt gehen wir hinaus und genießen die Sonne. Wollen wir baden gehen?«

Er zuckte die Achseln.

»Weiß nicht.«

»Wo sind eigentlich Jessica und Rickard?«

»Keine Ahnung.«

Waren sie etwa unterwegs, um mit jemandem über den Verkauf des Hofes zu sprechen? Bestimmt nicht, denn es gab doch noch ein paar, wenn auch kleine, Unklarheiten. Andererseits, was hieß schon klein. Ein Grundstück ohne Wasser? Allerdings wussten sie davon noch nichts.

Sie ging die Treppe ins Erdgeschoss hinunter und in die Küche. Vendela musste sich telefonisch erkundigen, was ihre Wohnung wert war. Auf dem Tisch lag der Immobilienteil der *Göteborgs-Posten*, vielleicht reichte die, um sich einen ersten Eindruck zu verschaffen. Sie blätterte im Immobilienteil. Sommerhäuser und attraktive Grundstücke mit Meerblick. Ganz hinten fand sie die Wohnungsangebote.

Vendela suchte, bis sie eine Drei-Zimmer-Wohnung in Vasastan fand. Teatergata.

Donnerwetter! Dreieinhalb Millionen wurden dafür verlangt.

»Was machst du da?« Plötzlich stand Charlie hinter ihr.

»Ich gucke nur mal in die Zeitung.«

»Wo sollen wir denn wohnen, wenn wir die Wohnung verkaufen?«, fragte Charlie.

»Ich weiß nicht, mein Süßer. Vielleicht in einer kleineren Wohnung? Und etwas außerhalb der Stadt.«

»Aber da wohnen doch alle meine Freunde.«

Genau, dachte Astrid. Es war gar nicht so dumm, wenn Charlie und seine Kumpel einige Kilometer voneinander entfernt waren. Aber es würde anstrengend sein, zur Arbeit zu kommen. Momentan hatte sie es nicht weit. Meistens fuhr sie mit dem Rad zum Krankenhaus, aber sie konnte auch einfach vor der Haustür in die Straßenbahn oder den Bus steigen.

»Wir bräuchten auch so einen Brennholzvorrat wie Astrid. Falls wir mal im Winter kommen. Weißt du noch, wie wir hier Weihnachten gefeiert haben, als Großvater noch lebte?«

Vendela lächelte. »Meine Güte, das hatte ich fast vergessen. Es war gemütlich. Dass du dich daran erinnerst! Dabei warst du noch ganz klein.«

»Großvater hätte nie gewollt, dass dieses Haus verkauft wird.«

»Ich weiß.«

»Warum will Rickard dann verkaufen? Gefällt es ihm hier nicht?«

»Doch, aber ich glaube, Jessica fühlt sich hier nicht wohl. Sie ist diejenige, die das Haus verkaufen und mit dem Geld etwas anderes machen möchte. Reisen und so Sachen.«

»Ich finde es cool, so wie Astrid zu sein. Holz hacken und Kartoffeln anbauen.«

»Ja, Astrid ist unglaublich. Der Garten macht aber auch viel Arbeit. Stell dir einen frühen Januarmorgen vor. Es ist stockdunkel draußen, es fällt Schneeregen und du musst mit unserem Boot nach Koö hinüber, um den Schulbus zu erwischen.«

Für einen kurzen Moment dachte Vendela, dass es großartig wäre, wenn sie die Wohnung verkauften, Rickard und Jessica auszahlten und auf den Bremsegård zögen. Um dort zu leben. Mohrrüben säen, Hummerkörbe auslegen und mit den alten Kachelöfen heizen. Vielleicht würde sie eine Stelle in einer Ambulanz finden, zum Beispiel halbtags in Marstrand und den Rest der Zeit in Ytterby. Charlie würde von seinen Freunden loskommen. Es könnte für beide ein Neuanfang sein.

»Könntest du dir vorstellen, hier draußen zu leben?«, fragte Vendela.

»Ich weiß nicht. Wollten wir nicht baden, Mama?«

Für Charlie war es eher ein flüchtiger Gedanke, dachte Vendela, aber für sie war es eine Entscheidung von enormer Tragweite. Ein Fünfzehnjähriger auf einer Insel – würde das funktionieren? Früher ging es ja auch. Auf der anderen Seite hatten die Menschen damals kaum Wahlmöglichkeiten gehabt.

»Hallo? Kommst du jetzt oder nicht?« Mit dem Handtuch über der Schulter und der Badehose in der Hand lehnte Charlie am Türrahmen.

»Gib mir noch eine Minute.« Vendela holte ihren Badeanzug und machte die Tür hinter sich zu. Eine Weile hielt sie inne und betrachtete den Garten, die Birnbäume und den Stall.

»Ach, Mist, jetzt kommen Jessica und Rickard.« Charlie zeigte auf das Gartentor.

»Sei still, Charlie. Mach es nicht noch schlimmer, als es ohnehin schon ist«, zischte Vendela.

»Wir haben bei Bergs Konditorei Kaffeegebäck und im Supermarkt etwas zu essen gekauft. Es ist überall schrecklich voll. Wir mussten zwanzig Minuten anstehen, obwohl beide Kassen geöffnet waren«, stöhnte Jessica.

»Angestellt habe ich mich allerdings allein«, sagte Rickard. »Du hast draußen gewartet.«

»Ich habe in der Zwischenzeit Obst und Gemüse vom Türken geholt.«

Vendela machte sich nicht die Mühe, ihr zu erklären, dass der Gemüsehändler nicht aus der Türkei, sondern aus dem Iran stammte.

»Hast du Kartoffeln gekauft?«, fragte sie Jessica.

Jessica sah in allen Tüten nach.

»Nein, aber alles andere. Ihr könnt doch die Tante nebenan fragen, ob sie uns mit Kartoffeln aushilft.«

»Die Tante nebenan?« Vendela ärgerte sich immer mehr.

»Meine Güte, du weißt doch, wen ich meine. Die Alte in der Hütte, die früher hier gewohnt hat.« Jessica warf Rickard einen entnervten Blick zu, ohne Rücksicht auf Vendela und Charlie zu nehmen.

»Jetzt hör mir mal zu, du Erbsenhirn.« Vendela bemerkte die tiefe Furche auf Rickards Stirn und die roten Flecke an Jessicas Hals, aber irgendwo musste Schluss sein.

»Sie heißt Astrid, und dieser Hof war seit vielen Generationen im Besitz ihrer Familie ...« Vendela sprach langsam und rang nach Luft.

»Morgen kommt der Makler«, fiel Jessica ihr kühl ins Wort.

»Jessica ...« Rickard schien sich einmischen zu wollen, wusste aber offenbar nicht, was er sagen sollte.

»Du blöde ...« Vendela liefen die Tränen über das Gesicht. »Kommst einfach hierher und machst alles kaputt, ohne zu begreifen, was du eigentlich anrichtest. Geld und Reisen! Kannst du dafür nicht irgendwas verkaufen, was deiner Familie gehört und nicht meiner? Du hast mit diesem Hof nichts zu tun. Der einzige Grund, warum du hier bist, sind deine aufgeblasenen Plastiktitten, die meinem Bruder die Sinne vernebeln.«

»Es reicht jetzt, Vendela.«

»Schert euch doch beide zum Teufel!«, schrie Vendela.

»Jetzt komm, Mama.« Charlie legte ihr die Hand auf die Schulter.

»Ja, ja.« Vendela ging die Treppe hinunter. Kurz vor dem Gartentor drehte sie sich noch einmal um und rief Jessica zu:

»Wenn du sowieso zu Astrid gehst, um Kartoffeln zu holen, kannst du sie gleich nach dem Brunnen fragen.«

»Nach welchem Brunnen?«, fragte Rickard erstaunt.

»Unser Brunnen befindet sich auf diesem Ackerstreifen, der nicht dabei war, als Papa den Hof gekauft hat. In der Praxis bedeutet das, dass er Astrid gehört. Vielleicht interessiert das auch den Makler.«

Vendela schlug die Gartenpforte hinter sich zu.

»Beruhige dich, Mama«, sagte Charlie besorgt. »Jetzt gehen wir erst mal baden.«

»Deine Schwester ist ja nicht ganz richtig im Kopf.« Jessica knallte die Einkaufstüten mit dem Gemüse auf die Arbeitsplatte.

»Der Bremsegård bedeutet ihr viel, sie hat sich hier schon immer wohler gefühlt als ich.«

»Willst du sie jetzt auch noch verteidigen?«

»Nein, ich versuche nur, es dir zu erklären.«

»Ja, ja, das ist jetzt auch scheißegal, Rickard. Wenn du hier in den Ferien das Haus abschleifen und den Abfluss reparieren willst, kannst du das ohne mich machen. Ich habe genug Verpflichtungen. Mein Job ist anstrengend genug.«

»Glaubst du nicht, dass Kinder auch anstrengend sind?«, fragte Rickard.

»Mit eigenen Kindern ist das was anderes. Charlie ist ein Tunichtgut, aber als alleinerziehende Mutter ohne Geld hat man es wahrscheinlich nicht leicht. Eigentlich müsste Vendela sich doch freuen, wenn sie ein bisschen Geld für sich und Charlie dazubekommt. Dann kann sie ihre Figur ein wenig aufmöbeln und lernt vielleicht einen Mann kennen.«

»Sie gibt ihr Bestes.« Rickard räumte die letzten Lebensmittel in den Kühlschrank.

»Ist das dein Ernst?«

»Ich wollte damit nur sagen, dass sie es nicht leicht hat. Wir haben gut reden, wir haben schließlich keine Kinder.«

»Was hat sie da von dem Brunnen gesagt? Könnte es sein, dass er sich auf dem Stück Land befindet, dass nicht verkauft wurde? Wir können doch kein Grundstück ohne Wasser verkaufen.« Jessica stapfte wütend durch die Küche.

»Weiß nicht«, erwiderte Rickard zerstreut. Er blätterte in dem alten Kochbuch und überlegte, was sie essen sollten.

»Dann müssen wir der Sache wohl nachgehen. Vor allem, da morgen der Makler kommt.« Jessica ging, um die Grundstückskarte vom Bremsegård zu suchen. Einige Minuten später war sie wieder in der Küche. »Sie ist nicht mehr da. Hallo? Rickard! Hier ist sie nicht.«

»Wer denn?«, fragte Rickard, der sich inzwischen entschieden hatte und die frischen Lebensmittel wieder aus dem Kühlschrank holte. »Wovon sprichst du?«

»Von der Karte natürlich. Hörst du mir überhaupt zu?«

»Ich versuche, etwas für uns zu kochen. Vielleicht hat Vendela die Karte heute Morgen mit zu Astrid genommen«, sagte Rickard.

»Kannst du nicht hinübergehen und das mit dem Brunnen klären?«

»Jetzt?«

»Ja, jetzt. Das hielte ich für angemessen.«

»Aber ich koche doch gerade. Kannst du nicht rübergehen und ein paar Kartoffeln holen?«

»Ich scheiße auf Kartoffeln, mach doch einfach Nudeln. Aber nach dem Brunnen werde ich fragen, da kannst du Gift drauf nehmen.«

»Jess, meine Liebe, es ist keine gute Idee, hinüberzugehen, solange du so wütend bist. Außerdem ist es wahrscheinlich sowieso besser, wenn ich das mache. Ich erledige das morgen, bevor der Makler kommt.«

»Später, nachher, morgen. Ich mache es jetzt sofort, dann wissen wir Bescheid. Mein Gott, wir reden hier von einer alten Tante. Sie kann den Verkauf gar nicht verhindern. Es geht nur um die Frage, wie viel sie haben will. Das Haus, in dem sie wohnt, gehört doch auch uns, oder? Eine gute Verhandlungsbasis hat sie nicht.«

»Es lässt sich nicht alles verhandeln. Das hier ist ihr Elternhaus, und deswegen ist die Sache so heikel. Ich rede morgen mit ihr. Entweder nimmst du dir jetzt ein Glas Wein und setzt dich in den Garten, oder du fragst ganz lieb nach ein paar Kartoffeln. Aber sprich bitte nicht den Brunnen an. Versprichst du mir das?«

»Mal sehen, wie die Dinge sich entwickeln.« Jessica machte sich auf den Weg.

Verlorene Leben, 1835

Der Mann hatte sich längst entschieden. Agnes Carolina, wenn es ein Mädchen, und Oskar Theodor, wenn es ein Junge wurde. Mit zitternden Händen schrieb Lovisa zum zweiten Mal Agnes Carolina in Großvaters Familienbibel. Sie weinte nicht, aber sie hatte das Gefühl, nichts wäre mehr von Bedeutung. Sie fror mit den nackten Füßen auf dem kalten Fußboden. Ihr Bauch und ihr Unterleib taten weh, wenn sie an die beiden Kinder dachte, die sie gehabt hatte. Sie gehörten ihr noch immer. Sie waren in ihrem Leib gewachsen und von ihr auf die Welt gebracht worden.

Agnes Carolina, geboren am 23. August 1834. Sie wollte ein Kreuz zeichnen und noch ein Datum eintragen, aber die Hand schien ihr nicht mehr zu gehorchen. Stattdessen schrieb sie wieder den Namen des Kindes. Immer und immer wieder. Acht Monate waren ihr mit dem Mädchen vergönnt gewesen. Sie hatte ihr Lächeln und die weiche Haut genossen. Die Zähnchen waren gekommen, und die Kleine hatte eine eigene Persönlichkeit entwickelt. Eines Abends kam das Fieber. Die Kleine lag mit mattem Blick und viel zu heißer Stirn da. Mutter sagte, Kinder bekämen manchmal Fieber, auch hohes, das sei bei Lovisa früher genauso gewesen. Am vierten Tag begann jedoch auch Mutter, sich Sorgen zu machen. Lovisa sah, dass sie aus dem Zimmer ging und heimlich weinte, wenn sie glaubte, es hätte niemand bemerkt. Um sieben Uhr abends hörte die Kleine auf zu atmen. Es war anders als vor ihrem erstem Wutschrei, als sie gerade auf die Welt gekommen war. Nun war sie vollkommen still. Ein Seufzer, und dann war Schluss. Lovisa, die das Mädchen in seine Wiege gelegt hatte, damit es von ihrer Körperwärme nicht noch mehr erhitzt wurde, nahm es jetzt auf den Arm. Das Köpfchen fiel zur Seite.

»Mutter!«, schrie sie. Agnes raste ins Zimmer.

»Mutter ... hilf mir, Mutter! Hilf mir.«

Agnes sah den leblosen Körper in den Armen ihrer Tochter.

»Nein«, flüsterte sie. »Guter Jesus, nimm sie nicht fort von uns.«

»Carolina? Carolina?« Lovisa klopfte ihr auf den Popo, wie sie es nach dem Stillen tat, wenn sie ihr Bäuerchen machen sollte. Aber das Kind war still, alles war still. Nur die Uhr im Hauseingang, die zur vollen Stunde schlug, war zu hören.

Vater wurde geholt, aber man konnte nichts mehr tun. Stumme Tränen rollten seine Wangen hinunter, als sie die Kleine in die Wiege legten. Lovisa konnte es nicht verstehen. Sie legte Carolina wie jeden Abend ins Bett. Als Agnes am nächsten Morgen zu ihr ins Zimmer kam, hatte sie die Kleine bei sich im Bett und versuchte, den erkalteten Körper zu wärmen. Behutsam befreiten Agnes und Oskar das Mädchen aus der Umklammerung.

Lovisa erschauerte bei der Erinnerung daran und hob eine Weile den Stift. Sie ließ ihren Blick eine Zeile höher wandern und strich den Namen durch. Auch dort stand Agnes Carolina, geboren und gestorben am selben Tag, dem 20. November 1831. Ein Mädchen, das viele Monate in ihrem Bauch gelebt und gestrampelt hatte, aber als es auf die Welt kam, war es blau und leblos. Die Nabelschnur hatte sich zweimal um den kleinen Hals gewickelt. Damals dachte Lovisa, schlimmer könne es nicht kommen, aber ein Kind zu verlieren, dass sie gestillt und kennengelernt hatte, war noch schwerer. Einen acht Monate alten Säugling zu verlieren, der sie angestrahlt hatte und dessen Lachen sie nie vergessen würde.

Es erschien ihr nicht richtig, dass so kleine Särge getischlert wurden, damit man kleine Kinder hineinlegte und den Deckel zumachte. Dass so etwas einmal passierte, begriff Lovisa, aber zweimal war mehr, als ihr Herz ertragen konnte. Wieder hob sie die Feder und tauchte sie ins Tintenfass. Immer wieder schrieb sie den Namen des Mädchens in die Bibel, bis die Seite voll war und ihre Schrift sich so weit zur Seite neigte, als wollte sie sich in einen Abgrund stürzen.

»Bist du hier, mein geliebtes Kind?« Agnes legte ihr ein Tuch um die Schultern und nahm ihr die Schreibfeder aus der Hand. »Komm, meine Liebe.«

Lovisa ließ sich in die Küche führen. Agnes setzte sie vor einen Teller heißer Hagebuttensuppe. Sie blickte in den tiefen Teller, ohne das Essen anzurühren. Agnes füllte die Suppe in einen Becher um, hielt ihn ihr an die Lippen und zwang sie, etwas zu trinken. Es erinnerte sie an die Zeit, in der sie selbst krank im Bett gelegen und Oskar sich um sie gekümmert hatte.

Zwei Wochen lang sagte Lovisa kein einziges Wort. Als ihr Mann vom Fischen zurückkehrte, hieß ihn nicht Lovisa, sondern Agnes mit leeren Händen am Anleger willkommen. Nicht genug damit, dass er noch eine Tochter verloren hatte. Um ein Haar hätte er auch seine Frau verloren.

Agnes zog das Gartentor hinter sich zu und wollte sich eigentlich mit einem Korb voller Lebensmittel auf den Weg zu Lovisa machen, als sie eine Gestalt auf den Klippen erblickte. Wenig später erkannte Agnes, dass es eine Frau in viel zu großer Männerkleidung war. Ihre langen weißblonden Haare flatterten genau wie die weiten Hosenbeine im Wind. Sie ging auf und ab. Als ein Windstoß ihre Stimme herübertrug, hörte Agnes sie klagen. Die Sprache war ihr vertraut. Es war Holländisch. Die Frau drehte sich um und suchte einen geeigneten Abstieg. Unsicher und ungeschickt kletterte sie die Klippen an einer besonders gefährlichen Stelle hinunter. Ganz offensichtlich war sie das nicht gewöhnt, und es war zweifelhaft, ob das Waldgeißblatt, das einen Teil des Berges bedeckte, ihr Gewicht halten würde, wenn sie sich daran festhielt. Agnes ging ihr entgegen. Wie mochte eine Holländerin auf dieser Insel gelandet sein? War sie vielleicht zu Besuch? Vielleicht war sie frisch verheiratet mit einem Inselbewohner, aber davon hätte sie vermutlich gehört. Oder sie hatte ganz einfach ihren Mann begleitet, der unter holländischer Flagge Waren nach Schweden transportierte. Die Kleidung musste sie sich jedoch ausgeliehen haben. Möglicherweise war sie eine Schiffbrüchige, die gerettet worden war. Die Frau war in Lovisas Alter.

Sie sah sich wachsam um, bevor sie vorsichtig auf Agnes zuging.

»*Goeden morgen*«, sagte Agnes.

Die Frau hatte Tränen in den Augen. Sie hatte feine Gesichtszüge und machte einen freundlichen Eindruck.

»*Spreekt U mijn taal mevrouw?*« Sprechen Sie meine Sprache, gnädige Frau?

»*Mijn Oma was van Holland.*« Agnes lächelte die Frau an. »Inzwischen habe ich jedoch nur noch selten die Möglichkeit, die Sprache zu sprechen.«

Die Frau war mager und schielte nun zu dem Korb in Agnes' Hand. Agnes hob die Decke und fragte, ob sie ihr etwas anbieten dürfe.

Da die Frau keine Anstalten machte, sich zu bedienen, reichte sie ihr einen noch warmen Laib Brot.

»Bitte sehr.«

Die Frau nahm das Brot an und biss davon ab.

»Mein Name ist Agnes. Mein Mann und ich wohnen auf dem Nordgård.«

»Aleida Maria van der Windt. Aleida.«

»Was machen Sie hier?«, fragte Agnes. Sie wünschte, sie hätte etwas zu trinken dabei gehabt.

Die Frau schluckte.

»Rotes Garn und Stoff. Wir sind mit einer vollen Ladung gekommen. Aber nun sind alle tot. Ermordet.« Sie verstummte.

»*Dood?*« Agnes erschrak. Wer war tot?

»Vor Marstrandsö haben sie uns eingeholt. Hendrik, mein Mann, konnte sie nur noch fragen, was sie von uns wollten. Dann griffen sie an. Ich war im Innern des Schiffs, als sie ihre Äxte in die Seite hieben und an Bord kamen. Sie sagten kein Wort. Ich hörte nur die Schreie von unserer Besatzung. Die Männer riefen auf Holländisch um Hilfe und flehten um Gnade, aber es wurde keine Gnade gewährt. Das Deck färbte sich rot von Blut, das durch die Ritzen sickerte und bis zu mir tropfte. Ich hatte mich zwischen den Stoffballen versteckt. Die ganze Besatzung. Mein Mann. Sieben Personen. Mich haben sie mit hierhergenommen. In das große gelbe Haus.«

Ein großes gelbes Haus? Davon gab es nur eins auf der Insel, und das war der Bremsegård, wo Johannes Andersson mit seiner Familie lebte. Der größte Hof in der ganzen Gegend. Agnes bekam weiche Knie. Wohnte die Frau auf diesem Hof? Sie dachte an Johannes' wachsame Frau mit den dunklen Augen. Nie im Leben würde sie eine Fremde in ihr Haus lassen.

Agnes wollte sie gerade fragen, ob sie wirklich auf dem Bremsegård wohnte, als die Frau weitermurmelte.

»*Garens en stoffen, wij kwamen met een volle last, maar nu zijn allen dood, vermoord.*«

»Wohnen Sie auf dem Hof?«, fragte Agnes.

»Eingesperrt vom Hausherrn. Er kommt zu mir, wenn ihm danach ist. Ich muss hier weg, vielleicht ...«

Aus einiger Entfernung ertönten Rufe. Die Frau zuckte zusammen und drehte sich um. Ohne ein Wort rannte sie davon und war kurz darauf im Wald verschwunden.

Agnes legte die Decke wieder über den Korb und setzte ihren Weg fort. Sie spürte ihr Herz klopfen und konnte sich nur allzu gut vorstellen, wer die Seeräuber gewesen waren.

»Sieh mal an. Frau Ahlgren.« Plötzlich stand Daniel Jacobsson vor ihr. Mit Leichtigkeit öffnete er das schwere Viehgatter.

»Guten Tag, Herr Jacobsson.« Agnes nickte kurz. Nun hielt sie den Korb mit beiden Händen umklammert, damit er nicht sah, wie sie zitterte. Kürzlich hatte er viel Geld an die Kirche in Lycke gespendet und wurde nun oft »Vater Daniel« genannt. In den Augen der Menschen, die nicht wussten, wie er zu seinem Vermögen gekommen war, stand er vielleicht als ein Mann der Kirche und treuer Diener Gottes da.

Während sie selbst graue Haare bekommen hatte, wirkte der Mann vor ihr noch immer sehnig und stark.

»Ihnen ist nicht zufällig jemand begegnet?«, fragte er.

»Nein, wer sollte das gewesen sein?«, gab Agnes zurück.

Daniel machte sich nicht einmal die Mühe, ihr zu antworten.

»Und wohin sind Sie unterwegs?«, fragte er.

»Zu meiner Tochter. Und selbst?« Ihre Angelegenheiten gingen den Mann nichts an.

Er lächelte amüsiert über ihre Frage.

»Ich suche nach einem Rindvieh, das vom Bremsegård abgehauen ist.«

»Aber das Gatter ist doch geschlossen«, sagte Agnes verwundert.

»Es muss über den Berg geklettert sein.«

Agnes schüttelte den Kopf. Ihr war klar, dass er von der Holländerin sprach. Agnes sah dem Mann fest in die Augen und achtete darauf, ihren Blick nirgendwohin schweifen zu lassen, damit er nicht auf den Gedanken kam, dass sie auch nach der Frau suchte, mit der sie sich vor kurzem unterhalten hatte.

Agnes war nervös, bis sie ihre Tochter im Garten die Wäsche aufhängen sah. Da ergriff ein anderes Gefühl Besitz von ihr. Leere. Eine Mischung aus Trauer und Sehnsucht. Zwei kleine Mädchen hätten auf diesem Hof herumrennen können, aber der Herrgott hatte andere Pläne gehabt. Noch hatte Lovisa nicht darüber gesprochen. Sie wollte auch nicht, dass jemand sie zu den Gräbern begleitete. Agnes hoffte, dass sie wenigstens mit ihrem Mann sprach, dass die beiden sich gegenseitig trösteten, aber trotz allem hatte Lovisa die Kinder ausgetragen. Ihr

Leib hatte sich gerundet, sie war guter Hoffnung gewesen. Agnes träumte noch immer, von dem fröhlichen kleinen Mädchen, das die Arme nach ihrer Großmutter ausstreckte und immer so überschäumend lachte. Es verging kein Tag, ohne dass Agnes an die Kleine dachte.

In der Küche packte Agnes den Korb aus. Sie zerbrach sich den Kopf darüber, ob sie Lovisa von der Frau erzählen sollte, die sie getroffen hatte. Früher hatten sie über alles gesprochen, aber mittlerweile war Agnes vorsichtig geworden und sparte manches aus.
»Danke, liebe Mutter.« Lovisa umarmte sie. Agnes drückte sie an sich und strich ihr genauso über das Haar, wie sie es in Lovisas Kindheit getan hatte.
»Gestern ist etwas Merkwürdiges passiert. Eine Frau war hier. Sie hatte gerade das Gartentor erreicht, als Johannes Andersson angeritten kam und nach ihr rief. Anstatt ihm entgegenzugehen, rannte sie davon.«
Lovisa zeigte in die Richtung, in der die Frau verschwunden war.
»Weißt du, wer sie ist, Mutter?«
»Lovisa«, sagte Agnes. »Du musst vorsichtig sein.«
»Aber ...«
»Hör mir gut zu.« Einen Moment überlegte sie, ob sie ihr von dem erzählen sollte, was sie selbst in dieser Nacht vor vielen Jahren mit angesehen hatte, aber da in der Geschichte noch ein verunglücktes Kind vorkam, biss sie sich auf die Zunge. »Die Frau ist Holländerin. Sie ist auf dem Schiff ihres Mannes hierhergekommen. Sie wurden überfallen, und die gesamte Besatzung samt ihrem Mann wurde ermordet.«
Lovisa erblasste. Es war trotzdem gut, wenn sie Bescheid wusste und begriff, was für Mächte es in ihrer Umgebung gab. Und wie wenig ein Menschenleben mitunter wert war.

»Johannes und Daniel schrecken vor nichts zurück.«
»Sie haben doch Kaperbriefe.«
»Die Kaperbriefe berechtigen sie lediglich, den Oberbefehl auf gewissen ausländischen Schiffen zu übernehmen, die Besatzung in die Festung zu überführen und Schiff und Ladung in Gewahrsam zu nehmen.«
»Das ist nicht verboten.«
»Natürlich nicht, aber man macht einen viel größeren Gewinn, wenn man Schiff und Ladung selbst behält. Von den Kanonen ganz zu schweigen. Du musst wissen, dass sie tausend Reichstaler für jede intakte Kanone erhalten. Vorausgesetzt, sie übergeben sie der Krone. Andernfalls können sie sie selbst nutzen. Das Problem ist nur, dass die Besatzung es weitererzählt, sobald sie einen Fuß an Land gesetzt hat. Wenn es jedoch keine Besatzung gibt, weil sie zufällig ein verlassenes Schiff gefunden haben, das voll beladen, aber ohne Mann und Maus in den Wellen treibt ...« Agnes dachte an die Schaluppe *Speculation*, die oft über das Meer segelte. Sie war schnell und fuhr mit einer eingespielten Mannschaft. Nach langen Tagen auf See liefen sie mit gekaperten Schiffen in den Hafen von Marstrand ein. Stumme Seeleute aus fremden Ländern wurden in der Festung Carlsten inhaftiert. Es war lukrativ, als Kaperer tätig zu sein, aber noch mehr Gewinn machte man als Seeräuber.
Lovisa schwieg.
»Andreas hat in letzter Zeit viel Geld mitgebracht.«
»Wirft die Fischerei so viel ab?«, fragte Agnes, bevor sie den Blick ihrer Tochter bemerkte.
»Ich weiß nicht, aber ich hoffe es.« Lovisa seufzte.
»Wann kommt Vater zurück?«, fragte sie.
»Heute Abend, glaube ich. Oder morgen. Sei bitte vorsichtig, meine Liebe.«
»Ja doch, Mutter.«

18

Das alte Tagebuch hatte Astrid in seinen Bann gezogen. Sie hatte nicht die Absicht gehabt, Vendela wegzuschicken, aber die Geschichte in dem ledernen Umschlag schien nach ihr zu rufen. Sie fühlte sich geradezu aufgefordert weiterzulesen. Gerührt dachte Astrid an Agnes, die in ihrer Kammer im Haus von Widells ihre Geschichte niedergeschrieben hatte. Die Widellschen Höfe in der Varvsgata existierten nicht mehr, sie fielen dem großen Brand von 1947 zum Opfer, aber Astrid erinnerte sich noch gut an die schönen Holzhäuser. Inzwischen befand sich dort die Villa Maritime, doch vor ihrem geistigen Auge konnte sie sogar noch das Fenster sehen, das vor so langer Zeit zu Agnes' Kammer gehört hatte. Mehrmals war Astrid mitgekommen, wenn die Widells morgens mit Milch beliefert wurden. Sie blätterte um und strich über die schöne Handschrift. Manchmal rieselte sogar noch ein bisschen Salz zwischen den Seiten hervor. Feiner Sand, den vermutlich Agnes auf die feuchte Schrift gestreut hatte, damit die Tinte nicht verschmierte. Es war nicht unwahrscheinlich, dass sie die erste war, die dieses Tagebuch las, seit Agnes es verfasst hatte.

Astrid seufzte erleichtert, als Oskar Ahlgren Agnes bei dem bewaffneten Überfall im Laden zu Hilfe kam. Oskar Ahlgren aus Klöverö, dachte Astrid bei sich. Dass die Kaufleute auf der Insel sich am Kapern und Schmuggeln beteiligt hatten, war allgemein bekannt. Das Kapern war das Eine, weil es im Rahmen der Gesetze stattfand, aber der Schmuggel und die Piraterie waren etwas anderes. Natürlich musste es verlockend gewesen sein, die Grenzen ein wenig auszuweiten und sich hin und wieder vom Kaperer in einen Seeräuber zu verwandeln. Vermutlich wusste die Jugend von heute gar nichts mehr davon, weil diese Dinge zum großen Teil in Vergessenheit geraten waren. Astrid selbst sah das hellgelbe Haus am Kai vor sich, das mit dem oxidierten Kupferdach, während sie das Buch las. An der Fassade stand bis heute ein W wie Widell. Dass ihre eigene Mutter mit zweitem Namen Agnes hieß, konnte kein Zufall sein.

Einer der Gegenstände, die sie mitgenommen hatte, als der Bremsegård verkauft wurde, war die Familienbibel. Sie hatte noch nie einen Blick hineingeworfen. Überhaupt hatte sie damals ihre wenigen Habseligkeiten eingepackt, ohne den Umzug und den Verlust des Hofs wirklich zu akzeptieren. Nun ging sie zum Bücherregal im Wohnzimmer und zog die Bibel heraus. Warum war ihre Mutter auf den Namen Agnes getauft worden, und wieso tauchte das Tagebuch einer Agnes auf, wenn sie beide nicht verwandt waren? Behutsam schlug sie den Buchdeckel auf und las, was auf der Innenseite stand.

»Hallo?«, ertönte eine Stimme aus dem Flur.

Astrid konnte die Stimme nicht richtig zuordnen. Sie stellte die Bibel zurück ins Regal und ging in den Flur, um nachzusehen. Es war Rickards Frau Jessica, die sie zum ersten Mal besuchte.

»Hallo. Kann ich dir irgendwie helfen?«

»Nein, nein, ich brauche keine Hilfe. Du hast es aber ... schön hier.« Jessica sah sich um. Astrid fragte sich, ob ihr vielleicht das Linoleum so gut gefiel.
»Findest du?« Astrid lächelte.
»Äh, ja, natürlich. Rickard lässt fragen, ob wir uns vielleicht ein paar Kartoffeln ausleihen können.«
»Habe heute noch keine gelüftet.«
»Gelüftet?« Jessica machte ein fragendes Gesicht.
»Kartoffeln. Die wachsen im Gemüsegarten. Man muss sie erst aus der Erde holen.«
»Ach so.«
»Wir zwei haben uns noch nie vernünftig unterhalten. Setz dich doch. Ich koche uns einen Kaffee, und später hole ich dir die Kartoffeln.«
Jessica schien zunächst protestieren zu wollen, aber dann setzte sie sich auf die weiße Gartenbank und hängte ihre Handtasche über die Lehne. Astrid schüttelte den Kopf. Ein Handtäschchen auf Klöverö? Doch man konnte nie wissen, vielleicht war sie ja unterwegs zur Eisdiele in Sten an der Nordspitze der Insel.
Zehn Minuten später kam Astrid mit dem Kaffeetablett heraus. Jessica sah aus, als hätte sie längst wieder weg sein wollen, aber darum scherte Astrid sich überhaupt nicht. Es war nur eine Frage der Zeit, bis Jessica nach dem Brunnen fragen würde. Ein anderer Grund war für diesen unerwarteten Besuch nicht vorstellbar. Die Kartoffeln waren sicher nur ein Vorwand.
»Fühlst du dich wohl hier auf Klöverö?«, fragte Astrid und schenkte Kaffee ein.
»Danke«, sagte Jessica. »Du hast nicht zufällig Milch da?«
»Doch, klar.« Astrid stellte die Dose mit dem Kaffeeweißer auf den Tisch. »Drei Teelöffel reichen normalerweise.«
»Was ist das?«

»Trockenmilch. Ich trinke meinen Kaffee schwarz und verwende Milch nur zum Kochen und Backen. Kaffeeweißer tut es auch. Hier kann man ja nicht so oft einkaufen wie in der Stadt. Oder in Marstrand. Ihr wohnt in London, nicht wahr?«

»Ja, das ist richtig.« Jessica gab drei Löffel Pulver in ihren Kaffee und rührte um. Skeptisch betrachtete sie ihre Tasse.

»Ich bin ja hier auf dem Bremsegård aufgewachsen, das weißt du vielleicht. Aber du hast meine Frage nicht beantwortet. Fühlst du dich wohl hier?«

»Das Landleben ist nicht so mein Ding. Ich reise gern, gehe shoppen oder ins Café und besuche Kunstausstellungen. Wir fühlen uns in London wohl.«

»Kunst? Dann hast du bestimmt von Matilda Boysen gehört. Das ist eine bekannte schwedische Künstlerin, die auf Klöverö aufgewachsen ist.«

»Nein, das kann ich nicht behaupten. Mir liegt eher moderne Gegenwartskunst.«

»Ah ja. Nimm dir bitte ein Stück Kuchen. Selbst gebacken.«

»Der sieht wirklich gut aus, aber wir wollen ja bald essen, und da verzichte ich lieber.«

Sie macht sich Sorgen um ihre Figur, dachte Astrid und biss von ihrem Kuchenstück ab.

»Weißt du, dass hier früher Kaffeeverbot geherrscht hat? Kaffee war eine begehrte Schmuggelware. Er war wahnsinnig wertvoll.« Astrid dachte an Agnes, Mauritz Widell und den Laden, während sie das sagte. »Und heute geht man einfach in den Supermarkt und kauft ihn. Marstrand war damals eine große und bedeutsame Stadt.«

»Ja, aber heute reißt sie einen nicht mehr vom Hocker.«

»Du findest es langweilig hier.«

»Es ist ja fast nichts los.«

»Es geschehen unheimlich viele Dinge, aber dafür muss man die Natur und das Meer mögen und gern fischen und segeln. Vielleicht ist das ›nicht so dein Ding‹, wie du es ausdrückst.«

Astrid konnte sich Jessica ums Verrecken nicht in einem Boot mit dem Makrelennetz in den Händen vorstellen. Vendela dagegen begleitete sie oft. Und Charlie, der den Fischen so schnell und schonend wie möglich auf den Kopf schlug, bevor er sie ausnahm. Mittlerweile konnte er ziemlich geschickt mit dem Filetiermesser umgehen, sogar besser als Vendela.

»Ich habe mein gesamtes Leben hier draußen verbracht. Hin und wieder fahre ich allerdings nach Göteborg und gehe ins Theater oder in die Oper.«

Jessica räusperte sich und trank einen Schluck Kaffee.

»Da ich sowieso hier bin, würde ich gern die Gelegenheit nutzen, um nach dem Brunnen zu fragen. Vendela erwähnte irgendwelche Unklarheiten.«

»Nein, Unklarheiten gibt es da nicht. Der Brunnen gehört mir. Ich nehme doch an, dass du den Brunnen vom Bremsegård meinst.«

Astrid sah, dass sich an Jessicas Hals rote Flecke bildeten. Sie hatte das Brunnenthema angeschnitten, bevor sie ihren Kaffee ausgetrunken hatte. Hatte Vendela nicht erzählt, dass sie in London als eine Art Strategin arbeitete? In dem Fall musste sie noch einiges lernen.

Astrid schenkte noch einmal nach, obwohl ihr durchaus bewusst war, dass Jessica bestimmt keinen Kaffee mehr wollte.

»Der Verkauf des Bremsegårds wäre ein großer Fehler. Vendela und Rickard haben viele Sommer und auch die anderen Ferien hier verbracht. Glaubst du nicht, dass ihr es genauso machen wollt, wenn du und Rickard erst Kinder habt?«

»Wir wohnen, wie gesagt, in London, und von da aus ist es ziemlich weit nach Schweden, wenn man nur ein paar Tage frei hat. Was hast du über den Brunnen gesagt?«

»Der Brunnen, ja. Es lässt sich anhand eines Dokuments beweisen, dass er sich auf einem Ackerstreifen befindet, der 1955 nicht mit dem Rest des Bremsegårds verkauft wurde. Daher gehört er noch immer mir.«

Astrid ging ins Haus und holte die Karte. Sie zeigte Jessica den Ackerstreifen, der den Brunnen umfasste.

»Was willst du dafür haben?«, fragte Jessica.

»Für den Brunnen? Der ist unverkäuflich.«

»Alles ist käuflich, man muss nur genug zahlen.«

»Da irrst du dich. Vielleicht läuft das so in der Welt, in der du dich normalerweise bewegst, aber nicht hier.«

»Darf ich mal deine Toilette benutzen? Ich glaube, wir kommen im Moment nicht weiter.«

Astrid zeigte auf das rot gestrichene Häuschen.

»Da drüben?«, fragte Jessica.

»Aber sicher. An der frischen Luft. Wenn du willst, kannst du die Tür offen lassen. Ich will sowieso auf den Kartoffelacker, und der liegt hinterm Haus. Brauchtet ihr nicht Kartoffeln? Ein weiterer Vorteil an einem Plumpsklo ist, dass man nicht so viel Wasser verschwendet. Das ist äußerst günstig, vor allem, wenn man keinen Brunnen hat.«

Jessica drehte sich um. »Morgen kommt der Makler und sieht sich den Hof an. Du kannst dir über Nacht überlegen, was der Brunnen wert ist. Wenn du uns den Brunnen gibst, kannst du vielleicht in deiner Hütte bleiben.«

Astrid hatte sich jedoch bereits mit einem Eimer in der Hand auf den Weg gemacht und hörte Jessicas Bemerkung nicht mehr.

Astrid war so wütend, dass sie sich nach Herzenslust an ihrem Kartoffelacker ausließ. Wenn Charlie und Vendela nicht gewesen wären, hätte sie Jessica einfach zum Teufel gejagt. Dann hätte sie sie zum Pinkeln in den Wald geschickt und ihr wegen der Kartoffeln den Coop auf Koö empfohlen. Es ging ihr gegen den Strich, dass Jessica ihre schönen Kartoffeln bekommen sollte. Da Vendela und Charlie mitessen würden, konnte sie ihr auch nicht die schlechten grünen Kartoffeln mitgeben. Astrid erinnerte sich, dass sie Jessicas Silhouette am Vorabend in ihrem alten Fenster auf dem Bremsegård gesehen hatte. Hoffentlich knickte sie um und stürzte die steile Treppe hinunter. Sollte sie sich doch den Hals brechen und nie wieder aufwachen. Astrid steckte die Hacke so tief in die Erde, dass sie sie kaum wieder herausbekam. Wenn Jessica verschwand, würde Rickard den Hof vielleicht doch behalten. Unvorstellbar, dass eine einzige Person so ohne weiteres etwas verkaufen konnte, wofür sich Menschen seit Generationen abgerackert hatten.

Der Weg fort von hier

Sie war an einem Weg angelangt, einem neuen Weg. Hier war sie noch nie gewesen, das wusste sie genau. Sie musste sich entscheiden, nach links oder rechts? Schnell jetzt, bevor jemand ihre Abwesenheit bemerkte und sie verfolgte. Draußen war es dunkel, aber der Mond schien, und der Abend war noch warm. Vielleicht würde sie auf diesem Weg von hier fort gelangen, nach Hause. Der Gedanke gab ihr Kraft. Sie beschleunigte ihren Schritt und dachte an ihr eigenes Haus mit dem Pfirsichbaum im Garten. Hendrik hatte ihr geraten, ihn nicht auf diese

Reise in den Norden zu begleiten und stattdessen beim nächsten Mal mitzukommen, wenn sie nach Frankreich fuhren, aber Aleida hatte sich nicht davon abbringen lassen. Wie sie das jetzt bereute! Sie hätte das Schicksal von Hendrik und seiner Mannschaft nicht verhindern können, aber ihr jetziges Schicksal wäre ihr erspart geblieben. Aleida schob den Gedanken beiseite und konzentrierte sich nur auf ihre Schritte, immer einen Fuß vor den anderen. Die Schuhe waren zu groß und scheuerten ihr die Füße wund. Die Magd, der sie sie gestohlen hatte, würde vor Wut rasen. Falls sie den Mut aufbrachte, würde sie Johannes und seiner Frau alles erzählen. Eigentlich war es zum Lachen, dass sie, Aleida Maria van der Windt, einer Magd die Schuhe geklaut hatte. Der König würde schmunzeln, wenn sie ihm davon erzählte.

Während sie den steilen Hang hinaufstieg, rauschte der Wind in den Baumkronen. Wald auf der rechten Seite, Ackerland auf der linken. Das Getreide wogte im Wind. Als sie die Spitze des Berges erreichte, verschwand der Mond hinter den Wolken. Sie gestattete sich, ihren Schritt ein wenig zu verlangsamen, blieb aber nicht stehen. Jeder Meter zwischen ihr und diesem gottverlassenen Ort war wertvoll. Vor ihr glitzerte etwas. Die Wolken glitten zur Seite, und jetzt sah sie die Bucht unterhalb des Hügels. Die schwarzen Wellen leuchteten im Schein des Mondes. Sie konnte nicht verhindern, dass ihr Tränen in die Augen stiegen. Jegliche Hoffnung schien aus ihrem Körper zu weichen. Kein Weg würde sie von hier fortbringen. Sie war von Wasser umgeben. Da sie sich auf einer Insel befand, war es kein Wunder, dass Johannes es mit dem Abschließen der Tür nicht so genau nahm. Aleida bemühte sich, ihre Gefühle wieder unter Kontrolle zu bekommen und sich zusammenzureißen. Der Mond schien, und sie konnte mit einem Segelschiff umgehen, sagte sie sich. Zumindest hatte sie die Besatzung genau beobachtet. Die Frage war, ob sie es allein schaffen würde, die Segel zu hissen. Sie erinnerte sich an Johannes, der nachts zu ihr kam und sie vergewaltigte. Diese Gedanken erfüllten sie mit Ekel, Zorn – und Stärke. Es gab nur den einen Weg – sie musste fliehen.

Die Holzpantinen scheuerten immer mehr und schienen nicht an ihren Füßen bleiben zu wollen. Bei jedem Schritt spannte sie ihre Zehen an, um sie nicht zu verlieren. Schließlich schleuderte sie die Schuhe von sich und versteckte sie unter einer Fichte, damit niemand sie entdeckte. Sie ging lieber barfuß. Das Gras war feucht, und wenn der Tau die wunden Stellen berührte, brannten sie. Unten in der Bucht sah sie einen Anlegesteg und mehrere Boote. Da der Wind ablandig war, konnte sie einfach in das hinterste Boot springen und es von allein ein Stück auf das Meer hinaustreiben lassen, während sie die Segel setzte. Der Weg bog nach rechts ab, und in einiger Entfernung war nun ein weißes Wohnhaus zu erkennen. Aleida beschloss, einen Umweg zu machen. Sie hielt sich links und ging an den Kühen vorbei über die Weide. Währenddessen ließ sie die Bucht mit den Booten nicht aus den Augen. Als der erste Hund zu bellen begann, fuhr sie vor Schreck zusammen, dann rannte sie los. Sie schaffte es bis zum Steg. Das Boot ganz hinten war mit zwei Leinen vertäut. Ein Knoten an der Klampe auf dem Steg und einer am benachbarten Schiff. Als sie die erste Leine losgemacht hatte, sprang sie auf das Boot. Schnell löste sie auch die zweite Trosse und zerrte an der Achtervertäuung. Das Boot war eingeklemmt. Sie rannte nach vorn und versuchte, die Nachbarboote zur Seite zu schieben. Einen Meter hatte sich ihr Boot jetzt vom Steg entfernt. Es geht um dein Leben, sagte sie sich und fand neue Kraft. Noch zwei Meter, und das Boot war fast befreit. Auf dem Steg standen nun drei Hunde und bellten. Die rutschige Ankertrosse glitt ihr immer wieder aus den

Händen. Quallententakeln blieben daran hängen und verbrannten ihr Finger und Arme, während sie mit aller Gewalt an der Kette zog.

Daniel Jacobsson sprang einfach auf das benachbarte Boot und betrat von dort aus das, auf dem sie sich befand. Ruhig packte er sie mit der einen Hand und zwang sie mit der anderen, die Ankertrosse loszulassen. Obwohl er nur eine Hand frei hatte, befestigte er die Kette mühelos. Anschließend schickte er die Hunde nach Hause. Einen Augenblick lang blickte sie in das dunkle Wasser hinunter. Irgendwo da unten lag Hendrik. Es wäre so einfach gewesen, sich einfach hinterherzustürzen. Zu ihm. Daniel schien zu ahnen, was in ihr vor sich ging, und zog sie stattdessen mit sich ins Innere des Schiffes.

»Eine kleine Entschädigung für meine Mühe musst du mir schon bieten. Du bist ein gewaltiges Risiko für uns, und ich kann gar nicht verstehen, warum Johannes dich unbedingt am Leben lassen will. Los, zeig es mir.« Er presste sie auf den Boden. Aleida dachte an den Pfirsichbaum zu Hause in ihrem Garten und stellte sich das wütende Gesicht der Magd vor, die ihre Schuhe nicht wiederfand. Dann wurde ihr schwarz vor Augen.

Oskar setzte sich an den Abendbrottisch. Drei Tage hatte er geschäftlich in Göteborg verbracht. Irgendetwas bedrückte Agnes, das konnte er deutlich sehen.

»Was ist los, Agnes?«

»Es ist so grauenhaft, dass ich es kaum erzählen möchte.«

»Die Dinge werden nicht besser, wenn man sie verschweigt.«

Sie setzte sich neben ihn. Er legte seine Hand auf ihre.

»Du weißt schon, von wem ich rede. Sie haben eine ganze Schiffsbesatzung erschlagen, sieben Personen. Die Ehefrau des Kapitäns haben sie jedoch verschont, und

Johannes hat sie mit auf den Bremsegård genommen. Sie halten sie dort gefangen. Nicht dass sie eine Chance gehabt hätte, von hier zu fliehen.«

Oskar sah sie entgeistert an.

»Ist das dein Ernst?«

Agnes nickte. »Sie ist Holländerin. Aleida Maria van der Windt.«

»Bist du ihr begegnet?«

Agnes bemerkte die Furche auf Oskars Stirn.

»Ich habe mit ihr gesprochen.«

»Agnes ...« Er griff nach ihrer Hand. »Johannes Andersson hat Baron Uggla, dem Zollverwalter von Marstrand, 1000 Reichstaler geliehen.«

Agnes bekam plötzlich keine Luft mehr. So weit war das Netz gespannt. Von den Seeräubern über die Kaufleute bis zum Zoll.

»Wenn uns unser Leben lieb ist und wir hier bleiben wollen, können wir nicht viel tun. Warum finden hier nie Kontrollen statt? Wieso wird nie auf Klöverö nach gestohlener Ware gesucht? Was glaubst du? Erinnerst du dich noch an Jonas Westbeck?«, fragte Oskar. »Ihm gehört die Heringssalzerei auf Karlsholm. Er macht Geschäfte mit Daniel und Johannes, und sein Bruder arbeitet in der Kommission, die sich um Wrackteile kümmert.«

Daniel Jacobsson und Johannes Andersson hatten mehrere Kaperbriefe und einige Schiffe in ihrer Flotte. Hinter ihnen standen so mächtige Geldgeber wie die Familien Wijk und Widell.

Für diejenigen, die sich einmal mit Daniel und Johannes eingelassen hatten, reichte es nicht aus, Klöverö zu verlassen. Bei weitem nicht.

19

Rickard sah auf die Uhr. Jessica war jetzt seit anderthalb Stunden weg. Er griff zum Telefonhörer und wählte Astrids Nummer.

»60 533«, sagte sie.

»Hallo Astrid, hier ist Rickard. Ich dachte, Jessica wollte nur Kartoffeln holen.«

»Ja, aber sie hat sie nicht mitgenommen. Richte ihr aus, dass sie ihre Handtasche vergessen hat.«

»Was soll das heißen?«, fragte Rickard. »Sie muss doch noch bei dir sein.«

»Nein, sie hatte nicht die Güte, so lange zu warten, bis ich die Kartoffeln aus der Erde geholt hatte. Als ich zurückkam, war sie nicht mehr da.«

»Das kann nicht sein. Wo hätte sie denn hingehen sollen? Ich fahre jetzt mit dem Rad in deine Richtung, vielleicht treffe ich sie ja unterwegs. Tschüs.«

Jessica war nicht der Typ, der querfeldein lief, sie hielt sich lieber an das markierte Wegenetz und blieb am liebsten auf der befestigten Straße, wenn es eine gab. Rickard holte das Fahrrad aus dem Schuppen, ein grünes Militärrad von 1937. Der Vorderreifen war platt, und er brauchte eine Weile, um die Luftpumpe zu finden. Zehn Minuten, nachdem er aufgelegt hatte, machte er sich auf den Weg zu Astrid. Dort lehnte er das Fahrrad an den Holzschuppen und betrat den kleinen Hof.

Astrid stand in der Küche und goss die fertigen Kartoffeln ab. Die Fensterscheiben und ihre Brille waren beschlagen.

»Da bist du ja. Die Tasche hängt über der Bank da draußen.«

»Ich verstehe einfach nicht, wo sie abgeblieben ist. Hast du sie weggehen sehen?«

Astrid stellte den Topf auf einen Untersetzer und deckte die dampfenden Kartoffeln mit Haushaltspapier ab, bevor sie den Deckel auflegte.

»Nein, ich war ja im Gemüsegarten und habe meine Kartoffeln aus der Erde gezogen. Als ich wiederkam, war sie verschwunden.«

»Aber ihre Tasche ist doch noch da.« Rickard betrachtete das Handtäschchen. Jessica hätte sie niemals freiwillig zurückgelassen.

»Jessica!«, rief er.

»Da wir uns ein wenig in die Haare gekriegt haben, war ich nicht erstaunt, dass sie sich einfach aus dem Staub gemacht hat.«

Sie war natürlich auf den Brunnen zu sprechen gekommen, obwohl er ihr dringend davon abgeraten hatte.

»Was ist denn passiert?«

»Tja, wir saßen hier und haben Kaffee getrunken. Kuchen wollte sie nicht. Dann haben wir uns über den Brunnen unterhalten, aber da wurden wir uns überhaupt nicht einig. Zum Schluss sagte sie, wir zwei hätten uns wohl nichts mehr zu sagen, und wollte noch Kartoffeln mitnehmen. Ich bin auf den Kartoffelacker gegangen, und sie musste aufs Klo.« Astrid zeigte zum Plumpsklo. »Da der Riegel vorgeschoben ist, hat sie anscheinend wenigstens die Tür zugemacht, als sie ging.«

Rickard rüttelte an dem Riegel und öffnete die rote Tür. Dann schrie er:

»Astrid, schnell, ruf den Rettungshubschrauber!«

Jessica lag in einer unnatürlichen Stellung auf den ungeschliffenen Bodenbrettern. Ihr Gesicht war angeschwollen, und aus ihrem Mund drang nur noch ein zischender Laut. Wespenstich, das war die einzige Erklärung. Rickard raste zu ihrer Handtasche und riss den Adrenalinstift heraus. Hastig gab er ihr eine Spritze, nahm sie auf den Arm und legte sie ins Gras.

»Jessica, Jessica!« Er klopfte ihr zuerst behutsam und dann immer fester auf die Wangen.

Astrid eilte zu ihm.

»Sie kommen gleich.«

»Woher?«

»Aus Säve, glaube ich. Meine Güte, wie sie aussieht! Was ist denn passiert?«

»Sie ist allergisch gegen Wespen. Offenbar ist sie gestochen worden. Die Spritze war in der Tasche. Normalerweise liegt sie immer in ihrer Jackentasche, aber da es so heiß war, ist sie ohne Jacke hinausgegangen und hat stattdessen die Handtasche mitgenommen.«

»Da die Tür von außen verriegelt war, dachte ich, sie wäre nach Hause gegangen. Ich hätte nie gedacht, dass sie da drin sein könnte.« Astrid rang die Hände.

»Ruf noch einmal an und sag ihnen, dass es sich um eine allergische Reaktion auf einen Wespenstich handelt. Das ist ein anaphylaktischer Schock, da bin ich mir sicher.«

Rickard versuchte, mit Jessica zu reden. Sie brauchte die Spritze möglichst sofort nach einem Stich. Er wusste, dass jede Minute kostbar war. Die Schwellung hatte sich bereits großflächig ausgebreitet, woran zu erkennen war, dass es eine ganze Weile gedauert hatte. Wie lange war sie auf dem Klo eingesperrt gewesen?

»Wann hast du sie zuletzt gesehen, Astrid? Ich versuche, zu beurteilen, wie lange sie hier schon liegt.«

»Ich weiß nicht.« Astrid wischte sich nervös die Hände an ihrer Schürze ab.

»Was schätzt du denn, verflucht noch mal?«, schrie Rickard. »Fünf Minuten oder eine halbe Stunde.«

»Eher ... eine halbe Stunde.«

»Oh, mein Gott. Und wo bleibt der verdammte Helikopter? Begreifen die nicht, dass es eilt? Hast du noch einmal angerufen?«

»Ja. Ich habe ihnen auch gesagt, dass es um einen Wespenstich geht. Und dass sie einen anaphy..., dass sie gegen Wespen allergisch ist. Bei meinem zweiten Anruf war der Hubschrauber bereits in der Luft.«

Astrid nickte, rieb wieder an der Schürze und blickte zum Himmel.

»Jessica? Jess? Liebling, der Helikopter ist unterwegs, und ich habe dir die Spritze gegeben. Es wird dir gleich besser gehen.«

Nun waren aus der Ferne Motorengeräusche zu hören, die immer lauter wurden, bis die Rotorblätter direkt über ihren Köpfen dröhnten. Der Hubschrauber landete vor Astrids Haus, und ein Arzt mit einem Notfallrucksack sprang heraus. Die Krankenschwester, ebenfalls mit einem Rucksack bepackt, war ihm dicht auf den Fersen. Nadeln wurden in Jessicas Arme gesteckt. In dem Versuch, den allergischen Schock zu beheben, wurden Adrenalin und Kortison durch ihren Körper gepumpt. Freundlich, aber bestimmt wurde Rickard aufgefordert, zur Seite zu gehen, damit sie in Ruhe arbeiten konnten. Astrid nahm ihn am Arm. So standen sie zusammen im Garten und sahen dem Rettungsarzt zu.

Sie müsste doch jeden Moment die Augen aufschlagen und ihn ansehen. Ihr gemeinsames Leben hatte doch gerade erst begonnen, es konnte doch nicht schon wieder vorbei sein? So viele Tapetenmuster lagen bei ihnen zu Hause rum, weil sie sich nie einig wurden. Das Einrichtungsgeschäft hatte schon mehrfach angerufen und seine Kataloge zurückverlangt. Rickard hatten diese Telefonate sehr belastet, aber nun zählte das alles nicht mehr. Sogar die scheußliche Tapete mit den goldbraunen Medaillons, die es Jessica so angetan hatte, war ihm nun vollkommen gleichgültig. Was spielte das jetzt noch für eine Rolle. Er wünschte, er hätte gesagt: »Natürlich nehmen wir die.«

Der Arzt und die Krankenschwester arbeiteten konzentriert, bis sie schließlich zuerst einander und dann Rickard ansahen. Der Arzt notierte den Zeitpunkt, stand auf und ging zu Astrid und Rickard hinüber.

»Es tut mir leid. Wir konnten nichts mehr für sie tun. Die Spritze kam zu spät.« Der Arzt hatte Rickard eine Hand auf die Schulter gelegt, während er das sagte.

»Ich verstehe das nicht. Ist sie tot? Sie kann doch nicht einfach sterben, das ist euch doch wohl klar. Ihr müsst ihr helfen!«

Die Krankenschwester trat zu Astrid, während der Arzt Rickard zu einem Gartenstuhl führte.

»Was ist eigentlich passiert? Warum hat sie sich ihre Spritze nicht gegeben? Die Tasche ist doch voller Antihistaminika und Kortison. Sie wusste also von der Allergie.« Die Krankenschwester sah Astrid durchdringend an.

»Die Tasche hing an der Bank.« Astrid zeigte auf die weißen Gartenmöbel, auf denen sie vorhin noch mit Jessica Kaffee getrunken hatte. Nun saßen Rickard und der Arzt dort. »Sie muss auf dem Klo gestochen worden sein. Ich nehme an, dass sie nicht hinauskonnte, weil der Riegel hinuntergefallen war.«

»Und wo waren Sie zu dem Zeitpunkt? Saßen Sie nicht hier und haben Kaffee getrunken?«

»Damit waren wir fertig. Ich war hinter dem Haus und habe Kartoffeln von meinem Acker geholt. Sie wollte die Kartoffeln mit auf den Bremsegård nehmen.« Astrid schüttelte den Kopf. »Ich muss jetzt Vendela anrufen, das ist Rickards Schwester.«

Die Krankenschwester sah Astrid an.

»Ich muss die Polizei einschalten, damit aufgeklärt wird, was hier passiert ist.«

»Ist das wirklich notwendig? Ist denn nicht schon alles schlimm genug?«, fragte Astrid. »Armer Rickard.«

Der Brief an die Königin, 1837

Aleida hatte lange überlegt, an wen sie den Brief richten solle, aber die Königin war die naheliegendste Adressatin. Anfangs hatte sie geglaubt, dass man auch ohne ihr Zutun nach ihr Ausschau halten würde, aber man konnte schließlich nicht wissen, wo sie sich befand. Als niemand kam, beschloss sie, in einem Brief um Hilfe zu ersuchen. Sobald die Königin begriff, dass der Brief von Aleida stammte, würde ein Schiff nach Marstrand geschickt werden, das wusste sie. Es gab nur eine einzige Person auf dieser gottverlassenen Insel, die sie bitten konnte, den Brief für sie abzuschicken. Die Frau, die Holländisch sprach. Agnes.

Die Brombeeren waren reif, und überall waren Frauen und Kinder unterwegs und pflückten die schwarzen Beeren. Agnes und ihre Tochter waren hinauf nach Dammarna gegangen. Den ganzen Vormittag hatten sie Brombeeren gepflückt. Aleida war ihnen in einiger Entfernung gefolgt und hoffte, einen Moment allein mit Agnes sprechen zu können.

Erst am Abend verließ die Tochter Agnes' Haus. Aleida schlich sich heran, als sie die Frau tatsächlich allein zu Hause wusste. Da das Boot nicht am Steg lag, schien ihr Mann auch fort zu sein.

Agnes war draußen und holte Wasser vom Brunnen. Sie hatte die beiden vollen Eimer gerade in der Küche abgestellt, als an die Tür geklopft wurde. Aleida sah die Angst in ihrem Gesicht. Offenbar wusste sie nicht, wie sie auf den unerwarteten Besuch reagieren sollte.

»Ich habe sonst niemanden, an den ich mich wenden kann.«

Agnes signalisierte ihr mit einer knappen Kopfbewegung, dass sie mitkommen sollte. Dann band sie sich ihre Schürze um, stieg in ihre Schuhe und ging hinaus in den Stall. Aleida folgte ihr. Zu Hause war sie diejenige, die mit kleinen Gesten Anweisungen erteilte. Welche Gläser für die Gäste auf den Tisch gestellt werden sollten, und welches Dessert am besten dazu passte. An diese barbarische Welt hier würde sie sich niemals gewöhnen. Und hoffentlich war sie auch nicht gezwungen, noch lange hier auszuharren. Alles war grau und braun, kalt, übel riechend und ungastlich. Die groben Stoffe behagten ihrer Haut nicht, und die harten Schuhe schienen aus einem einzigen Stück Holz geschnitzt zu sein. Der Fisch war zu salzig, und das Brot musste man einweichen, bevor man es kauen konnte. Immer wieder kamen ihr die Pfirsiche zu Hause in den Sinn. Die weiche Schale und der süße Geschmack. Wenn sie doch nur diesen Brief auf den Weg bringen, von hier wegkommen und ihr altes Leben wieder aufnehmen könnte. Hendrik war tot, ihm war nicht mehr zu helfen, aber sie konnte versuchen, ihr eigenes Leben zu retten.

»*Een brief?*«, fragte Agnes im dunkelsten Winkel des Stalls. Sie sah sich um. »An wen?«

»*Aan die Koningin van Holland*«, antwortete die Frau leise.

»Die Königin?« Agnes sah sie skeptisch an. Konnte es wirklich stimmen, dass diese Frau die Königin von Holland kannte und der Brief an sie gerichtet war?

»Wir sind gut befreundet.«

Agnes sagte nichts. Aleida fuhr fort:

»Ich habe sie aus einer gefährlichen Situation gerettet. Seitdem sind wir Freunde. Wenn sie erfährt, dass ich in Schwierigkeiten bin, wird sie Hilfe schicken. Sie werden mich holen.«

»Die Königin?«, wiederholte Agnes zweifelnd.

»Darf ich Sie bitten, diesen Brief für mich abzuschicken? Entweder an die Königin oder an den holländischen Botschafter. Es ist wichtig. Sie bringen sich damit nicht in Gefahr. Ich werde Sie nirgendwo erwähnen.«

Agnes wusste nicht, was Sie darauf erwidern sollte.

Aleida reichte ihr den Brief. Agnes steckte ihn sofort in ihre Schürzentasche.

»Dank U wel«, flüsterte Aleida. Sie ging zur Stalltür und sah sich sorgsam um, bevor sie fortging. Agnes blickte ihr hinterher, während die Frau verschwand, ohne sich noch einmal umzudrehen.

Die Arme, dachte Agnes. Ein Brief an die Königin. Sie wartete, bis Aleida außer Sichtweite war. Erst dann kehrte sie zum Haus zurück. Der Brief in ihrer Schürzentasche machte sie ganz verrückt. Wo sollte sie ihn aufbewahren? Was, wenn jemand während ihrer Abwesenheit ins Haus kam und ihn fand? Agnes sah sich nach einem Versteck um. Möglicherweise kannte die Frau tatsächlich die holländische Königin so gut, dass diese ein Schiff losschicken würde, um sie zu holen.

Auch wenn die Frau auf der Insel abgemagert war, verbarg sich unter ihren zerrissenen Kleidern und den ungewaschenen Haaren ein gut genährter, gesunder Körper. Agnes dachte an die stolze Haltung und sah vor ihrem geistigen Auge, wie die Frau vor einem Tor kurz stehen blieb, als erwarte sie, dass es jemand für sie öffnen würde. Sie sprach das Holländisch der höheren Stände. Genau wie ihre Großmutter. Guter Gott, dachte Agnes, vielleicht hatte sie recht. Sie betastete den Brief in ihrer Schürzentasche. Wenn sie ihn abschickte, würde vielleicht die gesamte holländische Flotte hierherkommen und sich rächen. Was sollte sie tun? Oskar von dem Brief zu erzählen, war undenkbar. Er hätte ihn ins Feuer geworfen und ihr erklärt, wie gefährlich es sei, mit Aleida zu sprechen. Sie bringe die ganze Familie in Gefahr. Doch das wusste sie selbst. Agnes betrachtete die Glut im Herd. Eine einzige Bewegung, und sie bräuchte sich keine Sorgen mehr zu machen.

20

»Was hast du gesagt?« Karin traute ihren Ohren kaum, als sie nach nicht einmal einer Woche ein zweites Mal nach Klöverö gerufen wurde. »Wir kommen gerade von Hisingen zurück, aber wir können natürlich umkehren und sofort hinfahren.«

»Was war denn passiert?«, fragte Robert von der Rückbank.

»War passiert?«, wiederholte Folke. »Was ist passiert, meinst du wohl.«

»Ja, genau das meine ich. Und da du genau weißt, dass ich das meinte, kann ich ums Verrecken nicht verstehen, warum du dauernd deine Energie mit diesen bescheuerten Korrekturen verschwendest.«

Karin beschloss, Folke ins Wort zu fallen, bevor er darauf etwas erwidern konnte.

»Eine zweiunddreißigjährige Frau wurde von einer Wespe gestochen.«

»Und da schicken die uns?«, fragte Folke erstaunt.

»Wenn du mich ausreden lässt, erkläre ich euch gleich, warum wir benachrichtigt wurden. Sie ist allergisch gegen Wespenstiche. Während sich die Frau auf einem Plumpsklo befindet, fällt von außen der Riegel zu. Anschließend wird sie wahrscheinlich von einer Wespe oder Biene gestochen. Sie hat ihre Spritze nicht dabei, mit der sie die allergische Reaktion in Schach halten kann, und gelangt nicht hinaus, weil die Tür von außen verriegelt ist. Als der Rettungshubschrauber eintrifft, steht es bereits schlecht um sie. Sie kann nicht gerettet werden, sondern verstirbt vor Ort.«

»War denn sonst niemand da?«, fragte Robert.

»Doch, da war jemand. Die ältere Dame, die dort wohnt, aber sie befand sich hinter dem Haus und hatte keine Ahnung, dass die Frau eingesperrt war.«

»Behauptet sie zumindest«, fügte Folke hinzu.

»Exakt. Deshalb wurden wir wahrscheinlich eingeschaltet, Folke. Damit wir herausfinden, wie sich die Sache zugetragen hat.«

Robert grinste in sich hinein, aber Karin seufzte. Manchmal kam sie sich wie eine Vermittlerin vor, die sich ständig bemühte, die Zusammenarbeit zwischen Folke und Robert zu vereinfachen oder gar zu ermöglichen.

»Ich rufe Johan an und frage ihn, ob wir sein Boot nehmen können.«

»Können wir nicht auch mit deinem fahren?«, fragte Robert.

»Natürlich, aber mit dem von Johan ist es viel leichter. Es ist kleiner und wendiger.«

Vierzig Minuten später startete Karin Johans Schärenboot. Sie machte den Achtertampen los, bevor sie vom Bootssteg ablegte. Johan legte immer rückwärts an, weil es so leichter war, das Boot zu beladen, und man bequemer abfahren konnte. Allerdings musste man genau wissen, in welche Richtung der Propeller rotierte, wenn man rückwärts die Anlegestelle anpeilte. Neugierig nahm Folke das ganze Boot in Augenschein.

»Ich nehme an, dass man mit diesem Boot nicht segelt«, stellte er fest.

»Du bist gar nicht so dumm, mein Lieber, da hast du wohl ganz scharf nachgedacht! Siehst du irgendwo einen Mast, Folke?«

»Manche Schärenboote haben einen Mast, Robert«, sagte Karin. »Die sind allerdings selten.«

Karin steuerte backbord an den neuen Pontons vorbei, und das Boot fügte sich willig ihren Anweisungen. Sie musste die Fähre abwarten, die in gemächlichem Tempo den Sund überquerte. Roberts Handy klingelte.

»Das war Jerker, wir sollen ihn mitnehmen. Er ist gleich hier.«

»Er soll beim Coop parken und einen Zettel hinter die Windschutzscheibe legen, sonst muss er Strafe zahlen, denn man darf dort höchstens zwei Stunden parken. Sag ihm, wir warten am Steg unterhalb des Supermarkts auf ihn, neben der Galerie Oskar.«

»Okay.«

Karin machte eine Kehrtwende und steuerte den Steg unterhalb des Supermarkts an.

Robert und Folke gingen an Land, um Jerker tragen zu helfen, während Karin das Boot festhielt.

Obwohl er so viel zu schleppen hatte, kam er pfeifend auf den Steg. Folke und Robert waren sich oben am Auto offenbar wieder in die Haare geraten, denn an Roberts Körpersprache konnte man erkennen, dass er wütend war, während Folke eine Verteidigungshaltung einnahm.

»Hallo. Wird hier eine kostenlose Bootstour bei Sonnenuntergang angeboten?«

»Unbedingt, guter Mann. Auch wenn die Sonne erst in ein paar Stunden untergeht. Aber geh bitte zuerst zwischen diese Streithammel. Und zwar, bevor sie eine Tasche ins Wasser fallen lassen.«

Letzteres ließ Jerker zurückhasten und erzürnt auf seine Ausrüstung zeigen. Bestimmt erklärte er den beiden gerade, dass sich in seinen Taschen teure Messgeräte befanden. Karin grinste in sich hinein, als ihr Handy klingelte. Es war Johan.

»Hallo, wo steckst du? Und: ja, sei unbesorgt, ich habe den Kühlwasserhahn aufgedreht.«

»Prima, ich wollte dich nämlich fragen, ob ich dich zum Abendessen ins Såsen einladen darf.«

»Das ist wahnsinnig nett von dir, aber ich weiß nicht, wie lange wir hier draußen auf Klöverö noch brauchen.«

»Ach, ich dachte, ihr wärt dort fertig.«

»Das waren wir auch, aber nun scheint sich hier eine Art Unglücksfall ereignet zu haben. Eine leider Gottes allergische junge Frau ist an einem Wespenstich gestorben. Wir wollen nur sichergehen, dass es wirklich ein Unfall war.«

»Ein Wespenstich?«

»Anscheinend, aber wir sehen es uns genauer an. Welche Anlegestelle ist denn am geeignetsten?«

»Kommt darauf an, wo ihr hinwollt.«

Karin zog ihr Notizbuch aus der Jackentasche.

»Lilla Bärkulle. Es soll eine Hütte sein.«

»Da wohnt Astrid Edman. Ist sie von der Wespe gestochen worden?«

»Keine Ahnung. Wie alt ist sie?«

»An die siebzig.«

»Nein, dann war sie es nicht.«

»Okay, leg in Sten an, wo wir immer Diesel tanken und Eis essen. Du kannst ja sagen, dass du das Boot eine Weile dort liegen lassen musst. Fragt, ob ihr euch so lange einen Anlegeplatz ausleihen könnt, damit ihr nicht den Steg blockiert, an dem die Leute tanken. Wenn es Scherereien gibt, sagst du, dass es mein Boot ist, aber ich glaube, sie erkennen es sowieso. Und dich. Dann geht ihr nach links. Bleibt immer auf dem Weg. Ihr lasst den Nordgård, das alte Pfarrhaus, auf der rechten Seite liegen und erreicht fünf Minuten später Lilla Bärkulle. Das Haus liegt auf der linken Seite.«

Robert sprang schwerfällig wie ein Trampeltier ins Boot. Karin fragte sich, ob er jemals lernen würde, ein Boot auf die normale Art und Weise zu betreten.

»Mein Gott«, sagte Johan, »was war das denn?«

Nun bemerkte Karin, dass das Boot ein Stück vom Steg abgetrieben war.

»Das war Robert, der gerade dein Vordeck zertrümmert hat. Du, ich melde mich später.«

»Du weißt aber, dass man auf der Insel keinen Empfang hat, oder?«

»Ach, Mist, das hatte ich ganz vergessen. Ich rufe an, sobald wir fertig sind, aber das wird eine Weile dauern. Tschüs, Johan.«

Karin wollte nach dem Steg greifen, konnte ihn aber nicht erreichen. Sie rief Robert zu, er solle ihr helfen, und ließ gleichzeitig den Motor an.

»Mein lieber Mann«, sagte Jerker zu Folke. »Das kann doch nicht dein Ernst sein?« Karin überlegte, womit Folke Jerker so auf die Palme gebracht hatte, aber die Möglichkeiten waren nahezu unbegrenzt.

»Jerker!«, rief Karin.

»Jetzt nicht!«, brüllte er, geigte Folke gehörig die Meinung und setzte seinen Fuß dorthin, wo eben noch das Boot gelegen hatte. Robert warf sich nach vorn und rettete in letzter Sekunde die beiden Taschen, während Jerker nasse Füße bekam. Der Rucksack, den er gerade abgenommen hatte, schwamm neben ihm. Karin griff zum Bootshaken und fischte den Rucksack aus dem Wasser, während Robert Jerker an Bord half. Seine Hose hatte einen Riss, und er war puterrot im Gesicht. Keiner sagte ein Wort.

Karin legte den Vorwärtsgang ein und gab Gas. Das Boot nahm rasch Fahrt auf. Als sie nach Backbord steuerte, hatte die Fähre gerade das andere Ufer erreicht. Es wusste doch jeder, dass man beim Betreten eines Bootes auf seine Füße achten musste. Doch Jerker war ohnehin schon so zerstreut, und nun hatte ihn auch noch eine unselige Auseinandersetzung mit Folke abgelenkt. Eigentlich hätte sie so etwas ahnen müssen. Nun musste sie dafür sorgen, dass sich alle konzentrierten. Nicht zuletzt Folke. Sie drehte sich zu Robert um und gab ihm den Hinweis, sich ein bisschen um Jerker zu kümmern.

»Na, wie läuft's, Jerker«, sagte Robert zu seinem Kollegen, der murrend seinen Rucksack auspackte. Die Schuhe hatte er von sich geschleudert, die nassen Socken lagen daneben.

»Entschuldigt bitte, dass ich momentan auf die Umgebung und die schönen Holzhäuser scheiße, denn der gesamte Inhalt meines Rucksacks ist pissnass.« Dem letzten Wort verlieh er zusätzlichen Nachdruck, indem er Folke einen entnervten Blick zuwarf.

Karin hielt die Luft an und überlegte, wo sie das Boot am besten befestigte, denn inzwischen näherten sie sich Klöverö.

»Da wären wir wieder«, sagte Folke. »Auch wenn man sich in einer misslichen Lage befindet, kann man sich deutlich ausdrücken, ohne gleich zu flegelhaften Ausdrücken zu greifen.«

»Du bist doch nicht mehr bei Trost! Mein Handy und meine Kamera sind im Arsch, und du beschwerst dich über meine Ausdrucksweise. Gib mir deine Schuhe, Folke, dann kannst du im Boot sitzen bleiben und an der Zapfsäule deine Kommentare abgeben. Das kommt bestimmt gut an.«

Jerker warf einen Blick auf Folkes Schuhe.

»Jesses. Ich dachte, diese Kähne würde Ecco schon seit zehn Jahren nicht mehr herstellen.«

»Die Anlegetampen sind unter dem Sitz, Robert.« Karin zeigte auf eine Klappe an der Sitzbank auf der rechten Seite.

»Nicht zu fassen«, murmelte Jerker vor sich hin.

Karin ignorierte ihn. »Die Fender sind unter der Bank gegenüber.« Dort saß Folke.

»Wenn das so ist.« Folke erhob sich. Er holte vier blaue Fender aus der Luke und blieb ratlos damit stehen.

»Möchtest du, dass ich sie am Boot befestige?«

»Na klar, das wäre super. Drei reichen wahrscheinlich. Häng sie backbord auf, das ist die Seite links, denn mit der will ich am Kai anlegen.«

»Backbord, links«, wiederholte Folke und knotete den ersten Fender fest, bevor er sich weiter nach vorn auf das Deck bewegte. »Warum gibt es auf diesem Boot eigentlich kein Geländer. Es ist gefährlich hier, man könnte ins Wasser fallen.«

»Eine Reling, meinst du, aber auf diesem Bootstyp gibt es so etwas nicht. Auf meinem Segelboot habe ich natürlich eine, aber ich dachte, mit Johans Boot wäre es leichter, hierherzukommen. Du kannst dich da oben an dem Opageländer festhalten.« Sie zeigte auf die Abdeckung der Kajüte. »Und jetzt häng die Fender auf, Folke.«

Mit dem Tampen in der Hand stand Robert auf dem Vordeck bereit.

»Hast du ihn auch am Boot befestigt?«, fragte Karin.

»Dachtest du etwa, ich gehe mit der Leine in der Hand an Land und sehe zu, wie das Boot abtreibt?«

»Das würde mich nicht wundern«, bemerkte Jerker.

»Na, gut.«

Der Wind erfasste das Boot, und nun hieß es gegenhalten. Das große Motorboot, das gerade getankt hatte, legte ab. Karin hielt Abstand, legte dann den Vorwärtsgang ein und lenkte Johans Boot zwischen den Stegen hindurch zum Ponton. Robert sprang mit dem Bugtampen auf den Schwimmsteg. Sie selbst nahm den Achtertampen und legte ihn mit einem Palstek um den Poller.

»Wartet hier auf mich. Ich erkundige mich nur, wo wir das Boot lassen können.«

Karin rannte zu dem Holzhaus, das als Wohnung, Café und Büro diente. Hier bezahlte man auch den Treibstoff. Schnell erklärte sie ihr Anliegen, bekam einen Liegeplatz zugeteilt, bedankte sich und nutzte die Gelegenheit, um vier große Eis zu kaufen.

Sie legten ab und steuerten den Liegeplatz an, der ihnen zugewiesen worden war. Zum Glück hatte sie Johans Boot genommen. Es war kleiner und viel wendiger, aber vor allem kannten die Leute das Boot, und so bekam man leichter einen Platz.

Das Anlegemanöver klappte problemlos, und die Fender hingen schon draußen. Sie schaltete den Motor und die Batterie ab und steckte den Schlüssel in die Tasche. Anschließend verteilte sie das Eis. Alle strahlten, sogar Jerkers Mundwinkel wanderten nach oben.

»Danke!«, sagte er. »Das ist übrigens mein Lieblingseis. Wusstest du das?«

»Natürlich wusste ich das, Jerker.«

»Stimmt gar nicht«, sagte Robert.

»Iss dein Eis und sei still«, erwiderte Karin.

Folke rührte sein Eis nicht an. Er studierte die Zutaten, die auf der Verpackung angegeben waren.

»Zwanzig Prozent Fett, das ist ja ein Fünftel.«

»Jetzt ist es aber gut.« Robert nahm Folke das Papier aus der Hand und warf es in den Abfallkorb. »Weißt du was?«, fügte er hinzu. »Wenn dich jemand zum Eis einlädt, sagst du einfach: ›Oh, wie nett von dir, vielen Dank‹, anstatt zu erklären, wie viel Fett das Produkt enthält. Das ist unhöflich.«

»Aber zwanzig Prozent Fett ...«
»Hat dir das Eis geschmeckt?«, unterbrach ihn Robert.
»Schon, aber ...«
»Prima. Genau das solltest du Karin sagen. Dass es gut geschmeckt hat.«
»Das Eis hat gut geschmeckt, Karin«, sagte Folke artig.
»Toll, wenn es so spontan kommt.« Jerker lachte.
Die Sonne schien, und die Aussicht war herrlich. Von der Brücke in Sten, wie dieser Ort auf Klöverö hieß, hatte man einen ausgezeichneten Blick auf Koö und Marstrandsö. Vom Albrektsunds-Kanal kam ein gleichmäßiger Strom von Booten, die durch die Schären fahren wollten. Der Schiffsverkehr im Sund von Marstrand war mitunter hektisch, und wenn die Saison erst im vollen Gange war, würde es noch schlimmer werden. Das Kreischen der Möwen und vor allem das Plätschern der Wellen, die sanft an die Stege und Boote stießen, wirkten beruhigend. Karin zog die Seekarte aus der Tasche und zeigte den anderen, wo sie sich befanden. Sie zeigte auch das Alte Moor auf der anderen Seite der Insel, weil Folke dort noch nicht gewesen war. Klöverö war groß, doch das Haus, zu dem sie jetzt wollten, war nicht weit entfernt. Sie betrachtete die schwarzen Rechtecke, mit denen die Häuser auf der Karte markiert waren.

»Geht es mit den Schuhen, Jerker?«, fragte Karin. »Johan hat bestimmt noch die alten Sandalen an Bord, mit denen er manchmal baden geht.«

»Ich probiere die Sandalen aus. Welche Größe hat er?«

»Weiß nicht. Vielleicht 43?« Karin stand auf, holte die Schuhe aus dem kleinen Kleiderschrank und reichte sie Jerker.

»Ach, das geht. Müssen wir weit laufen? Wir haben einiges zu schleppen. Ich habe zwar eine Sackkarre dabei, und ein kleines Stück schaffen wir schon, aber ...«

Karin dachte an die Wegbeschreibung, die sie bekommen hatte, und an Johans Worte. Doch, ein Weilchen würden sie laufen müssen. Eine Viertelstunde oder so.

»Ich gehe mal fragen, ob man sich hier eine bessere Karre oder ein Lastenmofa ausleihen kann.«

Bremsegård, Klöverö

Aleida schlief noch nicht. Draußen war es kalt, obwohl es schon Anfang Mai war. Der Regen prasselte auf das Ziegeldach des kleinsten Nebengebäudes des Bremsegårds, wo man sie gefangen hielt. Im Erdgeschoss wurden Geräte und das Brennholz aufbewahrt, das im Holzschuppen keinen Platz gefunden hatte. Oben wohnte sie. Aber nicht immer. Meistens wurde sie in andere Hütten, Schuppen, Keller und auf Dachböden verschleppt. Es gab so viele Ecken und Winkel, in denen man Diebesgut und eine geraubte Frau verstecken konnte. Wenn der Pastor dem Hof einen Besuch abstattete, war sie nie in der Nähe. Nicht, dass es etwas verändert hätte. Die Menschen gingen artig in die Kirche, aber wenn es darum ging, den Nächsten so zu lieben wie sich selbst, blickten sie verschämt zur Seite. Bei den seltenen Malen, wenn jemand ihr in die Augen sah, blickte ihr Mitleid, aber vor allem Angst entgegen.

Ihr ganzer Körper erstarrte, als unten die Tür aufgeschlossen und wieder zugemacht wurde. Johannes bewegte sich leise, um niemanden zu wecken. Aleida begriff nicht, warum er das tat. Es wussten doch alle, dass sie hier war, aber niemand ließ sich etwas anmerken. Die Frau von Johannes hatte sicher durchschaut, warum er sie jetzt nachts in Ruhe ließ. Vielleicht war sie froh darüber.

Johannes setzte sich auf ihre Bettkante. Er hatte eine starke Schnapsfahne und nasse Haare. Er und seine Männer waren am frühen Abend mit ihrem Boot zurückgekommen. Die Stimmung an Bord war gut gewesen, wahrscheinlich hatten sie wieder ein Schiff gekapert, dachte Aleida und fragte sich, wie viele Menschen diesmal ihr Leben hatten lassen müssen.

Johannes räusperte sich.

»Kaperei erfordert Mut und Entschlossenheit.«

Das erste Wort war ihr vertraut, auf Holländisch klang es fast genauso. *Kapern.*

»Der Augenblick ruft einem zu: Tod oder Leben! Man tötet nicht, um zu töten, sondern um sein eigenes Leben zu retten. Es dürstet einen nicht nach Blut, sondern nach dem Leben.« Er machte eine Pause und nickte sich selbst zu.

Aleida hatte kein Wort verstanden.

»Einmal habe ich eine holländische Schmacke überfallen, diese Art von Schiff wurde damals als Flöte bezeichnet. Der Holländer setzte alle Segel, aber ein Kaperer kann fliegen. Wir enterten sein Boot und lieferten uns einen Kampf ohnegleichen. Die anderen waren uns überlegen, und wir hätten die Schlacht nie gewonnen, wenn ich mich nicht persönlich auf den Kapitän gestürzt hätte. In solchen Situationen gibt es kein Pardon. Man darf nicht zögern. Entweder siegen oder sterben.«

Johannes verstummte. Aleida sah ihn verständnislos an. Geh jetzt, dachte sie. Steh auf und geh. Lass mich in Frieden. Johannes erhob sich und knöpfte sich die Hose auf. Dann hob er ihre Decke und legte sich auf sie.

Tulpen. Im Garten der Königin blühten jetzt bestimmt die Tulpen, dachte Aleida. Auf dieser Insel gab es keine Tulpen, sie hatte nicht eine einzige gesehen, nicht einmal in den Gärten. Blutrote Pfingstrosen wuchsen an einer Stelle, aber erst im Sommer, und sie gefielen ihr längst nicht so gut wie Tulpen. Sie liebte es zu beobachten, wie die grüne Spitze die Erdkruste durchbrach und sich langsam zum Himmel reckte. Ein immer längerer Stängel mit einer verkapselten Blüte am Ende. Erst wenn sie sich öffnete, konnte man ihre Farbe erkennen.

Er war jetzt fertig, wälzte sich von ihr herunter und schlief ein. Aleida blieb liegen, bis er zu schnarchen anfing. Sie stand vorsichtig auf, wischte sich zwischen den Beinen mit einem Handtuch trocken und ging hinaus in die kühle Frühlingsnacht. Ihre salzigen Tränen vermengten sich mit dem Regen, der immer kräftiger zu werden schien. Die Kühe suchten unter einer großen Eiche Schutz. Langsam ging sie auf den Hof. Verwirrt und fast blind fand sie sich im Blumenbeet wieder. Der Geruch war so vertraut, sie hatte dieselbe Pflanze zu Hause in ihrem Garten in Den Haag. Und bei der Königin wuchsen sie längs der Gänge hinter dem Paleis Noordeinde. Sobald die Rockschöße die Blätter streiften, dufteten sie. Wenn sie die Augen schloss, würde sie beim Aufwachen vielleicht feststellen, dass sie nach zu viel Champagner im Schlossgarten ohnmächtig geworden war. Aleida kniff die Augen zu, aber das Tosen der Wellen hinter den Klippen machte es unmöglich, sich an einen anderen Ort zu fantasieren. Mit erdigen Füßen kletterte sie die glatten Felsen hinter dem Bremsegård hinauf. Tulpen, dachte sie und blickte bibbernd hinüber nach Marstrandsö. Tulpen sahen so schön aus, wenn es regnete.

21

Als der Helikopter eintraf, hatte sich Vendela weit draußen auf den Klippen bei Karlsholm befunden. Dröhnend setzte er zur Landung auf Klöverö an. Charlie, war ihr erster Gedanke. Er war so rastlos gewesen, hatte nur kurz gebadet und dann gesagt, er müsse »los«. Hastig suchte sie ihre Sachen zusammen, zog den Jeansrock und das verwaschene blaue Polohemd über den rot-weiß gestreiften Bikini und kletterte geübt über die Klippen. Das dauerte ewig! Brauchte man wirklich so lange für den Rückweg? Sie warf einen Blick auf ihr Handy und wünschte, sie und Charlie hätten die Fahrräder genommen. Oder es gäbe Empfang auf der Insel, denn dann hätte sie anrufen und sich vergewissern können, ob alles in Ordnung war.

Vendela rannte zwischen den Weiden hindurch, wo die Kühe sie anglotzten. An der Abzweigung bog sie nach links ab und stand wenige Minuten später zwischen den Birnbäumen hinter dem Bremsegård. Keuchend ging sie die Steinstufen hinauf und öffnete den linken Türflügel.

»Hallo? Ist jemand zu Hause? Charlie?«

Vendela stellte ihre Badetasche im Flur ab und rannte mit großen Schritten ins Obergeschoss. In ihren Beinen rebellierte die Milchsäure.

»Charlie? Bist du hier?«

Nur das Knarren der Holztreppe unter ihr war zu hören.

Sie ging ganz nach oben und betrat, ohne anzuklopfen, Charlies Zimmer. Es war leer. Das Bett war ungemacht, aber der Computer ausgeschaltet. Sie legte sogar die Hand auf den Computer, um zu überprüfen, ob er noch warm war. Das war er nicht.

Vendela wählte Astrids Nummer. Niemand meldete sich. Nun machte sie sich richtige Sorgen. Sie rannte hinunter und wollte ihr Fahrrad aus dem Schuppen holen, musste aber feststellen, dass es bereits jemand anders genommen hatte. Ganz hinten stand noch ein Rad, aber das herauszuholen hätte genauso lange gedauert wie zu Fuß zu Astrid zu gehen.

Bitte, lass nichts passiert sein, mach, dass alles in Ordnung ist. Vendela versuchte, sich zu beruhigen, während sie über den Schotterweg an der Kuhweide vorbei und dann links über den Hügel rannte. Sie hörte wieder den Hubschrauber. Bald sah sie den Stahlrumpf über sich, der Richtung Süden flog. Er musste aus der Nähe von Astrid kommen, aber möglicherweise war er dort ja auch nur gelandet, weil sich ein Urlauber verletzt hatte. Vendela zwang sich, das letzte Stück zu rennen. Sie umrundete das Haus und betrat den Garten. Er war voller Leute. Astrid stand neben Rickard, und drei Männer und eine Frau, die sie noch nie gesehen hatte, redeten mit den beiden. Charlie war nirgendwo zu sehen. Sie eilte zu Astrid und wollte sie gerade nach ihrem Sohn fragen, als sie Jessica neben dem Plumpsklo im Gras liegen sah. Ihr Gesicht war dick geschwollen, und die Augen waren geschlossen.

»Was ist passiert?«, fragte Vendela und spürte, wie ihr die Tränen in die Augen schossen. »Was, in Gottes Namen, ist hier los?« Ihre Stimme überschlug sich fast.

Rickard hörte auf zu weinen und ließ sich von Vendela in den Arm nehmen.

»Brüderchen«, sagte sie. Sie konnte sich nicht erinnern, Rickard seit einem Sturz vom Birnbaum jemals wieder weinen gesehen zu haben. Damals waren sie noch Kinder gewesen.

»Jessica ist von einer Wespe gestochen worden«, sagte er.

»Hat sie sich denn nicht ihr Mittel gespritzt?«

Unfähig, weiterzusprechen, schüttelte Rickard den Kopf.

»Was sagst du?«, fragte Vendela. »Sie hat nicht gespritzt?«

Astrid stellte Rickard einen Stuhl hin und er sackte in sich zusammen. Vendela hockte sich neben ihn. Genau wie ihre Mutter, wenn sie ausnahmsweise einmal zu Hause war und die aufgeschlagenen Knie ihrer Kinder verpflasterte.

Astrid tippte Vendela vorsichtig an und sagte leise:

»Der Arzt hat versucht, sie zu retten, aber es ging nicht. Und jetzt ist die Polizei hier.«

»Verzeihung, wir sind von der Polizei Göteborg.« Eine blonde Frau stand vor ihr.

»Polizei?«, fragte Vendela.

»Wir wollen nur sichergehen, dass es ein Unfall war. Mein Name ist Karin.« Karin gab Vendela die Hand. »Das sind meine Kollegen Robert und Folke und der Kriminaltechniker Jerker.«

Vendela erwiderte den Händedruck und nannte ihren Namen. Das Ganze erschien ihr so unwirklich. Der arme Rickard wirkte ganz durcheinander. Und warum ließen sie Jessica auf der Erde liegen?

»Können wir uns irgendwo in Ruhe unterhalten?«

»Na klar«, sagte Astrid.

»Wäre es möglich, ins Haus zu gehen?«, fragte die Frau, deren Namen Vendela vergessen hatte. Was würde jetzt, da Jessica tot war, aus dem Bremsegård werden? Sie schämte sich ein wenig für den Gedanken, konnte aber nicht verhindern, dass ihr die Frage durch den Kopf ging.

Astrid führte sie ins Wohnzimmer. Der ältere Polizist blieb dort bei ihr, während der jüngere Rickard in die Küche begleitete.

»Gibt es im Obergeschoss einen Raum, wo wir uns hinsetzen können?«, fragte die blonde Frau.

»Ja.« Vendela ging die Treppe hinauf.

»Hier.« Sie öffnete die Tür zu einem der Gästezimmer und zeigte auf einen alten Klapptisch mit zwei blau lackierten Holzstühlen. »Es tut mir leid, ich habe in der Aufregung deinen Namen vergessen.«

»Karin Adler. Ich bin Kriminalkommissarin.« Sie setzte sich auf den Stuhl.

Vendela nickte abwesend. Sie betrachtete die gehäkelte Tagesdecke und die weiße Spitzengardine vor dem Fenster. Manchmal übernachtete sie bei Astrid. Dieser Flickenteppich hatte schon in ihrer Kindheit auf dem Linoleumfußboden gelegen. Die Gardinen hatten Astrid und sie gemeinsam genäht.

»Warum kommt die Polizei, wenn es sich um einen Wespenstich handelt?«

»Wir haben einen Anruf von der Krankenschwester aus dem Rettungshubschrauber erhalten. Ihr und dem Arzt war aufgefallen, dass sich Jessica auf dem Plumpsklo befand und die Tür von außen verriegelt war.«

»Konnte sie nicht hinaus? Und wo war die Spritze?«

»In ihrer Handtasche, aber die hing draußen an der Gartenbank.«

»Und wo war Astrid?«

»Mein Kollege Folke spricht gerade mit ihr. Ich weiß eigentlich auch nicht mehr als das, was mir die Krankenschwester erzählt hat. Aber nun zu dir. Du bist Rickards Schwester, wenn ich das richtig verstanden habe.«

Vendela nickte.

»Er ist mein kleiner Bruder.«

»Und ihr wohnt hier bei Astrid Edman?«

»Nein, wir besitzen nebenan einen großen Hof. Den Bremsegård.«

Vendela dachte an Jessica, die da draußen im Gras lag. Ihre Hose würde nass werden. Ihre schöne weiße Sommerhose, um die sie immer so besorgt war. Karin, die Polizistin, sah sie an. Wahrscheinlich hatte sie ihr eine Frage gestellt.

»Entschuldigung, hast du etwas gefragt?«

»Ja, aber das war nicht so wichtig. Es tut mir leid, dass wir uns so aufdrängen müssen. Wir wollen uns nur vergewissern, dass es wirklich ein Unfall war. Es mag vielleicht unsensibel erscheinen, aber es ist am besten, wenn wir das so schnell wie möglich hinter uns bringen.«

»Was wolltest du wissen?«

»Ich habe gefragt, ob ihr das ganze Jahr über hier wohnt«, sagte Karin.

»Nein, das ist unser Sommerhaus.«

»Und im Sommer seid ihr zu dritt, du, Rickard und seine Frau Jessica.«

»Meistens bin ich mit meinem Sohn Charlie hier. Er ist fünfzehn. Rickard und Jessica kommen nicht so oft, weil sie in London arbeiten. Aber Astrid wohnt immer hier. Sie ist übrigens in unserem Haus auf dem Bremsegård aufgewachsen.«

»Jetzt verstehe ich. Hat Jessica oft mit Astrid Kaffee getrunken?«

Vendela konnte sich das Lachen kaum verkneifen, weil die Frage so absurd war.

Karin sah sie fragend an.

»Nein, wirklich nicht. Soweit ich weiß, war sie zum ersten Mal hier.«

»Aha.«

»Jessica ist nicht … besonders angetan von Klöverö.

Wir hatten keine Kartoffeln mehr. Vielleicht ist sie zu Astrid hinübergegangen, um sich welche auszuleihen. Astrid baut ihre eigenen Kartoffeln an.« Vendela versuchte, sich zu erinnern, welche Worte gefallen waren, bevor sie das Gartentor geschlossen und sich mit Charlie auf den Weg gemacht hatte.

»Gab es Streit? Es klingt fast so«, sagte Karin.

»Das kann man wohl sagen. Rickard und ich haben den Bremsegård von unserem Vater geerbt. Jessica und Rickard haben uns vor kurzem mitgeteilt, dass sie den Hof verkaufen wollen. Ich möchte ihn gern behalten, Astrid natürlich auch. Und Charlie, mein Sohn. Jessica hatte alte Urkunden herausgekramt, die den Hof betreffen, und dabei hat sich herausgestellt, dass sich unser Brunnen auf einem Ackerstreifen befindet, der noch Astrid gehört. Es gab also in der Tat einen Konflikt.«

»Kannst du dir vorstellen, dass jemand Jessica auf dem Klo eingesperrt hat?«

»Mit Absicht, meinst du? Nein, wirklich nicht.« Während sie das sagte, musste sie an Astrid denken. Um ehrlich zu sein, war sie sich nicht sicher, wozu Astrid fähig war, wenn es darum ging, den Verkauf des Hofs zu verhindern. Auch Charlie war unheimlich aufgewühlt gewesen. Aber dass einer von beiden bewusst Jessicas Tod in Kauf nahm – undenkbar.

»Wo warst du heute Nachmittag?«

»In der Schnauzenbucht in Karlsholm. Charlie und ich wollten baden.«

»Zusammen?«

Vendela nickte. Charlie war jedoch früher gegangen. Wo war er abgeblieben?

»Wann hast du Jessica zuletzt gesehen?«

»Bevor Charlie und ich baden gingen, standen wir alle vier zusammen und haben uns unterhalten oder, besser gesagt, gestritten. Ich habe Jessica erklärt, dass es schwierig wird, ein Grundstück ohne Brunnen zu verkaufen. Dann sind Charlie und ich gegangen. Danach habe ich nicht mehr mit ihr gesprochen.«

»Und der Brunnen gehört Astrid Edman, die hier wohnt. Könnte sie hierhergekommen sein, um mit Astrid darüber zu sprechen?«

»Es würde mich nicht wundern, aber da fragst du besser Rickard, meinen Bruder.«

»Um welche Uhrzeit ist das alles passiert?«, fragte Karin.

»Gegen 13 Uhr 30. Ungefähr jedenfalls. Hier draußen guckt man ja nicht dauernd auf die Uhr.«

»Dann bist du mit deinem Sohn baden gegangen. In die Schnauzenbucht. Das ist ja ein ganzes Stück zu laufen.«

»Kennst du die Bucht?«

»Ich bin Seglerin und lege dort manchmal an.«

»Ach so. Ja, dorthin sind wir gegangen, um zu baden. Charlie wollte früher zurück. Als ich den Hubschrauber sah, habe ich mir Sorgen gemacht. Ich dachte, es wäre etwas passiert. Deshalb bin ich schnell zurück zum Haus gelaufen ...«

»Zu eurem Haus?«

»Zum Bremsegård, genau, aber es war niemand zu Hause, und deshalb bin ich hierhergerannt. Kurz bevor ich ankam, sah ich den Hubschrauber wegfliegen.«

»Und Charlie, dein Sohn?«

»Ich muss zugeben, dass ich keine Ahnung habe, wo er ist. Er könnte einen Spaziergang oder eine Bootsfahrt unternommen haben. Vielleicht steht er auch irgendwo mit seiner Angel. Man hat hier keinen Handyempfang, und falls die Leute sich nicht in der Nähe ihres Festnetztelefons aufhalten, kann man sie überhaupt nicht erreichen. Auf den Landzungen oder an der äußersten Kante der Insel hat man manchmal Empfang, aber in der Regel nicht.«

»Was wird nach Jessicas Tod aus dem Verkauf des Bremsegårds?«

»Das weiß ich nicht. Da musst du meinen Bruder fragen. Oder warte damit lieber noch ein bisschen. Er ist nicht so belastbar, wie er aussieht.«

»Okay. Wenn dir nichts mehr einfällt, bin ich fertig, glaube ich. Ich würde jedoch unheimlich gern noch mit Charlie reden.« Karin reichte Vendela ihre Visitenkarte.

»So bald als möglich. Du kannst natürlich dabei sein. Ruf mich jederzeit an. Ich wohne auf meinem Segelboot, das momentan in der Blekebucht auf Koö liegt.

»Ach«, staunte Vendela. »Das ganze Jahr über?«

»Ja, tatsächlich.«

»Manchmal frage ich mich, wie es wäre, das ganze Jahr über hier auf dem Bremsegård zu wohnen.«

»Das ist sicher überhaupt kein Problem.«

»Mit einem Fünfzehnjährigen?«, fragte Vendela skeptisch.

»Ich habe keine Kinder, aber warum nicht? Es gibt doch noch mehr Fünfzehnjährige in Marstrand.«

Während Vendela mit Karin die Treppe hinunterging, rasten ihre Gedanken wild durcheinander. Vielleicht war es dumm von ihr gewesen, Karin zu erzählen, dass sie von einem Leben auf dem Bremsegård träumte. Vor allem, da die Polizistin offenbar glaubte, dass jemand Jessica auf dem Plumpsklo eingesperrt hatte. Doch wer hätte das tun mögen? Der Bremsegård war zwar Astrids Ein und Alles, aber das hieß noch lange nicht, dass sie Jessica vorsätzlich ersticken lassen würde. Vendela dachte an Charlie. Er hatte gesehen, wie traurig sie war, und sich wahnsinnig aufgeregt. Sie schob den Gedanken beiseite. Es musste ein Unfall gewesen sein. Allerdings hatte sie einmal erlebt, dass jemand nicht mehr herauskam, und da hatte Rickard sie absichtlich eingesperrt.

Jerker stand vor dem Plumpsklo. Er hatte alles sorgfältig untersucht. Jetzt stand er da und öffnete und schloss immer wieder die Tür. Soweit Karin sehen konnte, war der Holzriegel bis jetzt noch kein einziges Mal von allein zugefallen. Sie ging auf die Straße. Die Insel hatte etwas Friedliches an sich. Sie konnte verstehen, dass Vendela überlegte, ganz hierherzuziehen. Hier draußen hätte sie selbst gern gewohnt. Keine Autos. So nah an der Stadt und trotzdem unendlich weit weg. Alle Haushalte auf der Insel brauchten ein eigenes Boot, und da die Abstände zwischen den Häusern und Booten recht groß waren, benötigte man wahrscheinlich auch ein Lastenmofa. Oder ein vierrädriges Motorrad, denn mit einem Mofa kam man hier im Winter bestimmt nicht weit.

Was war eigentlich passiert? War es wirklich ein Unfall gewesen? Dem Gespräch mit Vendela nach zu urteilen, gab es mehr als eine Person, die Grund gehabt hätte, Jessica zum Teufel zu wünschen. Oder ihr zumindest einen Schreck einzujagen. Und warum blieb Vendelas Sohn dem Hof fern, wenn er nichts getan hatte?

Karin blieb stehen. Aus dem Haus waren laute Stimmen zu hören. Irgendjemand schrie laut und deutlich.

»Arschloch!«

Das musste Charlie gewesen sein, Vendelas Sohn, dachte Karin. Ihr war vollkommen klar, mit wem er gesprochen hatte. Rasch eilte sie zum Haus.

Träume

Wieder näherte sich ein Winter. Der zweite an diesem gottverlassenen Ort. Oder war es der dritte? Hatte sie schon drei Winter hier verbracht? Sie wusste es nicht mehr. Warum kam niemand, um sie zu holen? Der Brief musste längst angekommen sein. Oder war der König vielleicht abgesetzt worden, so wie in Frankreich? Das hätte das Aus für sie bedeutet. Wer sollte dann wissen, dass sie noch lebte und von hier wegwollte?

Die Tage verschwammen im Nebel. Sie stieg die Klippen hinauf und blickte auf das weite Meer, das die Insel umgab. Alle Wege führten nur an das Wasser, keiner fort von hier. Jetzt wusste sie das. Aleida schloss die Augen und sah den Garten vor sich. *Tuin*. Der Garten zu Hause. Mit den kostbaren Tulpen und ihrem Pfirsichbaum. Stand das Haus leer? Glaubten sie immer noch, dass Hendrik und sie zurückkehren würden, dass sie sich nur verspätet hatten? Kümmerte sich jemand um das Haus und den Garten, pflückte jemand die reifen Pfirsiche? *Perziken*. Die Königin sagte immer, Aleidas Pfirsiche seien die besten, von denen sie je gekostet hätte. Dachte jemand daran, der Königin Pfirsiche ins Schloss zu bringen?

Und das Schiff. Hendrik hatte lange dafür gespart, nachdem er so lange unter der Regie von anderen gesegelt war. Es ging ihnen gut, aber diese Reise und die geplante Fahrt nach Frankreich sollten sie reich machen. Wo war das Schiff jetzt? Hatten Daniel und Johannes es an sich genommen, oder hatten sie nicht gewagt, es zu behalten, und es stattdessen zertrümmert? Vielleicht war es verkauft worden. Aleida dachte an das hübsche Namensschild, das Hendrik bei einem lokalen Tischler in Auftrag gegeben hatte. Sorgfältig hatte er so lange daran herumgeschnitzt, bis Hendrik endlich zufrieden war. *Aleida Maria* hatte in weich gerundeter Schrift darauf gestanden.

Aleida hatte mit den Fingerspitzen über die glatt geschliffene Oberfläche gestrichen.

»*Zoals de golven van de zee, maar dan op zijn vriendelijkst*«, hatte der Tischler gesagt. Aleida hatte genickt. Der Vergleich gefiel ihr. Dass das Stück Holz den Wellen gleiche, wenn die See freundlich gestimmt sei. Doch all das hatte in einer anderen Zeit, in einem anderen Leben stattgefunden. Sie schaute in die Ferne. Wenn doch nur ein Schiff käme, um sie zu holen. Sie sah die dreifarbige Flagge und die Uniformen der Besatzung vor sich. Beeilt euch, dachte sie, denn ich halte es nicht mehr lange aus. Die Frau, die sich von der Königin verabschiedet und den Freunden auf dem Kai zugewinkt hatte, als sich das Schiffe auf die Reise nach Norden machte, diese Frau gab es nicht mehr. Sie spürte, dass eine andere Seite immer mehr Gewalt über sie bekam und sich in ihrem Innern ausbreitete. Eine finstere Gestalt. Gib auf, raunte sie ihr zu. Es kommt niemand, um dich zu holen. Du bist für immer hier gefangen. Die dunklen Gedanken nahmen allmählich immer mehr Raum ein, so wie Johannes Besitz von ihrem Körper ergriffen hatte. Ihre Seele hingegen würde ihm niemals gehören, sie schwebte über der Bucht des Bremsegårds und suchte ihren Seelenverwandten. Lag Hendrik dort unten in der Tiefe? Sah er ihre Verzweiflung, konnte er ihr Hilfe schicken? Es eilte langsam, denn um ihren Körper war es schlecht bestellt, das fühlte Aleida. Sie hatte schon lange keine Monatsblutung mehr gehabt und befürchtete, Johannes könnte Unkraut in ihrem Garten gesät haben.

Der Wind nahm zu, und Salzwasser spritzte bis zu ihr auf die Klippen. Ich kann nicht für ein Kind sorgen, das gegen meinen Willen gezeugt wurde. Er oder sie würde keinen Platz in meinem Herzen haben, und außerdem würde man mir das Kind sowieso gleich nach der Geburt wegnehmen. Sie konnte sich leicht vorstellen, was dann passieren würde.

Ihre Gedanken wanderten wieder zu Hendrik, der mit den anderen Seemännern erschlagen worden war. In dem Moment hatte ihr Leben geendet.

Ich bin nur noch ein Gespenst, das hier auf den Klippen herumrennt, um vor den Schreien der Männer davonzulaufen, denen die Hände abgehackt und die Schädel zerschmettert wurden, als sie sich auf das Schiff von Johannes und Daniel zu retten versuchten.

Was sollte sie tun, wenn das Kind kam? Wo sollte sie hin?

Wenn niemand mir zu Hilfe kommt, ist mein Leben vorbei. Entweder mache ich ihm selbst ein Ende, oder jemand anders tut es.

Sie hörte sie reden, ohne ein Wort zu verstehen. Doch dann sah sie ihre Blicke, und da begriff sie.

Nordgård, 1838

Die Frau kam am Dreikönigstag. Ihr Haar unter dem Kopftuch war zerzaust, und ihre abgewetzten Männerstiefel waren viel zu groß. Ihre Wangen glühten vor Kälte. Agnes sah sie am Tor stehen. Sie wollte eigentlich nicht mehr reden, aber die Gedanken an den Brief ließen ihr Tag und Nacht keine Ruhe.

Draußen war es bitterkalt. Ihr Atem verwandelte sich in weißen Dampf, als sie die Tür öffnete und Aleida hereinrief.

»*Kom binnen.*«

Bevor sich die Frau dem Haus näherte, sah sie sich zögernd um, als glaubte sie, sich getäuscht zu haben, als sie Agnes nach ihr rufen hörte. Eigentlich war es Wahnsinn, aber was blieb ihr anderes übrig? Agnes fror schon an der offenen Tür. Sie winkte der Frau zu, damit sie sich beeilte. Die Holländerin drängte sich niemals auf und hätte von selbst wahrscheinlich nicht einmal gewagt, durch das Tor zu gehen und an die Tür zu klopfen. Sie wäre trotz der Kälte dort stehen geblieben und hätte gehofft, dass jemand sie sah. Schleppend bewegte sie sich vorwärts, als wären ihre Gliedmaßen von der Kälte ganz steif. Irgendetwas stimmte nicht, denn sonst wäre Aleida nicht so langsam gegangen. Agnes zog Oskars Robbenfelljacke über und rannte ihr entgegen. Sie legte Aleida ein Schaffell um die mageren Schultern und zuckte erschrocken zusammen, als sie bemerkte, wie kalt die Frau war.

Agnes machte die Tür hinter ihnen zu und schloss sie sorgfältig ab. Sie streckte den Arm über die Küchenbank und zog die Vorhänge zu. Anschließend half sie der Holländerin aus den Stiefeln und setzte sie auf einen Stuhl vor dem Herd. Agnes legte Holz nach und sah, wie die Glut das Gesicht der Frau beleuchtete. Die Kälte hatte nur die Wangen gerötet, ansonsten war ihre Haut so weiß wie der Schnee auf dem Hügel vor dem Haus. Jetzt bemerkte Agnes, dass die Frau zitterte. Ihre Füße hatten eine ungesunde Farbe, die ins Bläuliche tendierte. Wie das Eis auf dem Sund, wenn es trug.

Agnes hockte sich vor sie. Aleidas Augen wirkten blind und leer, obwohl sie Agnes ansah.

»*De brief Aleida*. Ich habe ihn abgeschickt.« Ein Zucken in Aleidas Gesicht verriet ihr, dass sie die Worte verstanden hatte. Tränen liefen ihr über das Gesicht. Sie machte keine Anstalten, sie wegzuwischen, sondern starrte nur in die züngelnden Flammen.

Agnes wärmte ihr Brühe auf und stellte einen tiefen Teller vor sie hin, aber als sie nach dem Löffel greifen wollte, fiel er ihr immer wieder aus der Hand. Ihre Finger waren noch zu kalt. Agnes hob das Besteck vom Boden auf, wischte es an ihrer Schürze ab und füllte den Löffel mit heißer Brühe. Vorsichtig hielt sie ihn an Aleidas aufgesprungene Lippen. Die Frau schluckte und verzog das Gesicht. Immer wieder tauchte sie den Löffel in die stärkende Bouillon, die Aleida schweigend hinunterschluckte. Langsam wurden ihre Hände wieder beweglich, und die letzten Löffel konnte sie allein essen. Währenddessen stellte Agnes für Aleida und sich selbst die Reste vom Vortag auf den Tisch. Oskar würde frühestens morgen zurückkehren, und falls jemand vorbeikam, konnte sie Aleida einfach in einem Nebenraum verstecken oder gar nicht die Tür öffnen.

Agnes strich eine dicke Schicht Butter auf ein Stück Fladenbrot und legte es Aleida auf einen Zinnteller. Achtsam führten ihre schmutzigen Hände das dünne Brot zum Mund.

Aleida kaute, schluckte und richtete sich auf.

»Ich bin eine Wilde geworden.« Sie schüttelte den Kopf und betrachtete ihre Füße. »Zumindest äußerlich.«

»Der Brief ist unterwegs. Vielleicht ist er sogar schon angekommen.« Agnes überlegte, wie lange ein Brief nach Holland brauchte, welche Strecke er zurücklegen musste und wie er wohl am Hof aufgenommen werden würde.

»Hoffentlich kommen sie bald und holen mich ab, denn ich halte es nicht mehr lange aus.«

Agnes nickte. Sie wusste nicht, was sie darauf erwidern sollte. Stattdessen schöpfte sie noch eine Kelle Bouillon in Aleidas Suppenteller und drückte ihr den Löffel in die Hand. Sie hielt ihn anmutig und aß wie eine feine Dame. Hinter dem Schmutz und dem Hunger konnte man die Reste der Frau erahnen, die den größten Teil ihres Lebens schöne Kleider in schimmernden Farben getragen, sich mit wohlerzogenen Menschen umgeben und in vornehmen Salons bewegt hatte. Nun saß sie barfuß und verdreckt, mit verfilztem Haar und in einem zerrissenen Kleid bei Agnes in der Küche.

Agnes überlegte, ob sie Aleida etwas zum Anziehen geben konnte. Sie brauchte etwas, das sie vor Nässe und Kälte schützte. Auch wenn es ihr letzter Winter auf Klöverö war, würde sie es schwer haben. Hoffentlich war der Brief gut angekommen. Hoffentlich war die Rettung nah.

22

Um acht legten sie vom Steg auf Klöverö ab. Der Sund lag ruhig und spiegelglatt da.

»Was denkt ihr?«, fragte Karin. »War es ein Unfall?«

»Durchaus möglich«, sagte Folke. »Jeder Mensch weiß, dass es auf Plumpsklos Wespennester gibt.«

»Jessica scheint nicht der Typ gewesen zu sein, der Herzhäuschen bevorzugte«, stellte Karin fest und ließ den Motor an. Sie überprüfte, ob Kühlwasser aus dem Auspuff kam, bevor sie Robert aufforderte, den vorderen Tampen zu lösen und selbst den Achtertampen losmachte. Einer der Fender fehlte. Wahrscheinlich hatte Folkes Knoten nicht gehalten. Sie machte sich nicht die Mühe, ihm das mitzuteilen. Seit Charlie ihn als »Arschloch« bezeichnet hatte, war er vollkommen aus dem Gleichgewicht geraten, und ein verlorener Fender würde die Sache nicht besser machen.

»Aber wie kam es, dass die Tür von außen verriegelt war? Ich kann mir kaum vorstellen, dass der Riegel von allein heruntergefallen ist. Was meinst du, Jerker?«, fragte Robert und legte einen völlig verknäulten Tampen auf die Sitzbank. Karin hob ihn wieder auf und drückte ihn Robert in die Hand.

»So verstaut man doch keinen Tampen! Soll ich etwa das nächste Mal, wenn ich ihn brauche, erst dieses Durcheinander entwirren? Stell dir vor, ich bin allein an Bord, und es stürmt, oder der Motor bleibt plötzlich stehen. Es muss immer alles ordentlich und an seinem Platz sein. Du als Vater von drei kleinen Kindern müsstest das doch wissen.«

»Tut mir leid, Käpt'n.« Er wickelte den Tampen auf und wirkte ein wenig verschämt. Sorgfältig packte er das Tau weg und erntete ein anerkennendes Nicken von Karin.

»Was hast du über die Tür gesagt, Jerker? Hätte sie von allein so fest zufallen können, dass Jessica keine Möglichkeit mehr hatte, sich zu befreien? Ich glaube, das hatte ich gerade gefragt, als ich mir einen Rüffel von unserer Chefin einfing«, er lächelte Karin übertrieben an, »weil ich diese Schnur nicht richtig aufgerollt hatte.«

»Dafür ist der Riegel zu träge«, antwortete Jerker. »Ich habe die Tür mehrmals zugemacht, und er ist kein einziges Mal von allein runtergefallen.«

»Vendela hatte allen Grund, ihre Schwägerin loswerden zu wollen«, sagte Folke. »Astrid Edman auch. Sie ist geradezu besessen vom Bremsegård«, fuhr er fort und nickte vor sich hin.

»Das ist ja auch kein Wunder, es ist schließlich ihr Elternhaus.« Karin gab Gas.

»Ich werde das alles noch einmal überprüfen«, sagte Robert. »Wer weiß, vielleicht wollte Rickard sie loswerden. Eigentlich hat keiner von ihnen ein richtiges Alibi. Jeder hätte den Riegel zuschieben und sich davonschleichen können. Man musste nur auf einen Holzklotz drücken, um sie einzusperren. Wie viele Sekunden braucht man dafür? Wir wissen, dass Astrid vor Ort war. Jessica muss um Hilfe gerufen haben. Einen Wespenstich spürt man. Sie muss also gemerkt haben, dass sie eine Wespe gestochen hatte.«

»Astrid behauptet, sie sei auf dem Kartoffelacker gewesen und habe nichts gehört. Der Gemüsegarten ist immerhin hinter dem Haus«, sagte Folke.

»Das haben wir aber überprüft. Karin hat auf dem Plumpsklo laut gerufen, während ich hinten auf dem Acker war. Ich habe sie laut und deutlich gehört.«

»Du meinst, Astrid hätte sie auch hören müssen?«, fragte Folke.

»Sie ist ja schon älter, vielleicht hört sie schlecht.« Jerker zuckte die Achseln.

»Den Eindruck hatte ich nicht«, wandte Folke ein.

»Ach, du weißt doch, wie das mit alten Leuten ist. Sie wollen sich nicht anmerken lassen, dass sie schlecht hören. Es ist ihnen peinlich. Manchmal antworten sie dir lieber ins Blaue hinein, als dich zu bitten, eine Frage zu wiederholen.«

»Dieser Charlie scheint mir jedenfalls ein richtiges Früchtchen zu sein.«

»Meine Güte, Folke, das sagst du über alle Fünfzehnjährigen«, seufzte Robert.

»Zu meiner Zeit hatten sie mehr Benehmen.«

»Bist du dir da ganz sicher?«

»Ja, das bin ich. Die Leute haben sich verbeugt und höflich bedankt und einander die Türen aufgehalten.«

»In deiner Erinnerung vielleicht.«

»Es war so. Habt ihr gehört, wie er mich genannt hat?«, fragte Folke empört.

»Doch, doch, aber wie hast du ihn dazu angestachelt?«, wollte Karin wissen.

»Du meinst, was ich gesagt habe?«

»Manchmal gibst du Dinge von dir, die andere Leute auf die Palme bringen. Weißt du noch, was du zu Charlie gesagt hast?«

»Ich glaube, ich hatte gar nicht mit ihm, sondern mit seiner Mutter gesprochen.«

»Dann fragt sich wohl, wie weit Charlie gehen würde, um seiner Mutter zu helfen, den Bremsegård zu behalten«, warf Robert ein.

»Aber ihr Problem ist doch noch nicht gelöst. Rickard besitzt immer noch die Hälfte des Hofs«, sagte Karin.

»Aber Jessica war bei den Verkaufsplänen die treibende Kraft, und jetzt ist sie tot«, stellte Folke fest.

»Wie gesagt, ich werde mir die Sache gleich heute Abend genauer ansehen. Was haltet ihr von einer Lagebesprechung morgen früh um zehn?«, fragte Robert.

»Das klingt gut.«

Karin fuhr rückwärts an den Anleger und befestigte das Boot mit ein paar geübten Handgriffen.

»Wie heißt der Knoten?«, fragte Jerker beeindruckt.

»Dieser hier? Das ist ein Palstek. Er ist praktisch, weil man ihn jederzeit leicht lösen kann, selbst wenn er sich ganz fest zugezogen hat.«

Karin zog den Schlüssel aus dem Zündschloss und stellte den Batterieregler auf Null. Dann öffnete sie die Luke im Fußboden und drehte den Kühlwasserhahn ab.

Robert ging an Land und nahm Jerker die Taschen ab, die dieser ihm hinüberreichte.

»Schafft ihr den Rest allein?«, fragte Karin.

»Ich gehe schon mal den Wagen holen«, sagte Folke. Jerker zog den Autoschlüssel aus der Hosentasche und kontrollierte, ob alle Sachen sicher auf dem Ponton gelandet waren.

»Folke!«, rief Robert. Folke blieb stehen und drehte sich um. »Hast du nicht vergessen, dich vor Karin zu verbeugen?« Robert lachte zufrieden.

Während draußen der Abend langsam hereinbrach, stand Astrid eine Weile in der Küche. Arme Jessica, armer Rickard. Sie starrte zu der Stelle, wo Jessica gelegen hatte, als alle noch hofften, dass sie überleben würde. Jessicas Tod erschien ihr so unwirklich. Astrid würde erst begreifen, dass sie wirklich nicht mehr lebte, wenn sie auf den Bremsegård kam und die anderen dort ohne sie unterm Birnbaum saßen und frühstückten oder zu Mittag aßen. Und der Hof, was würde aus dem jetzt werden? Hatte Rickard als frisch gebackener Witwer wirklich die Kraft, den Verkauf durchzusetzen? Astrid versuchte, sich zu erinnern, womit sie gerade beschäftigt gewesen war, als Jessica auftauchte. Ach ja, sie wollte einen Blick in die Familienbibel werfen. Sie zog sie aus dem Regal und schlug sie auf. Es begann mit Agnes' Eltern auf Näverkärr, dann kamen Agnes und Oskar mit ihrer Tochter Lovisa, die im Jahr 1800 geboren war. Lovisa hatte auch Kinder zur Welt gebracht. Astrid betrachtete die vielen Namen und die kurze Zeitspanne, die zwischen Geburt und Tod verstrichen war. Sie schüttelte den Kopf.

Astrid ging ins Obergeschoss und holte das Tagebuch herunter. Dann knipste sie die Lampe neben dem Sessel an und machte es sich mit dem Buch auf dem Schoß bequem. Der Brief, dachte sie. War er nach Holland gelangt? War Rettung unterwegs? Beeindruckend, welches Risiko Aleida eingegangen war, um den Brief zu schreiben, und welches Risiko Agnes auf sich genommen hatte, um ihn abzuschicken, vor allem aber in ihrem Tagebuch davon zu berichten. Astrid fragte sich, wo sie es all die Jahre versteckt hatte. Nun saß sie hier, hielt es in den Händen und wandelte auf Agnes' Spuren.

Der Herrgott und die Kinder

Über Nacht hatte es geschneit. Außer in der Küche waren alle Fenster von innen vereist. Agnes dachte an die Leute in den Hütten und Kojen, an die kleinen Kinder, die den eisigen Winter nicht überleben würden, und die Mütter, die sich abrackerten, um alle hungrigen Mäuler zu stopfen. Allzu viele Väter wärmten sich mit dem Schnaps auf, den sie in Widells Laden kauften, obwohl das Geld für Lebensmittel benötigt wurde. Sie dachte an Lovisa, die wieder guter Hoffnung war. Das Kind sollte im Herbst zur Welt kommen, und jeden Abend flehte Agnes Gott an, ihnen dieses Kind zu lassen. Noch so einen Verlust würde Lovisa nicht überleben, sie würde daran zerbrechen. Der Fußboden war eisig kalt, dennoch betete Agnes auf den Knien. Ihre gefalteten Hände legte sie auf Vaters Familienbibel, als könnte sie dadurch ihren Gebeten zusätzliche Kraft verleihen. Sie schlug sie auf und betrachtete die Seite, die von oben bis unten mit dem Namen Agnes Carolina bedeckt war. Dann sagte sie Amen und stand auf.

23

Während er den Computer hochfuhr, machte Robert es sich auf seinem Schreibtischstuhl bequem und legte die gefalteten Hände in den Nacken. Es gab einige, denen Jessicas Absicht, den Hof zu verkaufen, gegen den Strich gegangen war, dachte er. Es fragte sich jedoch, ob einer von ihnen so weit gegangen wäre, sie auf dem Klo einzusperren und an einem anaphylaktischen Schock sterben zu lassen. Aber wieso, um alles in der Welt, war die Tür verriegelt gewesen, wenn niemand von außen nachgeholfen hatte? Nun, der Sache würde Jerker weiter nachgehen. Robert hatte vorerst die Aufgabe, sich mit Jessicas Hintergrund und ihren nächsten Angehörigen zu befassen.

Er begann mit Jessica selbst. Anhand der Angaben der Familie und der Informationen aus der Datenbank der Polizei konnte er sich ein Bild von der jungen Frau machen. Sie war eine geborene Jessica Svensson, bevor sie Rickard vor zwei Jahren heiratete. In Stockholm zur Welt gekommen, aber in Varberg aufgewachsen. Keine früheren Ehen, Kinder und sonstige Auffälligkeiten. Sie war wohnhaft in London, Großbritannien, und hatte eine gut bezahlte Stelle bei Goldmeyer Sachs. Auch ohne den Verkauf des Bremsegårds brauchte sie sich finanziell keine Sorgen zu machen.

Rickard hatte ebenfalls keine früheren Ehen oder Kinder im Gepäck. Aber Jessica hatte eine Lebensversicherung abgeschlossen, die ihm zufiel. Robert dachte an seine eigene Situation als Ehemann und Vater von drei Kindern. Seine Frau und er hatten beide eine Lebensversicherung, damit der Hinterbliebene mit den Kindern im Reihenhaus der Familie bleiben konnte, falls etwas passierte.

Vendela war geschieden. Aus der kurzen Ehe mit einem Amerikaner war der Sohn Charlie hervorgegangen. Er warf einen Blick auf seinen Notizblock. Sie arbeitete als Krankenschwester im Sahlgrenska und wohnte mit Charlie im Göteborger Innenstadtviertel Vasastan. Sie liebte Klöverö von ganzem Herzen und wollte auf keinen Fall, dass der Bremsegård verkauft wurde. Die Frage war, ob Jessicas Tod aus Vendelas Blickwinkel etwas veränderte. Würde Rickard beispielsweise darauf verzichten, seine Hälfte des Hofs zu verkaufen? Robert stellte fest, dass sie von seinen weiteren Plänen keine Ahnung hatten. Rickard selbst ging es vermutlich genauso. Nach dem, was passiert war, erschien es Robert jedoch fast noch wahrscheinlicher, dass er verkaufen wollte, denn wer wollte schon an einen Ort zurückkehren, wo die eigene Ehefrau ums Leben gekommen war. So wurde man doch ständig an den Verlust erinnert.

Astrid Edman hatte nie geheiratet, las Robert, aber das überraschte ihn nicht. Sie war 73 Jahre alt und auf Klöverö geboren und aufgewachsen. Die große Überraschung war Charlie. Robert setzte sich aufrecht hin und kippte den Bildschirm ein wenig nach hinten, damit er besser lesen konnte. Gott im Himmel! Natürlich hatten Jugendliche manchmal das Pech, in schlechte Gesellschaft zu geraten, aber nachdem er die Liste gelesen hatte, kam er zu dem Schluss, dass Charlie selbst die schlechte Gesellschaft darstellte.

Er war der Brandstiftung verdächtigt, aber letztendlich nur wegen schwerer Sachbeschädigung verurteilt worden, nachdem er auf dem Schulgelände einen Geräteschuppen angezündet hatte. So ging es immer weiter. Robert las von einem Vergehen nach dem anderen und schüttelte bekümmert den Kopf. Vier Verurteilungen waren für einen eben erst Fünfzehnjährigen beachtlich. Sie würden sich mit Charlie unterhalten müssen. Wahrscheinlich war es am besten, ihn direkt auf Klöverö zu befragen und keine große Sache aus der Angelegenheit zu machen, indem sie ihn und Vendela ins Göteborger Polizeigebäude bestellten. Robert kam zu dem Schluss, dass er und Karin für diese Aufgabe vermutlich am geeignetsten waren. Er warf einen Blick auf die Uhr. Es war zu spät, um Karin anzurufen. Außerdem hatte Johan bestimmt irgendetwas geplant, um sie aufzumuntern. Er hatte etwas von einem Konzert gesagt.

Als sich das letzte Blatt aus dem Drucker schob, legte Robert alle Papiere zusammen und steckte sie in eine Klarsichthülle. Er konnte Karin auch morgen früh anrufen, um ihr zu sagen, dass sie sich den Weg in die Stadt sparen konnte. Jerker würde er auch anrufen und ihn fragen, welche Schlüsse er aus der Sache mit der Plumpsklotür gezogen hatte. Oder zumindest, was er für wahrscheinlich hielt. Aber auch das musste bis morgen warten.

Nottaufe

Agnes machte sich Sorgen. Lovisa lag seit zwei Tagen in den Wehen, und das Fruchtwasser war längst abgegangen, aber das Kind wollte offensichtlich nicht kommen. Nun schlief sie immerhin, sie brauchte ein bisschen Ruhe. Agnes riet der Hebamme, sich auch hinzulegen, sie selbst könne sich wach halten.

Es vergingen gute zwei Stunden, bis die Wehen mit einer solchen Wucht wieder einsetzten, dass Agnes die Hebamme weckte. Fünfunddreißig Minuten später war das Kind geboren, ein kleiner Junge. Er sah blass und mitgenommen aus, aber er lebte. Das Kind wurde gewaschen und eingewickelt, bevor man es der Mutter an die Brust legte.

»Trink, mein Kleiner«, redete die Hebamme ihm zu. Sie drückte einen Tropfen Milch aus Lovisas Brust und ließ den Jungen kosten.

Er hat keine Kraft, dachte Agnes. Auch für ihn war die Geburt eine Strapaze gewesen. Lieber Jesus, lass sie dieses Kind behalten, sie hat so viel durchgemacht. Noch ein Kind zu verlieren, würde ihr das Herz brechen. Und meins auch, fügte Agnes hinzu.

»Hast du Sahne im Haus?«, fragte die Hebamme.

»Ja, bestimmt.«

»Er braucht etwas im Magen, damit er in Gang kommt. Beim letzten Mal ...«

»Beim letzten Mal durften wir das Mädchen acht Monate lang behalten. Das Kind davor war eine Totgeburt.« Agnes sprach leise und schüttelte dabei den Kopf. Es war besser, so wie sie und Oskar nur ein Kind zu bekommen, das überlebte, als immer wieder vergeblich zu hoffen. Agnes saß bei Lovisa im Erdgeschoss. Etwas hatte sie geweckt. Auf Zehenspitzen ging sie zur Wiege des Jungen. Sie schlug sich die Hand vor den Mund. Er lebte nicht mehr, das sah sie sofort.

Warum? Warum hatten sie dieses Kind nicht behalten dürfen? Sie sah durch das Fenster zum Himmel hinauf. Diesmal hatte sie versucht, ihre Sorgen vor ihrer Tochter zu verbergen, und die ganze Schwangerschaft war gut verlaufen. Lovisa hatte gestrahlt. Doch hiermit würde sie nicht fertig werden, es würde sie umbringen.

Vor dem Fenster rührte sich etwas. Beinahe hätte Agnes laut geschrien, als sie ein Gesicht an der Scheibe sah. Wer war das? Mitten in der Nacht? War etwas passiert? Sie dachte an Lovisas Mann, der auf Fischfang war. Nicht, dass sie ihn auch noch verlor. Sie legte den Jungen zurück in die Wiege, verließ so leise wie möglich die Kammer und legte sich ein Tuch um die Schultern, bevor sie hinausging.

Sie hörte ein Stöhnen.

»Ist da jemand?«

»*Pardon.*«

»Aleida?«, flüsterte Agnes.

Die Frau stöhnte erneut und stützte sich mit einer Hand an der Hauswand ab. Die andere hielt sie sich auf den Bauch. Agnes eilte zu ihr. Erst jetzt sah sie, dass die Frau schwanger war.

»*Het kind.* Ich glaube, es kommt.«

Agnes dachte fieberhaft nach. Sie sah sich um.

»Komm mit!« Sie führte Aleida zum Stall. Von dort aus rannte sie zurück zum Haus und holte Wasser und Decken. Hatte jemand gesehen, wie sie den Bremsegård verließ? In dem Fall würden sie bald nach ihr suchen. Aleida war so leise wie möglich, denn auch ihr war bewusst, wie gefährlich die Situation für sie beide war.

»Ich kann das Köpfchen sehen.« Agnes drückte Aleidas Hand.

Sie war gefasst, schloss die Augen und murmelte etwas auf Holländisch. Agnes konnte die Worte nicht genau verstehen. Es klang wie *het kind van de Duivel*, das Kind des Teufels.

Die Presswehen setzten ein und nahmen vollständig Besitz vom Körper der werdenden Mutter. Nun schrie sie, aber der Laut erinnerte eher an ein Tier, und sie war kaum noch ansprechbar.

»Du hast es bald geschafft«, sagte Agnes.

Wie eine Robbe glitt das Kind aus Aleidas Leib. Seine Haut sah rosig und gesund aus. Noch ein Junge war in dieser unglückseligen Nacht zur Welt gekommen. Agnes rieb ihn trocken. Dann reichte sie Aleida das Kind und wollte ihn ihr an die Brust legen, aber Aleida stieß ihn fort. Ratlos stand Agnes mit dem kleinen Burschen da.

Die Nachgeburt kam kurz darauf, und wenig später erhob sich Aleida auf wackligen Beinen.

Agnes stand noch immer mit dem Kind im Arm da. Er war warm. Sie hüllte es in ihr Tuch und dachte an den kalten Körper in der Wiege.

»Warte!«, sagte sie. »Geh noch nicht. Ich werde für deinen Sohn sorgen, aber ich muss dich um etwas bitten.«

Sie eilte ins Haus. Lovisa schlief tief und fest.

»Gott, steh mir bei«, flüsterte sie und hob das tote Kind aus der Wiege. Dann legte sie das Neugeborene hinein und deckte es zu. Sie nahm die Bibel und eine Schale dicke Bohnen mit und eilte hinaus.

Aleida war noch da. Sie trank Wasser und nahm dankbar die Bohnen an. Mit leerem Blick sah sie das tote Kind in Agnes Armen an.

»Das Kind meiner Tochter. Ihr drittes. Alle tot. Sie hat ihn heute Nacht bekommen.«

»Gott muss diese beiden Kinder verwechselt haben«, sagte Aleida, ohne Agnes aus den Augen zu lassen.

Agnes betrachtete die Frau, die es gewagt hatte, den Gedanken zu äußern, den sie selbst nicht auszusprechen wagte.

Agnes fiel auf die Knie, besprengte den Kopf des Kindes mit Wasser und hoffte, dass Gott diesen Akt als Taufe akzeptieren würde. Wenn der Junge getauft war, konnte ihm kein Dämon etwas anhaben. Aleida würde ihn in ihre Obhut nehmen. Es fragte sich nur, wo Aleida selbst Schutz suchen sollte. Die Frau knöpfte ihre Strickjacke auf, zog ein Schmuckstück darunter hervor und drückte es Agnes in die Hand.

Agnes legte Aleida den Knaben in den Arm und küsste ihn auf die Stirn. Er war noch kälter geworden. Wenn sie darüber nachdachte, was sie gerade zu tun im Begriff war, zerriss es ihr das Herz, aber sie schob die Gefühle beiseite und bemühte sich einfach, das Richtige, Beste und Sicherste zu tun. Die Worte blieben ihr im Hals stecken, aber sie wollte sie trotzdem laut sagen.

»Leb wohl, mein kleiner Emanuel Oskarsdotter-Edman. *Ga in vrede Aleida.* Gehe hin in Frieden.«

Agnes meinte, Hundegebell zu hören. Sie sah, dass auch Aleida bei dem Geräusch zusammenzuckte und ihr unruhiger Blick zum Waldrand wanderte.

Agnes schaute ihr in die Augen und legte ihr eine Hand auf den Arm. Aleida nickte müde. Worte waren überflüssig. Was hätte sie auch sagen sollen? Es war nicht richtig, eine frisch entbundene Frau in die dunkle Nacht hinauszuschicken. Eine Frau, die seit Jahren gefangen gehalten wurde, nachdem ihr Mann und seine ganze Besatzung erschlagen worden waren. Doch was sollte sie tun? Was hätte sie tun können? Ohne ihre eigene Familie zu gefährden, nichts. Aber das Bild der Frau mit Lovisas totem Sohn im Arm würde sie ihr Lebtag nicht mehr loslassen.

Aleida nahm sie fest in den Arm. Agnes sah noch, dass sie barfuß durch das bereifte Gras den Hügel hinterm Stall hinauflief. Das weiße Haar hing ihr über den Rücken, und wer nichts von ihrer Existenz wusste, hätte glauben können, er habe eine Elfenkönigin oder einen Waldgeist gesehen. Kurz darauf war sie mit Emanuel verschwunden. Agnes beeilte sich, die blutigen Wolldecken, das Heu und Aleidas Schuhe zu beseitigen. Sie stopfte alles in einen Sack, den sie im Heuschober versteckte.

Sorgfältig bürstete sie ihr Kleid ab und wusch sich, bevor sie wieder ins Haus ging. Behutsam hob sie den Jungen aus der Wiege, wickelte ihn und legte ihn Lovisa an die Brust. Sofort begann er so kräftig zu saugen, dass Lovisa wach wurde.

»Mutter?«

»Hier bin ich«, flüsterte Agnes.

»Lebt er, Mutter?«

»Er lebt. Und er hat Hunger.«

»Danke, lieber Gott. Ich hätte nicht gedacht, dass er es schafft.« Der jungen Mutter liefen Tränen über das Gesicht.

Agnes legte sich zu ihrer Tochter ins Bett und strich ihr über den Kopf.

»Het komt wel goed.«

Sie blickte in den Himmel, der durch das Fenster zu sehen war, und dachte an einen Satz, den der Pastor irgendwann einmal gesagt hatte: »Die Wege des Herrn sind unergründlich.«

Seine Worte hatten einen vollkommen neuen Sinn bekommen.

24

»Müsste die Welt nicht aufhören, sich zu drehen, wenn man stirbt?« Karin sah Johan an, der neben ihr auf der Fähre stand und den Blick fest auf Klöverö gerichtet hatte. »Die Sterne sollten erlöschen oder zumindest einmal aufblitzen. Irgendein Zeichen.«

»Meine Welt bräche definitiv zusammen, wenn du sterben würdest.« Johan nahm sie in den Arm. Sie sah schön aus in ihrem beigefarbenen ärmellosen Kleid. Über dem Arm trug sie eine dunkelblaue Strickjacke. Ihre Haut war gebräunt, und Sonne und Salzwasser hatten ihr Haar gebleicht. Das blaugrüne Halstuch passte genau zu den Augen, die ihn normalerweise anstrahlten. Heute nicht. Deshalb hatte er alle möglichen Hebel in Bewegung gesetzt, um die Karten für die Vorstellung am Abend zu besorgen.

»Für eine Weile, aber dann würdest du weiterleben und eine andere Frau finden. Es sterben ja in jeder Sekunde Menschen, ohne dass großartig etwas passiert. Wer erinnert sich nach einigen Jahren noch an sie? Die Frau im Moor war vielleicht die große Liebe von irgendjemandem. Und das Kind war vielleicht das ganze Glück von ihr und ihrem Liebsten. Die beiden müssen doch vermisst worden sein. Fragst du dich nicht, wer sie war?«

»Doch, natürlich.«

Die Fähre legte an, und Lastenmofas und Besucher begaben sich an Land.

»Es muss sich doch herausfinden lassen. Wer hat zwischen 1800 und 1850 auf Klöverö gelebt?«

»Da müssen wir wohl Nachforschungen anstellen. Wie wäre es mit morgen? Komm jetzt.« Während sie über das Kopfsteinpflaster spazierten, legte er den Arm um sie. Ein großes Lastenschiff tuckerte von Norden heran. Jugendliche holten die Segel ein, während der Kapitän das große Schiff geschickt an den Kai manövrierte. Auf der gegenüberliegenden Seite des Sundes lag die *Andante* am Schwimmsteg.

»Wo wollen wir denn essen?«, fragte Karin, als sie am Wärdshus vorbeikamen.

»Gute Frage.« Johan ging am Köpmansgård vorbei und bog links ab in die Kungsgata. Die Veranda des Grand Hotel füllte sich allmählich mit Gästen, aber Johan ließ auch das Gebäude hinter sich, passierte die Silberpappel und stieg die steile Straße zur Festung hinauf.

Erstaunt betrachtete Karin die vielen Menschen, die anscheinend dasselbe Ziel wie Johan und sie hatten.

»Wo wollen die alle hin?«

»Warte es ab.«

»Ich habe die Festung übrigens schon mal besichtigt.«

»Umso besser.«

»Kannst du mir nicht einen kleinen Anhaltspunkt geben?«

»Okay: *Die Wege von früheren Generationen im Sinn.*«

»Das sage ich doch immer.«

»Ich weiß.«

»Ist es eine Sonderführung?« Karin sah ihn neugierig an. »Jetzt sag schon!«

»Na ja. In gewisser Hinsicht liegst du richtig. Es ist eine Führung durch Zeit und Raum.« Zufrieden registrierte Johan Karins verdutztes Gesicht, als sie an Tor 23, dem Haupteingang zu Festung Carlsten vorübergingen.

»Wollen wir nicht hinein?« Karin zeigte auf den Eingang.

»Doch, aber nicht hier. Komm jetzt. Ich gebe dir noch einen Hinweis. Musik.«

Karin lächelte.

»Ah, Lieder von Evert Taube. Du bist so toll!«

»Kannst du nicht einfach mitkommen?« Johan nahm sie an der Hand. Sie gingen weiter zum Tor 14, dem sogenannten Königstor. Ein Mann in zerrissenen Kleidern, der nicht nur an Hand- und Fußgelenken, sondern auch um Hals und Taille Eisenringe und schwere Ketten trug, begrüßte sie. Mühsam gab er Karin die Hand.

»Nummer 90, Kleist, herzlich willkommen.«

»Wie bitte?« Karin wandte sich an Johan. »Wer war das?«, fragte sie.

»Kleist. Er war hier im Gefängnis.«

»Wirklich?«

»Wirklich.«

»Wann denn?«

»Wenn du still bist und gut zuhörst, werden sie es dir sicher erzählen.«

Uniformiert wie ein Soldat Karls XII. stand der wachhabende Offizier vor dem Tor und erteilte den Gästen Anweisungen, bevor sie eintreten durften. Alle taten, was man ihnen gesagt hatte. Karin ging als eine der Ersten über die alte Zugbrücke und tiefer in den Torbogen hinein, der in die Festung führte. Hier und da standen in gehörigem Abstand Häftlinge, die um Geld bettelten und die Besucher beschimpften, die ihnen kleinere Münzen als ein Zehn-Kronen-Stück hinwarfen.

»Was soll der Mist? Eine Krone. Mehr hast du nicht?

Komm schon, gib mir wenigstens eine Goldmünze.«
Wenn ihnen tatsächlich wertvollere Geldstücke hingeworfen wurden, bissen die Häftlinge sofort hinein, um sich zu vergewissern, dass sie echt waren.

Obwohl Karin wusste, dass das Ganze gespielt war, schreckte sie vor den ausgestreckten Händen zurück und lehnte sich an Johan.

»Stell dir mal vor, dass es wirklich so gewesen sein muss.«

Johan nickte.

»Ja. Arme Teufel.«

Sie gingen am Kommandantenhaus vorbei und dann die steile Treppe zum Oberen Burghof hinauf. Dort blieben alle stehen. Ganz oben auf den Mauern begann jemand zu singen. Karin hob den Blick. Drei Männer, einer davon mit Megafon. Die beiden anderen spielten Gitarre und Bass.

»*... komm und hilf, die Gefang'nen zu speisen
mach schnell, denn jetzt müssen wir weiterreisen ...*«

»Das ist nicht von Taube«, stellte sie fest.

»Karin!« Johan nahm ihr Gesicht zwischen seine Hände. »Nein, das ist nicht von Taube. Ich hoffe, du weißt, dass es auch noch andere Musik gibt. Wenn nicht, wird es höchste Zeit, dass du davon erfährst. Er heißt Stefan Andersson und singt seine eigenen Lieder über Marstrand und die Häftlinge auf der Festung. Ihre Schicksale. Ich dachte, das könnte etwas für dich sein. Wir gehen jetzt in den Rittersaal hinauf und trinken ein Glas Wein, bevor die Vorstellung beginnt.«

Eine Wendeltreppe führte sie durch den Aussichtsturm zum Rittersaal. Hier waren lange Tische gedeckt. Johan lotste Karin zu den Plätzen vor der Bühne.

»Sitzen wir hier?«, fragte sie verwundert.

»Gut, was?«

»Supergut!«

Das Licht ging aus, und die Vorstellung begann. Karin lächelte Johan pflichtschuldig an und trank einen Schluck Rotwein. Sie war eigentlich nicht in Ausgehstimmung gewesen, hatte Johan aber begleitet, weil sie ihn nicht enttäuschen wollte.

»Die Nacht fiel über Carlsten
Zeit nach Haus zu gehn
Doch als man die Häftlinge zählte,
sahen sie, dass einer fehlte
Nummer 90, Kleist, steht euch zu Diensten
Doch bald wird er von hier verschwinden ...«

Johan beobachtete Karins Gesichtsausdruck, der sich im Lauf der Vorstellung veränderte.

»Gefällt es dir? Auch wenn die Lieder nicht so toll sind wie die von Taube?«

»Taube ist eben Taube, aber das hier ist auch richtig gut.«

Karin war bezaubert. Eine einzige weibliche Gefangene hatte in der Festung Carlsten gesessen. Meta Fock. Sie wurde des Giftmords an ihrem Mann und ihren beiden Kindern beschuldigt. In Wirklichkeit gab es nicht die geringsten Beweise. Sie schickte sogar ein Gnadengesuch an den König, doch nach vier Jahren in Isolationshaft hat sie keine Kraft mehr, gesteht die Taten, obwohl sie unschuldig ist, und wird hingerichtet.

»... auf dem Dachboden des Kommandanten geht
  eine Frau umher
sie tanzt in Gestalt von Schatten und Wind,
  wenn sie singt
von ihrem großen Traum
dass jemand ihr auf Erden Ruhe verschafft

*dass jemand der Lebenden ihr Glauben schenkt
dass sie um die Wahrheit trauert,
vor der wir die Augen schließen*

vergiss mich nicht, vergiss mich nicht ...«

Als das Lied verklang, wanderten Karins Gedanken vom Rittersaal zur Frau im Moor. Ich muss herausfinden, wer sie ist und was passiert ist, denn im Moment ist sie wirklich nur ein Schemen aus Schatten und Wind.

Die Vorstellung war vorüber. Draußen war es inzwischen dunkel geworden. Karin sah sich innerhalb der dicken Mauern um, die sie umgaben, und blickte hinauf zu den Sternen. Wie schrecklich, hier eingesperrt zu sein, weit weg von der Familie, die vielleicht hungern musste, weil man sie nicht mehr versorgen konnte. Und da behaupteten die Leute, früher wäre alles besser gewesen! Dicht neben Johan ging Karin durch den dunklen Torbogen auf den Ausgang zu. Massive Torflügel, vergitterte Türen und ein gepflasterter Gang, den die vielen Füße im Laufe der Jahrhunderte glatt geschliffen hatten. Hier waren sie herumgelaufen, hinter diesen Mauern hatten sie gelebt und gelitten, während zur selben Zeit die Frau ins Alte Moor auf Klöverö geraten war.

»Es ist ein gutes Gefühl, dass er das Schicksal der Gefangenen besingt und den armen Seelen, die noch immer hier umherirren, Trost spendet.«

»Ich mache mir Sorgen um dich«, sagte Johan. »Du wirkst so traurig. Hoffentlich hat es nichts mit mir ...«

»Nein, nein, es liegt nicht an dir. Es ist wegen der Leiche aus dem Alten Moor. Außerdem weiß ich, dass ich nicht die Ressourcen der Polizei nutzen kann, um ein so weit zurückliegendes Verbrechen aufzuklären, so gern ich das auch tun würde.«

Das Handy piepte und teilte mit, dass es wieder auf Empfang war. Karin sah, dass sie eine Nachricht bekommen hatte. Von Margareta. Während sie las, was auf dem Display stand, verlangsamte sie ihren Schritt. Schließlich blieb sie ganz stehen. »**Die Frau im Moor ist nicht die Mutter des Kindes. Ich weiß, dass die Ermittlungen abgeschlossen sind, dachte mir aber, dass dich das interessiert. Margareta.**«

»Was ist los?«, fragte Johan. »Ist etwas passiert? Sag nicht, dass du dich noch mal auf den Weg machen musst. Erstens hast du auch noch Kollegen, und zweitens hast du Wein getrunken.«

»Nein, nein. Es geht um die Frau auf Klöverö, die aus dem Moor. Das Kind, das bei ihr gefunden wurde, ist nicht ihr Sohn. Was, um alles in der Welt, hat die beiden dorthin getrieben? Und wo ist ihr eigenes Kind? Sie war doch frisch entbunden.«

Die Wächter von Marstrand

Agnes schlief so tief, dass sie die Männer nicht hörte, die noch vor Sonnenaufgang an das Tor klopften. Verschlafen öffnete Oskar die Tür und erkundigte sich, worum es gehe. Der Menschenauflauf auf dem Hof ließ ihn zuerst glauben, es wären Gefangene aus der Festung Carlsten ausgebrochen, aber diese Männer waren viel besser gekleidet als Soldaten auf der Jagd nach entlaufenen Häftlingen. Johannes Andersson vom Bremsegård hatte an die Tür geklopft.

»Wir kommen wegen der Frau. Ist sie hier?«, fragte Johannes.

»Von wem redest du?«, fragte Oskar.

»Von der Holländerin, der verrückten Holländerin.«
Daniel Jacobsson streckte sich. Neben ihm standen Mauritz Widell und zwei weitere Kaufmannssöhne aus der Stadt. Das war ungewöhnlich.
»Nein, die ist nicht hier.«
»Und da bist du dir sicher?«
Oskar machte einen entschiedenen Schritt auf die Treppe.
»Das hier ist mein Haus. Ihr müsst mich beim Wort nehmen. Ich will jetzt, dass ihr geht. Meine Tochter hat heute Nacht ein Kind bekommen. Sie und meine Frau schlafen.«
Warum war es ihnen so wichtig, die Holländerin zu finden? Sie lebte hier seit mehreren Jahren und ließ sich öfter auf den Klippen sehen. Dort stand sie mit ihren wehenden langen Haaren und blickte auf das Meer hinaus. Der Anblick machte Agnes immer unglücklich. Hin und wieder sprach Agnes mit ihr, aber insgesamt hielt sie sich zurück. Agnes war doch nicht auf dumme Ideen gekommen? Er wusste, dass ihr das Schicksal der Holländerin nahe ging, sie hatten mehrmals darüber gesprochen. Agnes hatte sogar vorgeschlagen, ihr zur Flucht zu verhelfen und sie auf Näverkärr zu verstecken, war aber immer wieder zu demselben Schluss gekommen. Wer sich in diese Geschichte einmischte, gefährdete die eigene Familie. Nun machte Oskar sich Sorgen. Er wollte Lovisa und Agnes nicht wecken. Der kleine Junge lag an der Brust seiner Mutter. Die gesunde Gesichtsfarbe des Jungen erfüllte ihn mit Freude. Hoffentlich würde er überleben. Oskar zog leise die Kammertür hinter sich zu, zog die Schuhe an und ging hinaus.

Als Agnes aufwachte, saß Oskar in der Küche. Er hatte den Frühstückstisch für sie beide gedeckt und sogar ein Tablett für Lovisa vorbereitet.

»Was für ein prächtiger Junge.« Oskar lächelte.

»Nicht wahr?«, erwiderte Agnes.

»Ich muss eingeschlafen sein.«

»Die Wehen haben sich hingezogen. Am Ende sind wir alle vor Müdigkeit umgefallen, ich auch. Ich hätte dich aufwecken und dir sagen sollen, dass alles gut gegangen ist.«

»Johannes Andersson war hier.«

Agnes ließ ihre Porzellantasse fallen.

»Was, um alles in der Welt, wollte er?«

Agnes hob die Scherben einzeln auf und versuchte, Zeit zu gewinnen. Sie dachte daran, dass Oskar einmal zu ihr gesagt hatte, er wolle nicht, dass sie sich mit den schrecklichen Vorgängen in ihrer Umgebung beschäftige. Nach seiner Vorstellung war Unwissenheit der beste Schutz. Agnes gefiel dieser Gedanke eigentlich nicht, aber vielleicht war es besser für Oskar, wenn sie ihm nicht erzählte, was passiert war. Wie sollte sie ihm auch sagen, dass sie das Kind ihrer Tochter ausgetauscht hatte? Wie sollte er als Großvater ein Enkelkind ins Herz schließen, das von Aleida und Johannes abstammte? Das hätte er nicht geschafft. Der Junge war in Sicherheit, solange nur Aleida und sie von seiner Geschichte wussten. Ein wenig beunruhigte sie, dass Aleida nicht ganz Herr ihrer Sinne war. Hoffentlich verplapperte sie sich nicht. Aber mit wem sollte sie reden?

»Johannes hat nach der Holländerin gefragt«, sagte Oskar.

»Wieso denn das? Sie ist doch öfter draußen, und bis jetzt hat er sich noch nie darum geschert. Wenn sie schwimmen könnte, wäre sie schon längst nicht mehr hier.«

Oskar nickte und sah sie nachdenklich an.

»Glaub nicht, dass er allein gekommen ist. Daniel Jacobsson, Mauritz Widell und zwei andere Kaufmänner waren auch dabei. Und eine weitere Person, die ich noch nie gesehen habe.«

»Was sagst du da?«, fragte Agnes verwundert. »Das ist aber merkwürdig.«

»Irgendetwas ist hier faul, sonst wären sie nicht gekommen.«

Agnes klopfte das Herz bis zum Hals. Was war geschehen? Dass Daniel und Johannes nach Aleida suchten, konnte sie verstehen, aber warum beteiligten sich die Marstrander Kaufleute an der Suche?

»Ich habe einiges in der Stadt zu erledigen. Möchtest du mitkommen? Du hast doch gesagt, dass wir auch einkaufen müssen.«

Agnes dachte nach. Sie wagte nicht, Lovisa allein zu lassen. Sie brauchte Ruhe, denn sie blutete noch stark. Und was, wenn die Männer wiederkamen oder wenn, was noch schlimmer gewesen wäre, Aleida zurückkehrte? Wenn sie den Entschluss bereute und ihren Sohn wiederhaben wollte? Beim bloßen Gedanken bekam Agnes Bauchschmerzen. Was hatte sie nur getan?

»Es ist wohl besser, wenn ich hier bei Lovisa und dem Jungen bleibe, aber ich gebe dir eine Liste mit.« Sie sprach so ruhig wie möglich. Während Oskar Lovisa das Frühstück an das Bett brachte, setzte sie sich an den Sekretär. Ihre Hand zitterte beim Schreiben. Sie holte ein paar Mal tief Luft, bevor sie notierte, was eingekauft werden musste. Anschließend streute sie Sand auf den Zettel und reichte ihn Oskar.

25

»War das Konzert gestern gut?«, fragte Robert und betrat das Boot ausnahmsweise so, dass man nicht den Eindruck hatte, er wolle unbedingt die Außenhaut von Johans Schärenboot zertrümmern. Karin, die hastig die Ausdrucke überflog, die Robert mitgebracht hatte, blickte auf.
»Woher weißt du, dass ich im Konzert war?«
Robert setzte sein schmierigstes Grinsen auf.
»Ich bin schließlich Polizist.«
»Ach, hör auf, du hast mit Johan geredet.«
»Um ehrlich zu sein ...«
»Vergiss es, Robert. Aber wenn es dich tröstet, ich halte dich für einen guten Polizisten.«
»Das ist ein großer Trost für mich. Danke, jetzt habe ich das Gefühl, meinen heutigen Aufgaben gewachsen zu sein und die Fahne der Polizei aus Västra Götaland hochhalten zu können.«
»Meinst du, du könntest gleichzeitig auch noch den Bugtampen einholen?«, fragte Karin, die die Ausdrucke wieder weggepackt und den Motor angelassen hatte. Sie reichte Robert Johans Schwimmweste. Gehorsam schlüpfte er hinein und legte ab. Den Achtertampen hatte Karin bereits selbst gelöst.

»Auf Klöverö braucht man ein eigenes Boot«, stellte er fest, während sich das Boot vom Anleger entfernte und an den Bootshäusern in der Blekebucht vorbeifuhr.

»Das stimmt, ein eigenes Boot ist die Voraussetzung, um hier zu leben.«

»Koö erreicht man problemlos. Man kann mit dem Auto fahren oder sogar den Bus nehmen. Wenn man nach Marstrandsö will, wird es schon ein bisschen komplizierter.«

»Du meinst, wegen der Fähre?«

»Ja. Ich habe doch die vielen Leute gesehen, die in ihren Fahrradanhängern nicht nur die Kinder vom Kindergarten abholen, sondern Einkaufstüten und halbe Hausstände transportieren. Nach Klöverö zu gelangen, ist jedoch noch einen Tick schwieriger.«

Robert lehnte sich zurück und hielt die geschlossenen Augen in die Sonne.

»Aber um diese Jahreszeit möchte jeder hier wohnen. Was für ein Tag. Einfach wunderbar. Eine kleine Bootsfahrt in der Arbeitszeit ist auch nicht verkehrt.« Schweigend betrachtete er die Häuser auf Marstrandsö und die vielen Menschen am Kai. »Stell dir vor, du wohnst auf Klöverö, und es geht irgendwas kaputt. Jede Kleinigkeit wird doch gleich zu einem Projekt. Man kann nicht einfach den Dachgepäckträger auf das Auto schrauben und voll packen. Was, wenn man einen neuen Kühlschrank braucht? Dann muss man erst den alten auf sein vierrädriges Motorrad laden, runter zum Boot fahren und das Ungetüm auf den Anlegesteg und dann ins Boot verfrachten. Was macht eine alte Dame wie Astrid Edman, wenn ihr Kühlschrank den Geist aufgibt?«

»Bei Astrid Edman ist dir nichts Seltsames aufgefallen, oder?«, fragte Karin, die nun nach einem Anlegeplatz in Sten Ausschau hielt. Dort, wo sie das Boot beim letzten Besuch zurückgelassen hatten, war noch etwas frei.

»Nein, keine Überraschungen. Sie war nie verheiratet und hat ihr ganzes Leben auf Klöverö verbracht. Warum auch nicht? Sie fühlt sich ja offensichtlich wohl hier.«

»Gleich brauchen wir die Tampen.« Karin deutete auf das Vordeck.

»Warum sollte ich den Tampen eigentlich wegpacken, wenn wir ihn wenige Minuten später wieder brauchen?«, brummte Robert.

»Ich habe nie gesagt, dass du ihn unter dem Sitz verstauen sollst, nicht auf einer so kurzen Strecke. Ich wollte nur, dass du ihn nicht oben auf dem Vordeck liegen lässt, denn wenn er versehentlich in den Propeller gerät, haben wir ein Problem.«

»Auf so einem Boot muss man dauernd irgendwas ein- oder auspacken«, sagte Robert.

»Die Besatzung ist heute besonders quengelig«, konterte Karin. »Mal sehen, ob ich vor der nächsten Tour einen anderen Bootsmann finde.«

Sie fuhr bis an den Anleger und schaltete in den Rückwärtsgang. Langsam glitt das Boot an den Steg. Schließlich erhöhte sie die Geschwindigkeit so stark, dass es vollständig zum Stillstand kam und Robert mit einem Schritt den Anlegesteg erreichte. Den Bugtampen hielt er in der Hand.

»Prima.« Er befestigte die Leine an einem Metallring. Karin musterte skeptisch den Knoten.

»Welches Boot wohl Astrid gehört?«, fragte Robert.

Karin sah sich um.

»Wenn ich raten müsste, würde ich auf das da tippen.« Sie zeigte auf ein Kunststoffboot mit Steuerhaus und Innenbordmotor. Im Ruderhaus war man vor Wasser und Wind geschützt. Außerdem hatte man viel Platz, um auch größere Dinge zu transportieren. Die befanden sich zwar unter freiem Himmel, aber das machte ja nichts, wenn man sich einen Tag mit schönem Wetter aussuchte.

»Da hättest du genug Platz für einen kaputten Kühlschrank«, sagte Karin.

»Glaubst du nicht, dass sie alten Krempel und alles, was kaputt ist, einfach ins Meer werfen?«

»Das hat man früher vielleicht gemacht, aber heute nicht mehr. Hoffe ich jedenfalls. Sollen wir gehen?«

Sie spazierten an den Containern der Klöveröer Werft vorbei, hinter der rissige alte Schiffsrümpfe darauf warteten, dass sich jemand ihrer annahm. Danach gelangten sie auf den Schotterweg.

»Wie sollen wir es deiner Ansicht nach machen? Ich finde, wir sollten behutsam mit Charlie umgehen«, sagte Robert.

»Wie hattest du dir das vorgestellt?«, fragte Karin. Plötzlich fingen beide an zu lachen.

»Wie stellst du dir das vor, wolltest du wohl sagen! Präsenz, Gegenwart!«, imitierte er Folke. »Ohne Folke ist es fast ein bisschen öde.«

»Meinst du, ob wir zu zweit mit ihm reden sollen, oder ob das nur einer macht?«, hakte Karin nach.

»Er muss ja unendlich viele Sitzungen mit Lehrern und Polizisten hinter sich haben. Ich will nicht, dass er sofort dicht macht.«

»Dann sag, wie du es machen willst«, forderte Karin ihn auf.

»Vielleicht gehe ich erst mal alleine hin und rede mit ihm und Vendela. Was hältst du davon?«

»In dem Fall würde ich so lange bei Astrid Edman bleiben.«

»Um den alten Fall mit der Moorleiche zu lösen, während ich unsere Arbeit erledige?«

»Erstens war es deine Idee und nicht meine. Es könnte jedoch tatsächlich eine Möglichkeit sein, Astrid zum Reden zu bringen, ohne dass sie sich in die Ecke gedrängt fühlt. Außerdem würde ich wahnsinnig gern wissen, wer die Frau und das Kind im Moor sind. Wenn Astrid ihr ganzes Leben hier verbracht hat und ihre Vorfahren von hier stammen, weiß sie vielleicht irgendetwas. Möglicherweise hat jemand darüber gesprochen, als sie noch klein war. Was weiß ich? Ich werde sie natürlich auch nach Jessica und dem ganzen Kram fragen.«

»Klar. Dann machen wir es so.«

»Falls du Rickard siehst, kannst du auch mit ihm sprechen.«

»Plötzlich hast du den bequemen Job, dich mit einer Person zu unterhalten, während ich drei befragen soll. Wie ist es dazu gekommen?«

»Man muss eben schlau sein, Robert«, sagte Karin.

Die Straße bog nach links ab, und auf der rechten Seite erstreckten sich Äcker bis zum Meer.

»Hier gibt es keinen Empfang. Wenn du etwas von mir willst, musst du Astrids Telefonnummer wählen. Wer zuerst fertig ist, geht dem anderen entgegen, einverstanden? Da es nur einen Weg zwischen den Häusern gibt, besteht ja keine Gefahr, dass wir uns verfehlen.«

»Gut, okay. Viel Glück!«

»Danke gleichfalls.«

Karin betrat Astrids Hof und klopfte an die Tür.

»Herein«, rief eine Stimme.

Karin öffnete die Tür. Der Duft von Kaffee und frischgebackenem Brot schlug ihr entgegen. Astrid stand mit dem Rücken zu ihr in der Küche und zog gerade ein Blech aus dem Ofen. Sie stellte es auf dem alten Eisenherd ab, legte die Topflappen beiseite und drehte sich um.

»Ach, du bist das.« Astrid wirkte nicht besonders erfreut über den Besuch. »Was willst du?« Falls Karin erwartet hatte, dass Astrid sie ganz selbstverständlich auf einen Kaffee hereinbitten würde, hatte sie sich getäuscht.

»Ich muss mich noch ein bisschen ausführlicher über den Tod von Jessica unterhalten.«

»Wozu soll das gut sein? Davon wird sie auch nicht wieder lebendig.«

»Das stimmt, aber wir müssen uns ein genaues Bild davon machen, wo sich alle Beteiligten aufhielten, als Jessica ...« Karin überlegte, wie sie sich ausdrücken sollte. ›Eingesperrt wurde‹, wollte sie nicht sagen, da es vielleicht als Vorwurf aufgefasst werden konnte. Sie musste es neutraler formulieren. »Als Jessica verunglückt ist.«

»Sie ist auf den Lokus gegangen und ich auf den Kartoffelacker, das habe ich euch doch schon gesagt.«

»Und du hast nichts gehört?«

Astrid wand sich wie ein Aal.

»Das weiß doch jedes Kind, dass es auf Plumpsklos Wespennester gibt. Warum geht man da überhaupt hin, wenn man allergisch ist?«

»Wusstest du von ihrer Allergie?«

»Da noch nicht. Woher hätte ich das wissen sollen? Ich kannte sie überhaupt nicht. Sie war noch nie hier gewesen und hatte noch nie ein Wort mit mir gewechselt. Sie hat kaum gegrüßt. Wäre die Sache mit dem Brunnen nicht gewesen, wäre sie garantiert ihr Lebtag nicht hier aufgetaucht.«

»Aber sie wollte doch auch Kartoffeln holen?«

»Der hätte ich meine Kartoffeln nur Charlie und Vendela zuliebe gegeben.«

»Und was ist mit Rickard?«

»Meinetwegen, nichts gegen Rickard. Aber er wollte ja auch verkaufen.«

»Hast du sie denn nicht gehört? Sie muss doch um Hilfe gerufen haben, weil sie nicht herauskam.«

»Möglicherweise habe ich was gehört, aber ich dachte mir, wenn sie was von mir will, muss sie schon die paar Schritte laufen. Als ich vom Kartoffelacker zurückkam, war sie ja nicht mehr da.«

»Und du hast nicht nach ihr gesucht?«

»Nein, wieso hätte ich das tun sollen. Wir sind ja nicht gerade in Freundschaft auseinandergegangen, und deshalb dachte ich, sie wäre wütend gegangen.« Astrid winkte ab.

»Und dann?«, fragte Karin.

»Dann hat Rickard angerufen und nach Jessica gefragt. Da habe ich gesagt, sie sei nicht mehr da, habe aber ihre Tasche vergessen. Rickard kam wie der Blitz angeradelt. Er fand sie auf dem Plumpsklo und verabreichte ihr sofort die Spritze. Die befand sich ja in der Handtasche, die an der Gartenbank hing. Ich habe den Notarzt gerufen, aber da war es bereits zu spät. Trotz der Spritze sah sie grauenhaft aus. Sie zischte beim Atmen. Es war schrecklich.« Astrid schüttelte den Kopf.

»Was wird jetzt aus dem Verkauf des Hofs?«

»Das musst du Vendela und Rickard fragen. War das alles?«

»Nein«, sagte Karin.

Astrid sah sie an. »Nee?«

»Ich würde dich gern zu dem Leichenfund im Alten Moor befragen.«

Nun hatte sie Astrids Interesse geweckt.

»Was ist denn damit? Ich könnte mir vorstellen, dass sie lange dort gelegen hat. Jedenfalls habe ich schon gehört, dass es eine Frau war.«

»Seit dem neunzehnten Jahrhundert.«

Sie nickte.

»Sieh mal an. So lange.«

»Da sich der Fall vor so langer Zeit ereignet hat, fällt er nicht mehr in unseren Bereich, aber ich würde trotzdem gern herausfinden, wer die beiden sind.«

»Die beiden? War es denn mehr als eine Person?« Astrid füllte den Kaffee in eine orangefarbene Thermosflasche um. Karin atmete den herrlichen Duft ein und bekam noch mehr Lust auf eine Tasse.

»Eine Frau und ein Säugling. Neugeboren, sagt die Rechtsmedizinerin, höchstens ein paar Tage alt.«

Astrid stellte die Thermosflasche ab, vergaß aber, den Deckel draufzuschrauben. Erst als sie ein wenig Kaffee verschüttete, fiel ihr auf, dass der Deckel fehlte. Bedächtig machte sie die Flasche zu.

»Warum willst du die ganze Geschichte aufrollen?«, fragte Astrid. »Du stammst doch nicht einmal von hier. Woher kommst du überhaupt?«

»Aus Göteborg.«

Astrid rümpfte die Nase.

Karin erzählte ihr, wie sie als Kind mit ihrem Vater über die Insel spaziert war und sich mit den alten Fischern unterhalten hatte. Wie sie sich die schwer verständlichen Dialekte eine Weile angehört, aber kein Wort verstanden und schließlich lieber zwischen den Netzen nach Pelikanfüßen gesucht hatte. Ihr Vater konnte die alten Männer jedoch verstehen und erzählte ihr später alles. In der Zeit, während der Segeltörns an der Bohusläner Küste, mussten ihre Liebe zum Meer und der Respekt vor den alten Fischerdörfern entstanden sein.

Astrid war mit ihren frisch gebackenen Broten beschäftigt. Karin war sich nicht einmal sicher, ob sie zuhörte. Sie kam sich wie ein aufdringlicher Vertreter vor. Sie war kurz davor, es aufzugeben, beschloss aber, es noch ein paar Minuten zu versuchen. Erst als sie berichtete, dass sie mittlerweile auf ihrem Segelboot wohnte, wandte sich Astrid ihr zu.

»Gehört das Boot im Hafen dir?« Sie wirkte richtig interessiert.

»Ja.«

»Donnerwetter. Dann bist du die neue Freundin von dem kleinen Lindblom?« Sie wischte sich die Hände an der Schürze ab.

»Johan, ja.«

»Möchtest du einen Kaffee? Und ein Butterbrot?«

»Gerne, vielen Dank.«

Astrid stapelte Teller und Tassen auf ein Holztablett mit Griffen.

»Im neunzehnten Jahrhundert war das Leben hier wohl nicht so einfach.« Sie stellte eine Zuckerdose dazu.

»Wovon haben denn die Leute damals gelebt?«, fragte Karin.

»Landwirtschaft und Fischerei«, sagte Astrid. »Der Bremsegård ist ja schon lange im Besitz meiner Familie.«

»Es muss hier in der Gegend jede Menge Trankochereien und Heringssalzereien gegeben haben«, sagte Karin. »Mein Vater hat mir die Überreste von Gebäuden auf Stensholm gezeigt. Aber als Anfang des neunzehnten Jahrhunderts der Hering verschwand, muss es schwierig für die Leute gewesen sein.«

Astrid schüttelte den Kopf.

»1808. Das kannst du laut sagen. Nimm das Tablett mit, wir setzen uns in die Sonne.«

Karin schnappte sich das Tablett. Das noch warme Brot duftete durch das bestickte Handtuch. Während sie zu den weißen Gartenmöbeln hinüberging, konnte sie es sich nicht verkneifen, einen Seitenblick auf das Plumpsklo zu werfen. An der Stelle, wo Jessica im Gras gelegen hatte, sah sie eine rote Plastikhülle. Wahrscheinlich hatte der Notarzt sie benutzt. Alles andere war weggeräumt worden, und niemand wäre auf den Gedanken gekommen, dass hier erst kürzlich das Leben einer jungen Frau geendet hatte.

Astrid hängte ihre Schürze an einen Haken und setzte sich zu Karin.

»Kannst du mir etwas über das Leben damals erzählen? Wenn du hier so verwurzelt bist, musst du doch einiges wissen. Deine Großeltern haben bestimmt Dinge erzählt, die sie wiederum in ihrer Kindheit gehört haben.«

Astrid sah sie an.

»Doch«, antwortete sie zögerlich. »Deine Generation, die einfach den Heißwasserhahn aufdreht und die Lebensmittel aus dem Supermarkt holt, kann sich das alles wahrscheinlich nur schwer vorstellen.« Sie schenkte den Kaffee ein. Dann schraubte sie den Deckel von der Trockenmilchdose ab.

»Ah, Kaffeeweißer«, sagte Karin. »Den habe ich an Bord auch.« Sie verhielt sich äußerst vorsichtig, damit Astrid sich nicht wieder verschloss, sondern weitererzählte. »Wie haben sich die Leute über Wasser gehalten, als der Hering verschwand? Und wer hat hier in der Zeit gelebt?«

»Fischer und Bauern, aber auch Seeräuber«, sagte Astrid. »Banditen, die Feuer entzündeten, um Seefahrer anzulocken. Sie haben gesamte Besatzungen erschlagen, um an die Ladungen und die Schiffe heranzukommen.«

»Wie bitte? Ist das wahr? Hat dir das jemand erzählt?« Karin stellte ihre Kaffeetasse ab.

»In gewisser Weise, ja«, sagte Astrid.

Karin wurde plötzlich bewusst, dass sie über Informationen verfügte, die für Astrid möglicherweise interessant waren.

»Die Frau und das Kind im Moor«, sagte Karin. »Sie sind nicht verwandt. Es sind nicht Mutter und Sohn, wie wir zuerst glaubten. Die Frau ist ermordet worden, sie hat einen Schlag auf den Kopf erhalten. Mehr wissen wir nicht. Da der Fall so lang zurückliegt, hat die Polizei die Ermittlungen abgeschlossen. Ich würde so gern herausfinden, wer die beiden sind, und aus welchem Grund sie ins Moor geraten sind. Es wäre schön, wenn man sie unter ihren richtigen Namen begraben könnte. Weißt du vielleicht, ob hier Anfang des neunzehnten Jahrhunderts jemand verschwunden ist?«

Mit zittrigen Fingern stellte Astrid ihre Tasse ab, bevor der Kaffee überschwappte.

»Sie waren nicht Mutter und Sohn?«, fragte sie erstaunt und musterte Karin kritisch.

»Nein.« Karin überlegte fieberhaft, wie sie das Gespräch wieder auf Jessica und deren Hilferufe, die Astrid gehört haben musste, zurücklenken sollte. Im Moment wollte sie jedoch keinesfalls das Vertrauen zerstören, das sie sich bei Astrid erarbeitet hatte.

Astrid stand auf und verschwand im Haus. Als sie wiederkam, brachte sie ein verziertes grünes Schraubglas mit. Den Inhalt schüttete sie Karin in die Hand. Es waren Münzen. Fünf Stück. Karin betrachtete sie verwundert.

»Ui, die müssen irrsinnig alt sein.«

»Das glaube ich auch.« Astrid nickte.

»Sieh mal, von 1820.«

»Ein halber Schilling, steht da. Sind die beiden gekreuzten Pfeile nicht schön?« Astrid tippte mit ihrem breiten Zeigefinger darauf.

»Auf dieser hier sind drei Kronen abgebildet. Außerdem steht da FRS und eine Jahreszahl. Vielleicht soll das 1724 heißen.« Karin hielt die nächste Münze in die Höhe. Sie drehte sie um und rieb sie vorsichtig an ihrer Hose, so wie Johan es mit alten Münzen machte, zu denen er eine Einschätzung abgeben sollte.«

»Diese scheint aus Holland zu sein.«

»Was?«, staunte Astrid. »Eine holländische Münze? Ich muss zugeben, das ist mir noch nie aufgefallen.«

Karin versuchte, die angelaufene Prägung zu entziffern. »WILLEM KONING« konnte sie lesen. Auf der einen Seite erahnte sie ein Männergesicht und auf der anderen eine Krone. Links von der Krone stand eine 10 und rechts davon ein G.

»Zehn Gulden?«, fragte Astrid nachdenklich. »Könnte es das bedeuten? Aber die ist doch nie im Leben aus Gold, oder?«

»Ich weiß nicht, das musst du untersuchen lassen. Wo hast du sie denn gefunden?«, fragte Karin.

»Unter dem Gartentisch zu Hause auf dem Bremsegård. Als ich noch klein war.«

»Und wie könnten sie dorthin gekommen sein?«

»Tja, das habe ich mich auch schon oft gefragt.«

Die Flagge von Oranje

Der kalte Wind füllte das Segel und führte das Boot fort von Klöverös Anlegesteg. Oskar ergriff die Ruderpinne und dachte daran, dass er nun Großvater war. Es war bestimmt richtig, dass Agnes zu Hause blieb und sich um Lovisa und den Kleinen kümmerte. Sie hatte Oskar eine umfangreiche Einkaufsliste mitgegeben. Im Hafen von Marstrand lag ein großes Schiff vor Anker, die holländische Flagge flatterte im Wind. Mit so einem Schiff kam nicht irgendjemand. Er segelte daran vorbei und bewunderte Rumpf und Masten. War königlicher Besuch eingetroffen? Oskar legte am Kai an und beschloss, zunächst ins Wärdshus zu gehen und sich zu erkundigen, was hier los war.

An den Tischen ringsherum wurde Holländisch gesprochen. Er wünschte, Agnes wäre als Dolmetscherin bei ihm gewesen. Ein Wort verstand er jedoch auch so. Es war ein Name. Aleida. Aleida Maria van der Windt.

»Ist das eine Invasion?« Er bat den Wirt, sein Glas noch einmal voll zu schenken.

»Das Flaggschiff der holländischen Flotte. Hohe Herren. Botschafter und der Teufel und seine Großmutter. Sind vorgestern angekommen. Irgendjemand hat behauptet, die Königin persönlich wäre auch an Bord, aber das bezweifle ich.«

»Die Königin? Was will die denn hier?«

»Sie suchen nach einem Schiff oder zumindest nach der Besatzung. Der Kapitän und seine Frau hatten offenbar eine enge Beziehung zum Königshaus.«

»Sieh mal einer an. Und die beiden sollen sich hier in Marstrand befinden?«

»Das kann ich mir kaum vorstellen, denn sonst hätten wir davon erfahren.«

»Das will ich meinen.« Oskar trank sein Bier aus und fragte sich, wie lang es noch dauern würde, bis die Holländer nach Klöverö herüberkommen würden. Das hing natürlich ganz davon ab, mit wem sie ins Gespräch kamen.

»Heute Abend richten die Kaufleute den Holländern zu Ehren anscheinend ein Festmahl aus.«

Die Kaufleute, tatsächlich, dachte Oskar bei sich. Dieselben Männer, die sich, nachdem sie die Besatzung erschlagen hatten, an der geraubten Schiffsladung bereichert haben. Alle tot, außer Aleida. Sie würde ihnen alles erzählen. Oskar hatte es plötzlich eilig. Er musste zurück. Was, wenn Aleida bei Agnes Schutz suchte. Er wusste, dass die beiden Kontakt miteinander gehabt hatten. Möglicherweise waren auch Lovisa und der Junge in Gefahr. Er hastete zum Kai, legte ab und machte sich auf den Weg nach Hause.

26

»Hallo«, sagte Robert, als Vendela die Tür öffnete. Dann bemerkte er den Bademantel. »Verzeihung. Habe ich dich geweckt?«

»Nein, ich war schon wach. Nach dieser Sache bekommt man sowieso kein Auge zu. Rickard schläft noch, weil der Arzt ihm Tabletten gegeben hat, und Charlie, tja, der ist ein Teenager.«

»Darf ich kurz reinkommen?«

»Klar.« Vendela machte die Tür hinter ihm zu und band ihr Haar zusammen.

»Wisst ihr schon genauer, was passiert ist?«

»Wir hoffen, dass es ein Unfall war, aber diese Klotür hat unseren Kriminaltechniker Jerker nachdenklich gemacht. Er versteht nicht, wie sie sich von allein verriegelt hat.«

»Ich habe auch schon erlebt, dass sie wahnsinnig geklemmt hat. Einmal hatte sich das Holz im Regen so verzogen, dass ich mit voller Wucht dagegentreten musste, aber ich habe noch nie erlebt, dass ich eingesperrt wurde, und dabei bin ich oft bei Astrid. Aber es ist natürlich eine alte Tür, das ist klar.«

»An und für sich, ja.«

»Hast du was dagegen, wenn ich mich schnell anziehe? Im Bademantel komme ich mir so komisch vor.«

»Natürlich nicht. Könnte ich danach vielleicht einen Kaffee bekommen? Wenn du mir die Maschine zeigst, kann ich ihn schon mal aufsetzen.«

»Ich mache das gleich. Oder weißt du was, wenn du willst, kannst du dich auch selbst darum kümmern.« Sie nahm eine Emailledose von dem blau lasierten Küchenschrank und stellte sie neben die Kaffeemaschine. Dann zeigte sie auf eine herzförmige Halterung aus gelbem Plastik, in der sich die Kaffeefilter befanden.

»Wasser kommt aus dem Hahn.« Sie lächelte. Er schaute ihr nach, während sie in den Flur und die Treppe hinaufeilte. In einem anderen Leben hätte er sie gefragt, ob sie mit ihm ausgehen würde.

Noch bevor die letzten Tropfen in die Kanne geronnen waren, kam Vendela zurück. Er sah, dass sie sich die Haare nass gemacht und neu zusammengebunden hatte. Ihre Jeans sah alt und bequem aus, und die Ärmel ihres karierten Hemds hatte sie hochgekrempelt.

»Möchtest du ein Butterbrot?«, fragte sie.

»Ja, gern.«

Sie öffnete den Kühlschrank.

Er hatte fast den Eindruck, sie wolle das Gespräch so lang wie möglich hinauszögern. Vielleicht sollte er auch einfach anfangen zu reden, während sie beschäftigt war. Möglicherweise wurde es dann leichter für sie.

»Kann ich dir helfen?«, fragte er.

»Nein, aber red nur. Ich höre zu.«

»Wäre es okay, wenn ich ein paar Fragen stelle?«

»Schieß los.«

»Charlie«, sagte er.

Vendela hielt mitten in der Bewegung inne. Mit der Butter in der Hand blieb sie wie erstarrt vor dem offenen Kühlschrank stehen, drehte sich aber nicht um.

»Diese Frage muss ich stellen«, fuhr Robert fort. »Und zwar nur, um ihn aus dem Kreis der Verdächtigen auszuschließen. Ich habe so viele Informationen erhalten, als ich seinen Namen in unsere Datenbank eingegeben habe. Also sei so nett und erzähl mir etwas über ihn.«

Ohne die Kühlschranktür zu schließen, drehte sich Vendela zu ihm um.

»Klöverö ist der Ort, wo wir Luft holen. Wenn wir hierherkommen, lassen wir den ganzen Mist und jeden Ärger in Göteborg zurück. Die vielen Gespräche mit Schulleitern, Lehrern, Polizisten und Sozialarbeitern. All dieser Kram. Sag jetzt nicht, er hätte was mit der Sache zu tun.«

»Das sage ich doch gar nicht.«

»Was sagst du denn?«

»Ich habe dich gebeten, mir etwas über ihn zu erzählen. Setz dich her und fang an.«

»Weißt du eigentlich, mit wie vielen Polizisten ich schon geredet habe?«

»Es waren bestimmt viele.«

»Tierisch viele. Und der Typ, der beim letzten Mal dabei war, hat den Vogel abgeschossen. Er sollte nicht auf Menschen losgelassen werden.«

»Als Kollege hat man es auch nicht leicht mit ihm.« Robert erinnerte sich daran, wie Charlie Folke ein Arschloch genannt hatte und dann davongerannt war.

»Aber nun sitze ich ja hier.«

»Und du weißt, wie es ist, wenn dich Menschen anrufen und dir erzählen, dass dein Kind ein Auto geklaut, ein Schaufenster zerdeppert, Haschisch geraucht oder einen Geräteschuppen abgefackelt hat ...«

»Meine Kinder sind noch kleiner. Sie werden sicher auch noch einiges anstellen.«

»Wenn der Vater Polizist ist?«

»Glaubst du etwa, Polizisten bleiben von solchem Unsinn verschont?«

»Wie viele Kinder hast du?«

»Drei. Zwei Jungs und ein Mädchen.«

»Ui. Und ich habe schon mit einem alle Hände voll zu tun.«

»Ja, aber du bist alleinerziehend.«

»Danke, das weiß ich.«

»Ich meinte das positiv. Du gibst dir Mühe mit Charlie. Das ist nicht so einfach.«

Robert stand auf und machte den Kühlschrank zu. Dann lotste er Vendela zu einem Stuhl und stellte Käse und Marmelade auf den Tisch. Er füllte zwei Becher mit Kaffee und setzte sich ihr gegenüber.

»Das Schlimmste daran ist, dass ich nicht weiß, was ich falsch mache.« Vendela sah ratlos aus.

»Ich glaube nicht, dass du etwas falsch machst.« Robert unterdrückte den Impuls, tröstend ihre Hand zu streicheln.

»Charlie und Jessica haben noch nie harmoniert. Mit mir hat sie eigentlich auch nie harmoniert. Sie hat überhaupt nicht begriffen, was an diesem Ort so toll ist. Mich hat ihre Art gestört. Sie hat zwei Liter Wasser im Wasserkocher erhitzt, obwohl sie sich nur eine halbe Tasse Tee machen wollte. Den Rest hat sie weggekippt. Aber wenn man auf einer Insel lebt, muss man Wasser sparen. An so was hat sie nie gedacht. Ich bin nicht traurig, dass sie nicht mehr da ist. Ist das nicht furchtbar?«

»War sie die treibende Kraft hinter den Verkaufsplänen?«

»Ja. Rickard hat wohl nichts dagegen gesagt, aber vorangetrieben hat sie die Sache.«

»Welchen Einfluss hat ihr Tod auf dein und Rickards Verhältnis als Eigentümer? Ich nehme an, du hast dir darüber bereits Gedanken gemacht?«

»Natürlich habe ich das, aber wir haben noch nicht darüber gesprochen. Es gab noch keine Gelegenheit. Ich kann mir aber kaum vorstellen, dass er an dem Ort bleiben möchte, wo seine Frau verunglückt ist. Insofern hat sich die Situation nicht geändert. Er will verkaufen. Aber frag ihn das selbst.«

»Glaubst du, dass Jessicas Tod ein Unfall war?«

»Ich hoffe es wirklich. Schließlich wusste jeder, dass sie allergisch war, und es konnten auch alle mit den Spritzen umgehen.«

»Astrid auch?«

»Astrid?«

»Wusste sie von Jessicas Allergie?«

»Keine Ahnung. Ich nehme es an.«

»Aber sicher bist du dir nicht.«

»Nein. Bin ich nicht.«

»Möchtest du noch ein bisschen Kaffee?«, fragte Robert. »Er schmeckt gut.«

Vendela trank einen Schluck.

»Und du warst baden, als Jessica zu Astrid ging. Warum hat sie das eigentlich gemacht?«

»Das weißt du doch selbst. Ihr habt ja bereits mit Astrid gesprochen.«

»Ich würde aber gern deine Version hören.«

»Astrid und ich hatten herausgefunden, dass sich der Brunnen vom Bremsegård auf einem Stück Land befindet, das Astrid gehört. Als Letztes habe ich zu Jessica gesagt, es würde den Makler bestimmt interessieren, dass das Grundstück kein Wasser hat. Dann sind Charlie und ich baden gegangen.«

»Und Rickard und Jessica? Was haben die gemacht?«

»Das musst du Rickard fragen, aber ich schätze mal, sie haben miteinander diskutiert, und dann ist Jessica zu Astrid gegangen.«

»Um über den Brunnen zu sprechen?«

»Wir brauchten auch Kartoffeln, ja, aber sie wollte vor allem über den Brunnen reden. Sie war noch nie bei

Astrid gewesen. Wahrscheinlich ist sie diesen Sommer nur hierhergekommen, um das Haus zu verkaufen.«

»Und wie hast du dich dabei gefühlt?«

»Was glaubst du denn? Ich habe seit meiner Geburt jeden Sommer hier verbracht. Vor allem habe ich mir aber Sorgen um Astrid gemacht. Wo sollte sie denn hin? Ihr Häuschen gehört auch zum Grundstück. Der Bremsegård ist ihr Leben. Der Hof ist seit Generationen im Besitz ihrer Familie. Manchmal habe ich ein schlechtes Gewissen, weil ich hier bin. Ich weiß, wie sehr sie sich danach sehnt, in dieses Haus zurückzukehren.«

»Und Charlie weiß, wie viel dieser Ort dir bedeutet?«

»Natürlich weiß er das. Ihm bedeutet er auch viel, glaube ich.«

»Ihr beide geht also baden, ihr verbringt aber nicht viel Zeit zusammen.«

Vendela nickte.

»Er wurde unruhig.«

»Hat er gesagt, was er vorhatte?«

»Nein.«

»Hast du ihn gefragt?«

»Nein. Ich versuche, keine Mutter zu sein, die dauernd Kontrolle ausübt, aber das ist nicht einfach. Vor allem, wenn man bedenkt, was schon alles vorgefallen ist.«

»Wieso bist du zurückgegangen?«

»Der Hubschrauber kam. Da habe ich mir Sorgen gemacht.«

»Und du hast Charlie die ganze Zeit nicht gesehen?«

»Nein.«

»Wie lang war das?«

»Keine Ahnung. Eine Stunde vielleicht.«

Robert trank einen Schluck Kaffee. Eine Stunde. Das war viel, sogar eine halbe Stunde hätte weitaus gereicht. Charlie hätte gar keine Zeit gebraucht. Er hätte sich nur bei Astrid in den Büschen verstecken und den Garten beobachten müssen. Als Jessica auf dem Klo war, ist er möglicherweise schnell hingelaufen und hat den Riegel hinuntergedrückt. Vielleicht hatte er ihr nur einen Schreck einjagen wollen und dabei gar nicht an die Handtasche mit der Spritze gedacht. Woher hätte er wissen sollen, dass sie dort drinnen von einer Wespe gestochen werden würde? Maximales Pech.

»Du glaubst also, dass Charlie es getan hat.« Vendela sah ihn an.

Robert zog ein Blatt Papier, auf dem ein gelber Notizzettel klebte, aus dem Stapel.

»Ich weiß, dass er einmal während des Sportunterrichts einen Jungen auf der Toilette eingesperrt hat.«

Vendela starrte in ihren Kaffee.

»Daran habe ich auch schon gedacht. Ich kann an gar nichts anderes mehr denken. Wenn Charlie sie auf dem Klo eingesperrt hat ...« Zu spät bemerkte sie das Gesicht an der Tür.

»Glaubst du etwa, ich hätte sie eingesperrt? Spinnst du?«

»Charlie!«, rief Vendela, aber er war bereits auf dem Weg nach draußen. Er knallte die Haustür so heftig zu, dass die Fensterscheiben klirrten.

»Warte, ich laufe ihm hinterher.« Robert lief zur Tür.

»Ich bin die schlechteste Mutter der Welt«, sagte Vendela resigniert.

»Das bist du ganz und gar nicht. Dein Sohn ist ein Teenager. Das kann jeden verrückt machen. Wenn meine Kinder in das Alter kommen, werde ich dich anrufen und um Rat bitten.«

Charlie hatte sich bereits ein Stück entfernt und rannte zwischen den beiden Weiden hindurch auf die Schnauzenbucht zu.

Robert sprintete über den Rasen, an den Birnbäumen vorbei und auf die Straße. Dort bog er einmal nach rechts und kurz darauf nach links ab. Der Boden war angenehm weich. Charlie drehte sich nicht um, sondern raste einfach weiter. Robert brauchte einige Minuten, um ihn einzuholen. Beide waren völlig außer Atem und waren bis zur Wiese oberhalb der großen Bucht an der Südseite der Insel gelangt. Vor ihnen erhob sich der gewaltige Lindenberg.

»Nicht mal meine Mutter glaubt mir. Weißt du, was das für ein Gefühl ist? Kapierst du das?« Charlie schrie.

»Du bedeutest deiner Mutter mehr als alles andere auf der Welt. Sie hat einfach wahnsinnige Angst.« Robert versuchte, Charlies Reaktion zu deuten.

»Wovor?«

»Dich zu verlieren.«

»Sie denkt doch, ich hätte Jessica auf dem Klo eingesperrt. Ich kann zwar nicht behaupten, dass ich sie vermisse, aber ich habe nichts getan, verdammt noch mal. Immer, wenn etwas passiert, bekomme ich die Schuld. Ich habe das so satt.«

»Jetzt erzähl mal. Vendela hat gesagt, ihr zwei wart baden, aber du bist früher gegangen.«

»Ich bin zurück ins Haus und habe meine Angel geholt, aber ich habe nichts gefangen.«

»Hat dich dabei jemand gesehen?«

»Keine Ahnung, ich habe jedenfalls niemanden bemerkt.«

»Und es hat keiner angebissen?«

»Doch, zwei.«

»Der typische Fall, dass sie dir auf den Klippen aus der Hand gefallen sind?«, fragte Robert.

»Was? Nee, nee. Beim ersten Mal war es nur ein kleines Knabbern, und ich dachte, wenn ich die Angel noch mal auswerfe, beißt er richtig an. Aber dann hat sich die Schnur verheddert, und ich war eine Weile beschäftigt. Beim zweiten Mal hat einer richtig angebissen. Oder ich bin am Grund hängengeblieben, aber das glaube ich nicht. Normalerweise fange ich da immer Fische.«

»Aber an dem Tag nicht.«

»Nein, und das war schade, denn wenn ich mit einem Fisch nach Hause gekommen wäre, hätten mir alle geglaubt. Ich weiß natürlich, dass ich ein paar echt bescheuerte Sachen gemacht habe, aber manchmal war ich auch nur zur falschen Zeit am falschen Ort und habe die Schuld in die Schuhe geschoben bekommen.«

»Ich glaube dir.«

»Es ist so – je länger die Liste wird, desto öfter kriegt man die Schuld. ›Das war bestimmt Charlie‹ ... was hast du gerade gesagt?«

»Ich habe gesagt, dass ich dir glaube. Ich weiß genau, wie das läuft.«

»Dann bist du also der nette Polizist? Und wo hast du ›the bad cop‹ gelassen, deinen durchgeknallten Kollegen? Der Alte ist ja nicht ganz richtig im Kopf.«

»Ich weiß. Kannst du dir vorstellen, wie es ist, mit ihm zu arbeiten?«

Charlie sah Robert an, als würde er seinen Ohren nicht trauen.

»Wenn du willst, kannst du mal ein Praktikum bei mir machen, dann wirst du es sehen. Er treibt mich in den Wahnsinn.«

Charlie nickte grinsend. Er wirkte erleichtert. Robert lächelte zurück. Folke war wirklich verrückt. Manchmal war er recht scharfsinnig, aber oft war er vollkommen daneben.

Vendela kam den schmalen Pfad entlang und blieb verwundert stehen, als sie sah, dass Robert und Charlie sich miteinander unterhielten.

»Rickard ist aufgewacht. Falls du mit ihm reden willst«, sagte sie zu Robert.

»Dann werde ich das mal tun.« Er zwinkerte Charlie zu. »Du weißt Bescheid. Wenn wieder ein Betriebspraktikum ansteht, kannst du gern zu mir kommen.«

»Wie bitte?« Vendela blickte verwirrt.

»Ach«, sagte Charlie.

»Wir sehen uns! Macht's gut, ihr zwei.« Robert ging zurück zum Bremsegård.

»Warte, verdammt«, rief Charlie. »Wir kommen mit.«

Lindenberg, Klöverö

Aleida hockte hinter einem Baumstamm und rang nach Luft. Ihre Beine waren kalt, und in den Füßen hatte sie schon lange kein Gefühl mehr. Sie hatte sie vom Lindenberg aus beobachtet und wusste, dass sie hinter ihr her waren. Sie war die Beute. Sie war schon die ganze Zeit die Beute gewesen, aber nun wollte man sie endgültig einfangen und … sie wagte nicht, den Gedanken zu Ende zu denken. Warum rannte sie eigentlich? Wo sollte sie hin? Die Insel war von Wasser umgeben.

Aus der offenen Wunde zwischen ihren Beinen rann Blut, und jedes Mal, wenn sie stehenblieb, fühlte sie sich schwächer, als würde ihre Lebenskraft aus ihr herausrinnen und in der unfruchtbaren Erde von Klöverö versickern. Obwohl sie Bäche und Sümpfe überquert hatte, würden die Hunde sie mit Leichtigkeit aufspüren.

Sie zwang sich, den eingewickelten Jungen anzusehen, den sie mit sich herumtrug. Seine Augen waren geschlossen, und das Gesicht sah so friedlich aus, als schliefe er. Ohne ihn wäre sie schneller vorangekommen, aber sie konnte den kleinen Körper nicht ablegen. Mühsam stand sie auf und ging weiter, bis sie auf der Spitze des

Lindenbergs stand. Von hier stürzte der hohe Berg steil hinunter in die Schnauzenbucht. Dort unten glitzerte das dunkle Wasser, der Wind blies in ihr langes Haar. Ein einziger Schritt, und es wäre vorbei gewesen. Dann hob sie den Kopf und ließ ihren Blick ein letztes Mal über die verfluchte Insel und das Wasser schweifen. Da sah sie das Schiff im Hafen, das große Schiff mit der stolzen Flagge, de vlag von Oranje. War das möglich? Sie schloss die Augen und wurde aufgrund der Müdigkeit und des hohen Blutverlusts beinahe ohnmächtig. Als sie die Augen wieder öffnete, konnte sie das Schiff nicht mehr sehen. War es nicht eben noch da gewesen? Oder hatte sie es sich nur eingebildet? Den Brief an die Königin hatte sie doch abgeschickt. War er angekommen, wollten sie sie jetzt holen? Sie lebte ja noch, wenn auch nur mit Müh und Not. Wenn sie die Augen schloss, konnte sie sich ihr Haus vorstellen. Den Vorhang im Salon, die hübsche Vase, in der immer schöne Blumen standen und einen wunderbaren Duft verbreiteten. Sie sank zu Boden und stand wieder auf. Ihre Oberschenkel klebten aneinander. Endlich würde sie nach Hause kommen. Zurück zu ihrem Garten, dem Pfirsichbaum und Hendriks und ihrem Haus. Sie wich vor dem Abgrund zurück und blickte sich um. Plötzlich hörte sie wieder das Kläffen, es war näher gekommen. Meistens waren Daniel Jacobssons Hunde angekettet und bewachten das Haus. Man wollte sie einfangen, weil die Holländer kamen. Bald würden sie auch auf Klöverö nach ihr suchen. Am liebsten wollte sie laut schreien. »Hier ben ik, kom mij halen!« Hier bin ich! Kommt mich holen!

Sie musste sich verstecken, aber wo? Denn da war doch eben noch ein Schiff gewesen, da war sie sich ganz sicher.

Das Hundegebell erweckte in ihr Kampfeslust. Jetzt und hier würde sie sich nicht einfangen lassen, nicht, wenn die Rettung so nah war. Niemals. Sie versuchte, die Nachwehen und die Schmerzen in ihrem Unterleib zu ignorieren, und zwang sich, aufzustehen und einen Fuß vor den anderen zu setzen. Nun sah sie wieder die Männer am Fuß des Lindenbergs. Aleida eilte zum schützenden Waldrand und humpelte weiter über das Torfmoos, ohne die Nadeln und Zweige zu spüren, die in die offenen Wunden an ihren Füßen eindrangen. Der Anblick des Schiffes hatte ihr neue Kraft verliehen. Sie rannte noch schneller. Fast konnte sie den herrlichen Geschmack und die Süße der Pfirsiche schmecken, als sie den steilen Abhang des Lindenbergs hinunter und zu den Weiden beim Alten Moor und der Landzunge Korsvike raste. Aleida sah weder den Mann, der hinter ihr auftauchte, noch das Senkblei, das er mit voller Wucht auf ihren Schädel prallen ließ. Ihr Körper sank zu Boden und blieb im Moor liegen. In den Armen hielt sie noch immer den kleinen Jungen.

27

Auf halbem Weg zum Bremsegård traf Karin auf Robert. Selig lächelnd kam er anspaziert.

»Wie ist es gelaufen?«, fragte Karin.

»Gut.«

»Du solltest dich mal sehen. Liegt das an der hübschen Mama?«

»Hör auf.«

»Glaub mir, wenn Sofia dich so zu Gesicht bekäme, würde sie dir einen Tritt vors Schienbein versetzen.«

»Man hat es nicht leicht als alleinerziehende Mutter, wenn der eigene Sohn als Teenager in Schwierigkeiten gerät. Der Junge ist in Ordnung.«

»In Ordnung, weil er nichts mit der Sache zu tun hat, oder in Ordnung, weil seine Mutter so hübsch ist?«

»Sei ein bisschen nachsichtig mit mir. Ich habe mit Rickard gesprochen, was nicht einfach war, weil er unter Schock steht und noch nicht begriffen hat, dass Jessica nicht zurückkommt. Eigentlich hatte hauptsächlich Vendela ein Motiv, Jessica den Tod zu wünschen.«

»Abgesehen von Astrid«, warf Karin ein.

»Abgesehen von Astrid, aber es nützt den beiden nicht viel, dass Jessica tot ist. Falls Rickard nicht seine Meinung ändert und einen Rückzieher macht. Momentan sieht es allerdings nicht danach aus. Wie ist es denn mit Astrid gelaufen?«

»Sie ist ein ganz schön harter Brocken. Ich habe eine Weile gebraucht, bis ich mehr als zwei Worte am Stück aus ihr herausbekommen habe. Am Ende habe ich ihr von den Leichen im Moor erzählt, weil ich dachte, dass ich vielleicht ihr Vertrauen gewinne, wenn ich ihr auch etwas ›gebe‹.«

»Sicher. Das kannst du jedem weismachen, aber nicht mir. Gib einfach zu, dass du nur zu ihr hingegangen bist, um sie nach dem Alten Moor zu fragen. Habt ihr überhaupt andere Themen angeschnitten?«

»Natürlich, aber … vielleicht wäre es nicht schlecht, wenn du auch noch mal hingehst.«

»Ich auch? Aber du warst doch gerade da.«

»Sie hat angedeutet, dass sie Jessicas Hilferufe gehört hat.«

»Ach, tatsächlich. Jetzt fällt es ihr wieder ein. Und was hat sie da gemacht?«

»Nichts. Sie stand ja auf dem Kartoffelacker und dachte, Jessica soll zu ihr kommen, wenn sie etwas von ihr wolle.«

»Und dann?«

»Dann nimmt sie ihre Kartoffeln und geht damit ums Haus, aber als sie im Garten ankommt, ist Jessica verschwunden.«

»Wirklich?«

»Nein, sie liegt natürlich im Herzhäuschen, aber das kann Astrid ja nicht wissen.«

»Glaubst du ihr?« Robert runzelte die Stirn.

»Ich weiß nicht. Wenn sie es schon mit den Hilferufen nicht so genau genommen hat, bezweifelt man doch, dass sie jetzt die volle Wahrheit sagt. Möglicherweise hat sie aber auch verdrängt, dass sie Jessica gehört hat, weil ihr Gewissen sie so quält. Astrid muss ja auch schon der Gedanke gekommen sein, dass Jessica überlebt hätte, wenn sie früher vom Kartoffelacker zurückgekehrt wäre.«

»Hat sie nichts von der Klotür gesagt?«

Karin schüttelte den Kopf.

»Nein.«

»Die Tür ist also von allein zugefallen? Rein zufällig, als Jessica, die das Elternhaus der alten Tante verkaufen will und blöderweise allergisch gegen Wespenstiche ist, sich auf dem Klo befindet. Unwahrscheinlich.«

»Die Tür ist ein Mysterium«, antwortete Karin.

»Sie ist kein Mysterium. Irgendjemand muss sie verriegelt haben. Sie kann sich nicht von allein verriegeln. Verstanden? Meine Güte, muss man denn hier alles selbst machen?«

»Spar dir dein Selbstmitleid«, sagte Karin. »Ich habe das Thema fallen lassen, weil ich dachte, du kannst das besser.«

»Du hast es fallen gelassen, weil du dich lieber über die Moorleichen unterhalten wolltest. Ich kenne dich einfach zu gut.«

»Okay, vielleicht hast du recht. Mein tüchtiger und – ich würde so weit gehen, zu sagen – gutaussehender – Kollege ist genau der richtige Mann, um hier weiterzubohren.«

»Glaubst du, dass ich darauf reinfalle?« Robert konnte sich das Grinsen nicht verkneifen.

»Ja, davon bin ich überzeugt. Vendela fand bestimmt auch, dass du gut aussiehst. Vergiss nicht, dass sie und Astrid befreundet sind, und da ich deine Frau kenne, hast du keine Chance. Wenn du mit Astrid redest, warte ich hier.« Karin deutete mit dem Kinn auf Astrids Haus, das rechts vom Schotterweg aufgetaucht war.

»Klar«, sagte Robert. »Mach es dir hier gemütlich, bis ich die Arbeit erledigt habe. Wie immer.«

Ein Gebet für Aleida

Lovisa saß im Bett und stillte den kleinen Jungen. Morgen würde der Pastor kommen, um ihn zu taufen. Oskar Emanuel. Lovisa strich dem Kleinen über den hellen Kopf. Die Welt rings um sie herum schien sie vollkommen vergessen zu haben. Der kleine Oskar hatte eine Brust geleert und verlangte nun ungeduldig nach der anderen.

»Du bist aber ein hungriger kleiner Racker«, sagte Lovisa.

Agnes konnte sich nicht entspannen. Sie stand auf und ging an das Fenster. Was, wenn sie zurückkam? Wenn sie ihren Entschluss bereute und das Kind zurückforderte? Hatten die Männer sie gefunden? Gott im Himmel, was sollte sie nur tun, falls die Frau hierherkam?

Oskar stürmte herein. Lovisa blickte auf.

»Was ist los, Vater?«, fragte Lovisa.

Oskar schüttelte den Kopf.

»Agnes.« Er winkte seine Frau zu sich heran. Agnes verließ die Kammer, und Oskar machte die Tür hinter ihr zu. »Wo sind die Einkäufe?«, fragte sie.

»Marstrand ist voller Holländer. Eine ganze Delegation sucht nach Aleida Maria van der Windt.«

»Aleida? Ist ihretwegen ein Schiff gekommen? Was sagst du da?«

»Sogar das Schiff der Königsfamilie. Kannst du dir das vorstellen? Sie ist nicht irgendwer.« Oskar dachte fieberhaft nach.

»Das Schiff der Königsfamilie?«, wiederholte Agnes und spürte, wie ihr Magen sich verkrampfte.

»Wann hast du sie zuletzt gesehen?«, fragte Oskar. Für den Bruchteil einer Sekunde überlegte Agnes, ob sie ihm alles erzählen sollte, aber es ging nicht. Zu viel stand auf dem Spiel. Diese Bürde musste sie allein tragen.

»Ich weiß es nicht mehr genau«, erwiderte sie zögerlich und dachte an den Brief, der offenbar angekommen war. Der Brief an die Königin. Den sie abgeschickt hatte.

An diesem Abend blieb Agnes bis spät in die Nacht auf und schrieb Tagebuch. Sie schrieb und schrieb, um die schreckliche Wahrheit zwischen die Buchdeckel zu bannen. Dann streute sie Sand über die Seiten und schlug den ledernen Einband zu. Von nun an würde sie es im Geheimfach von Großmutters altem Sekretär aufbewahren müssen. Niemand durfte jemals lesen, was sie schrieb, und doch musste sie es aufschreiben, um es loszuwerden. Sie berichtete von Aleida, dem Brief und dem Jungen, den sie geschenkt bekommen hatten. Oder geliehen? Gott im Himmel, wo steckte Aleida? Hatten die Holländer sie gefunden und abgeholt, oder waren die Kaufleute von Marstrand ihnen zuvorgekommen? Die Truppe, die an ihre Tür geklopft hatte, verhieß nichts Gutes. Agnes erschauerte bei dem Gedanken und blickte an den beiden Blumentöpfen mit dem Springkraut vorbei durch das Fenster. Dann faltete sie die Hände.
»*Lieve God, bescherm Aleida. Amen.*«

28

Die Polizisten hatten eine Menge Fragen gestellt. Sie mussten natürlich herausfinden, was Jessica zugestoßen war, das konnte sie verstehen. Astrid legte das Buch zur Seite. Obwohl die Ereignisse des Tages es ihr schwer machten, sich auf etwas anderes zu konzentrieren, hatte sie sich eine Weile mit dem Tagebuch hingesetzt. Mühevoll hatte sie noch ein paar Seiten gelesen. Nun saß sie hier, erschüttert. Konnte das wirklich wahr sein? Sie stand auf und griff erneut zur Familienbibel. Agnes und Oskars Linie endete also mit Lovisa. Der Strich, der Oskar Emanuel mit ihnen verband, war falsch.

Astrid holte sich Stift und Papier und skizzierte mit Hilfe der Familienbibel einen neuen Stammbaum, der mit Aleida begann. Aleida van der Windt und Johannes Andersson bekommen einen Sohn, Oskar Emanuel. Der Name Johannes hatte bislang keine große Bedeutung für sie gehabt, aber sie hatte gewusst, dass dieser Vorfahr im Jahr 1814 den Bremsegård zurückgekauft hatte, weil seine Mutter dort aufgewachsen war. Mit ihrem neuen Wissen konnte sie sich ein viel genaueres Bild von dem Mann machen. Er war ein Seeräuber, ein Berserker und vielleicht hatte er auch Aleida auf dem Gewissen. Außerdem war er der Vater ihres Kindes. Astrid hatte einige Seiten weitergeblättert, aber über Aleida stand dort nichts mehr. Nur, dass Agnes sich fragte, wo sie abgeblieben war.

Ich glaube, ich weiß, wo sie versteckt wurde, dachte Astrid und schüttelte den Kopf. Mit Lovisas totem Sohn im Alten Moor.

Erneut blickte Astrid auf das Blatt Papier. Sie hatte ihre väterliche Linie von Johannes Andersson bis zu ihr selbst aufgezeichnet. In ihren Adern floss Seeräuberblut. Diese Seeräuber hatten nicht davor zurückgeschreckt, anderen den Garaus zu machen, um selbst gut zu leben. Johannes' Enkelin Selma heiratet Oskar Emanuel, und Carl Julius wird geboren. Großvater Carl Julius, dachte Astrid. Gott im Himmel! Johannes war der Großvater von Selma und Oskar Emanuels Vater.

War Astrid die Erste, die nach all diesen Jahren das Tagebuch las? Erstaunlich, dass Agnes es gewagt hatte, all diese Dinge niederzuschreiben. Was, wenn jemand das Buch gefunden hätte? Was, wenn es Lovisa in die Hände gefallen wäre? Agnes musste es irgendwo versteckt haben.

Astrid ging in die Küche und kochte sich einen starken Tee mit Heidehonig. Dann ließ sie sich auf das Sofa fallen und schaltete den Fernseher ein. Der übermotivierte Moderator der *Antikrunde* hielt einen Gegenstand nach dem anderen in die Höhe.

»Was könnte der wert sein?« Er wandte sich der Dame zu, die neben einem großen dunklen Schrank stand, der von innen lackiert war.

»Schwer zu sagen, mein Großvater hat ihn vor vielen Jahren gekauft.«

»Weißt du, was er dafür bezahlt hat?«

»Eintausend Kronen, glaube ich, das war damals viel Geld.«

»Das will ich meinen, aber was würdest du sagen, wenn ich von zehntausend Kronen spräche?«

»Ui, ist er denn so viel wert?«, fragte die alte Dame mit kaum verhohlener Enttäuschung.

»Was den Preis so drückt, ist die Lackierung innen. Unbehandelt wäre er wohl, tja, an die sechzigtausend wert.«

Der Kommentar der Frau wurde weggeschnitten, und stattdessen zeigte man nun ein niedliches Tantchen mit frischer Dauerwelle.

»Was hast du uns heute Schönes mitgebracht?« Der Mann leckte sich die Lippen.

»Ein paar Schmuckstücke, die ich geerbt habe.«

»Du musst uns unbedingt erzählen, wie sie in deinen Besitz gekommen sind.«

»Es sind Erbstücke von meiner Großmutter …« Astrid hörte ihr gar nicht so genau zu, sondern achtete mehr darauf, wie sie sprach. Die Dame bemühte sich, einen vornehmen Eindruck zu machen, und betonte am Ende, sie sei wirklich nicht gekommen, um den Wert des Schmucks zu ermitteln.

»Ach, so ist das. Wenn ich so etwas sehe, laufen mir kalte Schauer über den Rücken.«

»Tatsächlich?«, fragte das Tantchen.

»Ich musste mich mit einem Kollegen beraten. Diese Schmuckstücke sind nämlich in Holland hergestellt worden. Hast du diesen Stempel bemerkt?« Der Mann reichte der süßen alten Dame eine Lupe, die sie etwas umständlich benutzte, um ihr Make-up nicht zu ruinieren.

»Er ist wirklich schwer zu erkennen, aber wenn man weiß, wo man suchen muss, ist es etwas leichter. In diesem Fall ist der Hersteller ein bekannter Juwelier. Dieses Schmuckset ist nämlich vom holländischen Königshaus in Auftrag gegeben worden. Es existiert sogar noch die Bestellung.«

Nun fiel das Tantchen beinahe vom Stuhl, stellte Astrid belustigt fest und ging ihre Brille holen. Die Sendung war heute richtig gut.

»Es gibt aber auch eine Geschichte dazu. Auf das Königshaus wird ein Attentat verübt. Ein Auftragsmörder dringt bis in die Gemächer der Königin vor, doch in dem Moment, als er mit einem Dolch auf die Königliche Hoheit losgehen will, zerrt eine der Hofdamen sie in eine abschließbare Kammer und rettet ihr auf diese Weise das Leben. Das Königshaus ist natürlich ungeheuer dankbar und gibt daher ein Schmuckstück für die Hofdame in Auftrag. Uns liegt sogar der Name der Dame vor, Aleida Maria van der Windt.«

Astrid fiel die Kinnlade herunter. Hatte sie richtig gehört? Sie beugte sich nach vorn und lauschte aufmerksam den weiteren Ausführungen.

»... was dann passierte und was aus der Hofdame wurde, ist unklar. Man weiß, dass sie ihren Mann Hendrik van der Windt, einen Kapitän, auf seinen Reisen begleitet hat. Soweit bekannt ist, hatte das Paar keine Kinder. Hast du eine Ahnung, wie die Schmuckstücke in den Besitz deiner Familie gelangt sind?«

»Nein, leider nicht.«

»Woher stammt deine Familie? Habt ihr irgendwelche Verbindungen nach Holland?«

»Mein Vater kommt aus England, aber die Familie meiner Mutter stammt aus Göteborg.«

»Dann musst du der Sache wohl weiter nachgehen.«

»Da hast du recht.«

»Ein Teil fehlt jedoch. Könnte es sein, dass du noch ein Schmuckstück zu Hause hast?«

»Nein, was sollte das denn sein?« Die Frau zog ihre ohnehin schon faltige Stirn in noch tiefere Furchen.

»Eine Brosche.« Der Mann nahm eine Kopie des damaligen Auftrags zur Hand und las eine Übersetzung vor. Alles war vorhanden; die Ohrringe, die wundervolle Halskette, das Armband, das Diadem und der Ring; aber die Brosche fehlte.

»Ihr müsst mal ein bisschen ranzoomen, damit unsere Zuschauer auch etwas von diesen Leckerbissen haben«, sagte der Schmuckexperte zum Kameramann und seinem Assistenten.

Verwundert betrachtete Astrid die Schmuckstücke. Die Farbe der Steine und diese auffällige Fassung erkannte sie auf Anhieb, weil sie im Grunde an den einzigen persönlichen Gegenstand erinnerten, den sie von ihrer Mutter hatte. Sie erhob sich auf ihre wackligen Beine. Ihre Gedanken rasten wie wild durcheinander, während ihr gleichzeitig so einiges klar wurde. Mit der Hand am Geländer ging sie nach oben und nahm die Brosche aus der Schatulle. Aleidas Brosche. Lange saß Astrid mit der Brosche in der Hand da. Dann stand sie auf und ging zum Telefon.

Es war zwar schon halb zehn, aber Karin ging beim ersten Klingeln an das Telefon. Sie war erstaunt, als sie Astrids Stimme hörte. Noch mehr wunderte sie sich allerdings über das, was sie zu hören bekam.

»Warte mal, Astrid. Ich rufe dich zurück, sonst wird es so teuer für dich.« Der Handyempfang war im Stahlboot nicht optimal. Um Astrid deutlicher zu verstehen, musste sie raus in die Plicht. Karin zog sich einen Wollpullover an, wickelte sich eine Decke um die Beine und legte zwei Polster in die Plicht. Dann rief sie Astrid zurück.

Die alte Frau auf dem Nordgård, 1877

Sie war lange, bevor es hell wurde, wach geworden. Irgendetwas hatte sie geweckt. Sie glaubte, eine Stimme gehört zu haben.

»*Lieve Hoogheid*, darf ich euch um Hilfe bitten? Ich habe sonst niemanden, an den ich mich wenden kann, und muss einen Brief absenden. *Aan die Koningin van Holland.*«

Agnes war im Nachthemd hinaus auf den Hof gegangen. Die Stimme war von draußen gekommen, aber dort war niemand.

Sie war hinüber zum Stall gegangen und hatte eine Weile dort gesessen. Mit genauso nackten Füßen wie Aleida in dieser schicksalsschweren Nacht vor vielen Jahren. Wenn sie die Augen schloss, sah sie Aleida vor sich. Den toten Jungen hatte sie an ihre Brust gedrückt. Der Schmerz war immer noch da. Sie hatte nicht um ihn trauern können und dürfen. Auch sprechen durfte sie mit niemanden darüber. Nur ihrem Tagebuch hatte sie sich anvertraut.

Wo war Aleida eigentlich abgeblieben? Jedes Mal, wenn Agnes den kleinen Oskar ansah, erinnerte sie sich voller Dankbarkeit an diese Frau.

»Ich habe ihm diesen holländischen Kinderreim beigebracht. Er kann ihn auswendig. Du weißt schon, er beginnt so:

Hopsa Janneke
Stroop in't kanneke
Laat de poppetjes dansen
Eenmaal was de Prins in't land
En nu die kale Fransen.«

Oft hatte sie sich gefragt, ob sie richtig gehandelt hatte. Zweifel und Fragen kamen ihr immer dann, wenn sie am wenigsten damit rechnete. Im blühenden Sommer oder beim Kartoffelnwaschen im Herbst. Hätte sie Aleida auf dem Nordgård verstecken sollen? Tief im Innern wusste sie, dass das niemals funktioniert hätte. Es hätte für sie alle das Aus bedeutet. Johannes und Daniel verschonten keinen. Es war damals noch lange über das königliche Schiff aus Holland geredet worden, das unverrichteter Dinge die Heimreise angetreten hatte. Die Frau, nach der sie gesucht hatten, wurde nie aufgefunden. Auch ihr Ehemann nicht.

Sie ging zurück ins Haus. Das Springkraut auf der Fensterbank schien Wasser zu brauchen. Agnes goss einen Schluck Wasser in jeden Blumentopf. Mittlerweile brauchte sie beide Hände dafür.

Es war auch zu spät, um Oskar davon zu erzählen. Vor zwölf Jahren war er von ihr gegangen. Im Schlaf. Vielleicht hatte er es geahnt, denn am Abend zuvor hatten sie ein langes und inniges Gespräch geführt. Waren noch einmal alles von Anfang bis Ende durchgegangen. Wie sie sich kennengelernt hatten, wie Agne verschwunden und Agnes die Frau im Haus geworden war und schließlich Lovisa kam. Oskar Emanuel wuchs heran und wurde mit jedem Tag größer. Oskar hatte ihr lachend erzählt, dass er heute etwas Urkomisches gemacht habe. Agnes konnte sich nicht mehr erinnern, was er ihr erzählt hatte, aber es war ein schöner Abschluss gewesen. Es hätte noch so viel mehr zu sagen gegeben, aber daraus war nun einmal nichts geworden. Sie musste sich stattdessen mit Lovisa und ihrem Tagebuch unterhalten. Und mit Oskar Emanuel.

Noch immer deckte Agnes den Frühstückstisch manchmal für zwei Personen, bevor ihr wieder einfiel, dass sie allein war. Sie setzte sich an ihren Sekretär und holte vorsichtig das Tagebuch aus seinem Versteck. Blätterte in ihren Erinnerungen. Lächelte an einer Stelle und schüttelte an einer anderen den Kopf. Sie ging zurück in die Küche und stellte sich wieder an das Fenster. Das ganze Haus war randvoll mit Erinnerungen, und überall spürte sie Oskars Anwesenheit. Geliebter Oskar. Und die Frau, die draußen auf dem Hof gestanden hatte, ohne sich aufzudrängen. Verzeih mir, Aleida, aber ich habe meine Familie geschützt. Ich tat das, was ich für das Beste hielt. Deinem Sohn, unserem geliebten Jungen, geht es gut. Oskar ist so ein feiner Kerl. Kürzlich hat er selbst einen wunderbaren Sohn bekommen. Agnes dachte daran, wie Lovisa hereingestürzt kam, um ihr zu erzählen, dass Oskar Emanuel um die Hand von Selma vom Bremsegård angehalten hatte. Nur Agnes wusste, dass Selmas Großvater Johannes Andersson auch der Vater von Oskar Emanuel war. Agnes seufzte. Was für seltsame Wege das Schicksal sich suchte. Genau wie die Liebe.

»An dem Mädchen ist nichts auszusetzen«, hatte sie zu Lovisa gesagt. »Nur an ihrem Großvater, aber dafür kann das Mädchen nichts. Jeder hat damals ums Überleben gekämpft und wollte seine eigene Familie beschützen. Es war eben so.« Sie nickte sich selbst zu. Vielleicht wurde es Zeit, altes Unrecht zu vergessen?

»Du redest, als ob er noch leben würde«, hatte Lovisa gesagt.

»Bei Johannes Andersson weiß man nie. In irgendeinen Himmel kommt der bestimmt nie. Genau wie Daniel Jacobsson. Fragt sich, wo sie abgeblieben sind. Was sagt denn dein Mann?«

Lovisa schwieg eine Weile, bevor sie antwortete:

»Dass Johannes Andersson der Teufel persönlich war, aber nur, wenn Oskar Emanuel es nicht hört. Wenn der Junge es so möchte, dann soll er seinen Willen haben. Das Mädchen kommt zumindest nicht mit leeren Händen.«

Manchmal fragte sich Agnes, woher ihr Schwiegersohn wusste, dass Johannes Andersson der Teufel persönlich gewesen war. Konnte es daran liegen, dass er bei einigen Fahrten der Seeräuber mit an Bord gewesen war und mit ihnen geplündert hatte, um in der Zeit, als der Heringsfang so dürftig ausfiel, Hunger und Armut vom eigenen Haus fernzuhalten? Johannes hatte ihnen nie Schwierigkeiten gemacht, wie so vielen anderen auf der Insel. Mehr als einmal hatte sich Agnes darüber gewundert. Auf all diese Fragen würde sie nie eine Antwort erhalten.

Tuin. Tulpen. Perziken.

Die Gedanken an ihren Garten hatten Aleida Kraft gegeben. Sie hatte Agnes die Tulpen, die Pfirsiche und das Schloss so lebendig beschrieben, dass auch Agnes das alles vor sich gesehen hatte. Vielleicht hatte es auch an der Sprache gelegen. Agnes legte sich ein Tuch um die Schultern. Es war kühl. Sie ging in die Kammer, vielleicht würde sie noch einmal einschlafen. Sie schloss die Augen. Ein Sohn, der die Enkelin seines Vaters heiratet. Aber es wusste ja niemand davon. Außer ihr.

»Großmutter? Bist du wach, Großmutter?«

Agnes lächelte, als sie die Stimme hörte.

»Grüß dich, Oskar Emanuel.«

»Mutter meint, dass du mehr Platz in der Kammer hättest, wenn wir den Sekretär woanders hinstellen würden.«

»Ich möchte ihn lieber hierbehalten.« Agnes schlug die Augen auf.

»Aber Mutter hat mich gebeten, ihn zu verrücken.«

»Sag Lovisa, sie soll zu mir kommen. Hier werden überhaupt keine Möbel umgestellt. Ich bin müde, aber nicht tot.«

»Wie geht es dir, Oma?«

»Oma?« Agnes lächelte. »Dass du dich daran noch erinnerst. Es geht mir gut. Wenn nur der verflixte Husten bald nachlassen würde. Wie geht es Selma und dem Jungen? Carl Julius, was für ein schöner Name.«

»Er wächst. Es geht alles so schnell.«

»Gewiss.«

»Er erinnert mich an Großvater Oskar.«

»Tatsächlich? Großvater Oskar war unheimlich gern mit dir zusammen. Weißt du das noch?«

»Ich entsinne mich vor allem an seine Stimme, wenn er lachte. Ich weiß zwar nicht, ob er wirklich so viel gelacht hat, aber in meiner Erinnerung war er immer fröhlich.«

»Er hatte eben eine nette Frau.« Agnes lächelte, doch dann spürte sie wieder einen Schmerz in der Brust. Es schien dieselbe Stelle zu sein, an der sie damals mit dem Messer verletzt worden war. Rief Oskar da von der anderen Seite nach ihr?

»Hast du Schmerzen, Großmutter?«

»Sei so lieb und öffne die oberste Schublade vom Sekretär. Die kleine ganz oben links.«

Oskar Emanuel beugte sich vor und zog behutsam an dem kleinen Ebenholzknauf. In der Lade lag eine Holzschachtel. Er nahm sie heraus und reichte sie seiner Großmutter. Agnes legte sie auf das Federbett und betrachtete sie eine Weile. Dann nahm sie den Deckel ab und reichte Oskar Emanuel die Brosche.

»Ich möchte, dass du gut auf sie aufpasst. Sie stammt aus Holland. Du weißt doch, dass unsere Familie aus Holland stammt? Sorge dafür, dass sie immer in der Familie bleibt. Versprichst du mir das?«

»Ich werde mein Bestes tun.« Er setzte sich zu ihr auf die Bettkante. »Du warst immer so gut zu mir.«

Agnes strich ihm über den Kopf.

»Kannst du den Reim noch, den ich dir beigebracht habe? Den holländischen?«

»Weißt du was, Großmutter? Selma hatte ein holländisches Buch mit diesem Kinderreim auf dem Bremsegård. Ist das nicht merkwürdig? Wir wollen ihn Carl Julius beibringen, wenn er etwas größer ist.«

»*Lief kind.*« Agnes griff nach seiner Hand. »*Het komt wel goed.*«

Sie lehnte sich zurück in die weichen Kissen. Das Tagebuch. Sie hatte schon eine ganze Weile nichts mehr hineingeschrieben. Es lag in seinem Versteck und würde vielleicht nie gefunden werden. Falls sie morgen etwas munterer war, würde sie es ins Feuer werfen. Aber zuerst musste sie sich ein bisschen ausruhen.

29

Eine halbe Stunde später legte Karin auf, blieb aber in der Plicht sitzen. Johan kam über den Anlegesteg spaziert.

»Hallo, meine Schöne.« Er stieg über die Reling.
»Hallo.« Karin stand auf.
Er umarmte sie.
»Sitzt du hier im Dunkeln?«
»Hm.«
»Ich habe versucht, dich anzurufen.«
»Ich habe telefoniert.«
»Das weiß ich. Du wirkst so seltsam. Ist etwas passiert?«
»Du wirst sie kaum glauben, aber dies ist die großartigste Geschichte der Welt. Falls sie stimmt, was ich mir allerdings vorstellen kann.«
Johan setzte sich auf die Bank, sprang aber sofort wieder auf.
»Scheiße, es ist ja nass.«
»Das nennt man Tau. Vielleicht bist du es nicht gewöhnt, so spät nachts noch draußen zu sein?« Karin reichte ihm das Sitzkissen, das sie im Rücken gehabt hatte.

»Jetzt erzähl schon.«

»Willst du dir nicht eine andere Hose anziehen?«

»Nein, dafür bin ich zu neugierig. Ich will alles hören.«

»Astrid Edman hat mich angerufen, um mir von zwei Dingen zu erzählen, die in ihrem Besitz sind. Ein Tagebuch und eine Brosche. Das Tagebuch hat sie erst kürzlich gefunden, aber mit seiner Hilfe müssten wir die Frau und das Kind aus dem Moor identifizieren können. Agnes, die Verfasserin, ist einer anderen Frau begegnet, Aleida Maria van der Windt. Sie könnte die Tote aus dem Moor sein.«

»Das klingt nicht schwedisch«, sagte Johan.

»Holländisch.«

»Wie ist sie in ein Moor auf Klöverö geraten?«, fragte Johan.

»Das ist eine lange Geschichte. Sie handelt von den Seeräubern auf Klöverö.«

»Gab es hier Seeräuber?«

»Bist du nicht derjenige, der sich mit so etwas auskennen müsste? Du bist immerhin Mitglied im Heimatverein. Ein richtiger Marstrander Junge. Wozu habe ich dich denn sonst?«

»Gute Frage. Du weißt nicht zufällig die Namen der Seeräuber?«

»Johannes Andersson und Daniel Jacobsson.«

»Der Bremsegård und Korsvik. Ich glaube nicht, dass man viel über diese beiden Herren weiß. Einige ihrer noch lebenden Nachfahren wollen ihre sogenannten Geschäfte nicht unbedingt an die große Glocke hängen.«

»Das glaube ich gern. Astrid Edman ist ja mit Johannes verwandt, das wusste sie bereits, aber nun vermutet Astrid, dass sie auch mit Aleida van der Wind verwandt ist. In dem alten Tagebuch steht, dass Johannes und Aleida einen Sohn zusammen bekommen haben, aber er ist nicht das Kind aus dem Moor. Aleidas Sohn wird nämlich von einer Familie auf Klöverö in Obhut genommen. Dort wächst er auf. Seine Großmutter ist die einzige, die von seiner Herkunft weiß. Sie hat das Tagebuch geschrieben. Johannes hat nie erfahren, dass er auf dem Hof nebenan einen Sohn hatte.«

Johan schwieg eine Weile, als müsse er diese Informationen erst einmal verdauen.

»Ist das wahr?«

»Astrid sagt, sie besitze eine Brosche, die es beweist. Die holländische Königin hat sie Aleida geschenkt, und Aleida hat sie Agnes gegeben.«

Johan stand der Mund offen.

»Die holländische Königin?«

»Ja.«

»Wer war Agnes noch mal?«, fragte er.

»Die Frau, die das Tagebuch geschrieben hat. Sie begegnet Aleida, nimmt ihren Sohn unter ihre Fittiche und bekommt eine Brosche von ihr. Später erbt Astrid das Schmuckstück von ihrer Mutter.«

»Eine Brosche?«

»Tja, nun könnte man sich vielleicht dein Interesse an Antiquitäten zunutze machen.« Karin dachte an Johans Wohnung mit dem Gobelin aus dem achtzehnten Jahrhundert im Wohnzimmer. Als sie das erste Mal bei ihm zum Abendessen eingeladen gewesen war, hatten ihr die vielen wundervollen Dinge einen kleinen Schock versetzt. Johan benutzte nur Geschirr aus dem achtzehnten Jahrhundert.

»In welchem Jahr kam die Holländerin hierher?«, fragte Johan.

»Ich weiß es nicht genau. Da musst du Agnes fragen.«

»Nur ungefähr. Über den Daumen gepeilt?«

»Es müsste irgendwann zwischen 1820 und 1840 gewesen sein. Wieso?«

»Ich habe überlegt, wer zu der Zeit regiert hat. Es waren König Wilhelm I. und Königin Wilhelmina von Preußen. Nach ihrem Tod hat er eine ihrer Hofdamen geheiratet.«

»Wann ist die Königin gestorben? Ich nehme doch an, dass du das weißt.«

»1837.«

»Etwas genauer kannst du mir das Datum nicht nennen?«

»Nein.«

»Schlimm, schlimm.« Karin schüttelte den Kopf.

»Hör auf. Also, was macht ihr jetzt?«

»Wir nehmen eine Speichelprobe von Astrid und lassen ihre DNA isolieren. Anschließend werden wir überprüfen, ob Astrid und die Frau im Moor verwandt sind.« Sie blickte nach Klöverö hinüber. »Stell dir das mal vor.«

»Aber woher stammt jetzt das Kind im Moor? Ich meine, Aleidas Kind ist doch bei Agnes aufgewachsen.«

»Es war das tote Kind von Agnes' Tochter. Auch ein Junge. Sie haben die Kinder ausgetauscht, und deshalb hatte Aleida den toten Jungen bei sich, als sie im Moor versank.«

»Und damit war die Tochter von Agnes einverstanden?«, fragte Johan.

»Ich glaube nicht, dass sie davon wusste. Astrid ist überzeugt, dass sie es nie erfahren hat.«

»Wie sind Aleida und der Junge denn ins Moor geraten?«

»Ich weiß es nicht. Astrid glaubt, Johannes und Daniel hätten sie dort vielleicht ertränkt.«

»Wurde sie ertränkt?«

»Nein, aber das kann Astrid ja nicht wissen. Aleida ist durch einen Schlag auf den Kopf ums Leben gekommen. Es wäre schön, wenn sie und der Junge Grabsteine mit ihren Namen bekommen könnten.«

»Johannes wusste also nicht, dass er ein lebendes Kind hatte?«

»Ich glaube nicht. Woher hätte er das wissen sollen?«

»Und dieses Kind wiederum ist selbst Vater geworden.«

»Astrid ist auf beiden Seiten mit Johannes Andersson verwandt.«

»Das ist ja nicht zu fassen.«

Karin schüttelte seufzend den Kopf.

»Karin? Alles okay?«

»Ja. Das Ganze ist nur so traurig. Und irgendwie schrecklich. Astrid hat mir ein bisschen aus dem Tagebuch vorgelesen. Du solltest das mal hören.« Sie legte den Kopf an seine Schulter. So saßen sie eine Weile schweigend da.

»Und was ist nun mit Rickards Frau passiert? Kommt ihr da voran?«

»Es könnte ein Unfall gewesen sein.«

»Könnte?«

»Wir verstehen nicht, wie sich die Tür von selbst verriegelt haben soll, können aber nicht beweisen, dass jemand sie mit Absicht geschlossen hat.«

»Du weißt doch, wie das mit alten Türen so ist. Manchmal klemmen sie.«

»Ja, natürlich, aber Jerker meint, dann müsste sich der Vorgang wiederholen lassen, und das ist uns bislang nicht gelungen.«

»Er will, dass der Riegel sich noch einmal verhakt? Und dann ist er zufrieden?«

»Was heißt schon zufrieden? Jedenfalls kann er dann ein Häkchen im Protokoll machen. Das ist immer ein gutes Gefühl.«

»Jetzt muss ich mir eine andere Hose anziehen.« Johan ging hinein.

Karin blieb noch eine Weile draußen sitzen und dachte

an das, was Astrid ihr erzählt hatte. Sie wollte demnächst hinausfahren und sich in Ruhe mit ihr über alles unterhalten. Vielleicht würde Johan sie begleiten, um sich die Brosche anzusehen und mit ihr einen Spaziergang über die Insel zu machen. Sie warf einen Blick auf die grauen Klippen von Klöverö. Damals waren die Inseln von demselben Wasser umgeben gewesen wie heute. Es war dasselbe Meer. Karin nahm die Sitzkissen und die Wolldecke mit hinein und machte die Luke zu.

Vendela stand neben Astrid vor den Postfächern auf Koö. Sie hatte ihr eigenes gerade abgeschlossen und wartete noch auf Astrid, deren Schlüssel anscheinend klemmte.

»Was ist los?«, fragte sie.

Astrid zeigte ihr den Brief vom SKL, dem Staatlichen Kriminaltechnischen Labor.

»Endlich! Meine Güte, ist das spannend. Willst du ihn nicht aufmachen?«, fragte Vendela.

»Das werde ich schon noch tun.« Astrid steckte den Brief in ihre Handtasche.

»Ich meine jetzt. Sollen wir ihn nicht gleich lesen?«

»Wollten wir nicht ein Eis essen?«

»Okay. Wenn du dich auf die Bank dort drüben setzt, hole ich uns ein Eis. Wo ist Charlie abgeblieben?« Unruhig blickte Vendela zur Bushaltestelle. Er hatte sich den ganzen Sommer am Riemen gerissen, aber ein Direktbus nach Göteborg stellte vielleicht doch eine zu große Versuchung für ihn dar. In 45 Minuten konnte er bei seinen Kumpeln in der Stadt sein. Sie verspürte wieder dieses ungute Gefühl in der Magengegend. Astrid tätschelte ihr die Hand.

»Beruhige dich, meine Liebe. Ich habe ihn gebeten, für mich zu Bertil zu gehen und zu gucken, ob er guten Fisch für mich hat. Wir brauchen ja was zu beißen, wenn wir genug Kraft haben wollen.«

»Kraft wofür?«

»Zum Fischen.«

»Ah ja, ihr zwei wollt also fischen gehen.«

»Im Herbst wollen Charlie und ich zusammen auf Hummerfang gehen. Nach dem Mittagessen fahren wir in die Pater-Noster-Schären hinaus und fangen Lippfisch. Den salzen wir ein und benutzen ihn als Köder für den Hummer. Charlie hat meine Hummerkörbe auf Vordermann gebracht. Manche Teile mussten repariert oder sogar ausgewechselt werden. Jetzt sind sie so gut wie neu.«

»Ach«, sagte Vendela erstaunt.

»Willst du vielleicht mitkommen? Zum Fischen?«

»Nein, nein, geht ihr nur. Und vergesst nicht die Schwimmw…«

»Mein liebes Mädchen.« Astrid sah sie an. »Ja, wir werden beide eine Schwimmweste tragen. Mach dir nicht so viele Sorgen, Vendela. Nicht um dich, nicht um mich und schon gar nicht um Charlie. Der Junge hat gute Anlagen. Es war übrigens sein Vorschlag, zusammen fischen zu gehen, und nicht meiner. Stell dir mal vor, dass er mit so einem alten Weib auf Fischfang gehen will.«

»Tja, sieh mal an«, sagte Vendela. »Und jetzt mach endlich diesen Umschlag auf, sonst werde ich noch verrückt.«

»Jetzt?«

»Ja, jetzt. Worauf wartest du noch?«

»Ich weiß nicht.« Astrid sah sich um. Sie betrachtete die Urlauber, die durch den Eingang vom Coop strömten, und die Touristen, die sich vergeblich bemühten, den gelben Fahrkartenautomaten von Västtrafik zu durchschauen. Dann ging sie zu der Bank hinüber, auf die Vendela gezeigt hatte, und setzte sich. Sie warf einen Blick auf den Schiffsverkehr im Sund und die Häuser am gegenüberliegenden Ufer.

»Kaum zu glauben«, sagte sie. »Da drüben hat Agnes gelebt. Dort saß sie auf den Widellschen Höfen in ihrer Kammer und hat Tagebuch geschrieben.«

»Wo war das eigentlich?« Vendela nahm neben ihr Platz.

»An der Stelle, wo heute die Villa Maritime steht. In der Varvsgata. Leider sind die Höfe dem Brand von 1947 zum Opfer gefallen. Ich kann mich noch an sie erinnern. Mutter und ich sind morgens hinübergerudert und haben die Milch dort abgeliefert. Ich frage mich, ob Mutter das Tagebuch von Agnes kannte.«

»Glaubst du?«

»Nein. Sie hat die Familienbibel und die anderen alten Sachen so sorgfältig aufbewahrt. Das Tagebuch hätte sie bestimmt nicht im Schuppen liegen lassen. Sie kann nicht davon gewusst haben.« Langsam öffnete Astrid den Umschlag. Nun sah man das Blatt Papier darin. Astrid machte keine Anstalten, es herauszuholen.

»Sieh du nach.« Sie reichte Vendela das Kuvert.

Vendela faltete den Brief auseinander und las ihn. Gespannt beobachtete Astrid ihre Mimik.

»Was steht drin?«, fragte sie.

»Warte kurz, ich will mir nur ganz sicher sein, dass ich es richtig verstanden habe.« Dann nickte Vendela. »Ja, ihr seid verwandt, du und Aleida.«

Astrid hielt sich vor Schreck die Hand vor den Mund. Zum ersten Mal in all den Jahren sah Vendela Tränen in den Augen der alten Dame. Vendela nahm sie in den Arm.

»Unglaublich. Es ist wirklich wahr.«

30

Vendela hatte Astrid die kurvige Strecke zur Kirche in Lycke gefahren. Sie hatten die weiße Kirche umrundet, und waren zu dem Grabhügel spaziert, der auf dem Friedhof einen Ehrenplatz einnahm. Er hatte sein blutiges Geld der Kirche gespendet. Vielleicht, um in den Himmel zu kommen, oder weil er im Herbst seines Lebens Vater Daniel genannt werden wollte. Ein schwarzer Obelisk überragte die anderen Grabsteine.

»Kapitän Daniel Jacobsson, 28. Juni 1776 bis 22. Juni 1854, Korsvik«, las Vendela laut vor. Seine Ehefrau Helena hatte ihn um sechs Jahre überlebt. Vendela betrachtete die Grabsteine ringsherum. Hier lagen seine Kinder. Alle waren vor ihm und der Ehefrau gestorben. Er selbst hatte sich nach dem Tod der Tochter um seine Enkelkinder kümmern müssen. Vielleicht war das seine Strafe. Dass er verlor, was ihm am liebsten und teuersten war.

»Da bist du also«, sagte Astrid. »Ich hoffe, du schämst dich, dass du und Johannes so viel Unheil angerichtet habt. Dein Senkblei haben sie übrigens in Korsvik gefunden. Als das Haus renoviert wurde, fand man es in einem Hohlraum im Mauerwerk. Deshalb weiß ich, dass alles wahr ist.«

Eine Weile standen sie schweigend da. Der Schatten des blanken schwarzen Steins fiel auf Astrids Füße.

»Aber wo liegt Johannes begraben?«, fragte Vendela.

»Ich weiß nicht. Da der Bremsegård damals zum Kirchspiel Lycke gehörte, müsste er ja auf diesem Friedhof liegen, aber er könnte genauso gut auf Koö begraben sein. Es besteht die Gefahr, dass das Grab nicht mehr existiert. Mein Vater, du weißt schon. Er hat fast alles verschlampt.«

Vendela strich ihr über die Wange.

»Wo liegen denn deine Eltern begraben, Astrid? Müsste Johannes nicht auch dort sein?«

»Nein.« Astrid schüttelte den Kopf. »Mutter liegt ja im Familiengrab der Ahlgrens auf Koö, und Papa – wo er begraben ist, weiß ich gar nicht. Nachdem der Bremsegård verkauft worden war, haben wir nie wieder ein Wort miteinander gesprochen.«

Der Bremsegård. Astrid musste wieder an Jessica denken. Was hatte sie für ein Geschrei gemacht, als Astrid die Kartoffeln aus der Erde holte. Im Nachhinein konnte sie das natürlich verstehen. Sie hatte sie ja auch nicht umbringen, sondern ihr nur einen Schreck einjagen wollen. Woher hätte Astrid wissen sollen, dass sie so allergisch war? Sie dachte an Agnes, die ihr großes Geheimnis ein Leben lang mit sich herumgeschleppt hatte. Niemandem hatte sie von Aleidas und Johannes' Sohn erzählt. Vielleicht musste Astrid nun mit diesem Geheimnis leben. Dass sie den Tod eines anderen Menschen verursacht hatte und schuld daran war, dass Rickard nun Witwer war. Die Schuld belastete ihr Gewissen und ließ ihr keine Ruhe. Sie versuchte, nicht daran zu denken. Jetzt war es zu spät, Vendela davon zu erzählen. Oder Karin, dieser netten Polizistin. Sie hatte Astrid angesehen und gesagt:

»Ich glaube, die Seeräuber haben damals einfach getan,

was in dem Moment nötig war, ohne groß darüber nachzudenken. Aber später hatten sie bestimmt Gewissensbisse.«

Da hätte Astrid es ihr beinahe erzählt.

»Wenn wir es noch zur Beerdigung schaffen wollen, müssen wir jetzt zurück nach Marstrand«, sagte Vendela. Sie ging zum Parkplatz hinter der Kirche. Astrid stand noch immer vor dem Grabstein von Daniel Jacobsson.

»Astrid?«

»Ich komme.« Sie wandte sich ein letztes Mal dem Grab zu und schien etwas zu dem schwarzen Obelisken zu sagen, bevor sie hinter Vendela herging.

In der rot gestrichenen Kapelle auf Koö hatte sich nur eine kleine Gruppe versammelt. In dem alten Gebäude aus Holz sollte eine etwas verspätete Trauerfeier stattfinden. Ein eleganter dunkler Sarg mit einem Kranz aus Pfirsichzweigen und Tulpen stand neben einem kleinen weißen Sarg mit Wiesenblumen und Waldgeißblatt von Lovisas Kate auf Klöverö. Die Grundmauern standen noch. Charlie hatte sie entdeckt, und Vendela und Astrid hatten die Blumen gepflückt.

»Tulpen im Spätsommer?«, fragte Vendela verwundert.

»Direkt aus Holland.« Astrid, die stolz ihre ererbte Brosche trug, strich lächelnd mit der Hand über den braunen Sarg.

Der Pastor begrüßte alle und hielt anschließend die schönste Trauerrede, die Vendela je gehört hatte. Sie überwand nicht nur Landesgrenzen, sondern streifte mühelos durch Zeit und Raum. Von Holland, wo Aleida 1804 geboren war, bis zum heutigen Marstrand.

Als der Pastor fertig war, nickte er dem Kantor zu. Der räusperte sich.

»Ich habe mich für eins der Lieder von Stefan Andersson entschieden. Es heißt ›Von Erinnerungen leben‹. Eigentlich handelt es von den Häftlingen auf Carlsten, aber ich habe es mit Astrids Hilfe ein bisschen verändert. Ich glaube, dass Aleida van der Windt nur dank ihrer Erinnerungen überleben konnte.

> »... *all die Gedanken, die ich denke*
> *die Gefühle, die ich fühle*
> *und die Momente, die ich genieße*
> *kannst du mir niemals nehmen*
> *Wenn die Sonn' am Himmel steht*
> *Und Wind der Vögel Lied herweht*
> *Dann lebe ich von meinen Erinnerungen*
> *Die mir niemand nehmen kann ...*«

Während Vendela der Musik lauschte, sah sie sich in der alten Kapelle um. Was für ein merkwürdiger Sommer das doch gewesen war und wie zerbrechlich ein Menschenleben. Sie dachte an den kleinen Jungen in dem Sarg, dessen Leben zu Ende war, bevor es begonnen hatte, und Rickard, der mitten im blühenden Sommer auf der schönsten Insel der Welt seine Frau verloren hatte und nun Witwer war. Sie betrachtete Astrid, die so entspannt wie schon lange nicht mehr aussah. Gitarrenklänge füllten die Kapelle und wehten durch die offenen Türen hinaus zu den Steinen auf dem Friedhof.

Zwei Särge wurden an diesem Nachmittag ins Familiengrab von Oskar Ahlgren gelegt. Der kleine weiße Sarg von Lovisas Sohn, der nun wieder mit seinen Eltern vereint war, und Aleida, die jetzt endlich neben dem Kind liegen durfte, dass sie zwar zur Welt gebracht, aber nie an sich gedrückt hatte.

Rickard war eine Woche zuvor abgereist. Er konnte keine weiteren Beerdigungen ertragen, was vollkommen verständlich war. Aber sie hatten miteinander geredet. Richtig geredet. Sie hatten bis zum Sonnenuntergang draußen auf den Klippen und dann im Saal gesessen, während der Regen an die Fenster prasselte. Es würde zwar nichts mehr so sein wie vorher, aber trotzdem hatten sie auf seltsame Weise zueinander zurückgefunden. Kiefernnadeln in den Schuhen konnte Rickard zwar noch immer nicht ausstehen, er hatte sich aber bereiterklärt, mit dem Verkauf noch zu warten. Vielleicht war Vendela in der Lage, den Bremsegård selbst zu erwerben. Sie spielte mit dem Gedanken, ganz hinauszuziehen. Die Wohnung war mehr wert, als sie gedacht hatte, es gab sogar schon einen potentiellen Käufer. Sie brauchte nur noch ein wenig Bedenkzeit.

Vendela dachte an den gestrigen Tag. Charlie hatte gesagt, er könne sich natürlich vorstellen, hier zu wohnen, aber sie war sich nicht sicher, ob ihm klar war, was das bedeutete. Im Januar würde er bei Dunkelheit durch den Schnee zum Boot stapfen müssen, um nach Koö zu gelangen, dort das Boot wieder zu vertäuen, den Rettungsanzug an Bord zu verstauen und in den Schulbus zu steigen. Vielleicht täte es ihm gut. Hoffentlich wäre es ein Wendepunkt für ihn. Und vielleicht musste man kein Seeräuberblut in den Adern haben, um auf Klöverö zurechtzukommen. Am Abend hatte Vendela den Eindruck gehabt, das Haus würde besonders laut knacken und ächzen. Als hätte der alte Hof ihre Gedanken gelesen.

NACHWORT

Wann beginnt eine Geschichte eigentlich, Gestalt anzunehmen? Das Interesse an Bohuslän habe ich wohl meinen Eltern zu verdanken. Im Alter von vier Monaten haben sie mich zum ersten Mal mit an Bord unserer Segelyacht genommen, und seitdem bin ich jeden Sommer gesegelt. Damals waren die Inseln noch von Menschen bewohnt, in den Fischerhütten lagen Netze, Reusen und Hummerkörbe. Mein Vater, der aus Uddevalla stammt, unterhielt sich mit den Fischern; diesen Männern, die man kaum noch findet. Oft hatte ich Schwierigkeiten, den breiten Dialekt zu verstehen, aber mein Vater erklärte mir später alles. Meine Eltern zeigten mir Steinbrüche und alte Fischerdörfer, abgelegene Leuchttürme und Hügelgräber. Wir fingen vom Boot aus Makrelen oder saßen mit unseren Angeln auf den Klippen. Die Fischköpfe wurden aufbewahrt, weil man mit ihnen Krebse ködern konnte. Abends wurden Lieder von Evert Taube oder Lasse Dahlqvist gehört, und ich lag gemütlich in meiner Koje und ließ mich von den Wellen in den Schlaf wiegen. Bis heute gibt es nichts Schöneres für mich, als auf den sanft gerundeten Klippen zu sitzen, den Sonnenuntergang zu beobachten und mitzuerleben, wie sich das ganze Meer in eine goldene Straße verwandelt. So ist meine Liebe zur Küste und ihren Bewohnern wohl entstanden. Für mich ist Bohuslän eine unerschöpfliche Quelle von Reichtum. Und Geschichten.

Über die Zeit von 1775 bis 1794, in der Marstrand ein Freihafen war, wollte ich schon lange schreiben. Und über den neunten Paragrafen des Porto-Franco-Abkommens, der besagte, dass die Insel Marstrandsö eine Freistatt für Kriminelle war, deren Verbrechen weder Leben noch Ehre verletzt hatten. Konkurs und Unterschlagung oder Veruntreuung von Geld sind zwei Beispiele, auch wenn Grafen und andere Herren, die sich ein bisschen feiner vorkamen, lieber »derangierte Finanzen« als Grund für ihre Flucht nach Marstrand angaben. Ich wollte das bunte Treiben und die vielen verschiedenen Menschen einfangen, die damals hier lebten. Heringsmagnaten, Betrüger, jüdische Kaufleute, Freudenmädchen, Kaperer, Seeräuber, Zollbeamte, Lotsen, die Häftlinge auf Carlsten, französische Adlige, Händler, Seeleute unterschiedlicher Nationalitäten und mittendrin – die Lokalbevölkerung. Ich wollte aber auch von denjenigen erzählen, die einen Kaperbrief erhalten hatten und die Grenze zur Piraterie überschritten. Hatte eine Besatzung einen vom König ausgestellten Kaperbrief in der Tasche, durfte sie Handels- und Kriegsschiffe anderer Länder angreifen, sofern sich diese mit Schweden im Konflikt befanden. Auf diese Weise wollte man zum einen die schwedische Westküste verteidigen und zum anderen das Land mit Waren versorgen. Die Besatzungen der gekaperten Schiffe wurden auf der Festung Carlsten inhaftiert, während Schiff und Ladung beschlagnahmt und versteigert wurden. Für jede Kanone bezahlte die Krone eine bestimmte Summe. Allerdings war man als Kaperer stets versucht, die Schiffsladung und die Kanonen selbst zu verkaufen, denn dann erzielte man einen viel höheren Gewinn. Da die fremde Besatzung das jedoch kaum für sich behalten hätte, war es am sichersten, sie sich vom Hals zu schaffen ... Die Kaufleute, darunter Widell, arbeiteten mit den Kaperern bzw. Seeräubern zusammen, und viele Kaufleute besaßen sogar eigene Kaperschiffe. Wer mit offenen Augen durch Marstrand spaziert, sieht vielleicht am Kai in der Hamngata 25 das W wie Widell auf dem Haus mit dem Grünspan auf dem Kupferdach.

»Ach, Ann! Jetzt schweifst du schon wieder ab!«, würde meine Lektorin Anna sagen. Also zurück zur Entstehung dieses Buches.

Nun stand ich vor dem Problem, dass diese beiden Phasen sich nicht überschnitten, sondern sich nacheinander abgespielt hatten. Die Porto-Franco-Ära endet 1794, während die Seeräuber in Marstrand zwischen 1800 und 1825 am aktivsten sind. Die Lösung bestand darin, eine Person diese beiden Zeitabschnitte verbinden zu lassen: Agnes vom Gut Näverkärr in Härnäs nördlich von Lysekil. Härnäs und Klöverö haben außerdem viel Ähnlichkeit miteinander, und deshalb dachte ich mir, dass sich Agnes auch auf Klöverö zu Hause fühlen würde.

Die Geschichte, die ich in dem Roman *Die Wächter von Marstrand* erzähle, nahm immer mehr Form an, als ich eine Ausgabe der Zeitschrift *Träbiten* las, die der Verein für Volksboote herausgibt. Die Überschrift lautete »Seeräuber auf Klöverö«, und was ich in dem Artikel las, war so grauenhaft, dass ich die Zeitschrift beinahe weggelegt hätte. Es gelang mir, an eine Ausgabe von »Licht und Schatten« von 1880 zu kommen, denn auf diesem Buch beruhte der Artikel. Carl Fredrik Ridderstad, ein Redakteur aus Linköping, beschreibt darin, wie er Mitte des neunzehnten Jahrhunderts die Insel besucht und sich dort mit zwei älteren Seeräubern unterhält. Auf dem Bremsegård fängt Riddarstad an. Folgendermaßen gibt er die Begegnung mit Johannes Andersson wider. Dieser ist alles andere als redselig (und ich kann mir nur schwer vorstellen, dass der Redakteur wirklich so hart nachgefragt hat, wie er behauptet. Vielleicht ist das Buch deswegen erst lange nach dem Tod von Johannes und Daniel erschienen).

»Man hat mir eine Menge über Herrn Andersson erzählt. Sie waren zwischen 1811 und 1814 als Kaperer tätig.«
»Hm.«
»Ist es wahr, dass Sie gleichzeitig ein Seeräuber waren?«
»Hm!«
»Sie haben Wracks geplündert.«
»Hm!«
»Es wird von einem schaurigen Mord berichtet, der in den Pater-Noster-Schären an der Besatzung eines Ostindienschiffs begangen wurde, dessen Ladung hauptsächlich aus Stoffen und rotem Garn bestanden haben soll.«
»Hm!«
»Außerdem heißt es, dass eine Frau, die bei dieser Gelegenheit gerettet wurde, von ihnen gefangen genommen wurde und viele Jahre hier gelebt hat. Angeblich wurde sie verrückt und hat nur noch von sieben Morden und den roten Stoffen gesprochen. Nach dem, was ich gehört habe, soll man sie oft auf den Klippen hier gesehen haben. Sie trug Männerkleidung, und ihr weißes Haar flatterte im Wind. Erzählen sie mir von ihr.«
»Hm.«
Etwas anderes als »Hm!« kam ihm nicht über die Lippen.
»Ich habe die Absicht«, äußerte ich zum Abschluss, »mich von hier aus zu Vater Daniel auf der anderen Seite der Insel zu begeben.«
Als ich Daniels Namen erwähnte, hellte sich Anderssons Gesicht auf, und ich sah es in seinen Augen blitzen.
»Zu Vater Daniel«, wiederholte er, »ja, ja, tun Sie das!

Er kann reden, wenn es sein muss, und wenn er will. Er war der kühnste und mutigste Mann seiner Zeit und kennt den Schärengarten wie seine Westentasche. Als er jung war, konnte es keiner mit ihm aufnehmen. Man nannte ihn den Riesen der Westküste, und das ist er bis heute. Trotz seines Alters kann sich mit seinem Körperbau, seinem Aussehen und seiner Haltung niemand messen.«

...

»Ja, gehen Sie zu ihm! Gehen Sie zu ihm und bitten Sie ihn, mit Ihnen zu reden. Er braucht das.«

Der Redakteur spaziert also vom Bremsegård im Norden nach Korsvik auf der anderen Seite der Insel. Vor dem Haus begrüßen ihn angekettete Wachhunde. Er wird hereingelassen.

Der Anblick, der sich mir bot, als ich die gute Stube betrat, dürfte einzigartig sein.
Vor mir stand ein wirklich unheimlich kräftig gebauter, hochgewachsener und breitschultriger Mann, doch das an sich war noch nicht das Bemerkenswerte. Erstaunlich war vielmehr, dass der Koloss, der da vor mir stand, zitterte wie Espenlaub. Sein ganzes Wesen, jeder einzelne Nerv schien zu beben. Etwas Derartiges hätte ich niemals für möglich gehalten. Es sah aus, als hätte ihn ein mächtiges Gewissen erschüttert und sowohl Leib als auch Seele in eine ständige Vibration versetzt.

Auch Daniels Frau ist anwesend. Sie wird als eine schwarzhaarige Frau mit scharfem Blick beschrieben. Als der Redakteur die Grüße von Johannes ausrichtet, lächelt Daniel traurig und beginnt anschließend zu sprechen.

»Mein Leben war stürmisch, gewaltig und wild. Ich habe viel erlebt. Viele Erinnerungen gehen mir durch den Kopf.

Ich kann mich ihrer nicht mehr erwehren. Manchmal sehe ich sie vor meinem inneren Auge wie Blitze in der Nacht.«

»Was ist an der Geschichte von dem Mord an sieben Personen auf einem Schiff von der ostindischen Kompanie dran?«

»Das hat alles seine Richtigkeit.«

»Und die Frau?«

»Sie war die Frau des Kapitäns, wurde wahnsinnig und ist auf dem Bremsegård gestorben.«

Das Schicksal dieser Frau packt mich, und ich beginne mit der Recherche. Ein Stück von unserem Haus auf Koö entfernt wohnen Jan und Birgitta Abrahamsson. Birgitta ist eine erfahrene Ahnenforscherin, die die Klöveröer Höfe und die dazugehörigen Stammbäume weit zurückverfolgt hat. Dabei hat sie unter anderem festgestellt, dass ihr Mann Jan mit dem Seeräuber Jacobsson verwandt ist. Von Birgitta erfahre ich, dass die Holländerin, nach der ich sie frage, nicht in den Kirchenbüchern der Insel erwähnt wird. Obwohl sie nirgendwo zu finden ist, glaubt auch Birgitta fest daran, dass es die Frau gegeben hat. Es wird mir auch von einer älteren Dame bestätigt, die auf Klöverö aufgewachsen ist und unheimlich viel zu erzählen hat. Auf die Frage, was aus der Holländerin geworden ist, antwortet sie nüchtern:

»Ich glaube, man hat sie ins Meer geworfen.«

Im Laufe eines anderen Gesprächs zeigt mir dieselbe Dame ein paar Münzen, die sie auf dem Hof ihrer Familie unter dem Gartentisch gefunden hat. Alte Münzen, die älteste stammt aus dem Jahr 1724.

»Wie sind sie denn deiner Ansicht nach dorthin geraten?« Ich streiche mit den Fingern über die grün angelaufenen Ziffern.

»Tja, die Frage habe ich mir auch schon oft gestellt.«

Birgitta erzählt mir, dass Stora Bärkulle, der Hof der Dame, einmal Daniel Jacobssons Schwester Inger Jacobsdotter Hellekant (1779–1860) gehört hat. Wahrscheinlich hat sie ihrem Bruder geholfen, Waren zu verstecken. Vielleicht haben sie im Schutz der Dunkelheit ihre Beute aufgeteilt und nicht gemerkt, dass einige Münzen in den Sand fielen.

Bei seinem Tod 1854 ist Daniel ein reicher Mann. Zu seinem Nachlass zählen:
»56 Silberpfennige in schwedischen Münzen
79 Silberpfennige in dänischen Münzen
79 Silberpfennige in spanischen Münzen
5 kleinere Silberpfennige unbekannter Herkunft.«
Münzen, Maße, Aussichten, Kleidung – wenn ich mich zwischen Fakten und Fiktion entscheiden musste, habe ich immer der Geschichte den Vorrang gelassen. Das im Roman erwähnte Kaffeeverbot gilt von 1794 bis 1796, und die Uniformen der Zollbeamten gibt es eigentlich erst nach 1800. Unter anderem. Ich hoffe jedoch, dass es mir geglückt ist, die Atmosphäre, die Gerüche und die Geschichte zu vermitteln.

Der Hof Korsvik ist heute im Besitz von Roger Johansson, der mir erzählt, dass seine Großeltern bei der Renovierung des Hauses einen Gegenstand im Mauerwerk gefunden haben, das berüchtigte Senkblei von Daniel Jacobsson. Diese Waffe hatte er als Seeräuber verwendet. Als ich zu Besuch auf Korsvik bin, geht Rogers Lebensgefährtin Ann-Marie sie holen. Ich sitze auf der Steintreppe und halte das Senkblei in den Händen. Die Sonne scheint, und neben mir spielen kleine Kätzchen im Gras, während ich den abgewetzten Lederriemen betaste. Was der nicht alles mitgemacht hat!

Daniel und Johannes waren natürlich nicht die einzigen

auf Klöverö, die Piraterie betrieben haben. Vielmehr waren alle Inselbewohner entweder durch direkte Mitwirkung oder Verwandtschaft involviert. Man brauchte viele Männer, um eine ganze Schiffsbesatzung zu überwältigen. Die Frauen zu Hause wussten natürlich, was vor sich ging, wenn hastig Waffen und Beute versteckt wurden. Während ich über die Insel wandere, mache ich mir Gedanken über die Rolle, die die Frauen dabei gespielt haben. Vor allem aber lässt mich die Frage nicht los, ob irgendwo noch Dinge versteckt sind. Ich spreche Birgitta darauf an. Mit einem verschmitzten Lächeln erzählt sie mir von den Gewehren auf Klöverö.

1825 beschließt der achtzehnjährige Einar, der auf Klöverö aufgewachsen ist, nach Amerika auszuwandern. Er fährt hinaus auf die Insel, um sich von seiner Großmutter Hilda Ahlgren Abrahamsson zu verabschieden. Da erzählt sie ihm, dass zwei Gewehre im Haus versteckt sind, und bittet ihn, sie zu holen. Sie sieht ihn an und sagt:

»Wirf sie ins Meer, sie haben schon genug Elend angerichtet.«

Einar macht, was ihm gesagt wird, aber nur mit dem einen Gewehr. Das andere versteckt er in einem Felsspalt und bedeckt es mit Moos. Dreißig Jahre später, als Einar und sein Sohn 1955 draußen auf Klöverö sind, gelingt es ihm, die Stelle wiederzufinden. Der Kolben ist leicht beschädigt, aber Einars Sohn, der gerade eine Ausbildung zum Werklehrer macht, kann die Waffe reparieren. Heute befindet sich das Gewehr bei Einars Sohn in Örebro. Die Familie hat es auf 1820 datieren lassen. Die goldene Ära der Seeräuber.

Mich mit Marstrand und der Küste von Bohuslän zu beschäftigen, alte Geschichten zu sammeln, in Archiven zu forschen und mir anzuhören, was kluge Menschen über Torfmoose und Waffen vom Ende des achtzehnten

Jahrhunderts zu erzählen haben, und mich nicht zuletzt mit alten Menschen zu unterhalten und zu erfahren, was ihnen in ihrer Kindheit berichtet wurde, ist eine große Bereicherung für mich.

2010 erhielt der Turm der Festung Carlsten ein neues Dach, und ich hatte das Privileg, den Leiter Eiwe Svanberg bis ganz nach oben auf das Gerüst zu begleiten und mir den Namenszug von Karl XI. aus dem Jahre 1682 anzusehen. Vielen Dank, Eiwe! Oben auf Carlsten ist übrigens einiges los. Vielleicht darf ich ja in Zukunft etwas mehr Zeit innerhalb der Festungsmauern verbringen.

Aber das ist eine andere Geschichte.

Marstrand, mein Platz auf Erden
Ann Rosman
März 2011

Schriftliche Quellen

Rickard Bengtsson: »Innerhalb der Stadtgrenzen – Zollhäuschen, Tore und Schlagbäume in schwedischen Städten 1622–1810«. Zollhauptverwaltung Stockholm, 1998.

Ulrika Antonsson: »Das Buch über den Bremsegård«. Unveröffentlicht. Vielen Dank, Ulrika, das ich das Material nutzen durfte.

Jahresschrift vom Heimatverband Bohuslän 1971, Druckerei Barnevik, Uddevalla. Allan T. Nilssons Kapitel über Klöverö habe ich entnommen, wie der Jahresverlauf eines Bauern auf Klöverö ausgesehen hat.

Ulrica Söderlind: »Sechs schwedische Menüs aus dem achtzehnten Jahrhundert«. Kaltes Grafiska, Sundsvall, 2002.

Kersti Wikström: »Der gedeckte Tisch«. Verlag Nordiska Museet, 2001.

Ulf Bergström und Gunilla Englund: »So hat man früher gegessen«. Alfabeta Buchverlag, 1992.

Lars O. Lagerqvist und Ernst Nathhorst-Böös: »Was hat das gekostet? Preise und Löhne vom Mittelalter bis in die heutige Zeit«. LTs Verlag, Stockholm, 1997.

Albert W. Carlsson: »Maß nehmen – schwedische und ausländische Maße im Lauf der Zeit«. Albert W. Carlsson und LTs Verlag, 1993.

Olle Nystedt: »Der Hering in Bohuslän«. Bohusläns Museum und Bohusläns Heimatverein, Heft Nr. 49. Media Print, Uddevalla, 1994.

Simon Schama: »Zwischen Gott und Mammon – Die Niederlande im goldenen Zeitalter 1570–1670«. BonnierFakta Buchverlag, Bohusläningens Buchdruckerei, Uddevalla, 1989.

L. Kybalova: »Das große Modebuch«. Volk im Bild Verlag, 1976. Hier habe ich zusammen mit Eiwe und Siri Svanberg die passende Kleidung für die Verlobungsfeier auf Gut Näverkärr 1792 gefunden.

Ted Knapp: »Entlang der Küste in Bohuslän«. Warne Verlag, Sävedalen, 2006.

Claes Krantz: »Marstrand«. Wahlström & Widstrand, 1950.

Thomas Andersson: »Näverkärr – Wald und Gutshof mit Ahnen aus der Wikingerzeit«. Naturschutzverein Lysekil-Munkedal und Westküstenstiftung, 2000.

»Seeräuber auf Klöverö«. Träbiten, Zeitschrift des Vereins für Volksboote, Heft Nr. 141, Oktober 2008.

C. F. Riddarstad: »Licht und Schatten – erster Teil«. Buchdruckerei C. F. Riddarstad, Linköping 1880. In diesem Buch berichtet Redakteur Riddarstad von seinem Besuch auf Klöverö und gibt die Gespräche mit Johannes und Daniel wider.

Auszüge von Liedertexten von den Alben »Marstrands Häftling Nr. 90 Kleist«, 2008, und »Schiffsratte«, 2012. Text und Musik von Stefan Andersson.

Die Klöveröer Landkarte vom Heimatverein Marstrand hat Inger Röijer gezeichnet. Vielen Dank an den Heimatverein!

Mündliche Quellen und wertvolle Hilfe

Während der Arbeit an diesem Buch haben sich mir viele Fragen gestellt. Die hier genannten Personen waren mir mit ihrem Wissen eine unheimliche Hilfe.

Stig Christoffersson, Ehrenvorsitzender des Heimatvereins Marstrand. Vielen Dank für die interessanten Gespräche über alte Landkarten und die Überprüfung der Fakten in diesem Buch.

Birgitta Abrahamsson weiß fast alles über Marstrand, vor allem über die Stammbäume. Vielen Dank, dass du mir geholfen hast, zeittypische Namen zu finden, mir anhand der Kirchenbücher erzählt hast, wer früher auf den Höfen gewohnt hat, und nicht zuletzt eine aufmunternde Gesprächspartnerin für mich warst!

Eine ältere Dame, die auf Klöverö aufgewachsen ist, möchte anonym bleiben. Danke, dass du mir von deiner Kindheit erzählt, mir alte Dokumente überlassen und mir sogar erlaubt hast, mir die alten Münzen unter deinem Gartentisch auszuleihen …

Rolf Erneborn, historisch bewanderter Nachbar, mit dem ich gern Ausflüge mache.

Pether Ribbefors, waschechter Geschichtsenthusiast, der mich durch das Gathenhielmsche Haus am Stigbergstorg in Göteborg geführt hat, um mir ein Gefühl davon zu vermitteln, wie eine erfolgreiche Kapererfamilie gelebt haben könnte. Wie aufregend, die dunkle Halle zu betreten! (Das Haus ist allerdings erst nach dem Tod von Lars Gathenhielm erbaut worden, er selbst hat nie dort gewohnt.)

Christer Olausson, Museumsassistent, der mir viele Artikel aus dem Archiv des Seefahrtsmuseums herausgesucht hat.

Der Bremsegård ist heute im Besitz der vierten Generation: *Ingrid Antonsson* mit Ehemann *Leif*, *Bengt Båysen* mit Frau *Ewa* und *Lisbeth Sandqvist*. Vielen Dank, dass ich den Bremsegård verwenden durfte, und vielen Dank für die Einladung!

Olle Fagring, Eigentümer von Lilla Bärkulle. Vielen Dank, dass du Astrid Edman dort wohnen lässt.

Roger Johansson und *Ann-Marie Säljö*, die das ganze Jahr über auf dem alten Hof von Daniel Jacobsson in Korsvik leben. Wie anregend und gruselig zugleich, das Senkblei in der Hand halten zu dürfen. Danke!

Anki Sande, eine gute Freundin, die mir als Mutter von Teenagern viele Tipps geben konnte.

Pia Jacobsson – vielen Dank, dass du mir bei der Recherche behilflich warst, als ich selbst keine Zeit hatte. Du hast bestimmt eine Menge über Tulpen und andere Dinge gelernt!

Robert Blohm, ein guter Freund, der bei der Kripo Göteborg arbeitet. Vielen Dank für die Gespräche über die Arbeitsweise der Polizei. Wie immer habe ich mir jedoch einige Freiheiten erlaubt.

Mikael Thorsell, mein Cousin, der mir als Rettungssanitäter den Verlauf eines anaphylaktischen Schocks beschreiben konnte.

Mario Verdicchio, Oberarzt in der Rechtsmedizin Göteborg. Danke, dass du mir erklärt hast, wie Leichen konserviert werden.

Tobias Nicander, Leiter der Seenotrettungszentrale und Flugrettungszentrale in Göteborg, der sich mit Funkmasten, UKW-Kanälen und vielen anderen Dingen auskennt.

Hans Erlandsson, Küstenpolizei Stockholm, der mich über Kürzel und Codewörter aufgeklärt hat. (Ich habe mir auch hier Freiheiten erlaubt.)

Siri Svanberg – vielen Dank, dass du mir so viele Bücher ausgeliehen und mir geholfen hast, ein schönes Menü für das späte achtzehnte Jahrhundert zusammenzustellen.

Eiwe Svanberg, Festung Carlsten, hat mir geholfen, zeittypische Waffen und passende Kleidung für Herren auszuwählen. Außerdem hat er mich überredet, mich von meinem Computer abzuwenden und auf spannende Ausflüge zum Festungsturm zu begeben.

Jan Borghardt, hat ins Holländische übersetzt und war Mirja Turestedt (die das Hörbuch liest) bei der Aussprache behilflich.

Piet Borghardt hat mir, genau wie sein Bruder, bei der holländischen Sprache geholfen und ihr vor allem eine historische Note verliehen. Außerdem habe ich ihm den alten holländischen Kinderreim zu verdanken. *Dank U wel!*

Åslög Dahl von der Universität Göteborg hat mir erklärt, wie Moore entstehen, und mich mit Literatur zum Thema versorgt.

Lena Wallentin hat mich und meine Verlegerin Cina in das Haus von ihr und ihrem Mann Peder eingeladen – das ehemalige Zollgebäude in Marstrand, erbaut in der Porto-Franco-Zeit.

Lola Schwab vom Zollmuseum Stockholm hat mich wunderbar durch die Ausstellung geführt.

Lars Wängdahl, Pastor im Ruhestand, aufgewachsen in Marstrand. Vielen Dank für das Gespräch über die Marstrander Kirche.

Hans Karlsson, pensionierter Superintendent, hat mir geholfen, die Prozedur der Eheschließung in Marstrand Anno 1794 historisch korrekt darzustellen.

Birgitta Arkenback, Künstlerin und Textilexpertin, hat sich mit ganzem Herzen auf die Aufgabe gestürzt, ein Brautkleid für Agnes zu entwerfen.

Ganz besonderer Dank gilt

Niklas Rosman, meinem Mann, weil er meistens nachsichtig reagiert, wenn sich Familienausflüge plötzlich in Recherchetouren verwandeln. Wie an jenem sonnigen Tag, als wir nach Klöverö gesegelt sind, und ich entdeckte, dass am Bremsegård ein Fenster offenstand.

Anette Ericsson, Fotografin. Sie kann stundenlang spazieren gehen, ohne zu essen, zu trinken oder zu frieren, und machte dabei tolle Bilder!

Mirja Turestedt erweckt meine Geschichten mit ihrer Stimme zum Leben. Besonders viel Freude hatte sie an den holländischen Sätzen …
Nina Leino hat den schönen Buchumschlag der Originalausgabe gestaltet.
Cina Jennehov, Verlegerin, Damm Verlag.
Anna Lovind, Lektorin und Schreibcoach. Vielen Dank, liebe Anna, dass du mir hilfst, meiner Geschichte eine Struktur zu geben, und mir immer wieder Verbesserungsvorschläge bezüglich meiner Arbeitsweise unterbreitest. Es gibt noch viel zu tun …
Lotta Sverin, PR, Forma Books.
Johnny Gustafsson, Marketingchef Forma Books.
Lars André, Herstellung, Forma Books.
Dem ganzen Vertriebsteam vom Damm Verlag, allen voran *Conny Swedenäs,* und allen anderen von Forma Books, die sich immer besonders viel Mühe geben! Vielen Dank für eure Unterstützung.
Joakim Hansson, Literaturagent Nordin Agency AB.
Anna Frankl, Literaturagentin Nordin Agency AB.
Jens Agebrink, der mir bei meiner Homepage hilft.
Helena Edenholm, Bibliothekarin der Bibliothek Marstrand, die mir die tollsten Bücher heraussucht und mir immer wieder erlaubt, die Ausleihfrist zu verlängern …
Pyret Renvall, der mir sein Bootshaus zum Schreiben und Frieren überlassen hat. Auf diese Weise konnte ich mich gut in alte Zeiten hineinversetzen.
Stefan Andersson, Liedermacher. Vielen Dank für die großzügige Mitwirkung an diesem Buch!

Folgende Leute passen auf meine Kinder auf, wenn es eng wird. Danke!

Meine Eltern, *Ulla* und *Rolf Bernhage.*
Lillan und *Claes Rosman,* meine Schwiegereltern.
Marinette Thorsell, meine Tante. Sie wird demnächst zur Ehrenoma ernannt.

Johanna und *Robert Blohm,* unsere Nachbarn.

Und schließlich – ein ganz herzliches Dankeschön an alle Leser, die Briefe und E-Mails geschrieben oder Nachrichten auf der Webseite und auf Facebook hinterlassen haben. Ihr wart mir wirklich eine Hilfe, wenn ich mit dem Schreiben nur mühsam vorankam, und es gibt nur wenige Dinge, über die ich mich so freue, wie wenn ihr euch in meine Geschichten hineinversetzt.

Noch mehr Informationen über die Autorin, das Buch und Marstrand auf
www.annrosman.com

LESEPROBE AUS

KRIMINAL
ROMAN

ANN ROSMAN

DIE TOTE AUF DEM OPFERSTEIN

Broschur
464 Seiten
ISBN 798-3-7466-2921-6

1

Hoch oben auf Marstrandsö thronte die Festung Carlsten über der salzigen Ostsee. Die grauen Steinmauern wurden langsam von der Septembersonne erwärmt, und die Schatten wanderten wieder über den Burghof. Weinrot blühendes Heidekraut suchte sich einen Weg zwischen sämtlichen Spalten in den Felsen von Bohuslän und bildete in der grauen Steinlandschaft ein unregelmäßiges Muster.

Beim Opferstein im Opferhain, zweihundert Meter von Tor 23, dem Eingang zur Festung Carlsten entfernt, kniete eine Frau in einem bodenlangen Leinenkittel, einer Weste und mit einem Ledergürtel um die Taille. In dieser Position befand sie sich nun schon seit rund acht Stunden. Der südwestliche Wind frischte auf und ließ das Buchenlaub oberhalb der Stelle rascheln, wo ihr Kopf hätte sitzen müssen. Vor dieser Nacht war Hunderte von Jahren kein Blut mehr auf dem Opferstein geflossen.

Klasse 9a von der Fiskebäcksskolan Västra Frölunda marschierte verhältnismäßig geordnet zur Festung von Marstrand hinauf. Rechts und links des steilen Weges lagen Holzhäuser.

Es war bereits halb zehn an diesem sonnigen, aber auch etwas windigen Freitagmorgen, dem achtzehnten

September. Die Festung öffnete erst um elf, aber Rebecka und Mats hatten den Ablauf minutiös geplant. Mit siebenundzwanzig Jugendlichen im Schlepptau war das absolut notwendig. Sonst konnte alles Mögliche passieren.

»Okay, alle mal hergehört. Hier ist der Eingang zur Festung. Sie heißt ja nicht Festung Marstrand, sondern Festung Carlsten. Der Name kommt daher, dass König Carl Gustav X. ihren Bau anordnete. Carls Steine, Carlsten. Ihr erinnert euch vielleicht, dass Bohuslän 1658 schwedisch wurde ...«

»Der Frieden von Roskilde«, sagte einer der Schüler.

»Genau«, erwiderte Rebecka. »Der Frieden von Roskilde beinhaltete, dass Bohuslän und Marstrand an Schweden fielen. Nun ist es so, dass die Lage von Marstrand sehr wertvoll war und ist. Hat jemand eine Ahnung, warum?« Unter den Schülern wurde es still. »Denkt daran, dass man sich damals häufig auf dem Wasser fortbewegt hat ...«, fuhr Rebecka fort und nahm den einzigen Schüler dran, der sich meldete.

»Der Hafen?«, kam es zögerlich.

»Gut. Der Hafen war äußerst wertvoll. Einerseits hat er zwei Einfahrten, aber es hat auch damit zu tun, dass der Hafen aufgrund der Strömungen fast nie zufriert ... Die Festung öffnet um elf. Ich erwarte euch dann pünktlich vor Tor 23. Und niemand geht vorher hinein.«

»Ja, aber ...«

»Kein Aber. Alle warten, bis entweder Mats oder ich da sind. Verstanden?« Sie räusperte sich und sprach mit ihrer besten Erzählstimme weiter. »Wisst ihr noch, dass wir im Unterricht gestern über die Steinzeit und Siedlungen aus der Vorzeit gesprochen haben?«

Einige Schüler nickten zerstreut. Lebhaft begann Rebecka, Siedlungen, Riten, Rituale und die Menschen zu beschreiben, die einst über denselben Boden gestapft waren, auf dem sie jetzt standen. Die Schüler lauschten interessiert, und einige hoben sogar die Füße und betrachteten die Erde unter sich. Langsam arbeitete sie sich chronologisch vorwärts, bis sie schließlich bei der Zeit angelangt war, in der man die Festung erbaut hatte. Wohl wissend, dass die Ankündigung von Geheimgängen und Gefängniszellen die Schüler besonders aufhorchen lassen würde, hielt sie an dieser Stelle inne.

Nachdem sie einen Blick auf die Liste mit den Arbeitsgruppen geworfen hatte, öffnete sie ihren grünen Fjällräven-Rucksack und teilte die Schüler in Gruppen mit unterschiedlichen Aufgaben ein. Sie stattete jeden von ihnen mit einem Klarsichtordner verschiedenen Inhalts aus. Streithähne hatte sie sorgfältig getrennt und somit zumindest theoretisch dafür gesorgt, dass es funktionieren konnte.

Jede Gruppe erhielt eine Karte der Umgebung sowie eine vergrößerte Abbildung des Gebiets zwischen der Festung und dem Lotsenausguck auf der Anhöhe gleich nebenan. Der Ort war mit Bedacht gewählt worden: eine Ansammlung von alten Pfaden, die hier zusammenliefen, und ein Buchenhain mit dem sagenumwobenen Opferstein.

In ausgelassener Stimmung stiegen die Schüler den grasbewachsenen Hügel hinauf und verschwanden aus ihrer Sichtweite. Rebecka hatte sich gerade hingesetzt und von ihrem Schinkenbrot abgebissen, als sie eine Person im Stimmbruch laut schreien hörte.

»Ah ja«, sagte sie zu Mats. »Wie lange hat es gedauert?«
»Bleib sitzen. Ich geh nachsehen.« Mats stand auf, reichte Rebecka seinen Kaffeebecher und verschwand mit großen Schritten.

Rebecka überblickte die Umgebung. Sie saß auf einem der höchsten Punkte Marstrands, und die Aussicht war überwältigend. Koö im Osten, ein Stück weiter südlich der Albtrektsunds-Kanal, ein offener Horizont im Westen, und im Norden auf der Insel Hamneskär erstrahlte rot der frisch gestrichene Leuchtturm Pater Noster.

»Du kommst besser auch, Rebecka.«

Mats kam zurückgerannt. Der Schreck war ihm ins Gesicht geschrieben. Rebecka stellte die beiden Becher ins Gras und stand hastig auf.